JAKE WOODHOUSE
Der fünfte Tag

W0175835

GOLDMANN
Lesen erleben

Amsterdam am Morgen des 2. Januar: Inspector Jaap Rykel wird zu einem morbiden Schauplatz gerufen. Aus dem Fenster eines Hauses in der Altstadt ragt die Leiche eines Mannes und baumelt über der Gracht. Schon bald ergibt sich eine Verbindung zu einem anderen Verbrechen. In Friesland wurde ein Haus in Brand gesetzt, die Bewohner, ein altes Ehepaar, kamen ums Leben. Seltsam nur, dass in den verbrannten Ruinen des Hauses eine Puppe gefunden wurde, das Ehepaar aber keine Kinder hatte. Zeugenaussagen lassen darauf schließen, dass ein kleines Mädchen dem Feuer entkommen konnte. Inspector Rykel muss nicht nur einen Mörder suchen, sondern auch das Mädchen finden, das in größter Gefahr ist. Dabei hat er in den eigenen Reihen mit Problemen zu kämpfen. Der junge Inspector Kees Terpstra hat ein Kokainproblem. Seine Kollegin Sergeant Tanya van der Mark nimmt den Fall zu persönlich. Doch die drei Polizisten müssen sich konzentrieren, denn sie haben in ein Wespennest gestochen, und ihre Gegner sind clever, gut organisiert – und völlig skrupellos …

Informationen zu Jake Woodhouse
finden Sie am Ende des Buches.

Jake Woodhouse

Der fünfte Tag

Thriller

Deutsch
von Norbert Jakober

GOLDMANN

Die Originalausgabe erschien 2014 unter dem Titel
»After the Silence« bei Penguin Books, London.

Der Verlag weist ausdrücklich darauf hin, dass im Text
enthaltene externe Links vom Verlag nur bis zum Zeitpunkt
der Buchveröffentlichung eingesehen werden konnten.
Auf spätere Veränderungen hat der Verlag keinerlei Einfluss.
Eine Haftung des Verlags ist daher ausgeschlossen.

 Dieses Buch ist auch als E-Book erhältlich.

MIX
Papier aus verantwor-
tungsvollen Quellen
FSC® C014496
FSC
www.fsc.org

Verlagsgruppe Random House FSC® N001967

1. Auflage
Taschenbuchausgabe August 2016
Copyright © der Originalausgabe 2014
by Dark Sky Productions
Copyright © der deutschsprachigen Ausgabe 2015
by Page & Turner/Wilhelm Goldmann Verlag, München,
in der Verlagsgruppe Random House GmbH,
Umschlaggestaltung: UNO Werbeagentur München
Umschlagfoto: FinePic®, München
Redaktion: Alexander Groß
BH · Herstellung: Str.
Druck und Bindung: GGP Media GmbH, Pößneck
Printed in Germany
ISBN: 978-3-442-48486-7
www.goldmann-verlag.de

Besuchen Sie den Goldmann Verlag im Netz

FÜR ZARA
UND MEINE ELTERN

Aufstehen.«

Die Stimme bellte hinter ihm aus der Dunkelheit, und der kalte Stahl einer Pistole, seiner eigenen, presste sich in seinen Nacken.

Er war in eine Falle getappt.

Jemand hatte ihn auf den hart gefrorenen Boden gestoßen, etwas Spitzes – ein Stein oder eine Glasscherbe – bohrte sich in sein rechtes Knie. Blut floss. Er hob den Kopf zum Himmel, sah seine Atemwolken aufsteigen, die Sterne in der Dunkelheit, und der Schmerz ließ alles fast noch schöner erscheinen, kostbarer und realer.

Er musste ruhig bleiben, durfte sich seine Angst nicht anmerken lassen, die ihm die Eingeweide zusammenzog. Doch er war nun einmal kein Kommandosoldat, der gelernt hatte, mit bloßen Händen zu töten, dachte er, gegen die wachsende Panik ankämpfend. Kein Karatemeister, der herumwirbeln, dem Kerl die Pistole aus der Hand schlagen und ihn mit einem tödlichen Hieb gegen den Hals hätte ausschalten können.

Er war nur ein einfacher Polizist, ein Inspector im Morddezernat, der mit Verbrechen erst zu tun hatte, wenn sie schon geschehen waren.

Seine Arbeit begann dort, wo das Leben eines anderen endete. Doch er selbst war noch nicht bereit, zum »Fall« zu werden, den ein anderer übernahm, ein Inspector, der am Tatort erschien, sein Leben durchleuchtete und herauszufinden versuchte, was zu seinem Tod geführt hatte.

Wie konnte ich nur so dumm sein, dachte er, *mich von ihnen erwischen zu lassen?*

Von den Leuten, hinter denen er her war, um sie vor Gericht und hinter Gitter zu bringen. Den Leuten, die ein altes Ehepaar gefesselt und im eigenen Haus lebendig hatten verbrennen lassen …

»*Aufstehen*, hab ich gesagt.«

Der Pistolenlauf bohrte sich förmlich in seinen Hinterkopf. Er rappelte sich auf, das Knacken seiner Knie wie Pistolenschüsse in der nächtlichen Luft.

»Okay, okay.« Erschreckend, wie viel Angst in seiner Stimme mitschwang.

Er setzte sich in Bewegung, Schritt für Schritt, drohte auf einer Eisplatte auszurutschen. Vorsichtig schlurfte er weiter. Der Stahl der Handschellen schnitt ihm in die Gelenke.

Er stellte sich den Mann hinter ihm vor, die lederne Maske mit dem Reißverschluss anstelle des Mundes.

War es das … werde ich jetzt sterben?

Eine innere Stimme drängte ihn, den Mann anzusprechen, in ein Gespräch zu verwickeln. Bot das nicht die beste Chance, eine solche Situation lebend zu überstehen? Hatte er das in einem Film gehört? Er war sich jedenfalls ziemlich sicher, kein derartiges Training bei der Amsterdamer Polizei absolviert zu haben. Er wusste bloß nicht, was er sagen sollte.

»Halt.«

Diese Stimme. Schroffer klang sie jetzt, rauer, als würden die Stimmbänder in der eiskalten Luft gefrieren.

Er dachte an seine Frau daheim, an das werdende Leben, das sie in ihrem Bauch trug. Das er nie sehen würde. Er krümmte sich und erbrach bittere Galle.

Ein Tritt gegen die Beine ließ ihn erneut in die Knie gehen. Die Ausweglosigkeit seiner Situation schnürte ihm die Brust zu.

Plötzlich hörte er ein Auto links hinter sich. Das Motorgeräusch wurde lauter, Scheinwerfer durchdrangen die Dunkelheit und warfen seinen langen Schatten auf den Boden – ein Mönch, kniend im Gebet.

Beten, die letzte Zuflucht, ging es ihm durch den Kopf.

Er blickte sich kurz um. Wie er vermutet hatte, befand er sich in einem betonierten Abflussgraben, von Bäumen umgeben.

Das Auto hielt an, der Motor verstummte, doch die Scheinwerfer schnitten immer noch wie blauweiße Laserstrahlen durch die Nacht. Türen wurden geöffnet und mit dumpfem Knall geschlossen. Schritte näherten sich von der Straße – schwer zu sagen, wie viele Personen. Schuhsohlen knirschten auf dem Asphalt, dann leisere Schritte auf dem Gras und schließlich etwas vorsichtigere über die abschüssige Betonwand in den flachen Graben.

Stimmen, in einer Sprache, die er nicht verstand, rau und dunkel.

Er zitterte, als würden alle Muskeln in seinem Körper verrücktspielen. Ob vor Kälte oder Angst, hätte er nicht sagen können. Vermutlich beides.

Jemand trat zu ihm und leuchtete ihm mit einer Taschenlampe ins Gesicht. Geblendet schloss er die Augen, obwohl er gerne gesehen hätte, mit wem er es zu tun hatte. Er riskierte einen kurzen Blick mit zusammengekniffenen Augen und sah eine schattenhafte Gestalt im Trenchcoat. Der Mann hob den Arm und schaute auf seine Uhr.

Dann ging das Licht aus, und jemand stieß ein kurzes Wort hervor. Die Schritte entfernten sich, Türen wurden geöffnet und wieder geschlossen, der Motor brüllte auf, und der Wagen fuhr los.

Er lauschte in die Nacht, bis das Geräusch verklungen war. *War es das? War das Ganze nur ein Warnschuss?*

Er war sich nicht sicher, doch er hatte nun das Gefühl, allein hier draußen zu sein. Der Mann, der ihn hergebracht hatte, war ebenfalls verschwunden. Erleichterung durchflutete ihn, aber … wenn sie von ihm wussten …

Ich muss Jaap warnen, dachte er. Seine Knie schmerzten, sein Magen rumorte. Er zwang sich aufzustehen und drehte sich langsam um.

Ein Schuss donnerte und verklang in der Dunkelheit.

Eine Welt aus Tau,
und in jedem Tautropfen
eine Welt voll Leid

Issa

ERSTER TAG

Nur weil du bei der Polizei bist, heißt das noch lange nicht, dass bei dir niemand einbricht.«

Jaap Rykel spähte durch das Bullauge seines Hausboots über das dunkle Wasser zu den Bäumen auf der anderen Seite des Kanals. Er betrachtete die kahlen Äste mit ihrer Weihnachtsbeleuchtung; die Kugeln wirkten wie seltsame Winterfrüchte.

»Ist sonst wirklich niemand da?« Er wechselte das Telefon ans andere Ohr, beugte sich hinunter und begutachtete erneut die aufgebrochene Tür. Ein paar Kratzer ließen das nackte Holz unter der schwarzen Farbe hervortreten. »Ich weiß, ich bin für heute eingeteilt, aber wie gesagt, ich war fast die ganze Nacht auf und …«

»Schon klar, aber wir haben wirklich niemanden. Und es ist eine knifflige Sache, das muss einer anpacken, der den Job beherrscht.«

»Jetzt versuchst du's schon mit Schmeichelei?«

»Wenn's hilft.«

Vielleicht sollte ich es doch machen, dachte Jaap mit einem Blick zur kaputten Tür, *sonst kann ich mich um die Reparatur kümmern.*

»Okay«, seufzte er ins Telefon. »Ich fahre hin. Aber du musst gleich jemanden herschicken, der sich um den Schlamassel hier kümmert und ein neues Schloss einbauen lässt.«

»Kein Problem, aber beeil dich. Kees Terpstra wird dich unterstützen, er …«

»Nicht Kees …«

»Befehl von oben, du sollst ihn ein bisschen an die Hand nehmen.«

»Wenn man ihn an die Hand nimmt, beißt er sie einem wahrscheinlich ab.«

»Dann kannst du's als Verletzung im Einsatz melden. Okay, ich hab's eilig ...«

»Moment noch. Check doch mal einen Namen für mich. Friedman.«

»Vorname?«

»Weiß ich nicht. Versuch's einfach und ruf mich an, wenn du etwas findest. Und vielleicht kannst du Andreas erreichen. Ich weiß nicht, wo er steckt.«

Jaap legte das Telefon auf den Küchentisch. Er war nur drangegangen, weil er gedacht hatte, sein Partner Andreas würde sich melden, um seine Nachricht von letzter Nacht zu erläutern.

Ruf mich an. Hab was gefunden. Ein Typ namens Friedman ist in die Sache verwickelt.

Vielleicht hätte ich ihn begleiten sollen, als er mich fragte, dachte er, während er erneut versuchte, Andreas zu erreichen. Es klingelte endlos weiter.

Er rief Andreas' Nummer zu Hause auf und wollte schon die Anruftaste drücken, als ihn der Gedanke an Saskia innehalten ließ. Sie war noch nie eine Frühaufsteherin gewesen. Die Schwangerschaft hatte daran nichts geändert.

Ich warte noch ein bisschen, dachte er und steckte das Handy ein.

Er nahm sich ein paar Minuten, um nachzusehen, ob etwas gestohlen worden war, doch es fehlte nichts. Nicht einmal sein wertvollster Besitz, sein *Nihonto*, das traditionelle Schwert, das er vor seiner Abreise aus Japan als Abschiedsgeschenk erhalten hatte.

Er betrachtete die silbernen Drachen, die sich um die schwarz lackierte Scheide wanden.

Es hängt mitten an der Wand, dachte er. *Nicht zu übersehen.*

Es würde eine Weile dauern, bis jemand kam, deshalb nahm er sein abgegriffenes I Ging mit den drei Zwei-Euro-Münzen zur Hand, die er zur Befragung des chinesischen Orakels stets bereithielt. Er warf die Münzen wie Würfel auf den Tisch und notierte das jeweilige Ergebnis. Jeder Wurf entsprach einer durchgehenden oder unterbrochenen Linie, sodass man mit sechs Versuchen ein vollständiges Hexagramm erhielt.

Jaap erkannte die oberen drei Linien als das Symbol für *See*, während die unteren drei für *Donner* standen.

Er schlug die Kombination nach und las: »Zeit der Klugheit, Vorausschau und Anpassung.« In diesem Augenblick hörte er Schritte auf dem Landungssteg.

Ein Uniformierter trat gebückt ein, um sich nicht den Kopf anzuschlagen, und wischte sich mit dem Ärmel über die Nase. Jaap steckte rasch das Buch und die Münzen weg.

»Was wurde geklaut?«, fragte der Uniformierte.

»Seltsamerweise gar nichts.«

»Vielleicht ist nichts da, was sich zu klauen lohnt.«

Jaap deutete auf das Schwert, und der Polizist betrachtete es einen Augenblick.

»Hm. Dann wurden sie vielleicht gestört.«

Jaap hielt das für unwahrscheinlich. Die meisten Einbrüche wurden von Drogensüchtigen begangen, die dringend Geld brauchten. Diese Leute zogen nicht mit leeren Händen wieder ab, auch wenn sie gestört wurden.

»Mag sein.« Er zuckte mit den Schultern. »Ich muss jedenfalls los. Lassen Sie das Schloss auswechseln und hinterlegen Sie den Schlüssel im Revier.« Er trat ins Freie.

An Deck blieb er kurz stehen, weil der Reißverschluss seiner Jacke wieder einmal klemmte. Er brauchte einige Augenblicke, um ihn zu lösen. Der schmale Steg federte unter seinen Schritten, als er an Land ging.

In der Ferne rumpelte eine Straßenbahn vorbei, ein früher Wasservogel landete mit einem Platschen im Kanal. Zitternd ging er Richtung Osten, und seine Schritte hallten wie Pistolenschüsse auf dem Pflaster.

Hoffentlich hat Andreas etwas rausgekriegt. Wir müssen dieser Bande endlich das Handwerk legen.

Sie waren im Zuge einer Mordermittlung auf eine Bande gestoßen, die sich *Zwarte Tulpen*, Schwarze Tulpen, nannte. Die Mitglieder stammten aus verschiedenen Ländern der ehemaligen Sowjetunion, operierten skrupellos, unauffällig und waren extrem gut organisiert. Jaap und Andreas waren der Spur nachgegangen und hatten schnell erkannt, wie weit der Einfluss dieser Gruppe bereits reichte. In den vier Jahren, seit sie auf der Bildfläche erschienen war, hatte sie praktisch den gesamten illegalen Handel in den Häfen unter ihre Kontrolle gebracht.

Eine solche Vormachtstellung erlangte man nur, indem man sich keine Fehler erlaubte. In den zwei Wochen, seit sie sich mit dem Fall beschäftigten, waren er und Andreas ständig gegen eine Mauer gerannt. Es war frustrierend, doch es schien keinen Weg zu geben, an diese Leute heranzukommen.

Zehn Minuten später erreichte Jaap die letzte Biegung in der Herengracht, der innersten der drei Grachten, die die Amsterdamer Altstadt umschlossen. In der Ferne erkannte er die Blinklichter eines Krankenwagens und eines Streifenwagens. Ein rot-weiß gestreiftes Absperrband, das von einem

Haus zu einem kahlen Baum am Kanal gespannt war, flatterte im aufkommenden eisigen Wind.

Es herrschte bereits ein reges Treiben – er zählte mindestens fünf Uniformierte –, und als er näher kam, sah er, dass sie alle zum Himmel schauten wie die Gläubigen auf einem religiösen Gemälde im Rijksmuseum. Als er den Blick ebenfalls nach oben richtete, sah er, dass der Gegenstand ihrer Verehrung kein Engel war, der von den Wolken herabschwebte, sondern eine Leiche.

Nackt.

An einem Flaschenzug aufgehängt.

Als Jaap aus der Zentrale erfahren hatte, dass es einen Toten gab, hatte er angenommen, er würde den Morgen damit zubringen, jemanden aus dem Kanal zu fischen, einen Touristen vielleicht, der zu viel Gras geraucht oder holländisches Bier getrunken hatte. Oder vielleicht auch beides.

Sein Handy summte in der Tasche, und er warf einen Blick aufs Display. Andreas' Festnetznummer.

»Andreas, wo hast du gesteckt?«

»Ist er nicht bei dir?« Saskias Stimme. »Wart ihr diese Nacht nicht zusammen unterwegs?«

Scheiße.

»Äh … nein … ich bin dann doch nicht mitgegangen. Ist er heute früh raus?«

Der Wind wehte den beißenden Geruch von Teer und Salzwasser herüber.

»Nein. Ich bin gerade aufgewacht, aber er ist noch gar nicht nach Hause gekommen. Am Handy erreiche ich ihn auch nicht.«

Verdammt, wo steckt er bloß?

»Es ist bestimmt alles okay. Du weißt ja, wie er ist, wenn er sich in einen Fall verbeißt …«

»Aber er war noch nie die ganze Nacht weg, ohne mir Bescheid zu sagen.«

Jaap fragte sich, ob da ein unausgesprochener Vorwurf mitschwang, doch sie klang zu besorgt, um auf einen wunden Punkt ihrer einstigen Beziehung anzuspielen. Zudem war das ohnehin Geschichte.

»Ich werde versuchen, ihn zu erreichen. Irgendjemand auf der Wache weiß bestimmt, wo er ist. Ich melde mich, sobald ich etwas erfahre, aber mach dir keine Sorgen, okay?«

Saskia legte auf, und er rief sofort in der Polizeiwache an und erkundigte sich, wohin Andreas letzte Nacht gegangen war.

Ich hätte ihn begleiten müssen, dachte er erneut, während er die letzten zwanzig Meter zurücklegte.

Seine Schritte verrieten ihn. Die Uniformierten drehten sich wie ein Mann zu ihm um. Jaap duckte sich unter dem Absperrband hindurch und bemerkte jetzt erst den alten Mann, der hinten im Krankenwagen saß.

Einer der Polizisten, Ton Baanders, rauchte eine Zigarette beim Kanal. Als er Jaap sah, schnippte er die orange glühende Kippe ins Wasser und trat zu ihm.

»Hey, how's it hanging?«, fragte er mit gedehntem amerikanischem Akzent.

»Sehr witzig.« Jaap blickte nach oben und fragte sich, wie schwierig die Sache werden würde. Der nackte Leichnam schimmerte blass im Licht einer Straßenlaterne. Drehte sich langsam hin und her, als würden die Füße zu einer unhörbaren Melodie tanzen.

Jaap deutete auf den alten Mann im Krankenwagen. »Hat er ihn gefunden?« Es war ein Mann, so viel war auch von hier unten zu erkennen.

»Ja. Er war anfangs ein bisschen durch den Wind, aber inzwischen hat er sich beruhigt. Er scheint etwas gegen Zuwanderer zu haben, ist vorhin ziemlich über sie hergezogen.«

»Wie heißt er?«

Ton warf einen Blick in sein Notizbuch, als hätte er heute Morgen schon fünfzig Verdächtige mit komplizierten Namen befragt. »Pieter Leenhouts.«

»Sag ihm, er soll hier warten, ich möchte mit ihm sprechen. Ist die Spurensicherung oben?«

»Ja, ausnahmsweise mal pünktlich. «

Jaap wandte sich wieder dem Haus zu. Drei Steinstufen, mit einer dünnen grünen Algenschicht überzogen, führten zur Haustür. Es hatte vier Stockwerke mit je drei großen Fenstern sowie einer später eingesetzten Balkontür.

»Ich kapier's nicht«, sagte Ton. »Wenn ich es mir leisten könnte, in einem solchen Haus zu wohnen, käme ich kaum auf die Idee, mich aufzuhängen.«

»Er hat es nicht selbst getan.«

»Nicht?«

Jaap folgte dem Verlauf des Strickes vom Hals des Mannes zur Rolle des Flaschenzugs und schließlich zu der Stelle, wo er zwischen Fenster und Rahmen eingeklemmt war.

Ob der Strick drinnen irgendwo befestigt ist?, fragte er sich.

»Erhängen hätte er sich schon können. Nur wie hätte er dann noch das Fenster schließen sollen?«

»Verstehe«, sagte Ton.

»Ist Kees noch nicht aufgetaucht?«

»Ist er das nicht?« Ton deutete Richtung Herengracht, vorbei an den bestürzten Nachbarn, die sich vor dem Absperrband versammelt hatten. Eine Gestalt kam mit dem Handy am Ohr auf sie zu.

Plötzlich blieb Kees stehen, ganz in sein Telefongespräch vertieft, und gestikulierte zornig mit der Hand.

»Wenn er da ist, sag ihm, er soll raufkommen. Falls er nichts Wichtigeres zu tun hat.«

Ton grinste. »Sieht mir nach einem Ehekrach aus.«

»Ja, aber so was sollte man zu Hause lassen.«

Im Haus führte ein kurzer Flur zu einer Holztreppe. Rechts stand ein antiker Tisch mit einer Zigarrenschachtel und einem Stapel Briefe. Jaap hob sie auf und betrachtete den ersten Umschlag. In einem Klarsichtfenster standen Name und Adresse.

Jaaps Magen zog sich zusammen.

Der Name war D. Friedman.

ZWEI

MONTAG, 2. JANUAR, 07.57 UHR

Das durchdringende Klingeln des Telefons riss Sergeant Tanya van der Mark aus dem Schlaf. Sie kämpfte sich aus dem Bett und schlurfte barfuß über den kalten Fliesenboden zum Ursprung des Geräusches.

»Hallo?«

»Tanya, hier ist Roelf, hab ich dich geweckt?«

»Äh … na ja …« Sie zitterte und wünschte sich einmal mehr, ihr Vermieter möge die abgenutzten Fliesen endlich durch einen Teppichboden ersetzen. Roelf rief aus der Zentrale des Reviers an, was bedeutete, dass sie nicht so schnell wieder ins Bett kommen würde.

»Tut mir leid, mir ist nichts anderes übrig geblieben. Es ist sonst niemand verfügbar.«

»Was ist mit Baltje?«

»Er ist für ein paar Tage in Amsterdam. Irgendein blöder Kurs über soziales Engagement in der Gemeinde.«

»Er tobt sich also in der Stadt aus, und ich darf für ihn einspringen?«

»Tja, das Leben ist nun mal nicht gerecht. Ich sag das meinen Kindern jeden Tag, um sie darauf vorzubereiten.«

Sie schaute auf ihre nackten Füße hinunter – einer auf einer weißen Fliese, der andere auf einer schwarzen. »Bei dir daheim muss es lustig zugehen.«

»Es ist auszuhalten«, sagte er. »Warum ich anrufe: Wir haben einen Brand drüben beim Zeedijk. Und …«

»Dann ruf doch die Feuerwehr an, die können so was besser.«

»… bei den vielen Brandstiftungen in letzter Zeit hat Lankhorst gemeint, jemand von uns soll sich verdächtige Brände ansehen.«

»Ist es denn verdächtig?«

»Immerhin ist es ein Feuer.«

Tanya blickte zur Uhr auf dem Flur, doch es war zu dunkel, um die Zeiger zu erkennen.

Es muss jedenfalls vor acht sein, dachte sie. *Ich habe die Müllabfuhr noch nicht gehört.*

»Okay«, sagte sie gähnend, »ich bin unterwegs.«

Das Telefon hatte sie aus einem quälenden Traum geweckt, ihrem gewohnten Albtraum. Sie brauchte einen Augenblick, um die Bilder abzuschütteln, bevor sie ins Schlafzimmer zurückkehrte und sich rasch ankleidete, die Augen zu Schlitzen verengt, um sich vor dem grellen Licht der Deckenlampe zu schützen.

Sie stürzte ein Glas Orangensaft hinunter, um den säuerlichen Geschmack aus dem Mund zu vertreiben, und ging zu der Schublade, in der sie ihren Dienstausweis aufbewahrte. Er war nicht da, auch nicht in der Jackentasche. Sie gab es auf und warf einen kurzen Blick auf das Foto auf dem Flurtisch, als sie die Schlüssel einsteckte.

Ihre Eltern.

Am Donnerstag werden es dreizehn Jahre, dachte sie, als sie in die eisige Luft hinaustrat und ihr ein Hauch von Rauchgeruch in die Nase stieg. Eine Katze, vielleicht auch ein Fuchs, sprang aufgeschreckt auf den Nachbarzaun. Die Hinterpfoten kratzten einige Male am Holz, ehe das Tier die Hürde überwunden hatte und mit einem Rascheln im Unterholz verschwand.

Tanya warf einen Blick in den Briefkasten, in der Hoffnung,

das Prüfungsergebnis könnte eingetroffen sein. Wenn sie die Inspectorenprüfung geschafft hatte, würde sie sofort um Versetzung nachsuchen. Doch sie hatte wieder einmal nur Angebote für schnelleres Breitband-Internet und günstige Falafelzustellung erhalten.

Sie betrachtete ihr Motorrad, dessen schwarzer Rahmen von Eis bedeckt war, und wandte sich schließlich dem Polizeiwagen zu. Stieg ein und saß einige Augenblicke hinter dem Lenkrad, ehe sie den Motor anließ. Der Traum wirkte immer noch nach. Nach all den Jahren war seine Macht über sie ungebrochen.

Tanya schüttelte rasch den Kopf, um sich zu konzentrieren. Sie wollte nicht mehr daran denken. *Nie mehr*, fügte sie in Gedanken hinzu.

Zu ihrer Rechten zeigte sich der erste Hauch der Morgendämmerung, und während sie die nächsten zwanzig Minuten durch die flache Landschaft fuhr, beobachtete sie den Übergang der Welt von der Nacht zum Tag mit einem kaleidoskopartigen Farbenspiel am Horizont.

Als sich am Ende der langen Straße nach Norden das Navi meldete, wusste sie bereits, wo sie hinmusste. Eine Rauchsäule stieg zum pfirsichfarbenen Himmel empor. Es musste völlig windstill sein, so kerzengerade, wie der Rauch aufstieg, fast wie die Säule eines griechischen Tempels.

Dorisch oder korinthisch, sinnierte sie, während sie abbremste und einen Weg ausmachte, der zum Ursprung des Rauchs führte, einem Grundstück zwischen den Feldern, von einer Hecke umgeben. Kleine Schlaglöcher waren zugefroren, wie Fischaugen, die zum Himmel blickten.

Als sie sich den Überresten des Hauses näherte, sah sie, dass es sich um einen dieser typischen Bungalows handelte, von denen es so viele in den Niederlanden gab, entworfen von irgendeinem Achtzigerjahre-Architekten mit der visuellen Fantasie eines blinden Beamten. Tanya hatte schon immer gefunden, dass sie völlig deplatziert in der Landschaft herumstanden.

Ein hässliches Haus weniger, dachte sie, als sie im langen Schatten eines Feuerwehrautos anhielt. Die Feuerwehrleute mit ihren in der Morgensonne leuchtenden Signalanzügen wickelten den Schlauch bereits auf die riesige Trommel. Mit jeder Umdrehung spritzte etwas Wasser aus der Düse, was Tanya an eine gigantische, speiende Python erinnerte.

Das Erste, was ihr entgegenschlug, war der dunkle, schwere Geruch von Verbranntem, und als sie um das Löschfahrzeug herumging, spürte sie die Hitze wie aus einem Backofen. Das Haus war fast völlig niedergebrannt, zwei Eckpfeiler links hinten standen verloren vor dem morgendlichen Himmel.

Verschiedene Details waren noch zu erkennen, etwa die Umrisse der Küche, ein halb verbrannter Kühlschrank, ebenso Bad und Toilette.

Der Einsatzleiter sah sie und trat zu ihr. Sie schüttelten einander die Hand.

»Tanya van der Mark«, stellte sie sich vor.

»Paul Lemster.« Sein Gesicht war wettergegerbt, und mit dem Rußfleck auf der linken Wange erinnerte er Tanya an einen Soldaten. »Wie Sie sehen, war nicht mehr viel zu retten, als wir kamen.«

Tanya blickte sich um, konnte aber nirgends die Überreste eines Autos entdecken. Schwer denkbar, dass jemand an einem so abgelegenen Ort ohne Auto auskam. Zur Linken war ein kleiner Gemüsegarten angelegt. Kohl und Lauch wuchsen in fein säuberlichen Beeten.

»Die Bewohner?«

Er deutete auf die Überreste des Hauses. »Allem Anschein

nach zwei tote Erwachsene. Haben es wohl nicht rechtzeitig ins Freie geschafft. Geben Sie uns noch fünf Minuten, dann ist das Haus so weit abgekühlt, dass wir reingehen können.«

»Haben Sie schon eine Vermutung, was die Ursache war? Wieder Brandstiftung?«

Er zuckte mit den Schultern. »Nach meiner Erfahrung ist es meistens irgendeine Kleinigkeit, ein defektes Kabel zum Beispiel. Diese Häuser sind nicht gerade solide gebaut.«

Sie sah sich auf dem Gelände um, blieb so nahe beim Haus, dass die Hitze gerade noch erträglich war, und blickte auf die umliegende Landschaft hinaus.

Hinter den Hecken erstreckte sich Acker- und Weideland mit den für die Provinz Friesland typischen schwarz-weiß gefleckten Kühen. Im Norden lag jenseits der Felder das bleigraue Meer. Tanya spürte die ganze Eintönigkeit der Gegend und fragte sich, ob es einen zur Verzweiflung treiben konnte, hier draußen zu leben.

Während sie die Hecke entlangging, fiel ihr plötzlich etwas auf. Sie kniete sich hin und fühlte die Härte des gefrorenen Bodens. Steckte die Hand zwischen die dunkelgrünen Blätter und traf auf etwas Weiches. Zweige knickten, als sie es hervorzog.

In der Hand hielt sie eine kleine Puppe, die trotz des Frostes ganz neu aussah. Tanya betrachtete die weißen Arme und Beine, das makellose purpurne Kleidchen und das gefrorene blonde Haar.

In der Ferne ertönte irgendwo auf der Nordsee ein Schiffshorn.

Okay. Sie wandte sich dem niedergebrannten Haus zu. *Wo ist das Kind?*

»… einfach nicht fair. Ich habe meinen Job aufgegeben, um mit dir hierherzukommen, und jetzt behandelst du mich so.«

Wie denn?, fragte sich Inspector Kees Terpstra, während er zum hundertsten Mal bereute, drangegangen zu sein. Er sah das Haus bereits vor sich, in dem Jaap Rykel gerade verschwand. Kees erkannte ihn an den weißen Haaren an der Schläfe. Hätte Marinette sich nicht ausgerechnet diesen Morgen für ihre Predigt ausgesucht, dann hätte er sich nicht verspätet.

»Du bist überhaupt nicht mehr zu Hause. Triffst du dich mit einer anderen?« Marinettes Stimme wurde immer lauter, dröhnte wie ein metallisches Kreischen in seinem Ohr.

Schön wär's, dachte er. *Am besten eine, die nicht ständig keift.*

»Oder hast du wieder angefangen? Ist es das?«

Verdammt, ich könnte jetzt wirklich eine Prise vertragen.

»Ich muss Schluss machen, eine Mordermittlung. Ich habe jetzt keine Zeit für …«

»Genau das ist das Problem – du hast nie Zeit. Immer hast du irgendwas zu tun.« Ihr Ton verlor ein wenig an Schärfe. »Wir kommen gar nicht mehr zum … Reden.«

»Okay, okay. Wir reden heute Abend, wenn ich zu Hause bin. Aber es wird sicher spät.« Er schaute zu dem Haus hinüber, vor dem bereits zahlreiche Uniformierte versammelt waren. »Ich muss jetzt wirklich an die Arbeit.« Er beendete das Gespräch, bevor sie etwas einwenden konnte.

Herrgott, was war nur los mit ihr? Seit sie vor acht Monaten nach Amsterdam gezogen waren und sich in der gemeinsam ausgesuchten Wohnung eingerichtet hatten, spürte er bei ihr einen inneren Widerstand gegen die neue Situation. Ihm war klar gewesen, dass es nicht so leicht sein würde, sich einzugewöhnen. Er hatte ihr auch Zeit gegeben und sie nicht sofort gedrängt, sich einen Job zu suchen.

Obwohl sie mit seinem Gehalt allein Mühe hatten, über die Runden zu kommen.

Verstand sie denn nicht, dass er jetzt besonders hart arbeiten musste, dass es viel Zeit und Mühe kostete, nach oben zu kommen?

Zornig schritt er zu dem Haus und drängte sich zwischen den Leuten hindurch, die von dem Absperrband angezogen wurden wie die Insekten vom Licht.

Ein dicker Kerl mit teigigem Gesicht fragte ihn, was los sei, während er sich einen Weg durch die Menge bahnte.

»Polizeiangelegenheit«, blaffte er und duckte sich unter dem Band hindurch. Der Dicke quengelte, dass es keinen Grund gebe, so unfreundlich zu sein. Kees wollte sich schon umdrehen und ihn zurechtweisen, beherrschte sich jedoch und schwieg.

Ton Baanders trat zu ihm. »Freut mich, dass du auch noch gekommen bist.«

»Schieb ab, Kollege.«

Ton lachte. »Jaap hat gesagt, du sollst gleich raufkommen.«

Kees hatte noch nie mit Jaap zusammengearbeitet, doch er hatte einiges über ihn gehört. Unter anderem, dass er jemanden getötet und es nicht verkraftet hatte, worauf er für ein Jahr verschwunden war, ehe er wieder den Dienst antrat. Manche meinten, er habe sich während seiner Auszeit irgendeiner dubiosen östlichen Religion angeschlossen. Kees schätzte ihn eigentlich nicht so ein, aber wer konnte schon in einen Menschen hineinschauen?

Er ging zur Haustür und fragte sich, wie es wohl war, jemanden zu erschießen. Die Frage beschäftigte ihn, seit er mit dem Schießtraining begonnen hatte. Vielleicht würde er Jaap irgendwann fragen.

Als er die Stufen zur Tür erreichte, fiel ihm eine Frau auf, die am Kanal entlangging und dabei eine SMS tippte. Einen Moment lang glaubte Kees, es sei Marinette. Mit der Absicht, ihm vor allen Leuten eine Szene zu machen.

Ein unerträglich peinlicher Gedanke. Er wollte schon zu ihr eilen, um sie aufzuhalten, als er erkannte, dass sie es nicht war.

Die Frau hatte das gleiche silberblonde Haar, einen ähnlichen marineblauen Mantel, und auch ihr Gesicht glich dem von Marinette, war jedoch etwas schmaler, die Nase ein wenig spitzer. Sein Herzschlag, der sich bei ihrem Anblick beschleunigt hatte, beruhigte sich wieder, da er nun wusste, dass es nicht Marinette war.

Als würde sie seinen Blick spüren, schaute die Frau auf und blieb abrupt stehen. Sie begutachtete einen Moment die Szene vor dem Haus, ehe ihr Blick auf Kees fiel. Mit einem überraschten, vielleicht sogar erschrockenen Ausdruck in den Augen machte sie kehrt und eilte in die Richtung, aus der sie gekommen war.

»Hey, halt!«

Sie hörte ihn, beschleunigte jedoch ihre Schritte.

Kees folgte ihr und kämpfte sich durch die wachsende Menge vor dem Absperrband, was erneut einiges Murren hervorrief. Er sah gerade noch, wie sie in die Oude Leliestraat abbog, die schmale Straße, die die Herengracht mit dem nächsten Kanal, der Singel, verband. Die Frau wich einem Absperrpoller aus und verschwand aus seinem Blick.

Kees sprintete los. Die kalte Luft trieb ihm Tränen in die Augen, und er verlor auf dem glitschigen Pflaster fast den Halt. Er gelangte zur Straßenecke, wo bereits Fettgeruch aus einer Falafelbude drang und sich mit den würzigen Gerüchen aus dem Coffeeshop vier Türen weiter vermischte. Sie war etwa zehn Meter vor ihm und rannte, so schnell sie konnte. Er holte auf und kam so nahe heran, dass er einen Hauch von Mottenkugeln aufschnappte.

Wahrscheinlich von ihrem Mantel.

Sie erreichte die Singel und rannte zur Brücke zum Damplatz – er war bereits so dicht hinter ihr, dass er fast ihren wehenden Mantel zu fassen bekam –, als sie plötzlich auf die Straße ausscherte, ohne nach links und rechts zu schauen.

Als er ihr folgte, rollte ein regenbogenfarben bemalter Van vorbei und zwang ihn zum Ausweichen. Er umkurvte den Wagen und schlug frustriert mit der Hand gegen das Heck. Im selben Augenblick sah er ihren Kopf auf der anderen Seite der Brücke verschwinden, als sich sein Sichtfeld plötzlich um neunzig Grad drehte.

Er schlug mit dem Kopf hart auf das Pflaster, und die Radfahrerin, die er übersehen hatte, landete auf ihm.

Lautes Kreischen dröhnte ihm in den Ohren.

Alles um ihn herum verlangsamte sich.

Er drehte den Kopf und sah einen Autoreifen, der Zentimeter vor seiner Nase zum Stehen kam und ihm Dreck in die Augen spritzte.

Er roch den Gummi.

Fluchend versuchte er sich von der Last der beleibten Frau zu befreien, die seine Beine förmlich zerquetschte und ihn anschrie, er solle gefälligst schauen, wo er hinlief.

Kees rappelte sich auf und lief hinkend über die Brücke. Seine Rippen schmerzten bei jedem Atemzug, und der Schock, um ein Haar überfahren worden zu sein, steckte ihm in den Gliedern. Mit verschwommenem Blick sah er sich um und musste erkennen, dass er sie verloren hatte.

Hast du es gemeldet?«, fragte Jaap und begutachtete den riesigen blauen Fleck auf Kees' rechter Wange.

»Ja, hab ich.« Kees fasste sich an den Wangenknochen. Sein Gesicht war schmal, fast hager, die Augen hellblau.

Schade, dass es nichts Ernsteres ist, dann müssten sie ihn von dem Fall abziehen, dachte Jaap.

Als er Kees' lautes Rufen gehört hatte, war er sofort aus dem obersten Stockwerk nach unten gelaufen, mit den Gedanken immer noch bei dem Namen auf dem Umschlag.

»Okay, ich muss nach oben. Der Sanitäter kann es sich ansehen, wenn du willst.«

Kees schüttelte den Kopf. »Alles okay, fangen wir an.«

Als sie das Haus betraten, versuchte Jaap einmal mehr Andreas zu erreichen. Wieder nur die Mailbox.

Verdammt, wo steckt er bloß?, dachte er, während sie die knarrende Holztreppe hinaufstiegen.

In seiner letzten Nachricht hatte Andreas angedeutet, Friedman habe irgendwie mit den Schwarzen Tulpen zu tun.

Er ist auf eine Verbindung zwischen Friedman und der Bande gestoßen, dachte Jaap. *Aber welche?*

Oben angekommen schlüpften sie in weiße Overalls, ehe sie sich im Zimmer umschauten. In einer Ecke sah Jaap eine Winde, von der der Strick zum Fenster verlief.

»Geben Sie uns ein paar Minuten«, sagte er zu den Leuten von der Spurensicherung.

Sie nickten, und Jaap trat ans Fenster und blickte hinaus.

Er sah den Toten von hinten, Füße und Waden waren vom Blut geschwollen, als gehörten sie zu einem dickeren Mann. Die Haare klebten am Kopf, von Tau durchnässt, dessen winzige Tropfen in der Morgensonne schimmerten. Jaap hatte in Kyoto ein Haiku gelesen, in dem von einer Welt voll Leid in jedem Tautropfen die Rede war. Er versuchte sich zu erinnern, gab aber nach einigen Augenblicken auf und wandte sich wieder dem Zimmer zu.

Eine Ecke der Loftwohnung wurde von einem zylindrischen Ofen beherrscht. Jaap legte die Hand auf die raue schwarze Oberfläche und spürte einen Hauch von Wärme. Er bückte sich und blickte durch die runde Glastür des Ofens: Es waren noch ein paar glühende Kohlen in der grauen Asche übrig.

Jaap richtete sich auf und wandte sich den Männern zu. Der unangenehme Teil ließ sich nicht länger aufschieben.

Ein Flugzeug zog jenseits des Toten eine weiße Linie über den Himmel.

»Lasst ihn runter.«

»Wie?« Der Forensiker deutete auf die Winde. »Der Strick ist sicher nicht lang genug, um ihn runterzulassen.«

Jaap trat an das riesige Fenster und drückte es auf. Der Strick bewegte sich, und der Leichnam begann zu schwingen. Von der Straße drangen erschrockene Stimmen herauf.

»Wir könnten ihn einfach runterfallen lassen«, sagte Kees mit einem Blick auf die Menschenmenge. »Wenn er auf den Dicken dort unten fällt, kann nichts passieren.«

»Versuchen wir's zuerst auf meine Art«, erwiderte Jaap und wandte sich an die Spurensicherer. »Wir können ihn mit einem Seil an den Füßen hereinholen, wenn einer den Strick von der Winde abspult.«

Die Spurensicherer gingen daran, seine Anweisung auszuführen, während sich Jaap und Kees Gummihandschuhe überstreiften und ihnen halfen, den Leichnam hereinzuholen. Sie legten den Toten auf eine Plastikfolie und zogen ihn mit dem Gesicht nach unten in die Mitte des Zimmers.

Auf der rechten Hinterbacke waren einige Pickel zu erkennen.

»Hübscher Arsch«, bemerkte Kees.

Niemand lachte.

»Auf drei«, sagte Jaap und fasste den Toten an den Schultern. Als sie ihn umdrehten und auf den Rücken legten, sprang ihm sofort etwas ins Auge.

Da steckte etwas im Mund der Leiche.

Jaap ging in die Hocke. Der Geruch war trotz der Kälte draußen schon ziemlich penetrant.

Ein Forensiker löste den Strick, unter dem violette Male zutage traten. »Sieht so aus, als wäre er erwürgt worden, bevor er aufgehängt wurde«, sagte er. »Durch den Strick allein wären die Male nicht so breit.«

»Klingt logisch«, warf Kees ein. »Ist sicher leichter, einen Toten rauszuhängen, der nicht mehr um sich schlagen kann.«

Aber warum noch aufhängen, wenn er ohnehin schon tot war?, dachte Jaap, während er die etwas dunkleren Spuren auf der rechten Seite des Halses begutachtete. Jetzt erkannte er, dass es sich bei dem Gegenstand im Mund um ein Handy handelte.

»Holen Sie es raus«, sagte er und stand auf.

Der Spurensicherer fasste in den Mund und versuchte das Handy herauszuziehen, doch es schlug immer wieder gegen die Innenseite der Zähne. Er griff mit beiden Händen zu und zog die Kiefer auseinander. Sie knackten, und Jaap zuckte zusammen.

»Vorsichtig.«

Der Mann brummte nur und reichte ihm das Gerät, ein

billiges Klapphandy. Als Jaap es öffnete, erwachte das Display zum Leben. Eine 0900-Nummer wurde angezeigt, die noch nicht gewählt worden war.

Er gab Kees das Telefon und zog sein eigenes hervor.

»Sag mir die Nummer an.«

Jaap tippte sie ein, während Kees sie ihm vorlas, dann drückte er die Anruftaste und schaltete auf Lautsprecher.

… es ist acht Uhr und dreiundfünfzig Minuten …

Jaap spürte ein beengendes Gefühl in der Kehle. »Was ist noch drauf?«

Kees brauchte ein paar Sekunden, um das Handy zu checken. »Keine SMS, nur drei Nummern im Telefonbuch und genauso viele in der Anrufliste«, berichtete er, ohne aufzublicken. Die Displaybeleuchtung ließ sein Gesicht kränklich blass erscheinen.

»Namen?«

»Nein, nur Nummern.«

»Wirklich?«

Kees nickte, und Jaap schaute erneut auf den Toten hinunter und dachte an Andreas' Nachricht.

Dann liegt er mit Friedman wohl richtig, überlegte er.

»Es wird nicht so einfach sein, die Namen rauszukriegen, aber versuch's auf jeden Fall bei den Anbietern«, trug er Kees auf.

»Ich lasse es gleich jemanden machen.«

»Wie wär's, wenn du es selbst übernimmst?«

Kees sah ihn kurz an und ging schließlich zum Fenster. Jaap hörte ihn auf dem Handy tippen, als er eine Nummer wählte.

Wenn doch Andreas hier wäre, dachte Jaap.

Sein eigenes Handy summte, und er sah die Nummer der Polizeiwache auf dem Display.

Endlich ruft er an.

»Andreas, wo warst du die ganze Zeit?«

»Jaap, hier ist Elsie. Smit will dich sprechen, einen Moment.«

Jaap stöhnte frustriert. Das Letzte, was er jetzt brauchte, war ein Gespräch mit Henk Smit, seinem Chef. Smit leitete die Dienststelle, seit Jaap zum Morddezernat gewechselt war. Er war dafür bekannt, seinen Leuten extrem viel abzuverlangen, hauptsächlich um seine eigene Karriere voranzutreiben. Hinter seinem Rücken nannten ihn die meisten nur den »Aal« – schlüpfrig, aber gefährlich mit seinen spitzen Zähnen.

»Rykel«, ertönte Smits Stimme nach wenigen Augenblicken. »Ich habe … äh … schlechte Nachrichten für Sie. Kommen Sie sofort auf die Wache.«

Jaaps Herz explodierte in der Brust. »Was ist passiert?«

Kees und die Spurensicherer sahen alle zugleich zu ihm auf.

»Terpstra kann für Sie übernehmen. Kommen Sie sofort zurück.«

Jaap ging hinaus zur Treppe und vergewisserte sich, dass Kees außer Hörweite war. »Er hat nicht genug Erfahrung«, sagte er mit leiserer Stimme. »Das hier ist kein einfacher Fall. Geht es um Andreas?«

»Es ist … äh … ja.«

Jaap sah für einen Moment die Konturen des Raums verschwimmen, so als würde er sich plötzlich in einem Gemälde von Dalí wiederfinden. Ein Vogel flatterte am Fenster vorüber und warf einen flüchtigen Schatten herein.

»Und?«

»Er ist erschossen worden.«

Tanya stand da, wo sich allem Anschein nach das Wohnzimmer befunden hatte.

Der Feuerwehrmann, der neben ihr die Asche durchsuchte, summte eine Melodie, die ihr vage bekannt vorkam.

»Also, was war die Ursache?«, fragte sie.

»Jedenfalls keine defekte Leitung«, antwortete er mit einem rauen Flüstern.

Er hob mehrere kleine Metallstücke auf und reichte ihr eines. Es fühlte sich noch warm an.

»Das sind Überreste eines Kanisters. So einen benutzt man, um Benzin zu kaufen.«

Tanya begutachtete die Teile. »Sind Sie sicher? Es könnte doch auch irgendwas anderes sein, oder?«

Der Feuerwehrmann schüttelte den Kopf. »Dort drüben in der Ecke habe ich noch mehr davon gefunden. Ein Brand durch einen Defekt bricht immer an einem bestimmten Punkt aus. Aber wenn Sie etwas niederbrennen wollen, legen Sie das Feuer an mehreren Stellen. So ist die Chance größer, dass der Brand nicht rechtzeitig gelöscht werden kann.«

Tanya gab ihm das Metallstück zurück. »Wurden die anderen Brände genauso gelegt … mit solchen Kanistern?«

Der Feuerwehrmann warf die Bruchstücke zurück in die Asche. »Fast alle, ja, aber das ist nichts Außergewöhnliches. Brandstifter sind meistens nicht sehr originell.«

Sie wandte sich den beiden Leichen zu. In dem verkohlten

Fleisch waren die Knochen zu sehen. »Und keine Spur von einem Kind?«

»Ich habe nichts gefunden – und ich habe gründlich gesucht.«

»Könnte es völlig verbrannt sein?«

»Nein.« Er deutete auf die beiden Toten. »Sie sehen ja, wie viel von ihnen übrig ist, obwohl sie mitten im Feuer waren.«

Er wischte etwas Asche von einem Schienbein. Tanya öffnete den Mund, um etwas zu sagen, doch eine Ascheflocke im Hals brachte sie zum Husten.

Hoffentlich war das nicht von den Toten.

Der bedrückende Gedanke ließ sie nicht los, als sie zu ihrem Wagen hinausging, um die Wasserflasche zu holen, die sie vor einigen Tagen hineingelegt hatte. Sie ertastete den kalten Kunststoff der Flasche unter dem Beifahrersitz, zog sie hervor und stürzte die letzten paar Schlucke hinunter. Das Wasser schmeckte schal und abgestanden.

Unter dem Sitz hatte sie noch etwas gespürt, und sie zog es ebenfalls heraus. Ihr Dienstausweis mit dem Polizei-Logo auf der Rückseite.

Doch als sie ihn umdrehte, war da nicht ihr Foto.

Ihr Name stand sehr wohl auf dem Ausweis, aber das Bild zeigte eine Frau in Sado-Maso-Pose, ausgeschnitten und auf ihr Foto geklebt. Einen Moment lang war sie zu verblüfft, um sich vorzustellen, wer das getan haben könnte. Dann dämmerte es ihr.

Inspector Wim Bloem. Der verdammte Mistkerl.

Sie waren noch nie gut miteinander ausgekommen. Obwohl sie seit mehreren Jahren in derselben Abteilung arbeiteten, war es ihr gelungen, ihm meistens aus dem Weg zu gehen. Als einer der drei Inspectoren konnte er sich seine direkten Mitarbeiter selbst aussuchen, und Tanya gehörte nicht dazu.

Es sei denn, es galt einen besonders beschissenen Job zu erledigen.

Es gab gelegentliche verbale Geplänkel, spitze Bemerkungen über ihr rotes Haar. Die Auseinandersetzungen hatten sich gerade in letzter Zeit gehäuft, der Sarkasmus war immer schärfer geworden.

Wahrscheinlich fühlt er sich durch meine Inspectorenprüfung bedroht.

Sie versuchte das Bild abzuziehen, doch er musste einen besonders starken Kleber benutzt haben.

Wie ist er überhaupt in meinen Wagen gekommen?

Tanya schob die Sache beiseite. Sie wollte jetzt nicht daran denken und wandte sich wieder den Überresten des Hauses zu. Irgendetwas stimmte hier nicht. Die zwei Leute hätten es doch rechtzeitig aus dem eingeschossigen Haus schaffen müssen. Was hatte sie daran gehindert?

Und was ist mit dem Auto, dachte sie, *wo ist es?*

Sie kehrte zu dem vor sich hin summenden Feuerwehrmann zurück, der inzwischen den ersten Leichnam zur Gänze freigelegt hatte und nun mit dem zweiten beschäftigt war.

»Das hier müssen Sie sich ansehen.« Er deutete auf den ersten Leichnam.

Er lag auf dem Rücken, die Arme unter dem Körper eingeklemmt.

Das ist nicht gut.

Tanya streifte Handschuhe über und ging in die Hocke. Unterdrückte den Ekel, der in ihr aufstieg, und streckte die Hand aus. Sie zögerte einen Augenblick und zwang sich schließlich, die verkohlte Leiche zu berühren. Sie war noch warm, und für einen Moment beschlich Tanya ein Gefühl, als wäre der Körper noch lebendig.

Er war leicht, und sie hob ihn mit der Hand unter dem

Schlüsselbein ein wenig an, um zu sehen, was die Arme hinter dem Rücken gehalten hatte.

»Sie müssen gefesselt gewesen sein«, sagte sie. »Aber ich sehe nichts.«

»Das Gleiche hier.«

Vielleicht findet die Spurensicherung etwas. Sie machte sich jedoch keine großen Hoffnungen.

Tanya ließ den halb skelettierten Leichnam los, und er sank in die Asche wie ein Vogel in sein Nest. Sie stand auf, wollte nur weg.

Kein Zweifel, es war Mord. Sie musste es sofort melden.

Während sie sich mit ihrem Revierleiter verbinden ließ, fiel ihr ein, dass er in zwei Monaten weg sein würde, um ein viel größeres Revier in Maastricht zu übernehmen.

Wahrscheinlich würde Bloem seinen Posten bekommen.

Dann wird mein Leben die reinste Hölle, fügte sie in Gedanken hinzu, während sich eine Stimme am Telefon meldete.

»Was gibt's?«

»Es war Mord – zwei Erwachsene und möglicherweise ein vermisstes Kind«, berichtete Tanya.

»Na toll. Mal sehen, wer frei ist.«

Sie hörte, wie er das Telefon weglegte und mit jemandem im Büro sprach.

»Okay, halten Sie die Stellung«, sagte er. »Bloem ist schon unterwegs.«

SECHS

Ich rufe zurück, sobald wir etwas haben. Ich würde mir aber keine allzu großen Hoffnungen machen, dass wir die Frau mit dieser Beschreibung finden.«

Kees beendete das Gespräch mit der Zentrale. *Amateure*, dachte er, während er zu dem Krankenwagen ging, in dem der alte Mann wegen seines Schocks behandelt wurde. Smit hatte ihn angerufen und ihm aufgetragen, den Fall zu übernehmen, zumindest solange Jaap weg war.

Das ist meine Chance, dachte er.

Ton stand beim Krankenwagen, um die Journalisten aufzuhalten, die den einzigen Zeugen befragen wollten.

»Was wissen wir über ihn?«, fragte Kees.

»Pieter Leenhouts, Küster in der Noorderkerk …«

»Das ist die an der Prinsengracht, oder? Die so eine Kreuzform hat?«

»Du weißt ja bereits einiges über die Stadt«, bemerkte Ton, während sein Funkgerät zu rauschen begann. Er stellte es leiser.

»Ist der Pathologe schon da?«, fragte Kees.

Ton schüttelte den Kopf.

»Ruf noch mal an, ich hab das Warten satt.«

Ein Sanitäter rauchte verstohlen eine Zigarette auf der anderen Seite des Krankenwagens. Der aufsteigende Rauch verriet ihn. Kees ging um den Wagen herum und fragte ihn, ob der alte Mann in der Lage sei, ein paar Fragen zu beantworten.

»Ich denke schon.« Er stockte, um den Rauch über die Schulter auszublasen. »Aber er ist ein bisschen …« Er ließ die Hand mit der Zigarette in der Luft kreisen.

»Vom Schock?«

Der Sanitäter zuckte die Achseln. »Wahrscheinlich schon immer.«

Kees stieg in den Krankenwagen, wo Pieter Leenhouts auf der Liege saß und seine Fingernägel begutachtete. Er hatte ein schmales Gesicht, eine runde Brille mit dicken Gläsern und feines weißes Haar, das sich zu bewegen schien, obwohl kein Lufthauch zu spüren war. Seine Zähne in dem halb offenen Mund hätten einer gründlichen Sanierung bedurft, nicht wenige waren dunkel verfärbt.

Pieter blickte auf, musterte Kees einen Moment und wandte sich dann wieder seinen Fingernägeln zu.

»Ich bin Inspector Terpstra, ich leite jetzt die Ermittlungen.« *Klingt gut*, dachte er. »Kann ich Ihnen ein paar Fragen stellen?«

»Ich hab mich schon gefragt, wann jemand mit mir sprechen will.«

»Sie hatten ja einen Schock, da wollten wir Sie nicht überanstrengen …«

Der alte Mann schnaubte wie ein Pferd. »Sie brauchen mich nicht zu behandeln, als wäre ich senil.«

»Dann erzählen Sie mir doch bitte, was Sie gesehen haben.« Kees setzte sich auf die Bank ihm gegenüber und schob die Elektroden eines Defibrillators beiseite.

Pieter lehnte sich ein wenig zurück, zufrieden, endlich ernst genommen zu werden. Ein Geruch nach Desinfektionsmittel hing in der Luft.

»Ich komme jeden Morgen hier vorbei. Wissen Sie, ich fange früh an … das verlangt die Arbeit für den Herrn.«

Kees stöhnte innerlich. »Sicher. Sie haben also den Toten gesehen und uns sofort angerufen.«

Pieter blickte von den Fingernägeln seiner linken Hand auf und wandte seine Aufmerksamkeit der rechten zu.

»Die Möwe.«

»Wie bitte?« Kees dachte an die Bemerkung des Sanitäters. Sie traf wahrscheinlich zu.

»Ich hab eine Möwe gesehen.« Pieter deutete zum Haus hinüber. »Sie flog auf, als sie mich hörte. Wissen Sie, mein Rad quietscht manchmal ein bisschen. Und da sah ich ihn. Zuerst hielt ich es für eine von diesen … Puppen, wie sie drüben in De Wallen verkauft werden.«

»Ein Sexspielzeug.«

Pieter erschauderte. »Es ist so abscheulich. Wir lassen das Land zur Lasterhöhle verkommen …« Er gestikulierte mit der Hand. »Überall nur Sex«, fügte er flüsternd hinzu.

Kees fragte sich, wann er und Marinette es zum letzten Mal versucht hatten … es war über einen Monat her. Er schüttelte den Kopf, um die Erinnerung wegzuwischen. Was ihm wiederum ihre Vorwürfe von vorhin zu Bewusstsein brachte.

Woher weiß sie davon?

»Daran sind nur *die* schuld«, unterbrach Pieter seine Gedanken.

»Wer?«

»Die Ausländer. Jeden Tag kommen Hunderte mit dem Schiff oder dem Zug herein.« Er warf Kees einen Blick zu, als stünde er Tag für Tag unten im Hafen, um den Zustrom zu verfolgen. »Die bringen dieses ganze perverse Zeug ins Land.«

Kees sah, dass sich Pieter immer mehr ereiferte.

So viel zum Thema »Alle Menschen sind Brüder« …

»Schon klar. Aber was hat Sie dazu gebracht, es doch zu melden?«, hakte Kees nach.

»Ich hab noch mal hingesehen … es kam mir so … echt vor.«

Kees blickte auf die Gracht hinaus, wo ein leeres Touristenboot mit Glasdach vorbeiglitt.

»Und Sie haben sonst niemanden in dem Haus gesehen? Es ist niemand hinein- oder hinausgegangen?«

»Nein, und ich war die ganze Zeit hier.«

Aus dem Augenwinkel sah er Ton neben sich stehen.

»Jemand von der Pathologie ist da«, sagte Ton, als Kees ihn anblickte.

»Ich denke, das wär's vorläufig«, sagte Kees an Pieter gewandt. »Mein Kollege hat ja Ihre Adresse und Telefonnummer, oder?«

Pieter nickte und ließ die Hände schlaff in den Schoß sinken. »Dann kann ich jetzt gehen?«, fragte er.

»Sicher.« Kees stieg aus dem Krankenwagen. »Und sprechen Sie nicht mit den Journalisten«, riet er ihm, bevor er sich Ton zuwandte.

»Wo ist er?«

»*Sie* ist da drüben.« Ton deutete zur Haustür, wo gerade eine Gestalt im Haus verschwand. »Sie ist mit Gerard aneinandergeraten.«

Gerard hatte nur noch zwei Jahre bis zur Rente und war in seinen achtzehn Jahren bei der Polizei nie über den niedrigsten Dienstgrad hinausgekommen. Manche meinten, er würde eben am liebsten draußen auf der Straße arbeiten und wolle gar nicht zum Bürodienst befördert werden.

Kees vermutete eher, dass er einfach nicht besonders hell im Kopf war.

»Was hat er denn getan?«

»Er hat ihr nicht geglaubt, dass sie Pathologin ist. Hat gemeint, Frauen könnten gar nicht Pathologe werden.«

Kees lachte, und Ton stimmte mit ein. Einige in der Menge bekamen es mit und beäugten sie vorwurfsvoll, als gehöre es sich nicht, am Tatort eines Mordes zu scherzen. Kees suchte sich einen heraus – den Dicken von vorhin – und starrte ihm in die Augen, bis der Mann den Blick abwandte.

Diese verdammten Dicken, dachte er und schritt zur Haustür. *Die sollen ihren Frust nicht an anderen auslassen.*

Drinnen suchte er zuerst die Toilette im ersten Stock auf und schloss ab. Es beunruhigte ihn, dass Marinette ihm vorgeworfen hatte, wieder damit angefangen zu haben. Wenn sie etwas gemerkt hatte, was war dann mit den anderen?

Er zog das kleine Päckchen hervor, nahm einen Fingernagel voll heraus und schnupfte das weiße Pulver. Nun, dachte er, das Risiko musste er eben in Kauf nehmen.

Eine feine Duftspur – blumig mit einem Hauch Moschus – geleitete Kees nach oben und ließ sein Herz etwas schneller schlagen.

Die Glastür des Ofens ermöglichte ihm einen ersten Blick auf sie, als er das Ende der Treppe erreichte. Ihr Spiegelbild war leicht verzerrt, während sie mit dem Rücken zu ihm bei dem Leichnam hockte.

Die Forensiker packten bereits ihre Sachen zusammen. Kees blieb stehen und beobachtete, wie die Frau Handschuhe überstreifte und das Gesicht des Opfers berührte. Die Art, wie sie die Finger bewegte, erinnerte ihn an eine staubig-weiße Tarantel.

»Wie lange wollen Sie noch da stehen, Herr Inspector?«, fragte sie, ohne ihre Arbeit zu unterbrechen. Ihre Finger tasteten gerade über den Nacken des Toten.

»Ich wollte Sie nicht stören«, antwortete er und trat zu ihr. »Woher …«

»Woher ich weiß, dass Sie der Inspector sind?« Sie erhob

sich und drehte sich in einer fließenden Bewegung zu ihm um, während sie gleichzeitig die Handschuhe auszog. »Ich dachte mir, es wird langsam Zeit, dass einer aufkreuzt.«

Kees begutachtete sie mit dem Blick des Kenners.

Nicht übel, wirklich nicht übel.

»Das ist witzig … ich habe nämlich auf Sie gewartet.«

Sie hatte die Augen eines Huskys, herausfordernd und ein wenig geheimnisvoll. Ihr Gesicht war schmal, der Körper schlank, das blond glänzende Haar zu einem Pferdeschwanz zusammengebunden.

»Ja … witzig«, sagte sie und warf ihre Handschuhe in eine der Plastiktüten. »Carice Stultjens.«

»Kees Terpstra.«

An ihrer warmen Hand haftete noch ein Rest des Puders von der Innenseite des Gummihandschuhs.

»Sie arbeiten undercover?«

»Wie kommen Sie darauf?«

»Die Haare … nicht gerade die typische Polizistenfrisur.«

Marinette hatte kürzlich angedeutet, er solle sich die Haare schneiden lassen, was seine Bereitschaft dazu nicht wirklich erhöht hatte.

»Mein Friseur ist gestorben, und ich habe noch keinen gefunden, dem ich vertraue«, antwortete er.

Sie sah ihn forschend an, den Kopf leicht zur Seite geneigt. Kees verstand es als wohlwollende Geste.

»Wie kommt es, dass wir uns noch nicht begegnet sind?«, fragte er.

Sie zuckte die Achseln und wandte sich erneut dem Leichnam zu. Kees betrachtete den Toten. Das Gesicht schien wieder etwas Farbe angenommen zu haben, der Mund stand immer noch offen.

»Er sah vermutlich nicht so aus, als Sie ihn gefunden haben.«

»Was meinen Sie?«

»Man könnte glauben, er habe im Sterben gegähnt.«

»Wir mussten ihm ein Handy aus dem Mund ziehen«, erklärte er.

Sie sah ihn an, fragte aber nicht nach.

»Wann können Sie die Obduktion vornehmen?«

Kees konnte sich diese Frau nicht vorstellen, wie sie Leichen aufschnitt und in den Eingeweiden wühlte. Es passte einfach nicht zu ihr. Obduktionen wurden normalerweise von hässlichen Männern mittleren Alters durchgeführt, nicht von attraktiven Frauen wie ihr. Er schnappte wieder einen Hauch ihres Parfums auf, worauf sich trotz der unpassenden Situation etwas in ihm regte.

»Wir haben eine Menge um die Ohren, aber ich werde versuchen, ihn gleich morgen früh dranzunehmen. Sieht mir nach einer einfachen Arbeit aus; über die Todesursache dürfte es kaum einen Zweifel geben.« Sie ging zur Treppe.

Kees folgte ihr unwillkürlich. »Ginge es nicht vielleicht noch heute?«

»Ihr Inspectoren seid alle gleich … immer wollt ihr alles sofort.«

»Hey, wir haben nun mal unsere Bedürfnisse.«

Sie warf ihm einen angewiderten Blick über die Schulter zu, den er ihr jedoch nicht abnahm. Sie stiegen zusammen die Treppe hinunter.

»Vielleicht sollten Sie mir Ihre Telefonnummer geben«, sagte er, als sie durch die Haustür traten wie ein berühmtes Paar beim Verlassen des Hauses, während die Polizei Fans und Paparazzi auf Abstand hielt.

»Kommt drauf an«, erwiderte sie mit einem angedeuteten Lächeln. Ihm fiel auf, dass ihre Vorderzähne ein wenig schief standen.

Irgendwie gefiel sie ihm dadurch sogar noch besser.

»Worauf?«, fragte er.

Sie streckte die Hand aus und wischte etwas von seinem Ärmel. »Darauf, was Sie damit anfangen, Herr Inspector.«

Wir sind da.«
Kies knirschte unter den Reifen, als der Wagen zum Stehen kam. Der Fahrer stellte den Motor ab und wartete. Jaap sah zu den Bäumen, die die Straße säumten. Die kahlen Äste streckten sich wie Hände zum Himmel.

Sie befanden sich im Amsterdamse Bos, einer großen bewaldeten Parkanlage mit einem See und langen Wander- und Radwegen. Das Erholungsgebiet war in den 1930er-Krisenjahren im Rahmen einer Arbeitsbeschaffungsmaßnahme angelegt worden. Tagsüber tummelten sich hier jede Menge Spaziergänger, Hundefreunde und Familien.

Nachts jedoch zog es eher Drogensüchtige und zwielichtige Typen in den Park.

Jaaps Kehle war staubtrocken, ein Bein – er hätte nicht sagen können, welches – hatte zu zittern begonnen, und sein Magen fühlte sich an, als hätte er lebende Frösche verschluckt.

Er versuchte sich zu beruhigen, seine Atmung zu verlangsamen, um seinen Körper wieder unter Kontrolle zu bekommen. Doch es wollte ihm nicht gelingen.

Die Autotür, deren Griff seine rechte Hand umklammerte, wurde von einem uniformierten Kollegen geöffnet, und die eisige Luft schlug ihm entgegen.

Das half, machte es ihm leichter, aus dem Streifenwagen auszusteigen, der ihn hergebracht hatte, zu diesem Platz mitten im Amsterdamer Stadtwald.

Dann stand er. Sein Bein – es war eindeutig das linke – schien von einem eigenen Erdbeben der Stärke zehn auf der Richterskala betroffen, sodass er sich mit den Händen auf dem Autodach abstützen musste, ehe er zu den drei Männern hinübergehen konnte, die ein paar Meter entfernt standen.

Sie hatten die Blicke gesenkt, als würden sie ihre Schuhe vergleichen, obwohl sie seine Ankunft in der Stille des verlassenen Ortes gehört haben mussten.

Seine Schuhe knirschten auf dem vereisten Gras – für die Wartenden offenbar das Signal, zu ihm aufzublicken. Der Kleinste der drei – er trug als Einziger keine Uniform – trat vor und reichte ihm die Hand, die fast ebenso kalt war wie die Luft.

Als Jaap sie schüttelte, spürte er sie kaum. Der Bart des Mannes wirkte genauso vereist wie das Gras, die Schultern hatte er bis zu den Ohren hochgezogen.

»Inspector Rykel?«

Er sprach mit sanfter, leiser Stimme, die dennoch eine gewisse Autorität ausstrahlte. Genau der Ton, den auch Jaap anschlug, wenn er eine traurige Nachricht zu überbringen hatte, sei es der Ehefrau, dem Mann oder einem anderen Angehörigen eines Mordopfers, jemandem, der das Pech hatte, von einem Polizeibeamten mit versteinerter Miene aufgesucht zu werden.

Diesmal lag der Fall etwas anders. Andreas Hansen war kein Verwandter, auch wenn es sich für Jaap so anfühlte. Sie hatten über neun Jahre zusammengearbeitet. Ihre Kollegen hatten manchmal gescherzt, sie seien wie ein altes Ehepaar, nur ohne Gezänk.

Jetzt nicht mehr.

Andreas war mit einem Schuss in den Hinterkopf getötet worden. Blutflecken auf dem Beton. Auf die dunkelroten

Tropfen hatte sich Eis gelegt, in dem sich die blasse Sonne spiegelte, die allmählich höher stieg und ihre Schatten kürzer werden ließ.

»Wann wurde er gefunden?«

Seine eigene Stimme klang fremd in seinen Ohren, ein wenig gedämpft, als hätte er Watte in der Kehle.

»Heute früh, von einem Autofahrer.«

Wer weiß, schoss ihm ein Hoffnungsstrahl durch den Kopf, *vielleicht ist es gar nicht Andreas.*

Der Tote lag mit dem Gesicht nach unten, die Arme an den Seiten wie auf einem Skeletonschlitten. Die Kleider kamen ihm bekannt vor, die Lederjacke, wie Andreas eine getragen hatte, ebenso das etwas zu lange blonde Haar, vom Blut verklebt. So gerne hätte er gesagt, dass das nicht Andreas war. Dass der Tote ihm nur ähnlich sehe.

Als hätte er seine Gedanken gelesen, reichte ihm der Kollege Andreas' Brieftasche und Dienstausweis, auf dem das Gesicht noch intakt war.

Jaap hörte die Stimme seines Lehrers in Kyoto, Yuzuki Roshi, der ihm einst erklärt hatte, Leben und Tod seien ein und dasselbe. Damals hatte er geglaubt, es zu verstehen, oder es sich zumindest eingeredet.

Jetzt war ihm klar, dass er nichts begriffen hatte.

»Was ... was hat er hier gemacht?«

Der klein gewachsene Polizist trat unruhig von einem Bein aufs andere. »Wir hatten eigentlich gehofft, Sie könnten uns das vielleicht sagen.«

Jaap blickte erneut auf den Toten hinunter.

Haben ihn die Schwarzen Tulpen hierhergebracht? Oder ist er einem von ihnen gefolgt und ertappt worden? Plötzlich schoss ihm ein anderer Gedanke durch den Kopf.

O Gott, ich muss es Saskia sagen.

Er ging zum Streifenwagen zurück und versuchte, nicht daran zu denken, was er nun zu tun hatte. Als er die Hand ausstreckte, um die Autotür zu öffnen, fiel ihm etwas anderes ein.

Der Einbruch in seinem Hausboot.

Andreas' Nachricht.

Was Andreas herausgefunden hatte, war für jemanden gefährlich, wahrscheinlich die Schwarzen Tulpen.

Deshalb hatten sie ihn umgebracht.

Konnte es sein, dass sie Andreas' Handy gecheckt und die Nachricht gefunden hatten? Schaudernd dachte er einen Augenblick darüber nach. Möglicherweise hatten die Schwarzen Tulpen entdeckt, dass Andreas an Friedman dran war, und sie deshalb beide getötet.

Und wenn sie die Nachricht gefunden hatten, mussten sie davon ausgehen, dass auch er Bescheid wusste …

Sie haben nichts gestohlen, dachte er, während er ins Auto stieg und dem Fahrer zunickte. *Sie wollten mich genauso beseitigen.*

ACHT

Hören Sie, wir haben alles abgesucht. Wenn da ein Kind gewesen wäre, hätten wir es gefunden.«

Tanya musterte den Mann – sein schmales Gesicht, die dünne Figur, den grauen Haarkranz – und wusste, es war ihm nicht wichtig. Es interessierte ihn nicht wirklich, ob hier ein Kind gelebt hatte oder nicht, ob hier jemand Schmerz, Angst und Verzweiflung empfunden hatte.

Für ihn und seine Kollegen waren die beiden Leichen zwei Details unter vielen, die zu ihrem Job gehörten, die man zu untersuchen hatte, ehe man sie wegbrachte und vergaß. Um wirklich sicherzugehen, hatte sie die Forensiker herbestellt, nachdem die Feuerwehrleute weggefahren waren. Bloem würde ebenfalls bald eintreffen, und dann hatte sie hier ohnehin nichts mehr zu entscheiden.

»Ich finde, wir sollten trotzdem noch mal suchen«, sagte sie und konnte seine Gedanken förmlich lesen, als wären seine Augen Fenster, durch die man in sein Gehirn blicken konnte: *Lassen wir ihr halt ihren Willen, bevor sie hysterisch wird und einen Riesenzirkus veranstaltet.* Er nickte schließlich und ging zu seinen beiden Kollegen hinüber, die das Gespräch mitgehört hatten. Tanya stellte sich vor, wie sie einander ansahen und die Augen verdrehten.

Vom Meer her war ein lebhafter Wind aufgekommen, der Ascheflocken aufwirbelte und wie Federn durch die Luft schweben ließ.

Als sie sich abwandte, um sich vor der Asche zu schützen, kam ihr plötzlich ein Gedanke. Sie war auf der Fahrt hierher an einem Haus und einer Tankstelle vorbeigekommen, etwa einen Kilometer entfernt.

Tanya blickte zu den Forensikern zurück, die sich wieder an die Arbeit machten, und traf eine Entscheidung. Sie würden mindestens eine halbe Stunde brauchen, um noch einmal alles abzusuchen. Mehr als genug für ihr Vorhaben. Hier konnte sie ohnehin nichts tun, außer sich Frostbeulen zu holen. Zudem musste sie sich überlegen, ob sie Bloem auf ihren Dienstausweis ansprechen sollte. Sie wusste, dass er es gewesen war, auch wenn sie es nicht beweisen konnte.

Er hatte bereits angerufen und sie angewiesen, nichts zu unternehmen, bis er da war.

Nun, er konnte sie kaum daran hindern, sich ein bisschen umzuhören.

Im Auto drehte sie das Radio auf. Die Landschaft war so flach und eintönig, dass selbst das Geschwätz des Lokalsenders eine willkommene Abwechslung bot.

»… dürfte es sich um einen Inspector des Morddezernats handeln.« Sie drehte die Lautstärke auf. »Die Polizei hat das bislang weder bestätigt noch dementiert. Wir erwarten in Kürze eine Stellungnahme. Damit zurück ins Studio.«

»Danke, Nicolotte, wir geben zu dir zurück, sobald die offizielle Stellungnahme kommt. Bis dahin ein paar Takte Musik.«

Was war das mit dem Inspector des Morddezernats? Tanya schaltete das Radio aus. Sie überlegte kurz, ob sie beim Sender anrufen sollte, beschloss dann aber, sich auf ihre eigenen Angelegenheiten zu konzentrieren.

Als sie von der Hauptstraße abbog, den Wagen abstellte und ausstieg, war der Wind heftiger geworden – er riss ihr die Autotür aus der Hand, ehe sie sie selbst schließen konnte.

Wer lebt freiwillig in einer solchen Gegend? Sie klingelte an der Tür, schlug den Kragen hoch und wartete darauf, dass sich jemand meldete. Die Tür öffnete sich, eine junge Frau mit kurzem blondem Haar und leicht hervortretenden Augen erschien, hinter ihr die lauten Stimmen spielender Kinder.

Geertje heiße sie, sagte sie, und wohne hier mit ihrem Mann und ihren drei Kindern. Die Nachbarn kenne sie nicht besonders gut, ein altes Ehepaar namens van Delft … furchtbar, so zu sterben. Geertje war sich jedoch absolut sicher, dass die beiden kein Kind hatten. Tanya bedankte sich, stieg ins Auto und fuhr weiter zur Tankstelle.

Wenn sie keine Kinder hatten, überlegte sie während der Fahrt, *warum dann diese neue Puppe? Wollten sie sie einem Enkelkind schenken, das sie gelegentlich sahen?*

Der Täter musste an der Tankstelle vorbeigekommen sein; von Westen führte nur ein schmaler Weg zum Haus. Vielleicht hatte jemand etwas gesehen.

Eine winzige Chance, doch die galt es in ihrem Job zu nutzen.

Die Tankstelle stand allein in der Landschaft, was ihr erneut die ganze Trostlosigkeit der Gegend vor Augen führte.

Wenn ich die Prüfung bestanden habe, lasse ich mich versetzen, dachte sie, während sie zum Abbiegen blinkte.

Als sie das Gelände der Tankstelle erreichte, blickte sie sich nach Kameras um, und tatsächlich gab es gleich vier Stück. Nach ihrer Ausrichtung mussten zumindest drei einen Ausschnitt der Straße zeigen. Jedenfalls genug, um erkennen zu lassen, ob irgendwann am frühen Morgen ein Auto vorbeigekommen war. Vielleicht hatte der Täter sogar hier getankt.

Im Laden saß ein junger Mann, eigentlich noch ein Teenager, mit langen Haaren und den Augen eines Kiffers, und blätterte in einer Zeitschrift über Autoreifen. Er blickte auf, als Tanya eintrat.

»Welche Nummer?«

»Ich habe nicht getankt. Ich bin von der Polizei und wollte Ihnen ein paar Fragen stellen.«

Er schluckte und bemühte sich, cool dreinzublicken.

»Die Tankstelle ist rund um die Uhr geöffnet, oder?«

»Nein, wir schließen um zehn. Nach halb zehn kommt hier sowieso niemand mehr vorbei … tote Hose. Aber der Typ, dem der Laden gehört, will, dass wir für alle Fälle bis zehn Uhr offen lassen.«

Sein Ton ließ erkennen, dass er mit dieser Maßnahme nicht einverstanden war.

»Was ist mit den Kameras, die ich draußen gesehen habe?«

»Die sind immer eingeschaltet.« Er kratzte sich am Kopf. »Weiß gar nicht, warum. Ich glaub nicht, dass schon mal eingebrochen wurde.«

»Würde sich auch kaum lohnen«, entfuhr es ihr unwillkürlich. »Ich muss die Aufnahmen sehen.«

»Ähm … ich weiß nicht, wie das geht.« Seine Stimme balancierte noch zwischen der Tonlage eines Jungen und der eines erwachsenen Mannes.

»Vielleicht weiß es Ihr Chef?«, hakte sie nach.

»Ja, sicher. Der wird es wissen.« Er griff zum Telefon. »Harri hier. Da ist eine Polizistin … sie will die Aufnahmen der Kameras sehen.«

Er hörte mit konzentriertem Stirnrunzeln zu und kratzte sich langsam eine gerötete Stelle am rechten Ohr, ehe er ihr das Telefon hinhielt. Sie nahm den Hörer und schnappte einen Hauch seines säuerlichen Körpergeruchs auf.

»Mit wem spreche ich?«

»Gerrit Cloet, mir gehört die Tankstelle … und wer sind Sie?«

»Sergeant van der Mark.« Sie spürte Harris Augen auf sich

ruhen. »Ich muss dringend die Kameraaufnahmen durchsehen.«

»Worum geht's?«

»Wir hatten einen Brand am Zeedijk, und jetzt muss ich überprüfen, ob letzte Nacht ein Auto hier vorbeigekommen ist.«

Es folgte eine Pause; sie hörte Geräusche im Hintergrund: Schüsse, Musik.

»Okay, geben Sie mir noch mal Harri. Ich erkläre ihm, wie es geht.«

Fünf Minuten später saß Tanya in einem engen Büro vor einem kleinen Schwarz-Weiß-Monitor. Harri war bei ihr geblieben, nachdem er das Band gefunden und eingelegt hatte, doch sie hielt seinen Geruch in dem engen Raum nicht aus und fragte ihn, ob er nicht draußen im Laden aufpassen müsse.

Nach der Zeitangabe rechts unten startete die Aufzeichnung um 18.38 Uhr. Sie vermutete, dass der Brandstifter gewartet hatte, bis sich die Straßen leerten, und drückte auf die Taste für den schnellen Vorlauf. Waagrechte Streifen wanderten über den Bildschirm, und die Szene wechselte zwischen den fünf Kameraperspektiven hin und her – die fünfte Kamera befand sich im Laden. Ab Mitternacht ließ Tanya die Aufzeichnung in normaler Geschwindigkeit laufen und verfolgte das Geschehen eine Weile.

Nichts. Keine Autos, gar nichts.

Plötzlich rührte sich etwas. Ein Fuchs. Dann wieder nichts.

Das kann Stunden dauern, dachte Tanya.

Sie sollte das Material aufs Revier mitnehmen und es von jemand anderem durchsehen lassen. Sie spulte immer wieder ein Stück vor, bis sie nur noch verschwommen sah und ihr der Kopf dröhnte.

Harris Stimme schreckte sie auf. »Möchten Sie einen Kaffee?«

Der Gedanke an Kaffee brachte ihr zu Bewusstsein, wie hungrig sie war. Kaffee auf nüchternen Magen wollte sie lieber nicht riskieren. Als sie sich zu ihm umdrehte, las sie so etwas wie Hoffnung, aber auch Verlegenheit in seinen Augen.

»Ja, das wäre toll. Und hätten Sie vielleicht ein Sandwich?«

Drei Minuten später brachte er ihr ein in Plastikfolie verpacktes Roggenbrötchen mit Gouda und einen Becher lauwarmen Kaffee, der nicht viel mehr war als braunes Wasser.

»Wenn Sie noch was brauchen … ich bin draußen«, sagte er, ehe er die Tür schloss.

Tanya wusste nicht, welche wilden Teenagerträume sich genau in seinem Kopf abspielten, doch es war ziemlich klar, worum sie sich drehten.

Warum sind Männer immer so?

Wie aufs Stichwort klingelte ihr Handy. Sie erwartete, dass Inspector Bloem wissen wollte, wo sie steckte, doch es war Wilhelm. Er wollte immer noch nicht akzeptieren, dass ihre Beziehung vorbei war. Vier Monate war es jetzt her, dass sie ihn rausgeworfen hatte, und sie wusste immer noch nicht genau, warum.

Es war eigentlich recht gut gelaufen. Sie hatten fast ein Jahr zusammengelebt, und er hatte sich bestimmt nicht verändert, sie enttäuscht oder gar betrogen. Es war vielmehr immer das Gleiche – sie kam irgendwann an einen Punkt, wo sie einfach keinen Sinn mehr darin erkennen konnte, so weiterzumachen. Während ihrer Ausbildung an der Polizeiakademie hatte sie drei Beziehungen gehabt.

Alle hatten auf die gleiche Weise geendet.

Und die drei Männer hatten es nicht akzeptieren wollen.

Tanya ließ es klingeln und wandte sich wieder dem Bildschirm zu. Nachdem es ihr gelungen war, die Sandwichverpackung zu öffnen, begann sie zu essen und spülte jeden Bissen des staubtrockenen Brötchens mit einem Schluck Kaffee hinunter.

Die Zeit zog sich in die Länge, ein Kunde kam und ging, Harri fragte noch einige Male, ob sie etwas brauche, und zog sich jedes Mal enttäuscht zurück, bis er es schließlich aufgab. Tanya war ebenfalls kurz vor dem Aufgeben und warf einen Blick auf ihre Uhr. Bloem war vielleicht schon am Tatort. Sie beugte sich vor, um das Band zu stoppen.

Doch als ihr Blick für einen Moment zum Bildschirm sprang, blitzte auf Kamera eins etwas auf.

Sie spulte ein Stück zurück … etwas zu weit, und sie musste einige Sekunden warten. Da war es: ein Auto, das um 02.19 Uhr in die richtige Richtung fuhr. Sehr langsam. Der Kopf des Fahrers war der Tankstelle zugewandt. Sie hielt das Band an und starrte auf den Bildschirm. Harri sprach draußen mit einem Kunden. Der Kaffee und das Sandwich rumorten in ihrem Magen.

Das Bild war schwarz-weiß, doch sie erkannte, dass der Fahrer eine Maske trug.

Mit einem Reißverschluss, wo der Mund sein sollte.

Als sie auf dem Rückweg die Hauptstraße erreichten, ließ Jaap den Fahrer anhalten, riss die Tür auf und stolperte gerade noch rechtzeitig ins Freie, um sich am Straßenrand zu übergeben. Der Verkehr rauschte hinter ihm vorbei, Abgasdämpfe erfüllten die Luft. Er konnte es nicht fassen. Warum Andreas?

Mit Schaudern dachte er an das I-Ging-Ergebnis von heute Morgen: See und Donner.

Er stieg in den Streifenwagen, schloss die Tür und nickte dem Fahrer zu, mit einem säuerlichen Geschmack im Mund und einem flauen Gefühl im Magen. Der Wagen fädelte sich in den Verkehr ein, und Jaap überlegte, was nun zu tun war.

Er musste es Saskia sagen.

Das konnte er nicht jemand anderem überlassen, und er konnte es nicht telefonisch erledigen.

Und er musste herausfinden, was Andreas über Friedman entdeckt hatte.

Als sie die Stadt erreichten, fühlte er sich ausgelaugt und verloren; auch der Schlafmangel machte sich jetzt bemerkbar. Er zwang sich, das Handy hervorzuholen und Kees anzurufen.

»Ich bin in ein paar Minuten zurück auf der Wache. Wo bist du?«

»Am oberen Ende der Herengracht.«

Das Auto vor ihnen bremste abrupt, die Lichter flammten

auf wie Teufelsaugen. Sein Fahrer reagierte blitzschnell, und Jaap wurde in den Gurt gedrückt.

»Ich muss kurz mit Smit sprechen«, sagte Jaap, als er sich wieder zurückgelehnt hatte. »Danach kannst du mir berichten, was du erfahren hast.«

»Ich brauche noch eine Weile …«

»Komm trotzdem zurück. Du hast ja ein paar Leute vor Ort, oder?«

»Ja …« Es folgte eine kurze Pause, als würde Kees an einer Zigarette ziehen. »Ja, hab ich. Okay, ich komm dann.« Er klang etwas frustriert.

Der Fahrer ließ ihn vor der Polizeiwache aussteigen, und er ging im Großraumbüro direkt zu Andreas' Schreibtisch, der sich deutlich von den anderen in der Abteilung unterschied. Die Tische der Kollegen verschwanden unter Unmengen von Unterlagen, Polizeifotos, halb leeren Kaffeebechern und Schachteln mit Essensresten aus dem indonesischen Imbiss gegenüber. Andreas hingegen hatte großen Wert auf Ordnung gelegt. Ein sauberer Stapel Unterlagen und ein Laptop.

Jaap wollte ihn gerade hochfahren, als er Smits Stimme draußen auf dem Gang vernahm, im Gespräch mit de Waart.

Jaap und de Waart hatten zur gleichen Zeit begonnen und mit einfacheren Fällen gemeinsam ihre ersten Erfahrungen gesammelt. Es hatte keinen Grund zur Rivalität gegeben, doch de Waart war überehrgeizig und hatte jeden ihrer gemeinsamen Fälle dazu benutzt, sich auf Jaaps Kosten zu profilieren. Bis zu dem Fall, in dem de Waart in seinem Bestreben, sich die Festnahme auf die eigene Fahne zu schreiben, Mist gebaut und den Mörder hatte entwischen lassen. Jaap hatte für sich behalten, was wirklich geschehen war.

Zu seinem Leidwesen, denn Smit hatte sie für das Versagen beide öffentlich gerügt.

Sie arbeiteten schon lange nicht mehr zusammen.

Jaap sprang auf und eilte zu seinem Schreibtisch, um nicht an Andreas' Platz gesehen zu werden. Unterwegs war ihm klar geworden, dass Smit seinem Wunsch, Andreas' Fall zu übernehmen, niemals nachkommen würde. Doch bislang wusste nur er, dass sein neuer Fall mit seinem Freund zu tun hatte …

Etwas bewegte sich in Jaaps Augenwinkel. Er schaute auf und sah Smits beträchtliche Leibesfülle in der Tür auftauchen. Smit blickte sich um, bemerkte Jaap, kam herüber und ließ sich mit einer Hinterbacke auf dem Schreibtisch nieder. Jaap fürchtete, der Tisch würde dem Gewicht nicht standhalten.

»Furchtbare Sache.« Smit schüttelte den Kopf. »Ich kann's immer noch nicht glauben, dass er nicht mehr da ist.«

Das Bild von Andreas, mit dem Gesicht nach unten in dem Graben, drängte sich erneut in Jaaps Gedanken, genauso klar und deutlich wie beim ersten Mal.

»Es gibt da ein paar Dinge, über die ich mit Ihnen sprechen muss. Es hat mit Andreas zu tun«, fuhr Smit fort und warf einen Blick auf seine Uhr. »Ich muss in vierzig Minuten einen Bericht ans Rathaus liefern, aber danach sollten wir uns unterhalten.« Er zögerte einen Moment, ehe er Jaap die Hand auf die Schulter legte und sie kurz drückte. »Okay?«

»Ja.« Jaap wusste nicht, warum, aber die Geste seines Chefs war ihm irgendwie nicht geheuer. »Wann genau?«

»Ich sag Elsie, sie soll Ihnen Bescheid geben, wenn ich zurück bin.« Smit hievte sich vom Schreibtisch hoch, und eines der Metallbeine ächzte. »Es hängt ganz davon ab, wie sehr sie mich in die Mangel nehmen. Ein toter Polizist ist für diese Leute auch nicht gerade lustig. Außerdem muss ich jemanden zu Saskia schicken.«

»Nein, das mache ich.«

Smit sah ihn einen Moment lang an und nickte. »Wenn Sie

sich dazu in der Lage fühlen, ist es wahrscheinlich besser, wenn Sie es ihr sagen.«

Sobald Smit draußen war, stand Jaap auf, um sich Andreas' Laptop vorzunehmen, doch als er hinübergehen wollte, trat Kees ein. Jaap setzte sich wieder, und Kees griff sich einen Stuhl und zog ihn mit einem hässlich scharrenden Geräusch über den Fußboden. Der blaue Fleck in seinem Gesicht war noch weiter aufgeblüht.

»Okay, gibt es etwas Neues? Namen? Informationen von den Telefonanbietern?«, fragte Jaap.

Kees berichtete ihm, was er wusste. Das Opfer war Dirk Friedman, Diamantenhändler mit einem Geschäft in der Oude Nieuwstraat.

»Warst du schon dort?«

»Ich habe mit den Mitarbeitern gesprochen. War aber nicht besonders hilfreich. Sie fanden ihn alle toll, können nicht glauben, dass er tot ist, und so weiter.«

»Nichts Interessantes?«

»Eine Sache vielleicht. Die Geschäftsführerin Carolien van Zandt hat letzten Donnerstag etwas im Büro vergessen, und als sie zurückkam, um es zu holen, hörte sie einen lauten Wortwechsel zwischen Friedman und einem gewissen Rint Korssen. Der Typ hält anscheinend Anteile am Geschäft und schaut gelegentlich vorbei.«

»Hat sie gehört, worum es bei dem Streit ging?«

»Sie sagt, sie habe nicht genug verstanden.«

»Du hast diesen Korssen überprüft?«

»Er ist gerade in Rotterdam und wird morgen früh mit dem ersten Zug zurückkommen.«

»Sonst noch was?«

»Nicht wirklich. Ich habe mir Friedmans Terminkalender angesehen. Der letzte Eintrag war Sonntagvormittag um elf

Uhr, ein Besuch bei einer Hilfsorganisation namens Vrijheid Nu. Außerdem habe ich seinen Anwalt angerufen, um eine offizielle Identifizierung zu vereinbaren.«

»Er war an einem Sonntag bei der Hilfsorganisation?«

»Ich habe dort angerufen. Der Typ, mit dem er sich getroffen hat, heißt Hans Grimberg und ist extra reingekommen, um mit Friedman zu sprechen.«

»Was macht die Organisation?«

»Irgendwas für missbrauchte Kinder.«

»Wir müssen mit Grimberg sprechen. Er war vielleicht der Letzte, der Friedman gesehen hat. Und die Telefone?«

»Die Nummern sind alle Prepaidhandys … unmöglich zurückzuverfolgen, wer sie gekauft hat.«

»Wir müssen die Telefonverbindungen untersuchen. Hast du die Liste schon?«

»Sie schicken sie per Fax.« Er schaute auf seine Uhr. »Ich glaube nicht, dass sie schon da ist.«

»Was ist mit dem Haus?«

»Nicht viel. Die Tür wurde nicht aufgebrochen, er hat den Mörder also gekannt.«

Jaap musste an die aufgebrochene Tür seines Hausboots denken. Hoffentlich war sie inzwischen repariert.

»Okay. Ich habe ein paar Dinge zu erledigen. Sammle inzwischen alles über Friedmans Firma, was du kriegen kannst. Ich möchte vorbereitet sein, wenn wir hingehen.«

Kees stand auf, hielt jedoch einen Moment inne, als wäre ihm noch etwas eingefallen. »Es tut mir leid wegen Andreas. Ich weiß, dass ihr euch … nahegestanden habt …« Er stockte einen Augenblick. »Also, ich habe alles im Griff. Wenn du … äh … ein bisschen Zeit brauchst, ist es okay.«

Trotz allem, was geschehen war, trotz der Angst, Wut und Trauer sagte ihm sein Instinkt, dass Kees eine bestimmte Absicht verfolgte. Seine Worte klangen wohlkalkuliert. Er hoffte offenbar, den Fall übernehmen zu können.

»Danke, vielleicht später. Kümmere dich um die Telefonverbindungen. Wir sehen sie uns zusammen an, wenn ich zurück bin.«

Jaap schaute Kees nach. Er hatte sich vor acht Monaten von irgendwo aus dem Süden hierher versetzen lassen und es offensichtlich eilig, nach oben zu kommen. Jaap hatte das Gefühl, dass er in der Wahl seiner Mittel nicht zimperlich war. Er hatte noch nie mit Kees zusammengearbeitet, aber einige Kollegen, die ihn besser kannten, hatten nicht viel Gutes berichtet.

Hoffentlich macht er keine Schwierigkeiten, dachte Jaap, als er sich Andreas' Schreibtisch zuwandte.

Eine Stimme hinter ihm rief seinen Namen.

Jaap drehte sich um und sah den Polizisten, der ihn auf dem Hausboot aufgesucht hatte. Er teilte Jaap mit, dass das Schloss nicht beschädigt gewesen sei, nur die Tür und der Rahmen, und dass alles repariert sei. Jaap bedankte sich und steckte den Schlüssel ein.

Ein Glück, dass ich letzte Nacht nicht zu Hause war, dachte er, während er sich auf Andreas' Platz setzte und den Laptop hochfuhr. Welche Verbindung bestand zwischen Friedman und den Schwarzen Tulpen? Hatten sie mit ihm Geschäfte gemacht und gefürchtet, er könnte alles ausplaudern, wenn ihn die Polizei unter Druck setzte?

Er und Andreas hatten Beweise, dass die Schwarzen Tulpen Waffen, Drogen und Frauen für das Sexgeschäft schmuggelten. Vielleicht hatten sie nebenbei auch mit Diamanten gehandelt. Oder Friedmans Geschäft zur Geldwäsche benutzt.

Der Bildschirm erwachte zum Leben und verlangte das Passwort. Jaap kannte es, tippte es ein und suchte nach neueren Dateien auf dem Desktop, in der Hoffnung, dass Andreas etwas Brauchbares deponiert hatte.

Nach einer Minute beschlich ihn ein ungutes Gefühl. Da war absolut nichts auf dem Laptop, keine alten Fallakten, keine E-Mails, nichts.

Alles gelöscht.

ZEHN

D a.« Tanya deutete auf den Bildschirm.

Das Bild gefror, und der Kriminaltechniker und Lankhorst beugten sich vor. Sie befanden sich in Lankhorsts Büro, einem kleinen Raum neben dem Großraumbüro.

Einige Augenblicke studierten sie das Bild schweigend.

»Das ist nicht besonders viel … außer wir hätten das Kennzeichen«, sagte Lankhorst.

»Aber allein die Tatsache, dass er dort war und um diese Zeit in die richtige Richtung fuhr, hat doch etwas zu bedeuten, oder? Und welcher Irre würde schon mit einer Maske herumfahren?«, erwiderte Tanya.

Lankhorst wandte sich wieder dem Bildschirm zu. »Das ist der einzige Weg zum Haus, oder?«

»Ansonsten wäre es höchstens mit dem Boot zu erreichen.«

»Kann man das irgendwie vergrößern?«, fragte Lankhorst.

»Wir sind hier nicht beim Film«, erwiderte der Techniker. »Sie können nicht zoomen und ein Bild mit hoher Auflösung kriegen. Dafür sind diese Kameras einfach nicht gebaut.«

Er tippte ein paar Tasten, spulte ein wenig zurück, dann wieder vor und hielt das Bild schließlich an, um es zu vergrößern. Das Kennzeichen war tatsächlich unleserlich, nur eine verschwommene Abfolge von Buchstaben und Ziffern. Sie tüftelten einige Minuten an möglichen Kombinationen, als Tanya plötzlich etwas bemerkte.

»Was ist das an seinem Hals?«

»Ein Schatten?«

Sie beugte sich vor. »Nein, es sieht eher aus wie …«

Die Heizung schaltete sich ein, und der Heizkörper reagierte mit mehreren Klopfgeräuschen. Morsezeichen.

»… ein Muttermal«, warf Lankhorst ein.

Tanya ging noch näher heran. »Nein, das glaube ich nicht … dafür ist es zu …«

»Was dann?«

»Eine Tätowierung«, sagte sie, auf den Bildschirm starrend. »Ein Tattoo … eine Spinne.«

»Okay, überprüfen Sie's. Wir treffen uns in zwanzig Minuten wieder.«

Tanya ging an ihren Schreibtisch und rief das *Herkenningsdienstsysteem* auf, eine landesweite Datenbank, in der Leute registriert waren, die schon einmal mit dem Gesetz in Konflikt geraten waren. Das klang vielversprechend, bis man feststellte, dass die Daten ohne jedes System eingegeben waren, was es unerwartet schwer machte, jemanden zu finden.

Sie suchte nach Leuten mit Tätowierungen am Hals und erhielt hundertsiebenundzwanzig Ergebnisse. Viel zu viele, um sie alle durchzugehen. Sie schränkte die Suche auf Leeuwarden ein und erhielt null Treffer. Eine Viertelstunde später hatte sie die Liste auf fünfundzwanzig reduziert. Sie druckte die Akten der Betreffenden aus und ging damit in Lankhorsts Büro, wo er bereits auf sie wartete.

Eine Deckenlampe flackerte.

»Also, fangen wir an. Wie hat es sich Ihrer Meinung nach zugetragen?«

»Da bei den anderen Bränden niemand gefesselt wurde und verbrannt ist«, sagte Tanya und setzte sich ihm gegenüber, »können wir davon ausgehen, dass es sich um andere Täter handelt … es sei denn, sie haben für das hier geprobt.«

»Das halte ich für unwahrscheinlich.«

»Ich ebenfalls.«

Die Tür öffnete sich, und sie blickte in Bloems Gesicht. Er lächelte.

»Kommen Sie rein, Wim, wir gehen die Sache gleich durch, ich muss nur noch einen Anruf machen.«

»Hier bist du also«, sagte Bloem, als Lankhorst draußen war. »Solltest du nicht am Zeedijk auf mich warten?«

»Ich habe etwas gefunden.« Sie deutete auf den Bildschirm. Bloem wandte den Blick nicht von ihr ab.

»Was?«, fragte er schließlich.

Während sie es ihm erklärte und auf die Tätowierung am Hals des Mannes deutete, spürte sie seinen bohrenden Blick.

»Und?«, fragte er mit einem vorgetäuschten Gähnen.

Sie dachte an ihren Dienstausweis.

Gib ihm nicht die Genugtuung.

Sie wandte sich an den Kriminaltechniker. »Ich glaube, ich habe meinen Dienstausweis verloren. Kannst du mir einen neuen besorgen?«

Er nickte, während Lankhorst zurückkam.

»Wo waren wir?«, fragte er.

Tanya legte die Hand auf die Unterlagen, die sie aus der Datenbank ausgedruckt hatte. »Ich habe hier fünfundzwanzig Leute mit Halstätowierungen.«

»Könnte einer passen?«, fragte Lankhorst.

»Ich hatte noch keine Zeit, sie mir anzusehen.« Sie nahm die Unterlagen zur Hand, studierte ein Bild nach dem anderen und gab jedes an Lankhorst weiter.

»Potthässlich, die Typen«, bemerkte Bloem, der Lankhorst über die Schulter blickte. »Hat eigentlich schon mal jemand eine Studie über einen Zusammenhang zwischen Aussehen und kriminellen Neigungen gemacht? Das würde uns die Arbeit um einiges erleichtern. Wir bräuchten bloß die hässlichen Kerle festnehmen.«

Okay, dachte Tanya, *wenn wir die Leute nach ihrem Aussehen festnehmen würden, wärst du als Erster dran.*

Sie reichte ihrem Chef ein weiteres Foto und wandte sich dem nächsten zu.

Einem Kerl mit einer Spinnentätowierung auf der richtigen Halsseite. Sie gab das Bild Lankhorst. Er hielt es hoch, um es sich genauer anzusehen.

»Verfolgen Sie diesen hier weiter«, sagte er schließlich und gab ihr das Bild zurück. »Er wurde einige Male in Amsterdam festgenommen. Wenn Sie hinmüssen, lassen Sie's mich wissen.« Er sah Bloem und Tanya an. »Sie beide sind sicher ein ausgezeichnetes Team. Ich hätte gern heute Abend ein erstes Update.«

Tanya ging zurück zu ihrem Schreibtisch, und Bloem trug ihr auf, einen Bericht zu schreiben. Sie nahm sich jedoch zuerst einmal Akte Nummer siebzehn vor. Der Mann mit der Tätowierung hieß Ludo Haak, mehrfach verurteilt wegen schwerer Körperverletzung, bewaffneten Raubs und Erpressung. Von Brandstiftung oder Mord war allerdings nicht die Rede, zudem lag die letzte Straftat über acht Jahre zurück. Es sah so aus, als hätte Haak seine Lektion gelernt.

Doch als sie nach unten scrollte, fiel ihr das Datum auf, wann die Akte zuletzt aufgerufen worden war.

Letzten Freitag.

Sie schaute nach, wer sich die Akte angesehen hatte: Inspector Andreas Hansen vom Amsterdamer Morddezernat.

»Habe ich nicht gesagt, du sollst den Bericht schreiben?« Bloems Stimme hinter ihr schreckte sie auf.

»Ja, aber ich habe hier etwas Interessantes …«

»Schon mal was von Befehlskette gehört?«

Tanya dachte mit einem flauen Gefühl im Magen an ihre Prüfung. *Bitte, lass sie mich bestehen*, betete sie, *dann kann ich mich versetzen lassen.*

Sobald sie spürte, dass Bloem weg war, griff sie zum Telefon. »Hallo, hier Sergeant van der Mark von der Dienststelle Leeuwarden. Kann ich Inspector Andreas Hansen sprechen? Ja, ich warte.« Sie blickte auf das Foto von Haak hinunter. War er der Mörder? Hatte er die beiden Leute gefesselt und hilflos verbrennen lassen?

»Inspector Rykel, was kann ich für Sie tun?«

Die Stimme des Mannes klang tief, aber leise. Vielleicht müde.

»Ich wollte eigentlich Inspector Hansen sprechen.«

»Worum geht es?«

»Ich habe da einen Verdächtigen in einem Fall, an dem ich arbeite. Laut Akte hat der Mann mehrere Vorstrafen, und Inspector Hansen war der Letzte, der seine Unterlagen im System aufgerufen hat.«

»Wann?«

Er klang nun deutlich interessierter.

»Letzten Freitag.«

»Wie heißt der Verdächtige?«

»Ludo Haak.«

»Und welcher Verdacht besteht gegen ihn?«

»Mord … Zwei Leute sind letzte Nacht in ihrem Haus verbrannt.«

»Geben Sie mir Ihre Nummer, ich rufe Sie zurück.«

Sie nannte sie ihm, und er legte auf. Sie brauchte keine Inspectorenprüfung, um an seiner Reaktion zu erkennen, dass da noch um einiges mehr dahintersteckte.

Ein Telefon klingelte im Büro, aber niemand ging dran. Auf der Uhr an der Wand gegenüber war es kurz nach acht, sie musste stehen geblieben sein. Der Schlafmangel machte sich jetzt bemerkbar, die stickige Luft des Büros hatte eine betäubende Wirkung, und sie stand gähnend auf, um sich einen Kaffee zu holen, bevor sie sich um das Auto des Verdächtigen kümmern würde.

»Also, wer ist der Typ?«

Tanya drehte sich um und sah Marek, den Jüngsten im Team. Seit einiger Zeit hatte Tanya das Gefühl, dass er sich für sie interessierte. Oft tauchte er wie aus dem Nichts auf, und seine Augen ruhten meist etwas länger auf ihr, als ihr angenehm war.

»Wer?«

»Der schuld dran ist, dass du nicht zum Schlafen kommst.«

Das Bild ihres Pflegevaters blitzte in ihren Gedanken auf. *Das ist der Typ, der mich nachts wach liegen lässt und mir den Schlaf raubt.*

»Musste früh raus.« Sie schnappte sich ihren Schlüssel vom Schreibtisch und steckte ihn ein. »Das ist alles.«

Das Telefon klingelte immer noch.

»Verstehe.« Marek zögerte einen Augenblick, und Tanya hatte das ungute Gefühl, dass sie bald eine Frage zu hören bekommen würde, auf die die Antwort nur Nein lauten konnte. »Also, ich hab mir gedacht …« Das Klingeln verstummte, was Marek kurz stocken ließ. »… ob du vielleicht …«

»Tanya?«, rief Roelf aus dem Büro nebenan.

»Ja?«

»Ich habe eine Geertje für dich in der Leitung. Sie sagt, du hättest schon mit ihr gesprochen … über den Brand.«

»Stell sie zu mir durch.«

Erleichtert griff sie nach ihrem Telefon und spürte Mareks Enttäuschung. Als sie den Hörer ans Ohr hob, sprach Geertje bereits. Ihre Stimme klang aufgeregt, atemlos.

»Sergeant van der Mark hier … entschuldigen Sie, können Sie noch mal von vorn anfangen?«

Tanya hörte Geertjes Kinder im Hintergrund lärmen. Es klang nicht mehr verspielt, wie sie einander anschrien.

»Ich hab mit Arend, meinem Mann, gesprochen. Er hat die beiden am Wochenende in der Stadt gesehen.« Tanya sah Bloem ins Büro stolzieren, als würde ihm das Haus gehören. »Sie hatten ein Kind bei sich ... ein kleines Mädchen.«

ELF

Ich kann's nicht glauben, dass er immer noch die Ermittlungen leitet, dachte Kees und knallte das Handy auf seinen Schreibtisch.

Als Jaap von dem Haus an der Herengracht weggerufen worden war, hatte Kees von Smit die Anweisung erhalten, für Jaap einzuspringen.

Später hatte Smit noch einmal angerufen und ihm wieder die Rolle des Handlangers zugewiesen …

Hinter ihm erwachte das Fax zum Leben, und er drehte sich um und sah die angeforderte Liste mit den Telefonverbindungen hereinkommen.

Ich brauche einen kleinen Motivationsschub, dachte er, nahm ein Stück Papier und ging auf die Toilette. Normalerweise vermied er das am Arbeitsplatz, doch nach dem Stress mit Marinette und dem Unfall brauchte er einen kleinen Kick.

Als Entschädigung für die frustrierende Situation, sagte er sich, während er das Papier zusammenrollte und das Koks vom Toilettendeckel schnupfte. Dreißig Sekunden später fühlte er sich bereits positiver und fokussierter. Er knüllte das Papier zusammen und spülte es hinunter.

Dann zog er sein Handy hervor, auf eine Nachricht von Carice Stultjens hoffend. Er hatte sie in einer SMS gefragt, ob er sie zu einem Drink einladen dürfe.

Mag ja sein, dass es im Moment wichtigere Dinge gibt, dachte er, *aber was soll's …*

Der blaue Fleck im Gesicht hatte im grellen Licht des Badezimmers ziemlich dramatisch gewirkt, und er dachte an die Frau, die vor ihm geflüchtet war. Schon bizarr, dass ihm das Schicksal eine Frau über den Weg laufen ließ, die Marinette so ähnlich sah. Gerade jetzt, wo er immer weniger Lust verspürte, sie zu sehen.

Es war nicht seine Schuld, dass sie sich geändert hatte, seit sie nach Amsterdam gezogen waren. Sie hatten gemeinsam entschieden, dass es für seine Karriere das Beste sei, und Marinette hatte sich durchaus auf die neue Umgebung gefreut.

Es war jedenfalls nicht so, dass er sie gegen ihren Willen aus dem Provinznest in die Stadt verschleppt hätte.

Doch er musste sich eingestehen, dass die Stadt nicht nur sie verändert hatte; er selbst spürte hier einen gewissen Druck, einen Anreiz, der seinen Ehrgeiz entfachte.

Und so hatte er tatsächlich oft länger gearbeitet und Marinette möglicherweise ein bisschen vernachlässigt. Doch war es ein Wunder, wenn sie nur noch nörgelte und keifte?

Als er ins Büro zurückkehrte, spuckte das Faxgerät eine Seite nach der anderen aus, und er wandte sich seinem Computer zu und machte sich auf die Suche nach Frauen unter fünfunddreißig, die im vergangenen Jahr in Amsterdam mit dem Gesetz in Konflikt geraten waren. Es waren nicht wenige.

Er stellte jedoch fest, dass nicht allzu viele davon attraktiv waren, jedenfalls kein Vergleich zu Carice Stultjens, der Pathologin. Sie schien auch keine Nörglerin zu sein. Und sie hatte etwas an sich … die Art, wie sie ihn angesehen hatte …

Das kannst du vergessen, dachte er und schaltete seinen Computer aus. *So finde ich sie nie …*

Doch er musste sie finden. Diese Frau wusste etwas, das ihn vielleicht auf die richtige Spur bringen und ihm helfen könnte, den Fall zu lösen. Und genau das war sein Ziel.

Vielleicht sollte er ein digitales Fahndungsbild anfertigen lassen und sich umhören, ob jemand sie gesehen hatte.

»Hey, Martijn.« Ein korpulenter Mann blickte auf. »Haben wir jemanden hier, der digitale Fahndungsbilder erstellt?«

»Ja, ein Typ von der Kriminaltechnik ist ziemlich gut darin ... mir fällt sein Name gerade nicht ein ... der liefert wirklich erstklassige Bilder, wie aus einer Zeitschrift. Du würdest nicht glauben, dass das jemand am Computer gemacht hat. In allen Stellungen, die du haben willst ...«

»Echt?« Kees stand auf, blickte zum Fax hinüber und beschloss, dass das warten konnte. »Du solltest öfter mal raus aus den vier Wänden.«

Martijns Lachen folgte ihm auf den Gang hinaus.

Kees rief in der Kriminaltechnik an und ließ sich mit dem Mann verbinden, den ihm Martijn empfohlen hatte. Der Typ meldete sich mit einem Lachen, das für Kees irgendwie unheimlich klang. Er schlug vor, dass Kees in zwanzig Minuten vorbeikommen solle. Die Abteilung für Kriminaltechnik befand sich in einem anderen Gebäude, und Kees beschloss, zu Fuß zu gehen. Das Kokain verlieh dem klaren, kalten Tag einen gewissen Glanz.

Als er eintraf, wurde er in den ersten Stock verwiesen, wo ein Mann mit langen, zu einem Pferdeschwanz zusammengebundenen Haaren ihn mit einem Nicken begrüßte.

»Bist du für die digitalen Fahndungsbilder zuständig?«

Der Mann nickte. »Hoffentlich hast du keinen schwierigen Fall für mich.«

»Zumindest ist es eine Frau.«

»Gott sei Dank. Ich hasse es, stundenlang Männergesichter anzuglotzen.« Er deutete auf einen Stuhl neben sich. »Also, wie sieht sie aus?«

Kess beschrieb die Frau, so gut er konnte, und das Gesicht

nahm auf dem Bildschirm Gestalt an. Doch nach zwanzig Minuten musste er frustriert feststellen, dass es einfach nicht passte. Die Wangenknochen stimmten nicht, oder lag es an den Augen? Und ihr Mund war irgendwie anders, vielleicht auch das Kinn.

»Das sieht ihr überhaupt nicht ähnlich.«

»Hey, ich bin kein Rembrandt. Ich kann nur wiedergeben, was du mir sagst.«

Kees' Handy summte in seiner Tasche, und er zog es in der Hoffnung hervor, es könnte Carice Stultjens sein. Sie war es nicht.

»Okay.« Er hielt das Handy hoch und zeigte dem Mann das Foto von Marinette auf dem Display, in glücklicheren Zeiten aufgenommen. »Sie sieht ein bisschen so aus, kannst du das als Grundlage nehmen?«

ZWÖLF

Jaaps Hand zitterte, als er die Klingel an der Haustür drückte. Saskia öffnete die Tür, eine Hand unter der Rundung ihres Bauchs, als müsste sie ihn stützen. Ihre Augen bohrten sich in seine.

Dann fiel ihr Gesicht regelrecht in sich zusammen.

»Nein«, schluchzte sie und riss die Arme hoch, als wolle sie ihn schlagen. »Du hättest ihn begleiten müssen.«

Jaap hielt ihre Arme fest. Sie wand sich in seinem Griff, dann kamen die Tränen, und sie bebte am ganzen Körper.

Noch nie hatte er sich so schrecklich gefühlt.

Es gelang ihm irgendwie, sie ins Haus zu führen und auf das Sofa zu setzen. Für einen Moment fürchtete er, sie könnte in Ohnmacht fallen. Durch den Schock schien sie kaum noch zu atmen, ihr Gesicht war kreidebleich, und ihre Augenlider zuckten. Er brachte ihr ein Glas Wasser und setzte es ihr an die Lippen. Wasser lief an ihren Mundwinkeln hinunter.

Jaap ging zurück in die Küche und füllte das Glas erneut. Das Wasser war eiskalt, und als er einen Schluck nahm, schoss ihm ein stechender Schmerz in die Stirn.

Saskia saß schluchzend im Wohnzimmer, und Jaap wusste nicht, was er tun sollte. Er hatte in seiner Ausbildung einiges über den Umgang mit tragischen Situationen gehört, doch was damals brauchbar geklungen hatte, kam ihm jetzt nutzlos vor.

Er setzte sich zu ihr und legte ihr den Arm um die Schulter, während sie ihrem Schmerz und den Tränen freien Lauf ließ.

»Weißt du, ich habe ihn geliebt«, sagte sie schließlich.

Jaap drückte ihre Schulter. »Ich weiß. Er hat dich auch geliebt, das habe ich gesehen.«

»Wie ist er gestorben?«

»Saskia …«

»Sag es mir!«

Sie wandte sich ihm zu und schüttelte wütend seinen Arm von ihrer Schulter ab. Sie hatte immer schon ein sehr stürmisches Temperament besessen, was einer der Gründe war, warum es mit ihnen nicht geklappt hatte. Jaap hatte sich manchmal gefragt, wie Andreas damit klarkam und ob sie vielleicht bei ihm anders war. Doch er hatte nie danach gefragt.

»Er wurde erschossen.«

»Von wem?«

»Das wissen wir noch nicht, aber …«

»Was tust du dann noch hier?« Ihre Stimme wurde lauter, ihr Gesicht rötete sich. »Warum bist du nicht unterwegs und findest es heraus?«

»Ich …«

»Geh.« Sie wandte sich von ihm ab. »Ich will, dass du gehst.«

Also, was glaubst du, ist geschehen?«

Jaap war von Saskia aufgebrochen, nachdem er eine Freundin von ihr angerufen hatte – er wollte nicht, dass sie jetzt allein war –, und direkt zu Gert Roemers gefahren, dem Leiter der Abteilung für Computerkriminalität. Unterwegs hatte er versucht, seinen Kopf zu klären und die Situation zu analysieren.

Doch er konnte einfach nicht klar denken.

Gert starrte auf den Bildschirm, dessen Lichtschein sein Gesicht und seine Hände in dem dunklen Raum erhellte.

Es ging das Gerücht, dass ihn seine Frau schon vor drei Monaten vor die Tür gesetzt hatte und er seither neben dem Schreibtisch in seinem Kellerbüro schlief. Der etwas eigenartige Geruch im Raum schien das zu bestätigen, doch so etwas wie eine Schlafstelle war nicht zu sehen. Vielleicht schlief er auf seinem schmutzigen gepolsterten Drehstuhl, auf dem er gerade saß.

»Du bist sicher, dass etwas drauf war?«

»Auf dem Computer hätten alle Fallakten der letzten Jahre gespeichert sein sollen.«

»Vielleicht hat er sie auf einer externen Festplatte?«

Jaap versuchte sich Andreas' Schreibtisch vorzustellen. Er war sich sicher, dass sich darauf keine externe Festplatte befunden hatte.

»Nein, er hatte alles auf dem Laptop.«

Gert hob zweifelnd die Augenbrauen.

Jaap bemühte sich, ruhig zu bleiben. »Es *war* alles da.« Er konnte einen leicht gereizten Unterton nicht ganz vermeiden.

Gert hob beschwichtigend die Hände. »Okay, okay, ich sehe ihn mir mal an. Aber du musst ihn mir über Nacht hierlassen.«

Plötzlich fiel Jaap etwas ein: Andreas hatte ihm einmal erzählt, dass er das gesamte Material auf seinem Arbeitscomputer durch ein Online-Backup sichern würde. Dadurch habe er die Daten auch auf seinem PC zu Hause jederzeit verfügbar.

Jaap hielt davon nicht sehr viel. Er hatte nicht einmal einen Computer zu Hause, und selbst wenn, hätte er ihn sicher nicht mit alten Fallakten vollgestopft. Er wollte es Roemers mitteilen, überlegte es sich dann aber doch anders.

»Ruf mich an, sobald du etwas findest.«

»Mhm.«

Jaap stand auf und ging zur Tür, als Gert, das Gesicht dem Bildschirm zugewandt, noch etwas sagte.

»Tut mir leid wegen Andreas.«

Jaap hielt mit der Hand auf der Türklinke inne, einen großen Klumpen im Hals.

Er brachte kein Wort heraus und ging.

Ist was Brauchbares dabei?«

Kees hatte ihm die Liste mit den Telefonverbindungen in die Kantine gebracht. Jaap hatte plötzlich das Gefühl gehabt, etwas essen zu müssen, um wieder zu Kräften zu kommen, nachdem er sich vorhin übergeben hatte. Der undefinierbare Eintopf, den er vor sich stehen hatte, ließ ihm jedoch den Appetit schnell wieder vergehen, und er schob den Teller beiseite.

»Die drei Nummern auf Friedmans Telefon gehören alle zu Prepaidhandys, die sich nicht zum Käufer zurückverfolgen lassen. Die Telefonate sind immer sehr kurz, um die zehn Sekunden oder kürzer.«

»Und haben sie sonst jemanden angerufen?«

»Nein, nur die vier Nummern, ein geschlossener Kreis.«

»Sehr diszipliniert.«

»Ja. Es gibt aber ein bestimmtes Muster, und Friedman scheint der Mittelpunkt zu sein. Er hat vor allem diese beiden Nummern kontaktiert.« Kees deutete auf die Unterlagen. »Und meistens hat er angerufen, selten umgekehrt.«

»Ist es ganz sicher sein Handy?«

»Es sind nur seine Fingerabdrücke drauf.«

Jaap nickte.

»Interessant ist vor allem die dritte Nummer hier«, fuhr Kees fort. »Er hat nur Friedman angerufen, und auch das nur zweimal.«

Jaap studierte nachdenklich die Liste. Das typische Verhalten von Drogenhändlern: den Kreis so eng wie möglich halten, das Risiko minimieren.

»Weiß man, wo die Anrufe getätigt wurden?«

»Nur für die letzten achtundvierzig Stunden.« Kees zog ein Blatt von unten hervor. »Friedmans Handy befand sich in Amsterdam, dieses hier ebenfalls, das dritte irgendwo im Norden, und das vierte scheint ausgeschaltet gewesen zu sein.«

»Wo im Norden?«

»In Friesland. Vielleicht haben sie Kühe gestohlen.«

Von wo hat die Kollegin van der Mark angerufen?, fragte sich Jaap.

»Lass mal sehen.« Er griff nach dem Blatt.

Das Handy hatte sich den ganzen Samstag bis Sonntagmorgen in Amsterdam befunden, war dann ausgeschaltet und kurz nach Mitternacht wieder in Friesland registriert worden. Heute früh gegen acht Uhr war es erneut in Amsterdam aufgetaucht.

Die Morde, von denen die Kollegin berichtet hatte, waren letzte Nacht passiert.

»Leeuwarden liegt in Friesland, oder?«, fragte er Kees.

»Ja, ich denke schon.«

Könnte das die Nummer von Ludo Haak sein? Jaap sah Kees an, beschloss jedoch, es vorerst für sich zu behalten. Wenn Kees herausfand, dass dieser Fall mit Andreas' Tod zu tun hatte, war es ihm durchaus zuzutrauen, dass er es Smit erzählte. Dann wäre Jaap den Fall los gewesen.

Und das wollte er nicht riskieren.

Er hatte eine Spur zu Andreas' Mörder, an der er dranbleiben musste.

»Friedman ist der Mittelpunkt«, sagte Jaap mit einem Blick auf die Unterlagen. »Er dirigiert diese beiden und empfängt seinerseits Anweisungen vom Dritten. Möglicherweise hat er

Dinge betrieben, die irgendjemandem gegen den Strich gingen. Und dass sein Mörder die Nummer der Zeitansage auf seinem Handy gelassen hat …« Er hielt inne und tippte mit dem Finger auf den Tisch. »Du musst sein ganzes Leben unter die Lupe nehmen. Wir brauchen alles über ihn, was es zu wissen gibt.« Jaap schrieb eine Telefonnummer auf ein Stück Papier. »Ruf da an und sprich mit Teije. Sag ihm, ich habe dich geschickt. Er soll Informationen über Friedmans Finanzen einholen, geschäftlich und privat.«

»Ist er von der Polizei?«

»Nein, deshalb kann er solche Sachen auf die schnelle Art erledigen.«

»Alles klar.«

Jaap blickte zum einzigen Fenster im Büro hinüber, wo eine große Möwe gerade auf dem Sims gelandet war und den Kopf hin und her neigte.

»Glaubst du, die Leute hinter diesen Nummern sind als Nächste dran?«, fragte Kees.

Jaap beobachtete, wie der Vogel sich auf seinen orangefarbenen Füßen umdrehte und etwas Kot auf das Fensterbrett kleckerte, ehe er wieder losflatterte.

»Sieht ganz so aus. Die Frage ist, wie wir sie vorher finden können.«

Kees trat an seinen Schreibtisch, um ein paar Anrufe zu tätigen, während Jaap einen kurzen Bericht für Smit schrieb.

Während er auf den Ausdruck wartete, schloss er seine Schreibtischschublade auf und blickte auf seine Dienstwaffe, eine Walther P5, hinunter.

Seine Hand zögerte einen Moment; der bloße Anblick rief die Erinnerung an einen Tag vor sieben Jahren in ihm wach.

Einen Tag, an dem ihm ein fataler Fehler passiert war.

Der sich durch nichts wiedergutmachen ließ.

Jaap nahm die Pistole heraus, fühlte ihr Gewicht, die Maserung des Griffes.

Und sofort war alles wieder da: das Gefühl im Finger, als er achtmal den Abzug gedrückt hatte.

Das Donnern in den Ohren.

Die blutverschmierte Wand, während die beiden Toten langsam zu Boden sanken.

Andreas hatte die Sache bereinigt und Jaaps Fehler vertuscht.

Er war für mich da, dachte Jaap, während er das Gewicht der Waffe spürte, das Gefühl der Macht, *und jetzt habe ich ihn im Stich gelassen.*

Jaap drehte die Waffe um und erinnerte sich an die Zeit danach, wie es mit jedem Tag schlimmer geworden war. Er hatte sich wie ein Puzzle an einer Wand gefühlt, aus dem ein Teil nach dem anderen herausfiel. Damals hatte er die ersten grauen Haare bekommen. Er erinnerte sich an den Morgen, als es ihm im Badezimmerspiegel aufgefallen war.

Er hatte noch ein halbes Jahr weitergemacht, seine Beziehung mit Saskia verschlechterte sich von Tag zu Tag, bis er eines Tages nicht mehr aus dem Bett kam.

Saskia war bereits ausgezogen, doch Andreas kam vorbei, um nach ihm zu sehen.

Er brachte Jaap dazu, sich an einen Psychologen zu wenden. Der konnte ihm zwar nicht helfen, aber er schrieb ein Gutachten, damit Jaap vom aktiven Dienst befreit wurde, bis er wieder arbeitsfähig wäre.

Alle meinten, die Ruhe würde ihm guttun. Und natürlich die Medikamente, die er nehmen sollte.

Die Ruhe half nicht, sie machte es höchstens schlimmer, und die Medikamente zeigten ebenfalls keine Wirkung, zumal er sie meistens in der Toilette hinunterspülte.

Nach zwei Monaten zu Hause hielt Jaap es nicht mehr aus. Eines Morgens hievte er sich nach einer schlaflosen Nacht aus dem Bett, packte eine Reisetasche und fuhr zum Flughafen Schiphol.

Jaap nahm den nächstbesten Flug und war die folgenden vier Wochen unterwegs. Er blieb immer nur kurz irgendwo, bis es ihn weitertrieb, zum nächsten zufällig gewählten Ziel.

Als er schließlich in Kyoto landete, war ihm das Geld ausgegangen.

Und auch sein letztes bisschen Willenskraft war verbraucht.

Er streifte im ersten Schnee des Winters durch die Stadt, die Dunkelheit brach herein, und er fand Zuflucht bei einem kleinen Tempel im Bezirk Ukyô-ku.

Er konnte nicht mehr weiter und legte sich draußen hin.

Einige Stunden später fanden ihn die Mönche und nahmen ihn bei sich auf. Am nächsten Tag erwachte er in einem kleinen Zimmer.

Höflich baten sie ihn zu gehen. Er hatte nicht die Kraft, etwas einzuwenden. Doch er hatte auch nicht die Kraft zu gehen.

Nach ein paar Tagen erbarmte sich ein Mönch namens Yuzuki Roshi seiner und ließ ihn in der Tempelküche arbeiten. Sein Lohn waren die Mahlzeiten und ein Dach über dem Kopf.

Zu seinen Pflichten gehörte es, jeden Tag einige Stunden still zu sitzen.

Jaap tat, was man ihm auftrug, und Monate später, nachdem die Pflaumenbäume geblüht hatten, die Blüten abgefallen waren, nachdem die Sommerhitze gewichen und die Insekten, die ihn umsummt hatten, dem ersten Herbstfrost erlegen waren, wusste er, dass er zurückmusste.

Doch auf dem Heimflug hatte er sich geschworen, nie mehr eine Waffe zu tragen.

Und jetzt hielt er sie wieder in der Hand.

Er zögerte einige Augenblicke und legte sie schließlich zurück, schloss die Schublade ab, nahm den Bericht aus dem Drucker und ging ins obere Stockwerk hinauf.

Smit war noch beschäftigt, als Jaap zu ihm wollte, deshalb rief er die Kollegin aus Friesland an.

»Hallo, tut mir leid, dass es so lange gedauert hat. Ich habe gerade ziemlich viel um die Ohren.«

»Schon okay.«

»Was ich Ihnen vorhin nicht gesagt habe … Andreas Hansen wurde letzte Nacht getötet …«

»Gott … das tut mir leid.«

»Und ich glaube, Haak hat damit zu tun.«

»Wie?«

»Das weiß ich noch nicht, aber wir sollten unsere Informationen austauschen.«

»Da ist noch etwas. Die zwei Leute, die in dem Feuer ums Leben gekommen sind, hatten ein Kind … es ist verschwunden.«

Jaap sah Smit in der Tür stehen. Der Chef mochte es gar nicht, wenn man ihn warten ließ.

»Ich muss jetzt leider Schluss machen, aber ich ruf später noch mal an.«

»Gut. Ich bin eventuell morgen in Amsterdam … ich muss dringend mehr über Ludo Haak herausfinden. Vielleicht können wir uns treffen?«

»Sicher. Lassen Sie mich wissen, wann Sie ankommen.«

Jaap blickte zu Smit hinüber, während er das Handy einsteckte, und fragte sich, wie viel er mitgehört hatte.

Smit winkte Jaap in sein Büro. Die Einrichtung des Raumes sollte wohl Macht und Seriosität ausdrücken, wirkte jedoch mehr wie der Hintergrund für einen Achtzigerjahre-Film über die Gier der Wall-Street-Banker.

Es ging das Gerücht, dass Smit es auf das Amt des Polizeipräsidenten abgesehen hatte. Wenn er damit Erfolg hatte, würde der Posten des Dienststellenleiters frei werden, und Jaap schätzte, dass er der aussichtsreichste Kandidat dafür war.

Natürlich darf man de Waart nicht vergessen, dachte er. *Was, wenn er den Job auch haben will?*

Smit setzte sich hinter den protzigen Schreibtisch aus dunklem Holz, und Jaap nahm ihm gegenüber Platz.

»Wie geht es Ihnen?«, begann Smit.

»Na ja, es ist schon ein Schock.«

»Für uns alle«, sagte Smit kopfschüttelnd. »Brauchen Sie ein paar Tage Urlaub?«

Jaap hatte gewusst, dass das kommen würde. »Also, ich hatte eher gehofft, ich könnte Andreas' Fall übernehmen.«

Smit schaute ihn an, als wäre er nicht ganz bei Trost. »Sie wissen genau, dass ich das nicht zulassen kann. Wenn die Medien davon Wind kriegen ...« Er ließ den Satz in der Luft hängen. »Nein, de Waart übernimmt den Fall.«

»De Waart?« Jaap versuchte sich nicht anmerken zu lassen, wie entsetzt er war.

Smits Ton wurde merklich kühler. »Ja, de Waart. Ich weiß, er und Andreas sind nicht so gut miteinander ausgekommen, aber er ist ein Profi und will den Täter genauso zur Strecke bringen wie jeder von uns.« Er stockte kurz und fügte mit etwas wärmerer Stimme hinzu: »Ich kann Ihnen ein paar Tage Urlaub geben. Kees könnte Ihren Fall jederzeit übernehmen.«

Jaap hatte sich über den Einbruch in seinem Hausboot Gedanken gemacht. Zum Glück war er nicht zu Hause gewesen, als es passierte. Womöglich hatte ihm das das Leben gerettet. Seine Schwester Karin war wieder einmal völlig am Boden gewesen und hatte ihn angerufen. Sechs Monate nach ihrer Rückkehr aus Afghanistan hatte sie noch nicht annähernd verarbeitet, was sie dort erlebt hatte. Wäre er nicht zu ihr gegangen, hätte er Andreas begleitet. Und sein Freund würde vielleicht noch leben.

Oder wir wären beide tot, dachte er.

»Na?«, drängte Smit.

Jaap sah Andreas vor sich, sein Blut überall auf dem Beton, und er dachte an Saskia, die Andreas' Kind in sich trug.

Er würde den Täter finden, das war er seinem Freund schuldig.

Und wenn er jetzt Urlaub nahm, würde das umso schwerer werden, selbst wenn er seine Ermittlungen vor Smit geheim halten musste.

»Es gibt da noch etwas. Andreas' Laptop wurde gelöscht. Das hat vermutlich der Mörder getan.«

»Warum?«

»Andreas hatte wahrscheinlich brisante Informationen über den Fall, an dem wir gearbeitet haben.« Smit sah ihn ausdruckslos an. »Zudem wurde gestern Nacht in meinem Hausboot eingebrochen. Und wissen Sie, was gestohlen wurde? Nichts.«

Smit stützte die Ellbogen auf den Tisch und legte die Fingerspitzen aneinander. Sein Blick fiel auf den Bericht, den Jaap ihm auf den Schreibtisch gelegt hatte.

»Sie und Andreas, sind Sie mit dem Fall vorangekommen … wie nennt sich diese Bande, die Schwarzen Tulpen?«

»Ja, ich glaube, wir waren nah dran.«

Smit überlegte einen Augenblick. »Ich würde das normalerweise nicht von Ihnen verlangen … aber wir haben einen Mann verloren, deshalb möchte ich, dass Sie die Ermittlungen im Herengracht-Fall weiterführen. Nach allem, was wir bisher wissen, kann es tatsächlich sein, dass es Friedmans Mörder auch auf die Leute hinter diesen Telefonnummern abgesehen hat. Wenn das der Fall ist, möchte ich Kees die Ermittlungen nicht allein leiten lassen.«

Diese Leute sind vielleicht meine einzige Chance herauszufinden, wer Andreas ermordet hat, dachte Jaap. *Ich muss an sie herankommen, bevor der Mörder sie findet. Die Frage ist nur, warum der Kerl das Handy zurückgelassen hat.*

»Sie müssen gleich morgen früh de Waart über alles informieren, was Sie wissen«, fuhr Smit fort. »Eines muss klar sein: Sie mischen sich in keiner Weise in de Waarts Ermittlungen ein.«

»Okay.« Jaap erhob sich, während Smit ihn mit einem Haifischlächeln ansah. »Ich halte mich raus.«

»Und … Jaap?«

»Ja?«

»Sie mussten sich vor einigen Jahren mal eine Auszeit nehmen. Wenn Ihnen der Druck wieder zu groß wird, lassen Sie's mich wissen, okay? Wir können uns nicht noch so eine … Panne leisten.«

Tanya stand knöcheltief in der Asche und folgte dem weißen Strahl ihrer Taschenlampe, die sie hin und her schwenkte. Sie war schon mindestens eine halbe Stunde hier und hatte das gesamte Gelände abgesucht, aber keine Gebeine eines Kindes gefunden und auch sonst nichts Interessantes. Nicht einmal der Ruf einer Eule oder Möwe hatte die Stille unterbrochen.

Die Nacht war klar, und nur ein paar Sterne durchbrachen die tiefe Dunkelheit, die sie wieder einmal spüren ließ, wie abgeschieden und fern jeder größeren Stadt dieser Winkel der Niederlande war.

Tanya zitterte und wünschte sich, sie hätte eine Mütze oder wenigstens Handschuhe mitgenommen.

Was tue ich überhaupt hier draußen?, fragte sie sich. *Was könnte ich denn noch finden, das allen anderen entgangen ist?*

Sie beschloss, es gut sein zu lassen, und ging zurück zu ihrem Wagen. Es roch verbrannt, nachdem sie erneut in der Asche gewühlt hatte. Sie wollte gerade die Autotür öffnen, als sie plötzlich zu ihrer Linken am anderen Ende des Grundstücks etwas zu sehen glaubte ... Oder war es nur ein Geräusch? Sie rührte sich nicht, hielt den Atem an, während sie in der Dunkelheit etwas zu erkennen versuchte.

Ist sie das? Ist sie hier?

Sie leuchtete mit der Taschenlampe in die Richtung, aus der das Geräusch gekommen war.

Da war etwas. Ihre Brust fühlte sich an, als hätte ein Last-wagen sie gerammt. Im Lichtstrahl bewegte sich etwas bei der Hecke, fast genau an der Stelle, an der sie die Puppe gefun-den hatte.

Ohne einen Moment zu überlegen, sprintete Tanya auf das ausgebrannte Haus zu. Außen herum hätte zu lange gedauert, also rannte sie mitten durch die Asche, wirbelte sie auf.

Ihre Augen brannten, sie konnte kaum noch etwas sehen und bemühte sich, die Luft anzuhalten. Kurz vor dem anderen Ende des Hauses blieb sie mit dem Fuß an etwas hängen und stürzte hart. Schnitt sich das Knie an dem Gegenstand auf, über den sie gestolpert war.

Sie rappelte sich auf, lief mit brennenden Schmerzen im Bein zur Hecke und zwängte sich hindurch. Es war nichts mehr zu sehen. Sie schwenkte die Taschenlampe hin und her, um die Gestalt wiederzufinden – ja, es musste eine mensch-liche Gestalt gewesen sein –, doch da war weit und breit nichts als flache, eintönige Landschaft.

War die Gestalt größer gewesen als ein Kind?

Sie hielt inne und lauschte, aber alles, was sie hörte, waren das Rauschen ihres Blutes in den Ohren, wie ein mächtiger Wasserfall, und das dumpfe Pochen ihres Herzens, als würde die ganze Landschaft im gleichen Rhythmus pulsieren.

Wohin war der Unbekannte gelaufen, und was hatte er hier gewollt? Wie lange hatte er sie schon beobachtet? Lauerte er vielleicht noch irgendwo in der Nähe in einem Graben oder einer Furche im Feld? Wieder schwenkte sie die Taschenlam-pe über die Landschaft, ohne jedoch etwas zu erkennen. Plötz-lich wurde ihr bewusst, wie schutzlos sie hier war.

Damit zeige ich ihm nur, wo ich bin.

Von jäher Angst erfasst knipste sie die Lampe aus, wirbel-te herum und sprang durch die Hecke. Das scharfe Rascheln zerriss die Stille, die Zweige schienen wie Krallen nach ihr zu greifen.

Sie spürte jemanden hinter sich, während sie zum Auto eilte. Zweimal drehte sie sich kurz um, in der Erwartung, ein Gesicht zu sehen oder eine erhobene Hand mit einem Hammer oder Messer. Das Gefühl wurde so stark, dass sie die letzten zwanzig Meter zum Auto rannte, die Tür aufriss und hineinsprang. Nervös fingerte sie den Schlüssel ins Zündschloss, drehte ihn rasch um, doch der Motor sprang erst beim dritten Versuch an.

Sie wendete den Wagen in einem engen Kreis und trat das Gaspedal bis zum Anschlag durch.

Und er hat nicht gesagt, wohin er geht?«, fragte Jaap.
Saskia schüttelte den Kopf. Ihr praller Bauch berührte den Tisch vor ihr.

Er war zu ihr gekommen, weil er wusste, dass sie ganz allein war. Wie oft hatte er in dieser Küche bei Andreas und Saskia gesessen und ein gemeinsames Essen und ihre Gesellschaft genossen!

Er dachte auch an jenen Abend im vergangenen Frühling, als Andreas für einige Tage weg gewesen war. Jetzt tat es ihm umso mehr leid.

Alles wirkte nun irgendwie anders, als hätte Andreas' Abwesenheit den Raum verändert.

»Ich schaffe das nicht allein«, sagte sie mit Tränen in den Augen. Jaap trat hinter sie und drückte ihre Schultern, während sie auf dem Stuhl saß. Er spürte ihr Zittern, die feuchte Wärme ihrer Tränen.

Die Berührung rief Erinnerungen an ihre gemeinsame Zeit in ihm wach, bevor ihnen klar geworden war, dass es mit ihnen einfach nicht klappte. Eigenartigerweise brachte Saskias Beziehung mit Andreas sie beide einander näher, als sie es als Paar je gewesen waren.

»Du schaffst das schon«, murmelte er, doch seine Worte klangen selbst in seinen Ohren hohl und leer.

»Wo warst du letzte Nacht?«, fragte sie schließlich, als sie aufhörte zu schluchzen.

»Ich musste zu Karin; sie war total am Boden, und du weißt ja, sie hat sonst niemanden …«

»Jaap, vergiss, was ich vorhin gesagt habe. Ich gebe dir keine Schuld.«

»Ich hätte ihn nicht allein gehen lassen sollen, aber Karin war so …«

Ihre Hand fand seine. »Andreas hätte nicht allein gehen dürfen, es ist nicht deine Schuld.«

Der Kühlschrank vibrierte und schaltete sich aus, dann hörte er ein Flugzeug brummen, das den Flughafen Schiphol anflog.

»Ich muss Andreas' Computer checken«, erklärte Jaap. »Es könnte etwas darauf sein, was ich brauche.«

»Er steht im Arbeitszimmer«, sagte sie mit tränenerstickter Stimme.

Jaap ging hinüber und knipste das Licht an. Er spürte immer noch die Berührung von Saskias Hand auf seiner.

Er wollte den Computer einschalten, stockte jedoch und suchte nach dem Router, fand ihn schließlich unter dem Tisch. Er schaltete ihn aus, um zu vermeiden, dass das Gerät eine Verbindung zu einem Server herstellte und vielleicht auch diese Festplatte leerfegte.

Es machte sich bezahlt.

Alles war noch da.

Jaap öffnete die Akte über die Schwarzen Tulpen. Der letzte Eintrag stammte vom Sonntagmorgen: eine Telefonnummer, nicht mehr. Er checkte die Vorwahl und fand heraus, dass die Nummer aus Friesland war.

Von dort hat van der Mark angerufen. Gibt es einen Zusammenhang zwischen ihrem Fall und den Schwarzen Tulpen?

Er fuhr den Computer herunter und zögerte einen Augenblick, ehe er den Router wieder einschaltete.

Mal sehen, wie schlau de Waart ist, dachte er und ging zurück in die Küche.

»Weißt du schon, wer es getan hat?«, fragte Saskia.

»Ich … Noch nicht, aber ich werde es herausfinden. Da ist noch etwas, das ich dir sagen muss.« Er setzte sich zu ihr und sah ihr in die Augen. »Ich darf den Fall offiziell nicht übernehmen, sie lassen es nicht zu. Die Sache ist die …« Er stockte einen Augenblick. »de Waart wird die Ermittlungen leiten.«

»De Waart?« Sie richtete sich auf. »Aber er hasst Andreas. Gibt ihm die Schuld an dem, was ihm damals passiert ist.«

»Ich weiß, aber ich kann's nicht ändern.« Er kratzte mit dem Fingernagel an einem kleinen dunklen Fleck auf dem Tisch.

Andreas und de Waart hatten mit dem Auto einen Flüchtigen Richtung Haarlem verfolgt. Es war neblig, und Andreas saß am Steuer. Die Sicht wurde immer schlechter, und Andreas wollte die Verfolgung abbrechen, doch de Waart bestand darauf, dass sie dranblieben. Eine Minute später schoss vor ihnen etwas aus dem Nebel hervor, Andreas riss den Wagen herum, und sie überschlugen sich.

Dank des Sicherheitsgurts kam Andreas mit ein paar Kratzern davon, doch de Waart war nicht angeschnallt gewesen.

Durch den Aufprall brach sein Bein an drei Stellen; seither hinkte er und gab Andreas die Schuld daran.

»Er wird bestimmt vorbeikommen und dir ein paar Fragen stellen. Sag ihm besser nicht, dass du mit mir gesprochen hast.«

»Weiß er von uns … dass wir einmal zusammen waren?«

»Wahrscheinlich, keine Ahnung, aber das spielt keine Rolle.«

»Was ist, wenn ich mich weigere, mit ihm zu sprechen?«

»Das wäre wahrscheinlich keine gute Idee.«

Sie senkte den Kopf. »Die Beerdigung ist am Freitagmorgen. Ich kann nicht glauben, dass er nicht mehr da ist«, flüsterte sie. »Ich kann's einfach nicht glauben.«

Jaap saß in der Stille der Nacht.

Das war etwas, das er in Kyoto gelernt hatte. Es war ihm zunächst unmöglich erschienen. *Sitz einfach nur da*, hatte sein Lehrer gesagt, aber im Sitzen waren die Gedanken, vor denen er flüchtete, nur noch drängender geworden. Es war zum Verrücktwerden. Doch nach einigen Monaten begannen die Gedanken zu verblassen, die Bilder verloren an Intensität, und für wenige Augenblicke, die jedoch fast zeitlos schienen, erfüllte ihn eine tiefe innere Stille. In diesen Momenten war er frei.

Nach seinem Besuch bei Saskia war er in sein Hausboot zurückgekehrt, hatte aber trotz seiner Erschöpfung nicht schlafen können. Er war aufgestanden und hatte sich auf die Matte und das Kissen gesetzt, in dem Winkel, der am weitesten von der Tür zum Deck entfernt war.

Er konzentrierte sich auf seinen Atem, den er langsam ein- und ausströmen ließ. Spürte die Kälte der Luft beim Einatmen, ihre wohlige Wärme beim Ausatmen.

Allmählich rückten die aufwühlenden Gedanken in den Hintergrund. Sie waren immer noch da, formierten sich aufs Neue und forderten seine Aufmerksamkeit. Doch er konzentrierte sich ganz auf die Empfindungen, die die Luftbewegung in ihm auslöste, bis er mit der Stille der Welt um ihn herum im Einklang war.

Das waren die Momente, in denen alles anders war, in denen er nicht hätte sagen können, wo er aufhörte und die Welt begann, in denen er die Verbundenheit mit allem spürte.

Es gab kein *Ich*, kein *Innen* und *Außen*.

Zeit spielte keine Rolle. Es gab kein *Vorher* und kein *Nachher* mehr.

Als er schließlich die Augen öffnete, schien gedämpftes Mondlicht auf den Boden vor ihm.

Er erhob sich mit steifen Beinen und schmerzendem Rücken und hatte plötzlich das Gefühl, im Laufe dieses Tages etwas übersehen zu haben. Etwas Wichtiges.

Er dachte darüber nach, während er zu Bett ging und die Decke bis ans Kinn zog, um sich vor der Kälte zu schützen, doch er kam nicht darauf, was es war.

SIEBZEHN

Montag, 2. Januar, 21.42 Uhr

Als das Flugzeug vom Boden abhob, lehnte sich Jan Zwart-berg in seinem Sitz zurück und schloss die Augen. Er wollte eigentlich ein wenig lesen, doch dafür reichte die gedämpfte Beleuchtung nicht aus. Er hätte die kleine Leselampe über seinem Kopf einschalten können, aber seine Arme wollten den Befehl seines Gehirns einfach nicht ausführen.

Zwartberg war erschöpft. Die letzten Tage waren schnell vorbeigezogen, aber sehr intensiv gewesen. Er hatte erreicht, was er sich vorgenommen hatte, hatte weitere Kontakte geknüpft und Interessenten für das einzigartige Produkt gewonnen, das er anzubieten hatte. Während das Flugzeug höher stieg, sank er in den Schlaf.

Der fleischige Geruch einer Mahlzeit weckte ihn. Auf seinem Tablett stand eine heiße Plastikschale. Er warf einen Blick hinein: Das Essen erinnerte ihn an eine Requisite für einen billigen Slasher-Film. Angewidert schob er die Schale beiseite.

Er wusste, er würde nicht wieder einschlafen können, und nahm den *De Telegraaf* zur Hand, den er in der Abfluglounge gekauft hatte.

Eine Flugbegleiterin kam mit Getränken vorbei. Er nahm einen Whisky, um sich ein wenig zu entspannen – Nacken und Schultern fühlten sich ziemlich verkrampft an –, aber auch um ein bisschen zu feiern und sich zu belohnen. Er schlug die Zeitung auf, und die Druckerschwärze begann rasch, seine Finger zu verfärben. Warum konnten sie nicht endlich etwas Besseres erfinden ... und die Zeitungen auch gleich etwas kleiner machen, damit das Lesen nicht in einen Ringkampf ausartete?

Zwartberg überflog die Titelseite, genoss das torfige Aroma des Whiskys und blätterte schließlich um. Als er die Schlagzeile auf Seite zwei las, schoss ihm der Schluck Whisky, den er gerade genommen hatte, aus der Nase und brannte auf der empfindlichen Schleimhaut, als hätte er Feuer eingeatmet. Das Papier war von kleinen Spritzern Single Malt übersät.

»Amsterdamer Diamantenhändler ermordet« lautete die Schlagzeile, die ihm ins Auge gesprungen war. Er überflog den Artikel eilig, doch es wurde kein Name genannt. Der Journalist verfügte offenbar über sehr wenig handfeste Informationen. Immerhin stand da, dass das Opfer in seinem Haus an der Herengracht aufgefunden worden war.

Zwartberg stellte den Plastikbecher auf das Tablett, aber seine Hand zitterte so stark, dass der restliche Whisky über den Rand schwappte und kleine goldene Pfützen bildete. Seine Gedanken arbeiteten fieberhaft, sein Herz raste, und seine Eingeweide rumorten. Er fühlte sich eingeschlossen in dem engen Raum und verspürte den Drang, das Fenster einzuschlagen, um frei atmen zu können.

Als sich schließlich der Pilot über die Sprechanlage meldete und die Passagiere freundlich aufforderte, sich für den Landeanflug anzuschnallen, hatte sich Zwartberg wieder einigermaßen beruhigt. Er durfte keine voreiligen Schlüsse ziehen. Es gab so viele Diamantenhändler in Amsterdam, von denen wahrscheinlich nicht wenige an der Herengracht wohnten. Was hätte es auch für einen Sinn, gutes Geld zu verdienen, wenn man die Früchte nicht genießen konnte? Es gab also keinen Grund, in Panik zu verfallen.

Sobald sie gelandet waren, zog er sein Klapphandy hervor und tätigte einen Anruf.

Er lauschte dem Klingeln, seine Hand schwitzte auf dem billigen Kunststoff.

Schließlich steckte er das Handy wieder ein und sagte sich, dass es keinen Grund zur Sorge gebe. Der Tote war bestimmt jemand, den er nicht kannte. Ein Zufall, nichts weiter.

Der Gedanke beruhigte ihn, während er die Passkontrolle auf dem Flughafen Schiphol über sich ergehen ließ und mit dem Taxi in die Stadt fuhr, bis er schließlich seine Haustür hinter sich schloss und die beiden Sicherheitsriegel vorschob, die mit einem lauten Klicken einrasteten.

ZWEITER TAG

De Waart versuchte, mit der Ecke eines Straßenbahnfahrscheins etwas zwischen seinen Zähnen zu entfernen.

Jaap war ihm zuvor begegnet, als de Waart von einer Festnahme zurückgekehrt war, und hatte widerwillig zugestimmt, sich mit ihm in der Kantine zu treffen. Als sie sich setzten, zog de Waart seine Dienstwaffe aus dem Holster und legte sie auf den Tisch.

»Ich krieg 'nen Ausschlag von dem verdammten Ding«, sagte er und kratzte sich unter der Achselhöhle. »Der Arzt meint, es kommt vom Nickel, dabei weiß kein Mensch, ob in den Dingern überhaupt Nickel drin ist.«

»Das kann ich dir leider auch nicht sagen«, erwiderte Jaap und blickte auf die Wanduhr. »Du wolltest etwas besprechen?«

»Ja. Du und Andreas, ihr wart doch hinter dieser Bande her, den Schwarzen Tulpen«, begann de Waart, während er den Fahrschein aus dem Mund nahm und ein graues Klümpchen an der Ecke begutachtete. »Worum geht es da?«

Jaap bemühte sich, seine Ungeduld zu zügeln. Er hatte Wichtigeres zu tun, als hier zu sitzen, aber Smit hatte darauf bestanden, dass er de Waart informierte. Und wenn er es nicht tat, würde sich de Waart garantiert beschweren.

Es hängt alles zusammen, dachte er.

Er hatte zuvor versucht, seinen Kopf freizumachen, in der Hoffnung, der Erkenntnisfunke, der ihm letzte Nacht zuteilgeworden war, würde sich wieder zeigen.

Doch es hatte nicht geklappt, seine Gedanken ließen sich nicht bändigen, sodass er schließlich zum I Ging griff. Yuzuki Roshi gehörte der Ôbaku-Schule des Zenbuddhismus an und hatte das »Buch der Wandlungen« sein Leben lang studiert, während seine Mönchsbrüder darin kaum mehr als einen chinesischen Aberglauben sahen, mit dem sich ein japanischer Zenmeister nicht beschäftigen sollte. Roshi hatte Jaap gelehrt, die Hexagramme zu lesen. Jaap hatte zunächst nicht viel damit anfangen können, doch irgendwann begann er von sich aus, das Orakel zu befragen, auch wenn er nicht hätte erklären können, was ihn daran faszinierte.

An diesem Morgen hatte er einmal mehr die Münzen geworfen und ein Hexagramm aus »Feuer und Donner« erhalten.

»Das Durchbeißen. Zeit der Widerstandsbereinigung.«

Nun, Widerstände hatte er im Moment wahrlich genug zu überwinden.

»Hast du nicht gesagt, du hättest es eilig?«, drängte de Waart.

»Ja, tut mir leid.«

Es roch nach irgendetwas Fettem, in altem Öl Gebratenem. Ein Geruch, der Jaap Übelkeit verursachte.

»Also, es gab da einen Mordfall drüben am Hafen. Wir wussten, dass die Schwarzen Tulpen dahintersteckten. Sie schmuggeln Drogen, Waffen, Frauen für das Sexgeschäft ... so gut wie alles, mit dem sich Geld machen lässt. Das Problem war, dass wir einfach nicht an sie rankamen. Sie sind wie ein dichtes Netz, in dem es kaum eine Lücke gibt, in die man stoßen kann.«

»Und du glaubst, Andreas hat vielleicht etwas rausgefunden, das uns weiterhelfen könnte.«

Auf diese Frage hatte Jaap gewartet. Er hatte lange überlegt, wie viel er de Waart erzählen sollte. Das Problem war, er traute ihm nicht. de Waart war ein Spieler, der sich nicht mit herausragenden Leistungen hochgearbeitet hatte – er war in Jaaps Augen kein besonders guter Ermittler –, vielmehr hatte er sich darauf verlegt, stets den richtigen Leuten in den Hintern zu kriechen. Es ging ihm mehr darum, selbst gut dazustehen, als einfach seine Arbeit so gut wie möglich zu machen. Jaap hatte immer wieder beobachtet, wie der Mann andere für seine Zwecke benutzte, um voranzukommen.

Wenn ich ihm von Friedman erzähle, bin ich den Fall los.

»Es ist nur so ein Gefühl, vielleicht bin ich ein bisschen paranoid … aber in der Nacht, als er getötet wurde, ist jemand in mein Hausboot eingebrochen …«

»Ich hab's gehört. Sie haben nichts gestohlen, oder?«

»Genau.« Jaap blickte erneut auf die Uhr. »Okay … ich arbeite gerade an einem Fall, bei dem wir uns ziemlich sicher sind, dass der Killer auch hinter ein paar anderen Leuten her ist. Also wenn …«

»Hat Andreas dich am Wochenende angerufen? Vielleicht hat er was rausgefunden?«

»Er hat es zweimal versucht, aber ich hab die Anrufe verpasst. Später habe ich ihn zurückgerufen, aber nicht mehr erreicht.« Er stand auf. Eigentlich hätte er de Waart von der Nummer erzählen sollen, die er auf Andreas' Computer gefunden hatte, doch das hätte die Dinge noch komplizierter gemacht. »Tut mir leid, ich muss jetzt wirklich los.«

De Waart erhob sich ebenfalls und hielt ihm die Hand hin. Jaap war etwas überrascht, ergriff sie jedoch.

»Smit will, dass ich den Fall übernehme … also wenn du etwas hörst, lässt du's mich wissen?«, fragte de Waart.

Jaap hoffte, dass seine Hand nicht plötzlich anfing zu schwitzen. »Klar«, antwortete er. »Falls sich etwas tut, erfährst du es als Erster.«

De Waart bedankte sich und wandte sich zum Gehen.

»Hey«, sagte Jaap und reichte ihm seine Waffe. »Die solltest du vielleicht nicht hier rumliegen lassen.«

»Scheiße, du hast recht.« De Waart steckte die Pistole ins Holster. »Aber wenn das verdammte Jucken nicht aufhört, muss ich ohne das Ding auskommen.«

Nachdem de Waart die Kantine verlassen hatte, eilte Jaap die Treppe hinauf und an seinen Schreibtisch. Er rief die Datenbank auf und holte sich Ludo Haaks Akte. Unter den hier angegebenen Leuten, mit denen der Mann zusammengearbeitet hatte, fand sich ein Name, den Jaap kannte, ein gewisser Coenraad Akster.

Er hatte in einem Fall vor einigen Jahren mit ihm zu tun gehabt. Coenraad hatte sich damals bereit erklärt, ihm Informationen zukommen zu lassen, wenn Jaap darauf verzichtete, ihn wegen Drogenbesitzes festzunehmen. Jaap hatte fast ein schlechtes Gewissen gehabt – die Sache mit dem Drogenbesitz wäre wahrscheinlich ohne Folgen geblieben –, doch da Akster ihm nie irgendwelche Informationen lieferte, vergaß er ihn rasch.

Zu Jaaps Überraschung gab es sogar eine aktuelle Adresse, die er sich notierte. Dann schloss er seine Schublade auf, nahm die Pistole heraus und legte das Schulterholster an.

Er hatte sich geschworen, nie wieder eine Waffe zu tragen.

Doch das war, bevor Andreas getötet worden war.

Und vor dem Einbruch.

Ich werde mich daran gewöhnen müssen, dachte er und ging los, um sich mit Kees im Café gegenüber zu treffen.

Unterwegs rief er den Telefonanbieter an, nannte die Nummer in Friesland und verlangte alle verfügbaren Daten. Sie versicherten, ihm die Auskunft so schnell wie möglich zu übermitteln.

Ich muss van der Mark fragen, ob sie heute kommt, nahm er sich vor, nachdem er das Gespräch beendet hatte.

Als er das Café betrat, sah er Kees an einem Tisch ganz hinten sitzen, die Tasse in der Hand. Er wirkte, als hätte er die ganze Nacht nicht geschlafen. Der blaue Fleck im Gesicht war dunkler geworden.

Jaap setzte sich ihm gegenüber, nachdem er bei der Kellnerin bestellt hatte.

»Wir müssen rausfinden, wem diese Handys gehören«, begann er. »Irgendeine Idee?«

»Wir wissen noch nicht einmal, warum Friedman ermordet wurde. Wir könnten sie einfach anrufen und ihnen erklären, dass sie in Gefahr sind.«

Jaap schüttelte den Kopf. »Normalerweise würde ich dir zustimmen, aber sie haben irgendwas zu verbergen. Friedman war in illegale Geschäfte verwickelt. Es muss für diese Leute um sehr viel gehen, sonst würden sie nicht diese Vorsichtsmaßnahmen mit den Telefonen treffen. Wenn wir sie anrufen, werden sie untertauchen.«

Die Kellnerin brachte seinen japanischen Matcha. Es hatte einiger Überredungskünste bedurft, damit sie den grünen Tee für ihn besorgten. Jaap beobachtete, wie Kees' Blick an der schlanken Figur der Kellnerin hing.

Er nahm das Blatt mit den Nummern heraus und zeichnete ein Diagramm. Zog einen Pfeil von der ersten unbekannten Nummer ganz oben zu Friedmans Nummer sowie zwei weitere Pfeile von Friedman zu den beiden anderen Unbekannten.

»Die Telefonverbindungen zeigen klar, dass der Typ mit der ersten Nummer der Boss ist. Friedman stand direkt unter ihm und erteilte seinerseits den beiden anderen Anweisungen. Auf den müssen wir uns konzentrieren.«

Kees zog sein Handy hervor und begann zu tippen.

»Wichtig?«, fragte Jaap. »Ich will ja nicht stören.«

Kees steckte das Telefon ein, und Jaap fuhr fort.

»Hast du die Nummern der Geschäftsführerin von Friedmans Firma gezeigt?«

»Nein. Ich werde sie fragen, ob ihr eine bekannt vorkommt.«

Jaap nahm einen Schluck von dem tiefgrünen, schaumigen Matcha. Kees fragte sich offensichtlich, was er trank.

»Okay.« Er stellte die Tasse hin. »Wir müssen mit diesem Rint Korssen sprechen und das Geschäft in der Nieuwstraat besuchen. Und natürlich diese Hilfsorganisation, bei der Friedman am Sonntag einen Termin hatte. Wer immer dort mit ihm gesprochen hat, war wahrscheinlich der Letzte, der ihn lebend gesehen hat. Vielleicht erfahren wir dort etwas. Friedmans Anwalt wird heute die offizielle Identifizierung vornehmen, oder?«

»Ja, er kommt um zehn in die Leichenhalle.«

»Okay, da will ich dabei sein. Haben wir schon die genaue Todeszeit?«

»Die Pathologin will sich noch nicht festlegen, sie muss erst die Obduktion vornehmen. Nach der Temperatur muss es aber zwischen Sonntagabend um acht und ein Uhr nachts gewesen sein.«

Jaap drehte die Tasse in der Hand, nahm einen letzten Schluck und stand auf. »Okay, fahren wir zu Rint Korssen. Du kannst unterwegs die Geschäftsführerin anrufen.«

Jaaps Telefon summte, und er meldete sich. Es war der Telefonanbieter mit dem Namen, auf den die Nummer registriert war: van Delft.

Die Frage ist, dachte er, während sie zum Auto gingen, *was hat Andreas von diesem van Delft gewollt? Und warum hat er sich die Akte von Ludo Haak angesehen?*

Chief Inspector Henk Smit schaute durch die Glasscheibe oben in der Tür in den Saal. Er war bis auf den letzten Platz gefüllt – kein Journalist in Amsterdam wollte sich diese Geschichte entgehen lassen –, und Smit verspürte die gewohnte Aufregung vor einem öffentlichen Auftritt.

Wie die Motten zum Licht, dachte er, atmete noch einmal tief durch und drückte die Tür auf. Er trat zu dem Tisch, auf dem ein Glas Wasser und ein Mikrofon standen, und setzte sich. Sofort wurden überall im Saal Kameras bereit gemacht und Notizbücher aufgeschlagen. Da und dort räusperte sich jemand, um möglichst als Erster seine Frage herauszurufen.

Die grellen Lichter blendeten ihn, und er drehte den Kopf so, dass er die Augen nicht zusammenkneifen musste.

Knisternde Spannung im Saal.

Smit zog das Mikrofon zu sich heran, und ein scharfes Kreischen ließ ihn genauso zusammenzucken wie alle anderen im Raum.

Die Nachricht, dass Inspector Hansen tot aufgefunden worden war, hatte ihn gestern früh erreicht und war binnen einer Stunde nach außen gedrungen. Journalisten hatten die Leitungen blockiert, und Smit hatte die unvermeidliche Pressekonferenz bis heute hinausgeschoben, um den Ermittlern etwas Zeit zu geben, ein Ergebnis zu liefern.

Es hätte toll ausgesehen, dachte er, *auf einer Pressekonferenz verkünden zu können, dass das Verbrechen bereits aufgeklärt war.*

Doch es sah leider nicht nach einer schnellen Lösung des Falles aus, und Smits Erfahrung mit den Medien hatte ihn gelehrt, dass das Echo umso stärker ausfiel, je länger man sie warten ließ.

Es würde ihn nicht überraschen, sich in den Mittagsnachrichten zu sehen.

Er hatte auch absolut nichts dagegen.

»Ich danke Ihnen allen, dass Sie gekommen sind.« Er hielt kurz inne und wedelte mit der Hand. »Können wir ein paar von den Dingern etwas wegrücken?«

Einige Leute sprangen auf, um die Scheinwerfer neu auszurichten. Keiner wollte für eine Verzögerung verantwortlich sein. Smit signalisierte, dass nun alles in Ordnung sei, und schaute kurz in die Menge, ehe er sich wieder dem Mikrofon zuwandte.

Die Ansprache, die er gestern Abend geschrieben und heute früh einstudiert hatte, begann mit einem kurzen Ausdruck der Betroffenheit über die Ermordung des Kollegen und legte dar, wie man auf diesen feigen Anschlag auf das Leben eines Mannes reagieren würde, der sich dem Dienst an der Gemeinschaft verschrieben hatte. Das Publikum lauschte aufmerksam, manche kritzelten kurze Notizen, einige hielten Aufnahmegeräte in der Hand, und die roten Lichter der Fernsehkameras ganz hinten nährten seine Hoffnung auf einen Auftritt im Mittagsfernsehen.

Am Ende seines Vortrags gab er den Anwesenden Gelegenheit, ihre Fragen zu stellen. Natürlich wählte er einige der Journalisten aus, die im Gegenzug für einen raschen Zugang zu bestimmten Informationen seine Abteilung stets in einem positiven Licht darstellten.

»Haben Sie schon eine Theorie?«, fragte eine zierliche Frau in der ersten Reihe, die Smit als Kriminalreporterin von *De Telegraaf* kannte.

»Ich kann Ihnen in diesem Stadium nur sagen, dass wir mehrere durchaus vielversprechende Spuren verfolgen.«

»Gibt es Hinweise auf einen terroristischen Hintergrund?«, fragte ein dünner Mann mit Menjou-Bärtchen und einem nervösen Zucken drei Reihen dahinter. Smit hatte ihn erst einige Male gesehen und wusste nicht, für welche Zeitung er arbeitete.

»In diesem Stadium …«

»Hatte er nicht mit Kinderpornografie zu tun?«, rief eine Stimme ganz hinten.

Stille senkte sich über den Saal.

Smit kniff die Augen zusammen, um zu sehen, wer der Sprecher war, doch der Mann stand direkt neben einem Scheinwerfer, der nach vorne auf ihn gerichtet war, sodass er das Gesicht nicht erkennen konnte.

»Und Sie sind?«

»Patrick Borst, *De Adelaar*.«

Smit kannte das Revolverblatt, das regelmäßig Geschichten über Entführungen durch Außerirdische und geheime Verschwörungen brachte. Wie kamen solche Leute überhaupt an einen Presseausweis?

»Wir haben Hinweise, dass Ihr Inspector in Kinderpornografie verwickelt war«, fügte der Reporter hinzu.

Smit war sofort hellwach und registrierte jede kleinste Bewegung im Saal. Er verdankte seinen Aufstieg nicht zuletzt seinem ausgeprägten Instinkt … und der witterte in diesem Augenblick Gefahr.

Ein äußerst ärgerlicher Zwischenfall.

Mitten in dieser wichtigen Pressekonferenz meldete sich so ein dahergelaufener Schmierfink zu Wort und versaute ihm den Auftritt.

»Ich weiß nicht, wie Sie darauf kommen«, tat er die Behaup-

tung ab, als wäre sie nicht der Rede wert, »aber ich versiche-
re Ihnen, wir verfolgen mit Nachdruck mehrere heiße Spuren und werden möglicherweise schon im Laufe der nächsten Stunden beträchtliche Fortschritte erzielen. Wir werden
eine weitere Pressekonferenz ansetzen, sobald es Neuigkeiten
gibt.«

Er schaltete das Mikrofon aus, stand auf und eilte zur Tür,
während sich das Publikum in eine bellende Hundemeute verwandelte.

Sie muss hier irgendwo sein«, sagte Jaap und sah im Handschuhfach nach. »Schau doch mal im Kofferraum.«

Kees stieg aus und begann zu suchen. »Nichts da«, meldete er nach einigen Augenblicken.

»Also, ich zahle die Strafe nicht. Wenn du den Wagen zurückbringst, sieh nach, wer ihn als Letzter hatte und warum er das Ding nicht hiergelassen hat.«

»Wahrscheinlich mit nach Hause genommen – das tun manche, hab ich gehört.«

Die Plaketten, die unmarkierte Polizeiwagen vor einem Strafzettel bewahrten, waren als Maßnahme zur Kostensenkung eingeführt worden. Dass das betreffende Einsatzfahrzeug dadurch nicht mehr unmarkiert war, schien dem Genie, das auf die Idee gekommen war, leider entgangen zu sein.

»Ich muss noch kurz telefonieren, dann gehen wir«, sagte Jaap und knallte das Handschuhfach zu.

Er rief seine Schwester Karin an, die als Militärärztin für die Internationale Schutztruppe ISAF in Afghanistan gearbeitet hatte. Jaap erinnerte sich noch, mit welcher Begeisterung sie die Aufgabe in Angriff genommen hatte.

Acht Monate später kehrte sie zurück.

Doch sie war noch nicht wirklich zu Hause angekommen.

Karin erhielt Medikamente, unterzog sich einer Therapie, doch sie hatte immer noch ihre Anfälle, die sich nur zu legen schienen, wenn Jaap bei ihr war. Am Sonntag hatte sie wieder angerufen, und er hatte ihr angehört, dass es besonders schlimm war. Darum hatte er Andreas nicht begleitet.

Sie ging nicht ans Telefon. Er wusste, dass sie manchmal erst irgendwann nach Mittag aufstand.

»Okay, gehen wir«, sagte er zu Kees, und sie stiegen aus.

Die kalte Luft schlug ihm ins Gesicht. Vorhin hatte Jaap bemerkt, dass sich auf dem Kanal eine Eisschicht zu bilden begann. Noch waren es nur einzelne Arme, die sich vom Ufer her ausstreckten. Wenn es noch ein paar Tage so kalt blieb, würden sie sich in der Mitte treffen und eine Eisdecke bilden, die vielleicht dick genug zum Schlittschuhlaufen war.

»Was hast du über Korssen rausgefunden?«, fragte Jaap.

»Keine Vorstrafen, aber das ist keine Überraschung. Er ist reich … muss er ja sein, wenn er hier wohnt. Und er investiert in Firmen – oft solche, die Hilfe brauchen. Laut Carolien van Zandt war Friedmans Firma vor einigen Jahren in Schwierigkeiten, und Korssen griff ihm unter die Arme.«

Schweigend gingen sie weiter, und Jaaps Gedanken schweiften zu Saskia. Er war über Nacht bei ihr geblieben, hatte auf einer steinharten Couch geschlafen, um sie nicht allein zu lassen. In seinem unruhigen Schlaf hatte er sie manchmal nebenan schluchzen hören. Kurz nach drei Uhr war er aufgestanden, um zu ihr zu gehen, hatte vor ihrer Tür innegehalten, war wieder umgekehrt und hatte sich auf die Couch gelegt.

Ich hätte Andreas nicht alleinlassen dürfen, dachte er, als sie die Adresse gefunden hatten. *Dann würde er vielleicht noch leben.*

Als sie vor dem Haus standen, stieß Kees einen anerkennenden Pfiff aus. Es war im späten neunzehnten Jahrhundert gebaut worden, und von der Rückseite blickte man wahrscheinlich auf den Vondelpark – eine Lage, die selbst den zufriedensten Amsterdamer neidisch machen konnte.

»Sieht jedenfalls nicht so aus, als wäre er knapp bei Kasse«, meinte Kees und drückte auf die Türklingel, bis sich seine Fingerspitze weiß verfärbte.

Aus dem Innern ertönte das wiederholte Ding-Dong der Klingel.

Jaap spürte Kees' Ungeduld, was möglicherweise mit der Tatsache zu tun hatte, dass er die erhoffte Leitung des Falles nicht bekommen hatte.

Nach einigen Sekunden öffnete sich die Tür, und ein Mann, größer als Jaap, in pink-weiß gestreiftem Hemd und einer Jeans, die schäbig aussah, aber bestimmt ein Vermögen gekostet hatte, stand da und blickte auf sie herunter.

»Ja?« Der Ton seiner Stimme machte deutlich, dass er den Besuch als äußerst störend empfand.

»Rint Korssen?«

Hinter ihnen heulte eine Sirene auf und verklang in der Ferne.

»Ja. Sind Sie von der Polizei?«

»Inspector Jaap Rykel. Und das ist Inspector Terpstra.«

Korssen funkelte Kees zornig an, der den Finger gerade erst von der Klingel genommen hatte. »Kommen Sie rein.«

Er ließ sie ins warme Haus treten und schloss die Tür.

»Geradeaus, ganz nach hinten«, sagte Korssen.

Jaap hatte bei jedem Schritt das Gefühl, den teuren Walnussholzboden mit seinen Schuhen zu zerkratzen. *Er kann sich's leisten, ihn polieren zu lassen*, dachte er.

Von der Rückseite des Hauses blickte man tatsächlich auf den Vondelpark hinaus. Was Jaap jedoch überraschte, war die völlige Umgestaltung der ursprünglichen Zimmer zu einem einzigen riesigen Raum, dessen Rückwand aus einer durchgehenden Glasfront bestand. Statt einer schönen Aussicht auf den Vondelpark hatte man vielmehr das Gefühl, sich mitten im Park zu befinden.

Korssen folgte ihnen, deutete auf einen Tisch in der Nähe der Küche und fragte, ob sie einen Kaffee wollten.

Jaap verneinte, doch Kees nahm das Angebot an. Sie sahen zu, wie Korssen an der Maschine aus Edelstahl hantierte, die so aussah, als müsse man mindestens Ingenieur sein, um sie bedienen zu können.

Jaap nutzte die Gelegenheit, um den Mann genauer zu mustern. Er war von massiger Statur, wirkte jedoch sehr fit, sodass man ihn auf den ersten Blick für vierzig hätte halten können. Die nicht mehr allzu straffe Haut seiner Hände ließ Jaap jedoch vermuten, dass er Ende fünfzig sein musste.

Korssen machte einen äußerst selbstbewussten Eindruck und schien auch keinen Druck zu verspüren zu reden, wozu die meisten neigten, wenn sie mit zwei Kriminalbeamten konfrontiert waren, einfach um ihre Nervosität zu überspielen. Korssen hingegen schien mit sich und der Welt überaus zufrieden zu sein.

Er brachte den Kaffee in den feinsten Porzellantassen, die Jaap je gesehen hatte, und setzte sich ihnen gegenüber.

»Wie finden Sie ihn?« Er deutete mit einem Kopfnicken auf die Tasse in Kees' Hand. »Ein Freund importiert das Zeug, sauteuer natürlich … Aber wie heißt es so schön: Das Leben ist zu kurz, um schlechten Kaffee zu trinken.« Er nahm einen Schluck und seufzte genüsslich. »Okay, Jaap, Sie sind wahrscheinlich wegen Dirk hier. Ein Schock für uns alle. Als ich es von Carolien erfuhr, war ich …«, er stockte und richtete den Blick zur Decke, als suche er nach dem richtigen Wort, »… fassungslos.«

Seine Stimme hatte die anfängliche Aggressivität verloren, und er sprach nun in dem nonchalanten Ton eines Mannes, der stets bekam, was er wollte.

Warum sind diese Leute immer so arrogant?, fragte sich Jaap.

Lag es an ihrem Erfolg, oder machte ihre Arroganz sie erst so erfolgreich, dieser unerschütterliche Glaube an sich selbst, diese felsenfeste Überzeugung, besser, schlauer, stärker und rücksichtsloser als die anderen zu sein?

Wie auch immer, es war Jaap jedenfalls zutiefst zuwider.

»Wie war Ihr Verhältnis zueinander? Ich habe gehört, Sie sind vor einigen Jahren in die Firma eingestiegen, als sie in finanziellen Schwierigkeiten steckte?«

»Dirk hat nicht als Geschäftsmann angefangen. Er war vorher Lehrer, ich glaube Sport, und erbte die Firma von seinem Onkel. Völlig überraschend, wenn ich mich recht erinnere. Da lief er also jahrelang mit der Pfeife im Mund auf einem Sportplatz herum, während ein paar Bengel Fußball spielten, und am nächsten Tag bekommt er den Schlüssel zu einem Unternehmen in die Hand gedrückt, das einen Millionenumsatz macht. Und er wurde tatsächlich ein hervorragender Frontmann, obwohl ich nicht weiß, wie er es anstellte. Von seiner vorherigen beruflichen Tätigkeit hätte man nicht annehmen können, dass er den nötigen Charme oder die Schlitzohrigkeit für diese Rolle besaß. Die Finanzen waren allerdings nicht seine Stärke … Seine mathematischen Fähigkeiten reichten gerade mal aus, um die Tore in einem Fußballspiel zu zählen. Dann kam noch seine Scheidung, die ihn mehr kostete, als er sich leisten konnte, deshalb nahm er Geld aus dem Geschäft, um die Kosten zu decken. Ein schwerer Fehler, weil die Firma dadurch ihren Verpflichtungen zum Teil nicht mehr nachkommen konnte.«

Jaap beobachtete das selbstzufriedene Lächeln auf Korssens fleischigen Lippen. »Und da sind Sie eingestiegen?«

»Ein gemeinsamer Freund, den Dirk um ein Darlehen bat, hat mich mit ihm in Kontakt gebracht. Er weiß, dass ich immer nach Investitionsmöglichkeiten Ausschau halte, und so kamen wir zusammen.«

»Sie haben ihm vermutlich kein Darlehen angeboten.«

»Bin ich etwa ein Wohltätigkeitsverein?«, erwiderte er lachend. »Nein, die Bedingungen waren ganz klar: Ich bekomme die Mehrheitsbeteiligung am Unternehmen.«

»Was hat Friedman dazu gesagt?«

Korssen zuckte mit den Schultern. »Er hat nicht gerade gejubelt, aber er stand vor dem Konkurs, hätte alle Beschäftigten entlassen müssen, also blieb ihm nichts anderes übrig.«

»Ist die Firma durch die Rezession in Schwierigkeiten geraten?«

Korssen nahm einen Schluck Kaffee und tupfte sich die Lippen mit einer Serviette ab. »Nicht mehr als alle anderen auch. Es gab einen leichten Rückgang, aber der Hauptgrund war Dirks Misswirtschaft.«

Jaap lehnte sich auf seinem Stuhl zurück. Nach dem, was er hier erfuhr, hätte er eher verstanden, wenn Korssen zur Zielscheibe eines Mordanschlags geworden wäre, und nicht Friedman.

»Wie geht es jetzt weiter?«

»Mit der Firma? Wir hatten eine Vereinbarung, nach der im Falle des Todes eines Teilhabers dessen Erben die Anteile übernehmen.«

»Wer ist das in Dirks Fall?«

»Das müssen Sie seinen Anwalt fragen.«

»Er hat aber keine Kinder?«

»Nicht dass ich wüsste.«

»Eine Freundin, Lebensgefährtin?«

»Das kann ich Ihnen nicht sagen. Er ließ sich scheiden, bevor ich ihn kennenlernte. Aber wie gesagt, wir standen uns persönlich nicht sehr nahe. Trafen uns einmal im Monat, um über das Geschäftliche zu sprechen, und das war's auch schon.«

Diese Treffen waren bestimmt lustig, dachte Jaap.

»Eine Sache ist vielleicht interessant«, fuhr Korssen fort, als wäre es ihm gerade eingefallen. »Ich habe ihn letzte Woche in einem Restaurant gesehen … am Dienstag, glaube ich, und er war mit einem Mann beisammen. Er wirkte irgendwie nervös, ich weiß nicht, warum. Es war mir aber egal, was er in seiner Freizeit tat, solange es seine Arbeit nicht beeinträchtigte.«

»Ging es darum in Ihrem Streit?«

»Wovon reden Sie?«

»Donnerstagabend in Friedmans Büro.«

»Sie sind gut informiert, aber Ihre Vermutung ist falsch. Wir hatten eine Diskussion im Büro, das ist richtig, aber eine ganz normale, wie sie in jeder Firma hin und wieder vorkommt. Man räumt seine Meinungsverschiedenheiten aus, und fertig. Ich muss leider sagen, dass es Dirk nie besonders leichtfiel, eine Anweisung auszuführen. Er war einfach zu stur, deshalb war er ja in diese missliche finanzielle Lage geraten.«

»Worum ging es bei der Auseinandersetzung?«

Korssen seufzte und sah auf seine Uhr. »Wir planen schon seit einiger Zeit zu expandieren, aber Dirk hat immer wieder Gründe vorgeschoben, warum es nicht funktionieren würde. Immer mehr Russen kommen zu Wohlstand, da müssen wir auch auf diesem Markt präsent sein.«

»Und das hat er nicht so gesehen?«

»Er fing gerade an, es einzusehen.«

»Können Sie uns sagen, in welchem Restaurant das war?«

Korssen nannte ihm den Namen, und Jaap notierte ihn. Es war kein Lokal, das er kannte. Wahrscheinlich würde er es sich auch nie leisten können, es näher kennenzulernen.

»Und wenn es Sie getroffen hätte, nicht Friedman?«, fragte Jaap.

»Was meinen Sie damit?«

»Wer würde im Falle Ihres Todes Ihre Anteile erben?«

Korssen sah ihn einen Moment an, ohne eine Regung zu zeigen. »Tut das hier irgendwas zur Sache?«

»In gewisser Weise schon.«

Einen Moment lang dachte Jaap, er würde nicht darauf antworten.

»Im Fall meines Todes würden meine Anteile an meinen Bruder übergehen, obwohl er es nicht weiß.«

»Kann ich daraus schließen, dass Sie nicht verheiratet sind oder in einer festen Partnerschaft leben?«

Diesmal war Korssens Lächeln echt, und er lachte wie das geborene Alphamännchen, der Anführer des Rudels, der es als seine Pflicht betrachtete, stets in allem der Erste zu sein.

»Ich habe sozusagen ein reiches und vielfältiges soziales Leben.«

»Das heißt, die Frauen wechseln recht schnell bei Ihnen.«

»Das klingt so kalt, wie Sie es sagen, aber ja, es gibt schon …«, er hüstelte leise, »… eine rege Fluktuation.«

Der Typ ist zwar unglaublich selbstverliebt, dachte Jaap, *aber ist er ein Mörder?*

Er stand auf, um zu gehen, und Kees ebenso.

»Letzte Frage: Wo waren Sie Sonntagabend?«

»Bei einer Veranstaltung.« Er zog seine Armbanduhr vom Handgelenk, dem rechten, wie Jaap konstatierte, und schob sie über den Tisch. »Eine meiner Investitionen ist Helmstok.«

Jaap betrachtete die Uhr. Sie war riesig, mit allen möglichen Details und Anzeigen ausgestattet, von denen er sich nicht vorstellen konnte, wozu sie gut sein sollten. Von dem Ding die Uhrzeit abzulesen war wahrscheinlich gar nicht so einfach.

»Wir haben eine neue Uhr herausgebracht und das im Hotel De L'Europe gefeiert.«

»Und Sie waren die ganze Nacht dort?«

»Es begann um acht, aber ich war schon ab vier Uhr dort,

um mich zu vergewissern, dass alles vorbereitet war. Bei der Veranstaltung, die im Übrigen sehr erfolgreich verlief, waren mindestens hundertfünfzig der reichsten Leute von Amsterdam anwesend.«

»Um welche Zeit sind Sie gegangen?«

»Wahrscheinlich gegen ein Uhr. Es wurde aber tüchtig Champagner getrunken, darum kann ich das nicht mit Sicherheit sagen. Danach war ich bei einer guten Freundin, blieb etwa zwei Stunden dort und fuhr dann mit dem Taxi nach Hause.«

»Sie können uns sicher die Nummer der Taxifirma geben und die Ihrer guten Freundin?«

Jaap sah seine Augenlider flattern.

»Ich kann mich ehrlich gesagt nicht mehr erinnern. Ich bin vor ihrem Haus im Jordaan in das Taxi eingestiegen.«

»Hatten Sie es telefonisch bestellt?«

»Nein, ich wollte eigentlich zu Fuß gehen, aber dann sah ich das Taxi und überlegte es mir anders. Ich hatte schon einiges intus.«

»Warum sind Sie dann nicht bei Ihrer Freundin geblieben, deren Namen und Adresse ich übrigens gerne von Ihnen hätte?«

»Ich liebe die Frauen, Herr Inspector«, antwortete Korssen und streckte die Arme über dem Kopf aus, »aber ich bin inzwischen in einem Alter, wo man lieber im eigenen Bett schläft, verstehen Sie?«

EINUNDZWANZIG

Tanya saß auf einem Bett.

Einem Krankenhausbett.

Ihre Jeans hing über der Lehne eines Stuhls in der Ecke des Raums. Ein grüner Wandschirm verdunkelte teilweise ein Milchglasfenster, das, wenn sie sich nicht irrte, auf den Parkplatz hinausging.

Es war ihr etwas peinlich, hier in der Unterwäsche zu sitzen, die zwar angenehm zu tragen war, aber nicht gerade toll aussah. Doch als sie heute früh aufgestanden war und den pochenden Schmerz im Bein gespürt hatte, war ihr das nicht so wichtig gewesen.

Sie hatte so viel zu tun, musste dringend mit Geertjes Mann über das Kind sprechen, das er mit den van Delfts gesehen hatte, und danach nach Amsterdam fahren, um sich mit Inspector Rykel zu treffen.

Tanya hatte zunächst daran gedacht, ihr Bein selbst zu verbinden. Doch als sie das Licht eingeschaltet und es sich genauer angesehen hatte, war ihr klar geworden, dass sie einen Arzt brauchte. Sie setzte sich ins Auto und fuhr zum Krankenhaus. Jedes Mal, wenn sie auf die Bremse trat, schoss ihr der Schmerz durch das ganze Bein.

Der junge Arzt, der sie versorgte, war – nach den zwanzig Minuten zu schließen, die sie ihn kannte – genau der Typ Mann, mit dem sie gern ein bisschen mehr Zeit verbracht hätte, falls so etwas wieder einmal ein Thema sein sollte.

Was es im Moment nicht war.

Definitiv nicht.

Dennoch hätte sie jetzt gern eine etwas hübschere Unterwäsche getragen, und sei es nur für ihren Stolz. Er hatte die Tätowierung bemerkt, die zweiköpfige Schlange an der Innenseite des Oberschenkels, hatte aber nichts gesagt.

Sie hatte sie als siebzehnjähriges Mädchen anfertigen lassen, ein Akt der Auflehnung, der zu Hause nicht unbemerkt geblieben war. Die Männer, mit denen sie später zusammen war, hatten das Tattoo alle cool gefunden, obwohl sie keinem die wahre Bedeutung verriet.

Als der Arzt die Nadel in eine Stelle knapp oberhalb ihres Knies stach, zuckte ihr Bein unwillkürlich nach oben und traf ihn am Schienbein.

»Tut mir leid.«

»Kein Problem, man kann den Reflex fast nicht verhindern. Ich hatte vor einigen Jahren mal einen älteren Patienten, der zeigte überhaupt keine Reaktion, als würde er die Spritze gar nicht spüren.« Er zog die Nadel heraus, warf sie in den Abfalleimer und tupfte die Wunde ab. »Einmal gab ich ihm die Spritze zur Abwechslung in den anderen Arm und … was glauben Sie, ist passiert?«

»Er hat es gespürt?«

»Nicht bloß gespürt, er sprang fast an die Decke.« Der Arzt glitt auf den Rollen seines Hockers zu dem Schreibtisch hinter ihm, nahm eine sterile Nadel zur Hand und rollte zu ihr zurück, um die Wunde zu nähen. »Wie sich herausstellte, war er im Krieg in einem Lager interniert und musste sogenannte ›medizinische Experimente‹ über sich ergehen lassen. Mit der Zeit lernte er, die Einstiche auszublenden, und spürte die Spritzen irgendwann überhaupt nicht mehr. Und das blieb so. Aber alles andere, wenn er sich den Zeh anstieß oder sich an einem Blatt Papier schnitt, das spürte er sehr wohl.«

»Unglaublich. Ist das wahr?«

Er blickte mit gespielter Entrüstung zu ihr auf und lächelte schließlich. »Hey, Sie sind von der Polizei, sagen Sie's mir.«

Sie warf ihm einen langen Blick zu.

»Okay.« Er stand auf und streifte die Gummihandschuhe ab. »Das hätten wir. Die Nähte lösen sich von allein auf, Sie müssen sie also nicht ziehen lassen.« Er ging hinaus, steckte den Kopf aber noch einmal zur Tür herein. »Ich habe ein kleines Extra draufgetan.«

Tanya blickte hinunter, und tatsächlich waren auf den Verband ein Name und eine Telefonnummer gekritzelt.

Als sie die Straße erreichte, in der Arend seine Werkstatt hatte, stieg die Sonne bereits über die Hausdächer, und sie klappte die Sonnenblende herunter.

Geertjes Anruf gestern Abend hatte ihre Befürchtung bestätigt. Sie hatte *gewusst*, dass da ein Kind gewesen sein musste, doch Bloem hatte sie nicht ernst genommen. Wenn sie es recht bedachte, war es vielleicht auch ihre Schuld. Sie hätte ihre Überzeugung mit mehr Nachdruck vertreten müssen, hätte sich nicht mit sinnlosen kleinen Tätigkeiten von ihm abspeisen lassen dürfen.

Eine glänzend schwarze Krähe pickte nach etwas auf der Straße und erhob sich schließlich in die Luft.

Tanya fand das Haus Nummer 19 und hielt davor an. Der Beton war vereist. Eine Säge kreischte irgendwo zu ihrer Linken.

Der Mann, der die Tür öffnete, war kleiner als sie, hatte einen schwarzen Lockenkopf und trug einen Pulli, der so voller Lehmspritzer war, dass man seine eigentliche Farbe nicht mehr erkennen konnte.

»Arend?«

»Ja. Sie sind von der Polizei? Kommen Sie rein.«

Sie folgte ihm den Korridor entlang in einen großen Raum, der dank einer Glasdecke in helles Licht getaucht war.

»Sie sind Töpfer?«, fragte sie, während sie sich in der Werkstatt umsah, in der auch zwei Brennöfen standen.

»Ja. Das macht heute kaum noch jemand in Handarbeit, obwohl Sie mit der maschinellen Produktion nie diese Qualität erreichen.« Er reichte ihr eine runde schwarze Schüssel, deren Form an eine verblühende Tulpe erinnerte.

»Ich habe vor acht Jahren allein angefangen. Heute beschäftige ich zwei Lehrlinge, weil die Nachfrage so groß ist.«

»Schön.« Tanya gab ihm die Schüssel zurück. Sie war nicht gekommen, um Töpferkunst zu bewundern.

Als hätte er ihre Gedanken gelesen, stellte er die Schüssel zurück. »Aber deswegen sind Sie nicht hier. Als Geertje mir gestern von Ihrem Besuch erzählte, da fiel mir ein, dass ich die beiden einmal mit einem Kind gesehen hatte. Es kam mir irgendwie merkwürdig vor, aber ich vergaß es schnell wieder. Wir kannten die Leute ja kaum … vielleicht haben sie auf das Kind von Bekannten aufgepasst, vielleicht war es ihre Enkeltochter, obwohl wir eigentlich dachten, sie hätten keine Kinder. Und schließlich ging es uns ja nichts an.« Er kratzte ein Klümpchen Tonerde von seinem Ärmel und zerdrückte es zwischen Daumen und Zeigefinger. »Aber als Geertje mir dann von ihrem Gespräch mit Ihnen erzählte …« Er schüttelte den Kopf. »Hoffentlich haben sie sich nur an dem Tag um das Kind gekümmert. Es wäre furchtbar, wenn die Kleine auch bei dem Brand gestorben wäre.«

»Wir sind uns ziemlich sicher, dass sie nicht in dem Haus war.« Tanya blickte auf das orange Leuchten in einem der Brennöfen. »Natürlich müssen wir jetzt herausfinden, wer das Mädchen war. Wo genau haben Sie die drei gesehen?«

»Kennen Sie das Café am Gouverneursplein? Bei der Kunstgalerie?«

Sie kannte es. In diesem Café hatte sie Wilhelm eröffnet, dass es zwischen ihnen aus war.

Es war kein schöner Moment gewesen.

»Ich habe einem Kunden ein paar neue Stücke geliefert, als ich sie aus dem Café kommen sah. Zuerst habe ich sie nicht erkannt, wahrscheinlich weil sie mit einem Kind unterwegs waren, aber aus der Nähe sah ich, dass sie es waren.«

»Haben Sie mit ihnen geredet?«

Tanya hörte Schritte hinter sich näher kommen.

»Nein, es war irgendwie seltsam. Ich hatte den Eindruck, als hätten sie mich zwar gesehen, wollten aber nicht angesprochen werden. Okay, wir kannten sie kaum, trotzdem waren wir eigentlich ihre einzigen Nachbarn …« Arend zuckte mit den Schultern, dann grüßte er den Neuankömmling, der an einen der Öfen trat. »Aber sie lebten sehr zurückgezogen.«

»Um welche Zeit war das?«

»Es muss so gegen zehn oder halb elf gewesen sein.«

»Und Sie sind sich sicher, dass ein Kind dabei war?«

Er nickte. »Absolut. Eva van Delft hat ihr den Reißverschluss der Jacke zugezogen.«

»Und wie hat das Mädchen ausgesehen?«

»Ihr Gesicht habe ich nicht richtig gesehen, sie trug eine Jacke mit Pelzkapuze, aber ich bin mir ziemlich sicher, dass sie rote Haare hatte … so wie Ihre, ziemlich lang.«

Das kann Bloem nicht ignorieren, dachte Tanya überzeugt.

»Können Sie sonst noch irgendwas über das Mädchen sagen? Wie alt war sie ungefähr?«

Arend schloss einen Moment die Augen, um sich zu erinnern. »Ungefähr fünf oder sechs, würde ich sagen, so wie meine zwei.«

»Können Sie sich einen Grund vorstellen, warum jemand ihr Haus niedergebrannt haben könnte?«

Er schüttelte den Kopf. »Nein. Wir kannten sie ja nicht, wussten nicht, mit wem sie befreundet waren ... und schon gar nicht, ob sie Feinde hatten.«

Arends Kollege ließ etwas fallen; bei dem lauten Geklapper zuckten sie beide zusammen.

»Glauben Sie, dass sie Freunde hatten?«

»Also ...« Er fuhr sich mit der Hand durch die Haare. »Eigentlich eher nicht.«

Tanya bedankte sich und ging hinaus zu ihrem Wagen. Kaum war sie losgefahren, klingelte ihr Handy.

Bloem.

»Habe ich dir nicht gesagt, du sollst das überprüfen?«, sagte er, als sie sich meldete.

»Was überprüfen?«

»Das Haus ... wem es gehört.«

»Hast du nicht gesagt.«

»Doch, hab ich. Egal, ich hab's jetzt getan, und es hat sich rausgestellt, dass die van Delfts es nur gemietet hatten. Du musst sofort mit dem Vermieter sprechen.«

»Hör zu, ich habe jetzt die Bestätigung, dass die van Delfts übers Wochenende ein Kind bei sich hatten. Wir sollten unbedingt ...«

»Du fährst zu dem Kerl, dem das Haus gehört. Ich habe mit ihm gesprochen, er erwartet dich schon. Und komm gleich zurück, wenn du fertig bist.«

Er nannte ihr die Adresse im Osten der Stadt, in einer Gegend, wo Live-Sexshows gezeigt wurden.

Wundert mich, dass er nicht selbst hinfährt, dachte sie, nachdem sie das Gespräch beendet hatte und das Auto wendete.

Als sie zehn Minuten später auf den halb leeren Parkplatz

einbog, auf dem zerdrückte Bierdosen wie Miniaturschiffe auf dem vereisten Boden herumlagen, erblickte sie einen Typen, dessen Bierbauch sich unter einem Designer-T-Shirt wölbte.

Das Außenthermometer am Armaturenbrett zeigte ein Grad an. Vielleicht wärmte ihn die dichte Behaarung an den Unterarmen, die an eine Spezies etwas weiter unten auf der Evolutionsleiter erinnerte.

Sobald Tanya den Wagen abgestellt hatte, schlenderte er zu ihr herüber. Sie ließ das Beifahrerfenster herunter, und er stellte sich als Saar Kloots vor. Er sah wie einer dieser Typen aus, die sie manchmal lüstern anstarrten, wenn sie mit Freunden ausging.

Ich kann mich gar nicht erinnern, wann wir das letzte Mal etwas zusammen unternommen haben, dachte sie.

Tanya wollte nicht ins Lokal gehen, deshalb öffnete sie widerwillig die Beifahrertür. Er stieg ein und brachte nicht nur die Kälte mit herein, sondern auch ein penetrantes Aftershave, mit dem er die Luft im Wagen binnen Sekunden verpestete. Wie nicht anders zu erwarten, glitt sein Blick an ihrem Körper auf und ab, bevor er sich setzte, die Beine so weit gespreizt, dass er den Schalthebel berührte.

»Ihre Arbeit?«, fragte Tanya und deutete mit einem Kopfnicken auf den Klub. Ein rot pulsierendes Neonschild über der Tür versprach »Live Sex«.

»Reines Vergnügen«, erwiderte er grinsend. »Ich habe jemanden, der sich um das tägliche Geschäft kümmert, dadurch hab ich mehr Freizeit als früher.« Er hustete kurz. »Gibt es etwas Neues?«

»Wir wissen noch nicht genau, womit wir's zu tun haben, aber irgendwann gestern brach im Haus ein Feuer aus, und die van Delfts schafften es nicht rechtzeitig ins Freie.«

»Wissen Sie, was den Brand verursacht hat?«

»Noch nicht.«

»Ich muss meine Versicherung einschalten. Haben Sie irgendeinen Bericht, den ich vorlegen kann?«

»Mir geht es hauptsächlich um die zwei Leute, die da drin gestorben sind«, sagte sie betont vorwurfsvoll. Es schien ihm egal zu sein, dass zwei Menschen in seinem Haus verbrannt waren. »Was können Sie mir über sie sagen? Wie lange haben sie in dem Haus gewohnt?«

»Ich kann mich gar nicht mehr genau erinnern ... ungefähr drei Jahre, glaube ich. Aber es gab Probleme mit ihnen. Gravierende Probleme.«

»Wirklich?«

»Sie haben die Miete nicht gezahlt, und so was mag ich gar nicht, ich bin schließlich kein Wohltätigkeitsverein. Ich muss die Hypothek abzahlen, darum bin ich auf die Miete angewiesen.«

»Was haben Sie unternommen?«

»Zuerst habe ich sie besucht, um ganz nett über alles zu plaudern« – Tanya hatte da ihre Zweifel –, »und als es nicht besser wurde, schaltete ich meine Anwälte ein. Für nächsten Monat war ein Gerichtstermin angesetzt, um die Sache ein für alle Mal zu klären.«

»Hatten sie ein Kind?«

Ein Mann ging auf dem Bürgersteig vorbei und schaute zu ihnen herein. Nach seinem Blick und dem Lächeln in den Mundwinkeln schien er sie für ein Paar zu halten, das einen Streit austrug.

Frau erwischt ihren Freund in einem zwielichtigen Sexschuppen.

»Stimmt, sie hatten wirklich ein Kind da, ein kleines Mädchen. Ich hab sie danach gefragt, aber sie wollten nicht recht damit rausrücken. Sie hatten nämlich nichts von einem Kind erwähnt, als wir den Mietvertrag unterschrieben.«

»Was haben sie gesagt?«

»Dass sie das Kind erst kürzlich adoptiert hätten.«

Adoptiert. Das Wort traf sie wie ein Keulenschlag. Die Puppe hatte der Adoptivtochter gehört. Wo war das Mädchen jetzt?

»Vielleicht haben sie das Haus absichtlich abgefackelt, nur um mir eins auszuwischen«, unterbrach Kloots' Stimme sie in ihren Gedanken, nun mit einer Spur von Zorn.

»Und sich selbst dabei umgebracht? Damit hätten sie Ihnen ja eher einen Gefallen getan.«

»Stimmt auch wieder.« Er fasste sich zwischen die Beine und kratzte sich langsam mit seinen überlangen Fingernägeln. Es klang, als würde er seine Jeans zerfetzen. »Vielleicht hatten sie es anders geplant, wurden dann aber vom Feuer überrascht?«

»Ich muss mit Ihren Anwälten darüber sprechen, aber wenn Ihnen selbst noch etwas einfällt, rufen Sie mich an.«

»Okay.« Er öffnete die Tür und schwang einen Fuß hinaus. »Sie wollen nicht vielleicht auf einen Drink reinkommen?«

Tanya starrte ihn an, bis er auch den anderen Fuß aus dem Wagen schwang und ausstieg.

»Okay, hab verstanden.« Er knallte die Autotür zu.

Als sie auf dem Revier ankam, war Bloem nicht da, deshalb beschäftigte sie sich erst einmal mit den Adoptionsagenturen. Eine Agentur hatte eine Filiale in Leeuwarden, also rief sie dort an. Eine Stimme auf Band teilte ihr mit, dass das Büro geschlossen sei und man sich an die Zentrale in Amsterdam wenden solle. Die Telefonnummer wurde nicht verraten, also musste sie sie im Internet heraussuchen.

Bloem traf genau in dem Moment ein, als sie jemanden am Telefon hatte, der ihr bestätigte, dass die van Delfts im System seien, dass man für weitere Informationen jedoch die Akte einsehen müsse.

»Van der Mark zu mir.« Bloem deutete auf den Besprechungsraum.

Tanya folgte ihm hinein. Die Luft im Raum war stickig von abgestandenem Schweiß.

»Was hast du herausgefunden?«

»Ich habe mit dem Vermieter gesprochen. Er bestätigt, dass sie ein Mädchen im Haus hatten, ein adoptiertes Kind. Eben habe ich mit der Adoptionsagentur in Amsterdam gesprochen. Die van Delfts haben sich an sie gewandt.«

»Und es gab keine Spur im Haus? Es ist absolut sicher, dass sie nicht ... verbrannt ist?«

»Die Leute von der Spurensicherung haben nicht den kleinsten Hinweis gefunden. Ich denke, wir sollten eine Suche einleiten.«

»Womit ... einer vagen Beschreibung eines kleinen Mädchens ohne Namen? Oder hast du die Informationen von der Agentur erhalten?«

»Sie wollten sie mir am Telefon nicht geben – es gibt da ein Gesetz zum Schutz der Kinder. Ich müsste mir die Daten persönlich holen.«

Er starrte sie an. »Das klingt ziemlich abstrus. Warum sollte jemand die Leute umbringen und das Kind mitnehmen?«

Die Tür öffnete sich, und Lankhorst trat ein.

»Wie sieht's aus?«

Bloem räusperte sich. »Wir konzentrieren uns auf die Frage, wer das Feuer gelegt hat. Ich sehe keinen Grund, warum jemand die beiden ermorden sollte ... ein zurückgezogen lebendes altes Ehepaar. Ich denke, wir sollten die Möglichkeit eines Selbstmords in Betracht ziehen.«

»Und sie haben sich selbst gefesselt?«, warf Tanya ein.

»Ich glaube nicht, dass ein Strick gefunden wurde, oder?«

»Nein, aber die Haltung der Arme war ziemlich eindeutig. Sie können nicht zufällig so dagelegen haben.«

Bloem funkelte sie finster an.

Lankhorst wandte sich an Tanya. »Und das Kind? Wie weit sind wir da?«

»Sie haben es adoptiert. Ich fahre nach Amsterdam, um den Namen herauszufinden, und danach treffe ich mich mit Inspector Rykel, der diesen Haak kennt.« Sie spürte Bloems Blick wie Feuer auf der Haut.

»Wie alt war das Mädchen?«

»Ungefähr fünf oder sechs.«

»Fragen Sie auch in den Schulen nach und halten Sie mich auf dem Laufenden. Sonst noch was?«

Sie schüttelten beide den Kopf. Lankhorst ging hinaus, und Tanya folgte ihm zur Tür.

»Van der Mark.« Sie drehte sich um und sah Bloem auf seinem Stuhl zurückgelehnt, einen Kugelschreiber zwischen den Fingern zwirbelnd. »Ein kleiner Rat von mir. Ich werde bald auf seinem Platz sitzen, also wenn du hier vorwärtskommen willst …« Er kratzte sich zwischen den Beinen und starrte sie an.

Warum sind Männer bloß solche Arschlöcher?, fragte sie sich, während sie seinen Blick erwiderte. Dann drehte sie sich um und ging hinaus.

Jaap spürte die Anspannung im Raum sofort, als er Smits Büro betrat.

Was hat er bloß?, fragte er sich, während sich Smit vom Fenster abwandte und seinen Thron hinter dem Schreibtisch einnahm.

Er forderte Jaap nicht auf, sich zu setzen.

»Gibt es da etwas über Andreas, das ich wissen sollte?« Smits Stimme verriet, dass etwas nicht stimmte.

»Ich … ich weiß nicht, was Sie meinen.«

»Was ich meine …« Smit beugte sich vor. »Hatte er irgendwelche absonderlichen ›Freizeitaktivitäten‹? Ich komme gerade von der Pressekonferenz. Da hat mich so ein durchgeknallter Journalist von irgendeinem Schmierblatt plötzlich gefragt, ob Andreas mit Kinderpornografie zu tun hatte.«

»Was?«

»Und ich halte eine Lobeshymne auf einen Polizisten, der möglicherweise ein fauler Apfel war. So etwas hätte verheerende Auswirkungen auf die ganze Abteilung.«

»Ich habe keine Ahnung, was das soll. Andreas hatte nichts mit Por…«

»Sind Sie sich da absolut sicher? Ich habe seine Akte hier, und er hat vor fünf Jahren in einem Fall von Kinderpornografie ermittelt. Vielleicht ist er auf den Geschmack gekommen.«

»Unmöglich.« Jaap schüttelte den Kopf. »Damit hatte Andreas sicher nichts zu tun.« Seine Stimme wurde unwillkürlich lauter. »Und ich kann nicht glauben, dass Sie so etwas für möglich halten. Wer war dieser Journalist?«

»*Das* werde ich Ihnen nicht sagen. Wenn Sie einen Journalisten unter Druck setzen, wird die ganze Sache noch schlimmer, als sie ohnehin schon ist. Ich muss Sie noch einmal darauf hinweisen, dass Sie mit den Ermittlungen absolut nichts zu tun haben. Sie haben Ihren eigenen Fall zu klären. Wenn ich erfahre, dass Sie de Waart in die Quere kommen«, fügte er mit stahlhartem Blick hinzu, »dann ist Ihre Laufbahn im Arsch, ist das klar?«

Eine Autohupe tönte von der Straße herauf.

Andreas wird am Freitag beerdigt, dachte Jaap, *und jetzt das.*

»Ich kann Ihnen nur …«

»Sie halten sich raus.« Smit betonte jedes einzelne Wort, als würde er es in Stein meißeln. »*Ist-das-klar*, Inspector Rykel?«

K ees kickte eine Dose über das Pflaster und hörte, wie sie auf der Eisdecke des Kanals landete.

Nachdem sie von Korssen aufgebrochen waren, hatte Jaap ihn damit abgespeist, zuerst mit Friedmans Exfrau zu sprechen, danach Korssens Alibi bei seiner Freundin, einer gewissen Heleen de Kok, zu überprüfen und, als wäre das nicht schon schlimm genug, auch noch herauszufinden, mit wem Friedman in dem Restaurant gegessen hatte. Heleen de Kok hob nicht ab, dafür fand er heraus, dass Friedmans Ex in Haarlem lebte. Das bedeutete mindestens eine Stunde Fahrt. Das Restaurant hatte so früh noch nicht geöffnet, also musste er das auf später verschieben.

Typisch, mir gibt er die Scheißjobs, dachte er, während er zum Fuhrpark ging, etwa fünfzig Meter von der Polizeiwache Prinsengracht entfernt. Doch kaum war er dort, klingelte sein Handy. Smit beorderte ihn zu einem sofortigen Gespräch zurück.

»Kees, gut, dass Sie da sind«, empfing ihn Smit in seinem Büro.

Was soll der Quatsch?, dachte Kees und setzte sich auf den Stuhl, den ihm Smit mit einer Geste seiner fleischigen Hand anbot. *Er hat mich schließlich selbst herbestellt.*

»Ist doch selbstverständlich«, murmelte Kees.

»Kann es sein, dass Sie ein bisschen enttäuscht sind?« Smit ließ sich ebenfalls auf seinem Stuhl nieder, die Hände auf den Armlehnen, die Ellbogen in der Luft, als wäre sein Hintern aus Porzellan und müsste mit besonderer Vorsicht behandelt werden. »Ein junger Inspector wie Sie hätte den Fall wahrscheinlich gern selbst übernommen.«

»Na ja, ich habe mich schon gefragt, ob Jaap unter diesen Umständen dazu in der Lage ist.«

Smit nickte langsam, als hätte Kees etwas überaus Tiefsinniges von sich gegeben. »Bei diesem Job darf das Ego keine Rolle spielen.«

Kees ließ sich nicht anmerken, wie unglaubwürdig er die Bemerkung gerade aus Smits Mund fand. Nach allem, was er gehört hatte, gab es in ganz Amsterdam niemanden mit einem größeren Ego.

»Es geht allein darum, die Schuldigen so schnell wie möglich zur Strecke zu bringen. Es geht um Teamwork, um Ergebnisse.«

Worauf will er mit dem ganzen Scheiß hinaus? Kees nickte und machte ein interessiertes Gesicht.

»Ich habe mir Ihre Akte angesehen.« Er nahm eine Mappe zur Hand und begann darin zu blättern. »Tolle Ergebnisse, unter den Besten auf der Polizeiakademie und ausgezeichnete Referenzen, die Ihre Versetzung hierher möglich gemacht haben. Haben Sie sich gut eingelebt?«

Die wollten mich dort vor allem loswerden.

»Ja, danke, ich fühle mich recht wohl hier.«

Smit legte die Aktenmappe zurück und richtete sie exakt nach der Schreibtischkante aus. »Wissen Sie, wenn es darum geht, im Polizeikorps voranzukommen, dann ist alles, was da drinsteht, ein guter Anfang, aber nicht mehr. Ich habe gelesen, warum Sie sich versetzen ließen … dass Sie dachten, in einer städtischen Umgebung mehr leisten zu können. Anscheinend ging dort, wo Sie herkommen, manches ein bisschen langsamer vor sich?«

»Zeeland ist eben nicht Amsterdam.«

Smit schauderte kurz, sei es, weil ihn fröstelte oder weil die Erwähnung von Zeeland eine Erinnerung auslöste.

»Das kann ich mir vorstellen. Sie sind wahrscheinlich nicht Polizist geworden, um sich mit Gesetzesübertretungen in der Landwirtschaft zu beschäftigen. Jemand mit Ihren Fähigkeiten sollte hier in der Stadt arbeiten.«

Er lehnte sich in seinem Stuhl zurück und musterte Kees mit seinen Schweinsaugen. Kees erwiderte seinen Blick, bis Smit schließlich nickte, als hätte ihn eine innere Stimme von etwas überzeugt.

»Wie Sie wissen, wird Jaap die Ermittlungen leiten.«

Das wusste Kees in der Tat.

Smits Schreibtischtelefon klingelte. Er betrachtete es, hob aber nicht ab.

»In dieser Situation, nach Andreas' Tod, hätte ich gerne, dass Sie … ein Auge auf ihn haben.« Er hielt inne, griff nach einem Kugelschreiber und zwirbelte ihn zwischen den Fingern. Für Kees sah es so aus, als würde er sich einen Joint drehen. »Nur um sicherzugehen, dass er klarkommt.«

»Okay, kein Problem.«

»Er wollte die Ermittlungen zu Andreas' Tod übernehmen …«

Und ich soll jetzt aufpassen, dass Jaap nicht auf eigene Faust ermittelt?

»Solche kleinen Dienste können eine Karriere oft voranbringen.« Smit erhob sich – das Gespräch war offensichtlich beendet.

Kees stand ebenfalls auf.

»Ich habe heute früh Ihren Bericht gelesen. Gibt es etwas Neues?«

»Wir gehen den Telefonnummern nach. Ich glaube, dass

diese Leute in Gefahr sind. Jaap sieht das nicht so, aber ich würde diese Möglichkeit gern weiter prüfen, wenn Sie einverstanden sind.«

»Gut. Sie halten mich auf dem Laufenden und geben mir Bescheid, sobald sich etwas tut. Okay, dann haben wir uns verstanden?« Er warf Kees einen vielsagenden Blick zu.

»Ich denke, ja.«

Smit nickte. »Sehr gut. Und … Inspector? Lassen Sie sich die Haare schneiden.«

W ar er einverstanden?«
De Waart hatte auf dem Korridor gewartet, bis Kees
Smits Büro verlassen hatte.

Smit nickte. »Ich glaube, er hat mich verstanden.«

Sie hatten zuvor über den Fall gesprochen. Es war schlimm
genug, einen Inspector zu verlieren, doch dass dann auch noch
so schwerwiegende Vorwürfe gegen diesen Kollegen erhoben
wurden, war für Smit unerträglich. Falls sie der Wahrheit ent-
sprachen, würde sein Ziel, Polizeipräsident von Amsterdam zu
werden, in weite Ferne rücken. Und wenn er es zuließ, dass
ein enger Vertrauter von Andreas Hansen diesen Fall übernahm, würde in den Medien von Vertuschungsversuchen die
Rede sein. In diesem Fall konnte er sein Vorhaben endgültig
vergessen.

Er hatte sich vom Streifendienst hochgearbeitet und würde
sich seinen Traum nicht einfach so kaputtmachen lassen.

»Also, was gibt es Neues?«

»Haben Sie gewusst, dass Hansens Laptop vollständig gelöscht wurde?«

»Rykel hat's mir gestern Abend gesagt.«

»Wir haben die Sicherheitsaufnahmen des Büros gecheckt.
Der Einzige, der den Laptop in den letzten vierundzwanzig
Stunden eingeschaltet hat, war Rykel. Davor war nur Inspector
Hansen selbst an seinem Computer, zuletzt am Samstagnach-
mittag.«

Smit starrte ihn an. »Okay, ich will stündliche Updates, und sobald Sie etwas haben, informieren Sie mich sofort.«

De Waart wandte sich zum Gehen, hielt jedoch an der Tür inne.

»Was ist?«, fragte Smit.

»Nur so ein Gedanke«, sagte de Waart und kratzte sich an den Rippen. »Was tun wir, wenn sich herausstellt, dass Rykel in die Sache verwickelt ist?«

Jaap saß mit dem Handy am Ohr im Auto vor der Leichenhalle.

Sein Blick schweifte zu dem Gebäude, einem riesigen Betonklotz, der alles Leben aus der Umgebung aufzusaugen schien, als könne er die Toten damit wiederbeleben.

»Du hättest ihn sehen sollen – ihm sind fast die Augen rausgefallen. Ich sag dir, so erlebst du Smit nicht oft. Okay, er hat sich schnell gefangen, trotzdem war es … ziemlich lustig.«

Jaap hätte die Geschichte über den peinlichen Moment seines Vorgesetzten unter anderen Umständen durchaus genossen. Dass er diesmal nicht so enthusiastisch reagierte, blieb Niels, dem Journalisten, mit dem Jaap gelegentlich kleine Gefälligkeiten austauschte, nicht verborgen.

»Tut mir leid. Ich kann mir vorstellen, wie dir zumute sein muss.«

»Ja, und deswegen brauche ich den Namen des Schmierfinken, der den Vorwurf erhoben hat.«

Leises Atmen am anderen Ende. »Ich dachte, du rufst an, weil du mir etwas erzählen willst.«

»Was zum Beispiel?«

»Ob was dran ist an dem, was der Typ behauptet.«

»Machst du Witze? Andreas hatte mit einer solchen Scheiße nichts zu tun, das garantiere ich dir …«

»Kann ich dich so zitieren?«

»Komm schon, ich brauche nur seinen Namen. Ich habe sicher nicht vor, ihn zusammenzuschlagen, falls du das befürchtest.«

Niels seufzte theatralisch. »Okay, ich sehe in meinen Unterlagen nach. Ich hab's mir notiert, weil er zum ersten Mal dabei war.«

Jaap hörte Papiergeraschel und Musik. Irgendein Popsong aus den Achtzigern – ihm fiel nicht ein, von wem.

Er blendete die Musik aus und versuchte, die Dinge in einen Zusammenhang zu bringen.

Da war Andreas' Tod und Friedmans. Andreas hatte Verbindungen zwischen Friedman und den Schwarzen Tulpen entdeckt, und die anonymen Telefone belegten, dass Friedman in etwas Illegales verwickelt war. Aber wer hatte ihn getötet? War der Täter in beiden Fällen derselbe? Oder war der Befehl von weiter oben gekommen und von verschiedenen Leuten ausgeführt worden? Und warum hatte Andreas diese Telefonnummer aus Friesland verfolgt, wo laut Kollegin van der Mark auch Ludo Haak aufgetaucht war? Zudem hatte sich Andreas einen Tag vor seinem Tod Haaks Akte angesehen.

Es musste einen Zusammenhang zwischen allem geben.

Jaap konnte ihn bloß nicht erkennen.

Er musste mit van der Mark sprechen, doch sie hatte ihm bisher noch nicht mitgeteilt, wann sie ankommen würde.

Das Handy wurde langsam heiß an seinem Ohr, als sich Niels wieder meldete.

»Okay, ich hab's. Er heißt Patrick Borst und arbeitet für *De Adelaar*.«

»Danke, Niels.« Fast hätte er hinzugefügt: »Ich schulde dir was«, doch das sagte er lieber nicht zu einem Journalisten, auch nicht zu einem, mit dem er einen Deal hatte.

»Kein Problem … und Jaap?«

»Ja?«

»Falls du ihn doch zu Brei schlagen solltest ... versprichst du mir, dass ich die Geschichte exklusiv kriege?«

Jaap beendete das Gespräch und rief bei *De Adelaar* an, um mit Borst zu sprechen. Er musste den Namen mehrmals wiederholen.

»Tut mir leid, ich habe ihn nicht auf meiner Liste. Wissen Sie, in welchem Ressort er arbeitet?«

»Ich glaube, er ist Kriminalreporter.«

»Okay, mal sehen«, sagte die Frau. »Nein, ich habe hier keinen Borst.«

»Können Sie mich mit der Personalabteilung verbinden? Es ist wirklich dringend.«

Nach einigen Minuten in der Warteschleife kam ihm ein Gedanke, der ihm gar nicht gefiel. Schließlich meldete sich eine Stimme, so heiser, dass er nicht sagen konnte, ob männlich oder weiblich. Jaap erklärte, dass es sich um einen Notfall handle und er dringend einen Mitarbeiter sprechen müsse.

»Wir haben niemanden mit diesem Namen angestellt.«

»Sie arbeiten doch sicher auch mit Freiberuflern, oder?«

»Auch da ist er nicht dabei. Vielleicht haben Sie den Namen falsch notiert?«

Oder es gibt ihn gar nicht, dachte Jaap, als er das Gespräch beendete.

Er stieg aus dem Wagen und betrat die Leichenhalle, in der ihm sofort ein penetranter Geruch nach Desinfektionsmittel entgegenschlug. Ein Mann wartete vor einer Tür, deren dumpfe graue Farbe durch ein gelbes Strichmännchen aufgelockert wurde. Irgendein Witzbold hatte mit weißer Kreide die Umrisse des Männchens nachgezeichnet wie am Tatort eines Verbrechens. Der Mann war Ende fünfzig, klein gewachsen, dafür umso korpulenter, und trug den grauen Anzug und das blaue Fischgräthemd eines Anwalts. Er blickte sich kurz um und zwang sich zu einem Lächeln, als er Jaap sah.

»Inspector Terpstra?«

»Inspector Rykel.« Jaap streckte ihm die Hand entgegen. »Ich arbeite mit Inspector Terpstra zusammen.«

Der Mann stand auf, watschelte zwei Schritte auf Jaap zu und schüttelte ihm die Hand. Die Hand des Anwalts war so feucht, dass Jaap sich seine am liebsten abgewischt hätte.

»Lars Heiland. Furchtbar, nicht?«

»Sie waren sein Anwalt, nehme ich an?«

»In Ihrem Beruf müssen Sie wahrscheinlich ständig in der Vergangenheitsform sprechen.«

»Man gewöhnt sich daran«, sagte Jaap achselzuckend.

Will er jetzt über meine Sprechgewohnheiten diskutieren?

»Das kann ich mir vorstellen, obwohl es in diesem Fall nicht ganz richtig ausgedrückt ist. Ich bin immer noch sein Anwalt, obwohl er tot ist.«

Tatsächlich eine Grammatiklektion, dachte Jaap.

Sie betraten den Raum, in dem der Tote, mit einem weißen Tuch bedeckt, aufgebahrt war. Das grelle Licht verstärkte nur das Gefühl der Abneigung, das man unwillkürlich empfand, wenn man eine Leichenhalle betrat. Für die Mitarbeiter schien es jedoch ein ganz normaler Arbeitsplatz zu sein. Der Tod bereitete ihnen offenbar genauso wenig Kopfzerbrechen wie ihren leblosen Schützlingen.

Man fühlte sich wie in einem Science-Fiction-Film aus den Siebzigern: überall weiße Fliesen und glänzender Edelstahl. Jaap winkte einen kahlköpfigen Mann mit weißem Mantel herbei, dessen leuchtend rote Wangen in dieser Umgebung fast unschicklich wirkten. Er hob das Tuch an einer Ecke an, damit Heiland, der immer noch lächelte, das Gesicht des Toten sehen konnte.

Der Anwalt nickte. Sein Lächeln war nun doch geschwunden, als wären die Muskeln in den Mundwinkeln erlahmt, und er tupfte sich die Lippen mit einem Taschentuch ab.

»Ja, er ist es.«

Der Mitarbeiter deckte den Leichnam wieder zu.

»Furchtbar, noch so jung«, murmelte Heiland kopfschüttelnd.

Für Jaap sah Friedman gar nicht so jung aus, mindestens Mitte vierzig, vielleicht auch Anfang fünfzig.

»Wie alt war er?«

Heiland blickte auf, als hätte er ganz vergessen, wo er war. Als er Jaap sah, kehrte sein Lächeln zurück. Ein berufsbedingtes Lächeln, dachte Jaap, das er sich vielleicht angewöhnt hatte, um die Leute von der Notwendigkeit seiner Dienste als Anwalt zu überzeugen.

Vielleicht urteilte er aber auch zu hart; es konnte durchaus sein, dass der Mann noch nie einen Toten hatte identifizieren müssen und ihn die Situation ganz einfach sehr belastete.

»Siebenundvierzig. Und er hat so viel Gutes getan, hat sich für wohltätige Zwecke engagiert. Aber sein großer Wunsch ging nie …«

Jaaps Handy klingelte. Der laute Ton ließ ihn zusammenzucken und machte ihm erst bewusst, wie leise sie sich unterhalten hatten. Respekt vor den Toten.

»Hallo, van der Mark hier. Wir hatten vereinbart, dass ich Sie anrufe.«

»Ja, wo sind Sie?«

»Ich werde in etwa zwei Stunden in Amsterdam ankommen. Haben Sie noch Zeit für ein Treffen?«

Jaap nannte ihr eine Adresse und schlug vor, dass sie sich um zwei Uhr dort trafen. Er wandte sich wieder Heiland zu. »Sie haben gesagt, er hätte einen großen Wunsch gehabt?«

»Ja.« Heiland stockte und schluckte schwer. »Er hat sich immer ein Kind gewünscht. Ein eigenes Kind.«

Sobald die Papiere unterschrieben waren und Heiland gegangen war, zog Jaap das Handy hervor und rief Saskia an. Sie ging nicht dran, und er hinterließ ihr eine kurze Nachricht mit der Bitte, ihn so bald wie möglich zurückzurufen.

Er wollte sie vorwarnen, damit sie von den Vorwürfen gegen Andreas nicht aus dem Radio oder Fernsehen erfuhr. Dann machte er sich auf die Suche nach Valentien Breed, einer klein gewachsenen, stämmigen Frau – ein Opfer der traditionellen holländischen Küche –, die in der Leichenhalle arbeitete, seit Jaap hier zu tun hatte, und für die der Tod längst etwas Alltägliches geworden war. Sie rollte die Bahren mit den Leichen durch die Gegend wie einen Einkaufswagen im Supermarkt. Als er sie fand, teilte er ihr sein Anliegen mit.

»Das darf ich eigentlich nicht machen.« Sie sah Jaap an, als wäre sie von ihm enttäuscht.

»Schon klar, aber ich wäre dir wirklich sehr dankbar.«

»Ich weiß, er war dein Freund, aber du leitest nicht einmal die Ermittlungen in dem Fall und dürftest den Toten nicht vor der Obduktion sehen.«

»Ja, es ist nur … ich würde ihn gern noch einmal sehen, bevor …« *Bevor sie ihn aufschneiden.*

Sie legte ihm die Hand auf den Arm. »Ist schon okay, Schätzchen, ich verstehe dich ja.« Sie ging mit ihm zum Obduktionsraum und schloss auf. »Ich warte hier, aber mach's kurz.«

Sie schloss die Tür, und er spürte sofort die Kälte, die die Leichen vor der Verwesung bewahrte. Fünf Tische standen in dem Raum, doch nur auf einem lag ein Toter, Andreas, wie auf dem Altar eines antiken Kultes, in dem Menschenopfer dargebracht wurden. Jaap warf einen Blick auf das Schild an der

Wand zu seiner Linken: Andreas' Name stand da in schwarzen Buchstaben, daneben der Vermerk »12.15«.

Ich muss es hinter mich bringen, sagte er sich. Bald würde jemand kommen, um alles vorzubereiten.

Er atmete dreimal tief durch, das Desinfektionsmittel brannte ihm in der Nase. Dann trat er vor wie in einen Abgrund am Ende der Welt, glitt kurz mit dem rechten Fuß auf dem Fliesenboden aus.

Es war schlimmer, als er befürchtet hatte, das Gesicht völlig unkenntlich. Die Kugel war wahrscheinlich beim linken Wangenknochen ausgetreten, wenngleich man das nicht mehr so genau sagen konnte. Er würde sicher nicht im offenen Sarg aufgebahrt werden.

Umso schlimmer für Saskia.

In Kyoto hatte Jaap einiges über Form und Leere gelernt. Dass sie wie zwei Teile eines Ganzen seien. Damals hatte er geglaubt, es zu verstehen.

Heute war er sich nicht mehr so sicher.

Er ertrug den Anblick nicht länger und wandte sich den Kleidern und persönlichen Gegenständen zu, die in kleinen Beuteln fein säuberlich verpackt auf einem Tisch lagen. Die Beutel waren noch nicht beschriftet, was bedeutete, dass bald jemand kommen würde, um es zu tun.

Jaap streifte Gummihandschuhe aus einer Box an der Wand über, nahm Andreas' Handy aus dem Beutel, schaltete es ein und rief die Anrufliste auf. Außer seiner eigenen Nummer sprang ihm vor allem eine ins Auge, die er auch auf Andreas' Computer gefunden hatte. Ein Gespräch vom Sonntagvormittag, das etwas mehr als zehn Minuten gedauert hatte.

Laut dem Anwalt hat sich Friedman ein Kind gewünscht, dachte Jaap. *Van der Mark wiederum hat von einem vermissten Kind gesprochen. Ist das der Zusammenhang?*

Jaap tippte sich mit zitterndem Finger durch das Menü und löschte schließlich die Nachricht über Friedman.

Es gab eine rote Linie, eine Grenze des Erlaubten.

Als er das Handy wieder in den Beutel steckte, war ihm klar, dass er sie soeben überschritten hatte.

SECHSUNDZWANZIG

Dienstag, 3. Januar, 12.19 Uhr

Im Auto waren Kees' Gedanken noch bei seinem Gespräch mit Smit, das seine Fantasie beflügelte.

Er sah sich bereits die Karriereleiter hochsteigen, als Smits Musterschüler, der stets die besten Fälle erhielt. Als er Haarlem erreichte, hatte er sich seine Laufbahn wie einen Film in den schönsten Farben ausgemalt.

Es überraschte ihn nicht, dass Marinette in dem Film seines zukünftigen Lebens keine Rolle spielte.

Die Frau, die ihn in seiner Vorstellung an der Tür eines teuren Hauses am Vondelpark empfing, nicht unähnlich dem, in dem Korssen wohnte, war sogar recht nah, wie ihm plötzlich bewusst wurde. Es war Carice, die Pathologin.

Sie ist echt scharf, dachte er, während er die Straße entlangfuhr und nach der richtigen Hausnummer suchte.

Er fand das Haus, parkte auf der anderen Straßenseite in der einzigen freien Lücke und ließ für einen Moment die Stille auf sich wirken.

Ein alter Mann schlurfte mit seinem Hund um die Ecke und direkt auf ihn zu. Der Hund hinkte etwas, blieb immer wieder stehen, worauf der alte Mann an der Leine zog.

Ein Auto fuhr vorbei, und Kees öffnete die Wagentür. Augenblicklich schlug ihm kalte, feuchte Luft entgegen. Beim Aussteigen sah er sich einen Moment lang im Rückspiegel und fragte sich, ob das Gesicht, das ihm daraus entgegenblickte, das eines Spitzels war.

Das große rote Backsteinhaus stand ein Stück von der Straße entfernt. Fünf Marmorstufen führten zur Haustür, von zwei sorgfältig getrimmten Buchsbäumen mit langen, schlanken Stämmen flankiert.

Kees hatte die Frau vorher angerufen, obwohl er wusste, dass er eigentlich ihr Gesicht hätte sehen sollen, wenn sie von Friedmans Tod erfuhr. Er hatte jedoch wenig Lust, den ganzen Weg hierher umsonst zurückzulegen, weil sie nicht zu Hause war.

Sie öffnete die Tür, und abgesehen von ihren Augen, die vielleicht einen leicht feuchten Schimmer zeigten, deutete nichts an ihrer Haltung darauf hin, dass sie gerade den Ehemann oder zumindest den Ex verloren hatte. Sie war zierlich, hatte kurzes blondes Haar und eine Figur, die, wäre sie nicht gerade schwanger, so wie jetzt, auch die eines schmächtigen Mannes hätte sein können.

»Ich bin Paultje«, sagte sie und ließ ihn eintreten. Sie geleitete ihn in einen Raum im hinteren Teil des Hauses, makellos eingerichtet, weißer Marmorfußboden, mit einem großen roten Drachen neben einem der Sofas, die Schuppen mit Blattgold verziert.

»Schön, nicht?«, fragte sie, als sie sah, dass Kees ihn betrachtete. »Den habe ich von unserer Hochzeitsreise nach Peking mitgebracht. Sie haben dort eine wunderbare Handwerkskunst, auch in Japan. Sie machen die Dinge noch mit Sorgfalt, nicht so wie bei uns, wo alles so schnell und billig wie möglich sein muss. Sie haben überhaupt ein anderes Verständnis vom Leben, vor allem in China. Jedenfalls war es noch so, als wir dort waren.« Sie stockte kurz, einen leicht verwirrten Ausdruck im Gesicht. »Entschuldigen Sie, ich rede Unsinn … das muss der Schock sein. Möchten Sie sich setzen?«

Sie deutete mit einer eleganten Handbewegung auf einen

Stuhl und nahm selbst auf einem Sofa Platz, rückte die Kissen in ihrem Rücken zurecht, damit sie aufrecht sitzen konnte.

»Sie haben gesagt, er wurde …«, sie senkte einen Moment lang den Blick, ehe sie Kees wieder ansah, »… ermordet.«

»Ich fürchte, ja. Kennen Sie jemanden, mit dem er Streit hatte, der ihn bedrohte?«

»Außer mir?«

»Ich schätze, dass Sie unter den … momentanen Umständen wahrscheinlich nicht dazu in der Lage wären.«

Sie fasste sich instinktiv an den Bauch, legte die Hand auf die Rundung. »Nein. Ich schaffe es kaum noch die Treppe rauf. Wie soll ich so Exmänner verfolgen und ermorden?« Sie sah ihn mit einem schwachen Lächeln an, das sich nicht in ihren Augen spiegelte. »Würde es Sie überraschen, wenn ich sage, dass er ein schwieriger Mensch war?«

»Inwiefern?«

»Er war sehr bestimmend, immer musste alles nach seinem Willen gehen. Zugleich war er sehr verschlossen, sprach manchmal tagelang kaum ein Wort, nur das Nötigste, wie auf Autopilot.«

»War das der Grund für die Trennung?«

»Haben Sie sich schon mal von jemandem getrennt?«

»Oft.«

Und es dürfte bald wieder so weit sein.

»Dann wissen Sie ja, wie das ist. Es fängt mit so einem Gefühl an, wenn man den anderen ansieht und plötzlich merkt, dass man sich nicht mehr so zu ihm hingezogen fühlt wie früher. Manches, was er tut, irritiert einen, man möchte ihm gar nicht mehr in die Augen schauen. Man spürt eigentlich schon, dass es vorbei ist. Es ist nur noch eine Frage der Zeit, bis man es sich eingesteht.«

»Es war also nichts Bestimmtes ausschlaggebend?«

»Es gab viele Gründe. Der Hauptgrund war, dass er unbedingt ein Kind wollte, aber es ist einfach nicht passiert. Er steigerte sich immer mehr hinein, rannte zu allen möglichen Ärzten, ließ hundert Tests machen. Die Ergebnisse waren immer in Ordnung, trotzdem wollte es einfach nicht klappen. Irgendwann fing er an, von Adoption zu sprechen, aber da war unsere Beziehung eigentlich schon vorbei. Ich wusste es bereits eine ganze Weile, er brauchte etwas länger. Das war für mich schließlich der Auslöser, mich von ihm zu trennen: Er hat gar nicht mitbekommen, dass etwas zwischen uns nicht stimmt. Und dann noch das Pornozeug.«

»Porno?«

»Ich habe es auf seinem Computer gefunden. Er stritt es zuerst ab, wollte sich rausreden … er wisse nicht, woher das Zeug kommt. Ich weiß nicht, ob er das immer schon hatte oder erst später damit anfing. Aber für mich war es damit endgültig erledigt.«

Kees fragte sich, wie hoch der Prozentsatz der Männer war, die Pornos auf dem Computer hatten. Nach seiner Vermutung ziemlich hoch.

»Welche Art Pornos, irgendwas Ungewöhnliches?«

»Ich weiß nicht, was man da normal nennen soll, aber es sah so aus, als wären die Frauen alle als Teenager zurechtgemacht. Sie wissen schon … Zöpfe und greller Nagellack, solche Sachen.«

Friedman mochte sie also jung, dachte Kees.

»Hatte er finanzielle Probleme?«

»Nicht dass ich wüsste. Er schien immer genug Geld zu haben, und es sah so aus, als würde das Geschäft gut laufen.«

»Wie sieht es mit Freunden aus – gibt es da irgendwen, mit dem ich sprechen könnte?«

»Er traf sich mit vielen, lud die Leute in teure Restaurants ein … Fürs Geschäft, sagte er immer. Ich glaube aber nicht, dass er richtige Freunde hatte.«

Kees fragte sich, was er hier noch tat. Es war reine Zeitverschwendung. Sie wusste nichts und konnte es auch nicht gewesen sein. Er sollte längst wieder in Amsterdam sein und sich mit wichtigeren Dingen beschäftigen.

Zum Beispiel damit, Jaap zu bespitzeln.

»Wann haben Sie ihn zum letzten Mal gesehen?«

»Das ist eine Ewigkeit her. Ich glaube, im August oder September.«

»Wo?«

»In der Zeitung. Da stand etwas über ihn, dass er sich für eine Hilfsorganisation für Kinder engagiert. Ich musste lachen … dachte mir, dass er wohl immer noch keine Frau gefunden hat, mit der er ein Kind haben kann.« Sie strich mit den Händen über ihren Bauch wie eine Wahrsagerin über ihre Kristallkugel. »Vor allem, weil das Problem offenbar mehr bei ihm lag als bei mir.«

Jaap saß auf dem faltigen Ledersofa im Empfangsbereich von Vrijheid Nu, dem letzten Eintrag in Friedmans Terminkalender. Die Wedel der grünen Palmen strichen, vom Luftzug der Klimaanlage bewegt, sanft über die Wand, und die Empfangsdame bearbeitete ihre Fingernägel mit einer Feile.

Abstrakte Bilder in gedämpften Farben hingen an der Wand hinter ihr, und ein Wasserspender summte leise vor sich hin.

Das Telefon auf dem Empfangstisch klingelte, und die Frau hob ab und klemmte den Hörer zwischen Schulter und Ohr, ehe sie ihre Nägel zu lackieren begann. Der penetrante Nagellackgeruch verursachte Jaap augenblicklich Kopfschmerzen.

Oder verstärkte vielmehr das ohnehin schon schmerzhafte Pochen.

Es gab keinen Journalisten namens Borst, so viel war klar. Nachdem man ihm bei *De Adelaar* versichert hatte, dass die Zeitung keinen Reporter dieses Namens beschäftigte, hatte Jaap wenig überraschend festgestellt, dass nie ein Presseausweis an einen Borst ausgestellt worden war.

Handelte es sich um ein Manöver der Schwarzen Tulpen, um vom wahren Grund abzulenken, warum Andreas ermordet worden war? Aus ihrer Sicht war es gewiss ein cleverer Schachzug, einen Polizisten der Kinderpornografie zu bezichtigen. Der bloße Gedanke an die drohenden Schlagzeilen – gerechtfertigt oder nicht – musste die Führungsetage der Polizei in

Panik versetzen und sie zwingen, den Schwerpunkt der Ermittlungen auf diese Vorwürfe zu verlagern.

Plötzlich kam Jaap der Gedanke, dass es für ihn vielleicht sogar von Vorteil war, offiziell nichts mit dem Fall zu tun zu haben.

»Sie können jetzt reingehen.«

Auf der anderen Seite der Tür befand sich ein Großraumbüro wie jenes in der Polizeiwache, jedoch mit nur halb so vielen Beschäftigten. Die Schreibtische standen meterweit auseinander. Ein junger Mann trat zögernd vor, streckte die Hand zum Händeschütteln aus, zog sie aber wieder zurück, als halte er es doch nicht für angebracht, während Jaap ihm seine rechte hinhielt.

»Ich bin Teunis van Marwijk, Assistent des Direktors. Er wird gleich hier sein. Wenn Sie mir bitte folgen wollen?«

Er geleitete Jaap in ein kleineres Büro, in dem ein Fenster auf die Straße ging, während man durch eine Glaswand in den Hauptraum sah. Teunis bat ihn, an einem runden Tisch Platz zu nehmen, den angebotenen Kaffee lehnte Jaap jedoch ab. Der junge Mann wirkte ein wenig nervös.

»Können Sie mir sagen, was Ihre Organisation genau macht?«, fragte Jaap, als Teunis sich anschickte hinauszugehen.

»Wir kümmern uns um Kinder, die Opfer von Missbrauch wurden. Wir helfen, wo wir können … den Eltern, sofern sie nicht die Täter sind, und den Kindern selbst.«

»Dann werden Sie also nach dem Jugendamt aktiv?«

Teunis verzog das Gesicht. »Das Jugendamt gibt die meisten Fälle an uns weiter. Die sind völlig überfordert.«

»Wer ist überfordert?«

Die Frage kam von dem Mann, der in diesem Augenblick durch die Tür trat, mit dunkelblauer Jeans und makellosem weißem Hemd mit zugeknöpftem Kragen, aber ohne Krawatte.

Teunis fuhr zusammen, als er die Stimme hörte, und drehte sich um. »Ich habe gerade von den Jugendämtern gesprochen ...«

»Oh, verstehe. Ja, es stimmt, die sind wirklich heillos überfordert.« Er trat ein, und Jaap erhob sich, um ihm die Hand zu schütteln. »Hans Grimberg. Freut mich, Sie kennenzulernen.«

Jaap schätzte ihn auf ungefähr dreißig. Relativ jung für seine Position, obwohl er mit den dunklen Ringen unter den Augen – *fast von der gleichen Farbe wie die Male an Friedmans Hals*, dachte Jaap – etwas älter wirkte. Nach seinem Akzent stammte er wahrscheinlich aus dem Süden des Landes.

Wie Andreas.

Er war ebenfalls aus dem Süden nach Amsterdam gekommen, hatte aber seinen Akzent recht schnell abgelegt.

Jaap sah ihn einmal mehr vor sich, wie er auf dem Tisch in der Leichenhalle gelegen hatte. Er versuchte das Bild zu verdrängen.

Grimberg setzte sich an den Tisch. Teunis wartete noch einige Augenblicke, bis Grimberg ihm dankte und ihm damit zu verstehen gab, dass er gehen könne.

»Also, was kann ich für Sie tun?«

»Ich fürchte, es gibt schlechte Nachrichten. Dirk Friedman wurde gestern früh tot aufgefunden.«

»Tot? Wie?«

»Er wurde ermordet.«

Jaap beobachtete, wie Grimberg die Nachricht aufnahm. Sein Gesicht erschlaffte, der Blick entgeistert, ehe er sich wieder fing.

»Ich weiß nicht, was ich sagen soll ... Wissen Sie schon, wer ihn getötet hat?«

»Noch nicht, aber deswegen bin ich hier. Ich glaube, Sie hatten am Sonntag noch ein Treffen mit ihm, stimmt's?«

»Ja, er war hier, saß genau da, wo Sie jetzt sitzen.«

Jaap rutschte einen Moment auf dem Stuhl hin und her. »Ist Ihnen vielleicht etwas an ihm aufgefallen? Hat er sich irgendwie eigenartig benommen?«

»Überhaupt nicht ... ganz wie immer.«

»Um welche Zeit ging er weg?«

»Ähm ... da müsste ich nachsehen, wann das Gespräch angesetzt war.« Er kniff vor Konzentration das Gesicht zusammen.

»Nach seinem Terminkalender war es um elf Uhr vormittags.«

»Ja, das kann stimmen. Dann muss er spätestens um drei viertel zwölf gegangen sein.« Er blickte auf seine Hände hinunter, die verschränkt auf dem Tisch lagen.

»Hat er irgendetwas Ungewöhnliches erwähnt?«

»Es war ein ganz normales Gespräch. Wir planen ... wir *haben* eine Spendenveranstaltung geplant und ein paar Details besprochen.«

»Warum am Sonntag?«

»Den ersten Termin Anfang der Woche musste er absagen, also habe ich Sonntag vorgeschlagen. Sie haben gesagt, er wurde gestern früh gefunden. Wann wurde er denn umgebracht?«

»Sonntagabend, vielleicht in den frühen Morgenstunden, die exakte Todeszeit steht noch nicht fest. Jedenfalls sieht es so aus, als könnten Sie der Letzte gewesen sein, der ihn lebend gesehen hat.«

Grimberg lachte gezwungen; es klang wie eine Ziege, die sich beim Wiederkäuen verschluckte. »Das ist normalerweise ein schlechtes Zeichen, oder?«

Jaap zuckte mit den Schultern. »Wie lange haben Sie ihn gekannt?«

»Vielleicht sieben, acht Monate.«

»Und wie ist der Kontakt zustande gekommen?«

»Er hat uns angeschrieben … nein, ich glaube, er hat angerufen. Ja, so war es. Er wollte sich irgendwie bei uns engagieren, also vereinbarten wir ein Treffen.«

»Sie haben ihn vorher nicht gekannt?«

»Ich hatte von ihm gehört … ich weiß nicht wo, er war ja nicht berühmt. Wahrscheinlich habe ich in der Zeitung etwas über seine Firma gelesen.«

Jaap zog sein Notizbuch aus der Jackentasche und blätterte darin. »Was ist bei Ihrem ersten Treffen herausgekommen?«

»Wie gesagt, er wollte unsere Aktivitäten unterstützen. Zuerst mit einer Geldspende, dann kam er auf die Idee, eine Spendenveranstaltung zu organisieren und einige seiner reichen Kunden einzuladen.«

»Bekommen Sie keine staatliche Förderung?«

Grimberg seufzte und lehnte sich auf seinem Stuhl zurück. »Früher schon, aber vor zwei Jahren haben sie sie uns gestrichen. Seither müssen wir uns selbst finanzieren. Ehrlich gesagt haben wir ziemlich zu kämpfen.« Seine Stimme wurde leiser, und er warf einen kurzen Blick zur Glaswand, als fürchtete er, seine Mitarbeiter könnten es hören. »Diese Veranstaltung, die wir geplant haben … sie war vielleicht unsere letzte Chance, in der Öffentlichkeit wahrgenommen zu werden.« Er schüttelte resigniert den Kopf. »Ich weiß, er ist gerade gestorben, und ich rede von Geld. Aber Tatsache ist, was wir für diese Kinder tun, die aus dem ganzen Land an uns verwiesen werden, ist wirklich wichtig. Mit so etwas wird man nicht so leicht fertig. Manche glauben vielleicht, mit ein bisschen Beratung stecken Kinder das schon weg« – er beugte sich vor –, »aber es kann sie ihr ganzes Leben lang verfolgen, bei der Jobsuche, bei ihrem Umgang mit anderen, bei allem. Studien haben gezeigt, dass es im Gehirn von missbrauchten Kindern zu nachweisbaren Veränderungen kommt. Das hat man vor allem in einem wichtigen Bereich festgestellt, dem Hippocampus …«

Jaap nickte.

»Der Missbrauch kann das Gehirn dauerhaft schädigen. Das ist furchtbar.«

Jemand klopfte an die Glastür und machte Grimberg ein Zeichen.

»Ich habe gleich ein Treffen. Kann ich sonst noch etwas für Sie tun?«

»Ist Ihnen nie der geringste Zweifel an seinen Motiven gekommen?«

Jaap glaubte zu beobachten, dass sich Grimbergs Schultern für einen Moment strafften.

»Wie meinen Sie das?«

»Na ja, ein alleinstehender Mann, der Kindern helfen will?«

Grimberg dachte einen Augenblick nach. »Er hat erwähnt, dass er keine Kinder hat und gerade deshalb helfen will. Ich habe ihn nicht gefragt, *warum* er keine Kinder hat.«

»Sie haben doch sicher Informationen über ihn eingeholt, um sicherzugehen, dass es keine einschlägigen Vorstrafen gibt?«

»Nein, warum sollte ich? Er wollte ja nur Geld für uns sammeln und wäre nicht selbst mit den Kindern in Kontakt gekommen.«

Jaap überlegte einen Augenblick. Das Thema Kinder kam bei diesen Ermittlungen öfter zur Sprache, als ihm lieb war. Er stand auf und schob seine Karte über den Tisch.

»Ich denke, das war's fürs Erste. Wenn Ihnen noch etwas einfällt …«

Grimberg nahm die Karte, hielt sie nachdenklich in der Hand und blickte schließlich zu ihm auf. Einen Moment lang fragte sich Jaap, ob Grimberg ihn um eine Spende bitten würde.

»Ich hoffe, Sie finden den Täter.«

Der Mann, der zuvor an die Tür geklopft hatte, öffnete sie nun, und die Stimmen aus dem Großraumbüro drangen herein. Ein Telefon klingelte und verstummte abrupt, als jemand abhob.

Jaap schaute in Grimbergs weit auseinanderstehende graue Augen. »Wir arbeiten daran.«

An welchem Abend soll das gewesen sein?«
Der Oberkellner legte seine ganze Verachtung und Abneigung in seine Worte und kniff die Lippen zusammen, als
hätte Kees einen üblen Geruch in sein nobles Restaurant getragen.

Einige Gäste im Anzug saßen noch beim verspäteten Mit-
tagessen und genossen den exquisiten Wein. Kees hatte das
Haus an einem ruhigen Platz in der Nähe des Concertgebouw
gefunden, des traditionsreichen Amsterdamer Konzerthauses,
das im neunzehnten Jahrhundert erbaut worden war. Es war
eine so exklusive Adresse, dass es von außen nicht einmal als
Restaurant kenntlich gemacht war. Es gab lediglich eine Nummer an einer teuer aussehenden Tür.

»Dienstag.« Kees erwiderte den Blick des Mannes.

»Ich weiß nicht, ob wir solche Informationen …«

»Ich habe Ihnen bereits meinen Ausweis gezeigt – wenn
Sie also hier etwas eingetragen haben, dann sagen Sie es mir
besser jetzt sofort.« Er streckte so energisch die Hand aus und
deutete auf das Reservierungsbuch, dass der Oberkellner erschrocken zusammenzuckte. Er zog einen Schmollmund und
drehte das Buch mit einer gezierten Geste herum, damit Kees
die Einträge lesen konnte. Einige Gäste schauten zu ihnen
herüber.

Ich wette, er ist eine Schwuchtel, dachte Kees, während er die
Namen und Uhrzeiten überflog, die mit zierlicher, präziser

Handschrift eingetragen waren. Kein Friedman, doch es waren an dem Abend nur vier Tische für zwei Personen reserviert worden. Kees zog ein Foto heraus.

»An welchem Tisch hat der Mann gesessen?«

Mürrisch deutete der Oberkellner auf die Spalte für Tisch sieben. Er war an diesem Abend auf den Namen Jan Zwartberg reserviert.

Jaaps Handy schaltete sofort auf die Mailbox um, und Kees hinterließ eine kurze Nachricht, ehe er zur Wache zurückfuhr. Als er an seinem Schreibtisch eintraf, rief Jaap zurück.

»Ich weiß jetzt, mit wem sich Friedman an dem Abend zum Essen getroffen hat: einem gewissen Jan Zwartberg.«

»Okay, fahr aufs Revier, lass den Namen durch die Datenbank laufen und …«

»Bin schon dabei.« *Ich bin schließlich Inspector.* »Und was hast du gemacht?«, konnte er sich nicht verkneifen zu fragen.

Jaap zögerte einen Augenblick. »Ruf mich an, wenn du etwas gefunden hast«, sagte er schließlich in etwas kälterem Ton.

Ich fahre nach Haarlem und wieder zurück, dachte Kees, während er auflegte, *und was macht er?*

War das ein erstes Zeichen, dass Smit mit seinem Verdacht recht hatte? Aber selbst wenn … wie sollte er es beweisen? Vor allem, wenn Jaap ihn ständig sinnlos durch die Gegend hetzte. Konnte es sein, dass Jaap seinerseits Verdacht geschöpft und ihn deshalb nach Haarlem geschickt hatte? Damit er ungestört war?

Die Frage ist, dachte Kees, während er auf der langen Liste nach Zwartberg suchte, *wie schaffe ich es, dass er mir vertraut?*

NEUNUNDZWANZIG

DIENSTAG, 3. JANUAR, 14.22 UHR

Jaap sah sie – oder zumindest eine Frau, von der er glaubte, dass sie es war – allein an einem Tisch sitzen. Ihr rotes Haar leuchtete im Licht der tulpenförmigen Lampen. Vor ihr auf dem Tisch lag ein Motorradhelm. Als sie das Treffen vereinbart hatten, war ihm gleich dieses Lokal eingefallen, eine Bagel-Bar, in der er und Andreas sich oft etwas zu essen geholt hatten, in einer schmalen Straße einen Block vom Rotlichtviertel entfernt.

Er würde nie wieder mit Andreas herkommen.

»Kollegin van der Mark?«

Sie blickte zu ihm auf, und er registrierte ihre grünen Augen und die blasse Haut. Er stellte sich vor und setzte sich zu ihr, während er ihre lederne Motorradkluft betrachtete und der Kellnerin ein Zeichen gab.

»Sie suchen Haak also wegen zweifachen Mordes und Entführung?«

»Ja. Ein Zeuge gibt an, das Ehepaar habe ein Kind adoptiert. Wir haben allerdings keine Spuren am Tatort entdeckt.« Tanya zog ein Foto heraus und schob es ihm über den Tisch zu.

Jaap hob es auf. Es stammte von einer Sicherheitskamera und zeigte ein kleines Mädchen, das eine Jacke mit Pelzkragen trug.

»Woher haben Sie das Bild?«

»Jemand hat das Ehepaar mit ihr in Leeuwarden gesehen. Das Bild stammt von einer Sicherheitskamera auf der anderen Seite des Platzes.«

»Sind Sie sicher, dass das Mädchen gekidnappt wurde?«

»Es gibt keine andere Erklärung. Wir haben den Tatort mit Hunden abgesucht, aber sie haben nichts gefunden. Und ich war gerade bei der Adoptionsagentur hier in der Stadt. Die van Delfts wollten schon vor einigen Jahren ein Kind adoptieren, doch ihr Antrag wurde abgelehnt.«

Etwas begann in Jaaps Kopf zu pulsieren. Heiland hatte erwähnt, dass Friedman sich ein Kind gewünscht habe, und Haak hatte mit ziemlicher Sicherheit mit Friedman zu tun gehabt. Andreas hatte an keinem anderen Fall gearbeitet – warum sonst hätte er sich Haaks Akte ansehen sollen? Zudem hatte er die van Delfts angerufen – die Frage war, warum.

»Gingen sie zu einer anderen Agentur?«

»Nein, das ist nicht möglich. Die Adoption wird vom Staat kontrolliert. Wenn man einmal abgewiesen wurde, kann man nicht einfach zu einer anderen Agentur gehen und es noch mal versuchen.«

»Wie sind Sie auf Haak gekommen?«, wollte er wissen.

»Er hat eine Tätowierung am Hals. Auf den Sicherheitsaufnahmen war etwas zu sehen, also suchte ich in der Datenbank und stieß auf Haaks Akte. Nicht sehr schlau von ihm, sich eine so auffällige Tätowierung machen zu lassen.«

»Stimmt. Haben Sie das Foto schon mit der Datenbank vermisster Personen abgeglichen?«

»Ja, aber keine Übereinstimmung gefunden.«

Jaap nickte und überlegte kurz, wie viel er ihr erzählen sollte. Er glaubte, Menschen recht gut einschätzen zu können, und hatte ein gutes Gefühl bei ihr. Er holte tief Luft. »Ich arbeite gerade an einem Fall, in den Haak wahrscheinlich verwickelt ist.« Er zog das Blatt mit den Telefonnummern hervor, deren Verbindungen er zuvor für Kees bildlich dargestellt hatte. »Sehen Sie diese Nummer hier?«

Tanya nickte.

»Ich glaube, dass sie Haak gehört, und ich weiß vom Telefonanbieter, dass dieses Handy am Sonntagabend zu Ihnen hinauf unterwegs war.«

Sie betrachtete die Konstellation einen Moment lang.

»Und der Kerl mit dieser Nummer hier« – er zeigte auf Friedmans – »wurde ebenfalls Sonntagnacht ermordet. Wie es aussieht, haben die vier bei irgendetwas gemeinsame Sache gemacht.«

»Kidnapping?«, fragte Tanya.

»Könnte sein.« Jaap dachte an die Schwarzen Tulpen.

Sie schmuggelten Frauen. Konnte es nicht sein, dass sie auch Kinder entführten, sei es für den Export oder für den heimischen Markt?

»Ich arbeite an einem Fall, in dem es um eine Bande geht … die Schwarzen Tulpen. Sie schmuggeln Frauen für den Sexhandel. Ich frage mich … Haben Sie sich die Finanzen der van Delfts angesehen?«

»Nein, dazu bin ich noch nicht gekommen. Aber ich weiß, dass sie kaum ihre Miete bezahlen konnten.«

»Vielleicht können Sie das bei Gelegenheit klären. Wenn sie legal kein Kind adoptieren konnten, dann wäre es möglich, dass sie eines gekauft haben. Vielleicht hatten sie deshalb Geldprobleme.«

»Gekauft?«

»Na ja, wie sollte man sonst zu einem Kind kommen, wenn man nicht gerade eines entführt?«

Tanya atmete langsam aus. »Ich … Es könnte sein. Vielleicht haben sie nicht den vollen Betrag bezahlt, und die, die ihnen das Mädchen verkauften, wollten es zurück …«

Jaap sah die Emotionen, die sich einen Moment lang in ihrem Gesicht spiegelten.

»Das ist so krank.«

Die Kellnerin erschien.

»Möchten Sie etwas trinken?«, wandte sich Jaap an Tanya. Sie schüttelte den Kopf.

»Im Moment nichts, danke«, erklärte er.

Die Kellnerin funkelte ihn an und ging davon.

»Kommen wir zu Haak«, sagte Jaap und deutete auf das Blatt. »Wenn diese Kerle Kinder ins Land schmuggeln und weiterverkaufen, dann könnte Haak der Geldeintreiber sein.«

Das Zischen einer Espressomaschine ließ Tanya zusammenzucken. Jaap blickte zur Theke hinüber, wo der junge Barkeeper, ein dunkler Latinotyp, Milch aufschäumte.

Er wandte sich wieder seiner Liste zu und fragte sich, ob die erste Nummer, die nur mit Friedman in Verbindung stand, Rint Korssen gehörte. Korssen hatte Geld in Friedmans Firma investiert, doch die beiden könnten durchaus nebenbei auch illegale Geschäfte betrieben haben. Zudem hatte Korssen von Russland gesprochen, und die Schwarzen Tulpen stammten aus Ländern der ehemaligen Sowjetunion.

»Das Problem ist, dass die Leute hinter diesen Nummern potenzielle Ziele darstellen.«

Er erzählte ihr von dem Handy mit der aufgerufenen Zeitansage und beobachtete, wie sie die Informationen verarbeitete.

»Das heißt also, Haak könnte das Mädchen haben, und zugleich ist jemand hinter ihm her?«

»Es sieht jedenfalls so aus.«

Tanya saß einen Moment lang still da, den Blick auf die Telefonnummern gerichtet.

»Und da ist noch etwas.« Jaap zog sein Handy hervor und zeigte ihr die Nummer, die er auf Andreas' Computer gefunden hatte. »Sagt Ihnen die etwas?«

»Nein.«

»Die Nummer ist auf den Namen van Delft registriert. Ich habe die Adresse recherchiert: Zeedijk.«

»Scheiße …« Sie atmete langsam aus. »Woher haben Sie sie?«

»Hören Sie«, sagte Jaap mit einem Blick auf seine Uhr, »ich kenne einen Typen, der vielleicht weiß, wo wir Haak finden. Möchten Sie mitkommen? Das mit der Nummer kann ich Ihnen unterwegs erzählen. Steht Ihr Bike an einem sicheren Platz?«

»Ja, im Fuhrpark abgestellt.«

Während sie zur Wache gingen, erzählte ihr Jaap, woher er die Telefonnummer hatte.

»Die Frage ist, was hat Andreas von den van Delfts gewollt?«, sagte sie.

»Das müssen wir rausfinden«, stimmte er ihr zu, während er sich in die Liste eintrug, um einen Wagen zu übernehmen. »Sie könnten das Foto des Mädchens an Interpol schicken. Vielleicht ist sie dort registriert.«

Als er den Autoschlüssel einsteckte, sah er de Waart am anderen Ende des Korridors auftauchen.

»Wir müssen reden!«, rief ihm de Waart zu.

Jaap gab Tanya den Schlüssel. »Setzen Sie sich schon mal ins Auto, ich komme gleich nach.«

Sie ging mit einem fragenden Blick. De Waarts scharfer Ton war ihr nicht entgangen.

»Was willst du?«, fragte ihn Jaap.

De Waart trat dicht heran, um ihn mit seiner Statur einzuschüchtern. »Ich warne dich«, flüsterte er. Jaap roch seinen fauligen Atem. »Komm mir nicht in die Quere.«

»Das habe ich nicht vor, de Waart.«

»Nicht? Warum suchst du dann diesen Journalisten?«

Jaap verfluchte Niels, der wahrscheinlich auch mit de Waart einen Deal hatte.

»Ist ja nichts passiert, ich habe noch nicht mal mit ihm gesprochen.«

»Dann sieh zu, dass es auch so bleibt. Ich mag es nicht, wenn du mir in die Suppe spuckst.«

»Kein Stress, okay?«

Sie funkelten einander an. Die Leute drehten sich zu ihnen um. »Los, küss ihn schon!«, rief jemand und löste damit eine Lachsalve aus. Eine Neonröhre flackerte über ihnen mit dem Summen einer Wespe.

»Hattest du Angst, ich könnte hinter euer kleines Geheimnis kommen? Hast du es deswegen getan?« De Waart ließ die Worte in der Luft hängen wie seinen fauligen Atem.

»Wovon redest du?« Jaap zwang sich, ruhig zu bleiben.

»Du hast seinen Laptop gelöscht, um die kranke Scheiße zu verbergen, die ihr euch heimlich reingezogen habt, Andreas und du.«

»Du bist ja total durchgeknallt.«

Einen Moment lang dachte Jaap, es würde nicht beim Wortwechsel bleiben. Er spürte, wie sich seine Muskeln anspannten, wie seine Hände juckten … bereit, de Waart zu packen und gegen die Wand zu drücken. Sie standen da wie zwei wilde Tiere, die einander drohend anstarrten, bevor sie die Köpfe senkten und mit den Hörnern aufeinander losgingen. Jaap mahnte sich zur Zurückhaltung. Er würde sich seine Arbeit erschweren, wenn er jetzt die Beherrschung verlor.

De Waart trat einen Schritt zurück. »Wenn ich noch einmal höre, dass du die Nase in meine Angelegenheiten steckst«, rief er, während er sich hinkend entfernte, »dann bist du fällig, das schwöre ich dir.«

Als Kees auf den Klingelknopf drückte, ertönte von drinnen leises Glockengeläut. In der eisigen Luft begann seine Nase zu laufen. Er wischte sich mit dem Handrücken darüber, als eine hochgewachsene Frau die Tür öffnete. Sie sah genau so aus, wie er sich Korssens Freundinnen vorstellte.

Sie hielt ihm die Hand hin, und er wischte verstohlen seine Hand an der Hose ab, bevor er ihre warmen, schmalen Finger mit den leuchtend roten Nägeln ergriff.

Kees trat ein, und sie schloss die Haustür. Die Diele war warm, dunkel und von einem exotischen Duft erfüllt. Er folgte ihr die Treppe hinauf und konnte nicht umhin, ihre Figur zu bewundern, die schlanken Beine, die sich unter dem scharlachroten Kleid abzeichneten, das in einem kühnen V die cremefarbene Haut ihres Rückens sehen ließ. *Was soll's*, dachte er, *ich bin auch nur ein Mensch. Aus Fleisch und Blut.*

Im ersten Stock geleitete sie ihn in ein Zimmer, das genauso exquisit eingerichtet war, wie sie duftete. Sie deutete auf einen bequemen Lederstuhl. Er setzte sich, während die Frau, Heleen de Kok, sich so an einen Tisch lehnte, dass sich in ihrem Kleid ein Schlitz öffnete wie ein Theatervorhang, ehe der Star des Abends, ihr Schenkel, die Bühne betrat.

Er betrachtete den Raum, um seine Augen von ihr loszureißen, und sein Blick fiel auf ein Ölgemälde an der Wand, das eine Frau darstellte, die es mit einem Schwan trieb.

Es roch intensiv nach Cannabis.

»Sie sind also ein Freund von Rint?«, fragte sie mit sinnlicher Stimme.

»Nein, aber ich muss Ihnen ein paar Fragen stellen.«

Sie hob eine Augenbraue wie eine Schauspielerin auf der Bühne, die genau um die Wirkung jeder kleinen Geste wusste.

»Oh, aber Sie sind doch nicht hier, um mich festzunehmen, oder?«

Ihre Worte waren ebenso kokett wie das sanfte Neigen ihres Kopfes und die ausgestreckten Arme, als würde er ihr Handschellen anlegen wollen, doch Kees hörte auch einen Hauch von Unsicherheit heraus.

»Ich brauche nur ein paar Auskünfte, Sie können also mit dem Theater aufhören.«

Sie betrachtete ihn einen Moment wie die Katze eine Maus, dann setzte sie sich auf den Stuhl ihm gegenüber, immer noch mit derselben Eleganz, obwohl sie ihre Reize etwas dezenter präsentierte.

»Tut mir leid. Ich habe Sie wohl missverstanden, als Sie sagten, Sie haben meine Nummer von Rint.«

»Schon okay. Ich muss nur etwas nachprüfen, und das wollte ich persönlich tun.«

Kees bereute keineswegs, dass er persönlich gekommen war. Er beobachtete, wie sie sich zurücklehnte und die Beine übereinanderschlug, sodass sich der Schlitz im Kleid öffnete.

»Also, was kann ich für Sie tun, Officer?«

»Inspector. Sie können mir sagen, wo Sie vorletzte Nacht waren.«

»Oh, das ist nicht schwer. Ich war mit Rint im Hotel De L'Europe.«

»Wie lange genau?«

»Wir sind ungefähr um halb zwölf gegangen, und danach war er noch bei mir.«

»Und wann ist er aufgebrochen?«

»Er war ehrlich gesagt nicht lange da, hatte einiges getrunken und ... Sie wissen ja, wie das ist, der Alkohol macht einen manchmal müde und schlaff.«

Kees lächelte unwillkürlich. Interessant, dass Korssen eine Prostituierte brauchte – wenn auch eine erstklassige –, doch dass er dann auch noch unverrichteter Dinge abziehen musste, war wirklich lustig.

Gibt es in solchen Fällen einen Rabatt?

Sie lächelte ebenfalls – zwei Kinder, die ein Geheimnis hinter dem Rücken der Erwachsenen teilten –, dann fingen sie beide an zu lachen, und es fühlte sich gut und befreiend an. Kees hatte eine Ewigkeit nicht mehr gelacht, und es war ihm egal, dass es vielleicht ein bisschen an den Cannabisdämpfen in der Luft lag und er hier bei einer Prostituierten saß, statt nach Mördern zu suchen.

Was soll's.

»Also«, begann er, als er endlich aufhören konnte zu lachen, »wann genau ist er gegangen?«

»Es war sicher nicht später als halb eins ... da bin ich nämlich ins Bett gegangen.«

Korssen hatte angegeben, die Veranstaltung erst um ein Uhr verlassen zu haben und danach noch hier bei ihr gewesen zu sein.

Er hatte gelogen.

Kees sah sie an, der heitere Ausdruck machte sie noch attraktiver. Er hatte noch nie für Sex bezahlt, hatte immer die Herausforderung genossen, das Gefühl der Macht, wenn der Widerstand der Frau schmolz.

»Sind Sie sicher?«

Sie sah ihm in die Augen und begann aufs Neue zu kichern, hielt sich die Hand vor den Mund wie eine asiatische Kurtisane.

»Absolut«, sagte sie, als sie sich wieder gefasst hatte. »Ich rechne in Viertelstunden ab.«

Kees sah sie an.

Er fragte sich, wie viel Bargeld er in der Brieftasche hatte.

Glaubst du, du kannst hier einfach so reinplatzen? Nur weil du 'n Scheißbulle bist? Fick dich, Mann.«

Jaap verdrehte den Arm des Mannes, der seinem Ärger so wortreich Ausdruck verlieh, und drückte sein Gesicht in den Teppich, der dermaßen mit Flecken übersät war, dass man die ursprüngliche Farbe nicht mehr erkennen konnte.

Er und Tanya hatten Akster in einer schäbigen Sozialwohnung gefunden. Es roch nach Erbrochenem, Gas und etwas Süßlichem, das Jaap nicht ganz zuordnen konnte.

Jaap griff nicht gern zu Gewalt, doch wenn jemand mit dem Messer auf ihn losging, nur weil er ein paar Fragen stellen wollte, musste er sich wehren. Zum Glück war Akster betrunken, wie man an seiner Alkoholfahne unschwer erkennen konnte.

»Ich bin nicht reingeplatzt … du hast selbst aufgemacht, schon vergessen? Oder ist dein Gehirn zu vernebelt von dem Zeug, das du nimmst?«

Die Reaktion war ein wütendes Ausspucken, das Akster selbst zu spüren bekam, da sein Mund zu nah an dem schmutzigen Teppich war.

»Ich frage noch einmal: Wo finde ich Ludo Haak?«

»Der verfickte Ludo interessiert mich nicht.«

»Euer Liebesleben geht mich nichts an, ich will nur wissen, wo ich ihn finde.«

»FICK DICH!« Er wand sich wie wild, und Jaap verdrehte seinen Arm nach oben.

»Hör gut zu.« Jaap beugte sich an sein Ohr. »Du sagst mir jetzt, wo Ludo steckt, oder ich nehme dich wegen tätlichen Angriffs fest. Du weißt ja, was mit Leuten passiert, die einen Polizisten angreifen, oder?«

Der Widerstand ließ nach, und nur noch schweres Atmen war zu hören.

»Also, wo ist Ludo Haak?«

»Ich weiß es nicht«, presste Akster hervor. »Ich hab ihn seit Monaten nicht mehr gesehen.«

»Lass den Scheiß, du hast mit ihm gearbeitet, das weiß ich genau. Ihr wart wegen eines gemeinsamen Raubüberfalls im Knast.«

»Das war früher. Die Dinge ändern sich.«

»Okay, was hat sich geändert?«

»Er wollte, dass ich ihm helfe ... er hatte irgendein Ding vor, mit dem er eine Menge Geld machen wollte.«

»Und?«

»Ich hab Nein gesagt ... klang mir zu gefährlich.«

»Inwiefern?«

»Kranke Sache, irgendwas mit Pornofilmen, und er sagte was von Entführung ...«

»Wen wollte er entführen?«, fragte Tanya. »Vielleicht ein Kind?«

»Ich weiß nicht ... ja, kann sein, aber als er kapiert hatte, dass ich nichts damit zu tun haben will, hat er nichts mehr gesagt. Nur dass er mich umbringt, wenn ich's irgendwem erzähle.«

»Wann war das?«

»Ist schon eine Weile her ... ich weiß nicht, vielleicht ein paar Wochen.«

»Wo finde ich ihn?«

»Verdammt, ich will keinen Ärger und ...«

Jaap riss seinen Arm noch ein Stück höher. Er spürte, es fehlte nicht mehr viel, dass etwas brach.

»Wo finde ich ihn?«

»Hör auf!«

»Sag mir, wo er steckt, dann lass ich dich in Ruhe.«

»Okay«, presste Akster mit schmerzverzerrter Stimme hervor. »Aber sag ihm nicht, dass du mit mir gesprochen hast … er hat mächtige Freunde.«

Jaap verringerte den Druck ein wenig. Er spürte, wie die Luft aus Aksters Brust entwich. Sein Handy summte in der Tasche, doch er ignorierte es.

»Keine Angst, ich habe wichtigere Dinge mit ihm zu besprechen. Wer sind diese Freunde?«

»Ich glaube, er treibt sich jetzt mit Ausländern rum, oben am Hafen.«

»Ein bisschen genauer.«

»Ich weiß nicht viel … es sind Letten oder Albaner, vielleicht auch Russen. Ich glaube, sie nennen sich dunkle Tulpen.«

»Schwarze Tulpen.«

»Ja, was weiß ich. Fiese Typen jedenfalls. Die knallen dich einfach so zum Spaß ab und machen echt kranke Sachen mit Leuten, die sie abmurksen.«

»Wo finde ich ihn?«

»Ich weiß es nicht, wirklich. Und kannst du mich jetzt verdammt noch mal endlich loslassen?«

Jaap erkannte, dass Akster tatsächlich nicht mehr wusste. »Nur wenn du mir versprichst, keine Dummheiten zu machen.«

Akster nickte, rieb mit der Wange über den Teppich, und Jaap ließ seinen Arm los, stand auf und trat einen Schritt zurück.

»Ist das deine Wohnung?«

»Eigentlich schon.« Mürrisch setzte er sich auf und versuchte, seine Schulter zu lockern.

»Ich würde mal jemanden kommen lassen, um das Gas zu überprüfen. Und rauch bis dahin lieber nicht.«

Draußen checkte Jaap sein Handy; er hatte einen Anruf von Kees verpasst.

»Korssens Freundin, die Prostituierte, sagt, er ist sicher nicht später als um halb eins weggegangen. Er hat also gelogen«, berichtete Kees, als Jaap ihn nach dem Grund seines Anrufs fragte. Sie fuhren am Dam vorbei, auf dem trotz der Kälte viele Touristen unterwegs waren.

»Damit liegt er im Zeitrahmen von Friedmans Tod.« Jaap wechselte das Handy ans andere Ohr, eine Hand am Lenkrad. »Gute Arbeit. Wir werden uns noch einmal mit Rint Korssen unterhalten müssen.«

»Noch etwas. Dieser Zwartberg, mit dem sich Friedman zum Abendessen getroffen hat ... Ich habe seine Adresse: Brouwersgracht 73.«

»Ich bin ganz in der Nähe, das übernehme ich. Du findest heraus, wo sich Korssen aufhält. Und Kees?«

»Ja?«

»Ruf mich an, wenn du ihn hast. Ich will bei der Festnahme dabei sein.«

Ich will seine Reaktion sehen, dachte er, als er das Gespräch beendete, die Sirene einschaltete und aufs Gaspedal trat.

»Da sind Sie ja im richtigen Moment zu uns gekommen.« Er warf Tanya einen kurzen Blick zu, während sie ihren Pferdeschwanz neu band.

Sie sieht nicht schlecht aus, dachte er unwillkürlich.

»Das hoffe ich.«

Sie waren in wenigen Minuten dort. Jaap schaltete die Sirene aus und parkte den Wagen direkt vor dem Haus. Es war älter als Friedmans – die Brouwersgracht lag im Jordaan, einem alten Arbeiterviertel, das sich gegen Ende des zwanzigsten Jahrhunderts zu einem richtigen Trendbezirk entwickelt hatte, was die Wohnungspreise rasant in die Höhe trieb. Möglicherweise würde das Viertel in Zeiten der Wirtschaftskrise zu seinen traditionellen Wurzeln zurückkehren.

Jaap und Tanya sprangen aus dem Wagen, rannten zur Tür und klingelten. Keine Reaktion.

Jaap drückte gegen die Haustür, und sie schwang auf.

Sie zogen ihre Pistolen und traten lautlos ein. Die Diele war dunkel, der einzige Raum im Erdgeschoss leer.

Sie fanden ihn im ersten Stock. Nackt auf dem Boden liegend, eine violette Stola mit zwei weißgoldenen Kreuzen um den Hals.

Sein Mund war leicht geöffnet. Jaap steckte die Waffe ein, zog Gummihandschuhe hervor und nahm das Handy vorsichtig aus dem Mund des Toten. Es war das gleiche Modell wie Friedmans. Er hätte es gar nicht aufklappen müssen, um zu wissen, dass das Display eine Nummer anzeigte.

Warum hinterlässt der Mörder diese Handys?

»Was bedeutet das?«, fragte Tanya hinter ihm.

»Das bedeutet«, sagte Jaap und legte das Handy wieder in Zwartbergs Mund, »dass wir zu spät gekommen sind.«

Reifen quietschten auf dem Asphalt.

»Ist das Kees Terpstra?«, fragte Tanya, als der Wagen abrupt zum Stehen kam.

»Sie kennen ihn?«

»Ja.«

Sie klang nicht gerade begeistert. Jaap konnte sie durchaus verstehen.

Sie sprangen aus dem Wagen und liefen zu Kees, der bereits vor Korssens Haustür stand.

»Nicht da?«, rief ihm Jaap zu.

»Nein. Was ist mit Zwartberg?«

»Tot. Mit einem Handy, wie Friedman.«

»Scheiße.«

Kees sah Tanya an und wandte sich dann wieder Jaap zu. »Was tut sie hier?«

»Sie hilft uns.«

»Freut mich auch, dich zu sehen«, sagte Tanya.

Jaap blickte zwischen ihnen hin und her. »Wir haben hier einen Job zu erledigen; für etwas anderes ist jetzt kein Platz. Also, Zwartbergs Handy hat heute Nachmittag einen Anruf von dem Telefon erhalten, das bisher nur Friedman kontaktiert hat. Es könnte Korssen gewesen sein.«

»Klingt plausibel«, meinte Kees. »Ich habe gerade mit einem Nachbarn gesprochen. Demnach ist Korssen kurz nach unserem Besuch bei ihm mit dem Taxi weggefahren.«

»Hast du schon eine Spur?«

»Die Suche läuft ... bis jetzt nichts.«

»Er muss es sein. Zuerst lügt er bei der Uhrzeit, dann verschwindet er. Gehen wir rein.«

»Ich hab genau das Richtige für die Tür.« Kees sprintete zu dem Streifenwagen, mit dem er gekommen war, riss den Kofferraumdeckel auf und nahm einen Rammbock heraus.

»Ich hab mich vergewissert, dass so ein Ding im Wagen ist, für alle Fälle«, erklärte er grinsend. Die Aussicht auf ein bisschen Action schien seine Laune zu heben.

Nach zwei Rammstößen waren sie drin.

In dem riesigen Wohnzimmer war alles so, wie sie es beim ersten Mal gesehen hatten. Sie rannten die breite Wendeltreppe hinauf und hörten schließlich Geräusche wie aus einem Radio oder Fernseher.

Alle drei zogen instinktiv ihre Waffen und tasteten sich Schritt für Schritt voran.

Oben gab es vier Türen. Die Geräusche kamen aus dem dritten Zimmer zur Linken. Sie gingen zu beiden Seiten der Tür in Position. Nichts als Stimmen, irgendeine Talkshow mit talentfreien, aber berühmten Schwätzern, die ständig kicherten und mit ihren Vorzügen prahlten. Jaap nickte ihnen zu und zählte mit den Fingern bis drei.

Die Tür flog mit solcher Vehemenz nach innen, dass sie zurücksprang und gegen Kees' Pistole schlug. Ein Schuss löste sich, und Jaap duckte sich instinktiv, obwohl er wusste, dass es Kees war, der abgedrückt hatte.

Außer dem Fernseher drang kein Geräusch aus dem Raum oder aus irgendeinem anderen Winkel des Hauses.

Kees drückte leicht beschämt die Tür auf und trat ein, gefolgt von Tanya und Jaap. Das Zimmer war hell erleuchtet, die Stimmen kamen aus einem riesigen Fernseher.

»Vergiss die Kugel nicht ... hol sie raus«, erinnerte ihn Jaap und schaltete den Fernseher aus. Kees checkte bereits das zerwühlte Bett und Tanya den begehbaren Schrank gegenüber.

Ganz hinten bemerkte sie eine dunkle Holztruhe im antiken Stil, die gar nicht zum ultramodernen Gesamtbild des Hauses passte.

Sie war verschlossen.

»Will die hier jemand aufmachen?«, fragte sie.

Kees trat vor. Jaap sah, dass ihm solche Aufgaben Spaß machten, doch damit war er nicht allein. Den meisten Kriminalbeamten gab es einen gewissen Kick, etwas aufzubrechen. Eine willkommene Abwechslung von der mühsamen Kleinarbeit, die den Großteil des Jobs ausmachte.

Kees packte die Truhe und knallte sie gegen die Wand, bis der Deckel brach. Er riss ihn ganz auf und leerte den Inhalt auf den Boden.

Peitschen, DVDs und viele andere Gegenstände, über die Jaap gar nicht nachdenken wollte.

Kees stocherte mit der Schuhspitze in dem Zeug und förderte unter schwarzen Ledersachen eine Gesichtsmaske zutage.

»Anscheinend steht er auf exotisches Spielzeug.«

»Diese Maske«, sagte Tanya angespannt. »So eine hat Haak getragen.«

Als Kees die Bar betrat, nach Carice suchte und schließlich ihr blondes Haar im Lichtschein schimmern sah, fragte er sich für einen Sekundenbruchteil, ob er das wirklich tun sollte.

Die Musik pulsierte, ein Paar an einem Tisch zu seiner Linken brach in lautes Gelächter aus. Die Pathologin blickte sich kurz um, hob die Augenbrauen und sah auf ihre Uhr, ehe sie sich wieder der Theke und ihrem Drink zuwandte. In diesem Moment wusste er die Antwort.

Dass Tanya auf der Bildfläche erschienen war, half ihm bei seiner Entscheidung. Er hatte sie zwei Jahre nicht mehr gesehen, und für einen Moment war der ganze Zorn wieder hochgekocht. Das war nicht gut, vor allem da sie nun anscheinend zusammenarbeiteten.

Er spürte das kleine viereckige Päckchen, das er unterwegs besorgt hatte, und setzte sich auf den Hocker neben ihr.

»Hey.«

»Hey. Lässt du Frauen immer warten?«

Er dachte an Marinette, die zu Hause auf ihn wartete. »Das erhöht die Spannung, die Erwartung.«

»Hm, vielleicht keine so gute Idee.« Sie betrachtete ihn von oben bis unten. »Die Erwartung kann auch zu hoch sein.«

»Willst du damit sagen, ich bin eine Enttäuschung?«

»Bloß optisch.«

»Kann ich nur zurückgeben«, erwiderte er und signalisierte dem Barkeeper: *Für mich das Gleiche.*

Carice lachte und strich ihr Haar zurück. Die Musik änderte den Rhythmus. Das etwas ungehobelte Paar hinter ihnen wurde noch lauter. Es klang jetzt nicht mehr wie Lachen, sondern mehr wie Schreien. Als Kees sich umdrehte, sprang der Mann von seinem Platz auf, und die Frau schleuderte ihm ein halb volles Bierglas gegen die Brust. Es prallte ab und zerbrach auf dem Boden.

»Du Miststück!«, schrie der Mann heiser. »Du verdammtes durchgeknalltes Miststück!«

Sie sprang auf, und bevor er reagieren konnte, packte sie ihn an den Schultern und rammte ihm das Knie zwischen die Beine. Er schrie auf und krümmte sich. Die Musik verstummte, und alle Gäste drehten sich nach den beiden um. Das Lokal schien wie erstarrt.

»Solltest du nicht einschreiten?«, flüsterte ihm Carice ins Ohr. »Du bist schließlich der Bulle.«

»Außer Dienst.« Kees beobachtete, wie die Frau den Mann in die Glasscherben stieß und danach zum Ausgang wankte. Ein paar Leute gingen hin und halfen ihm auf, während sich Kees und Carice wieder einander zuwandten.

»Das erinnert mich an die Leiche«, sagte Carice.

»Friedman?«

»Ja, der. Er war …« Sie machte eine Scherenbewegung mit den Fingern.

»Kastriert?«

Sie schaute ihn ungläubig an. »Du warst doch gestern am Tatort, oder?«

»Ja, ich …«

»Das wäre selbst dir aufgefallen, wenn ein wichtiges Teil gefehlt hätte. Er lag nackt da, und ihr Jungs guckt euch doch sicher genau an.« Sie hob eine Augenbraue, und Kees spürte, wie sie ihn mit ihrem Blick umfing.

»Okay, was meinst du dann damit …?« Er streckte den Zeige- und Mittelfinger aus, um eine Schere anzudeuten.

»Du weißt schon … sterilisiert.«

Er starrte sie einen Moment verblüfft an, dann begann er zu lachen wie eine Maschine, die stotternd zum Leben erwachte.

»Du meinst …«, sagte er, ehe ihn eine weitere Lachsalve stoppte und Carice ihn fragend ansah. »Und da wundert sich der Typ, dass es mit einem Kind nichts wird.«

Jaap trat durch Zwartbergs Haustür ins Freie.

Nachdem sie Korssens Haus durchsucht hatten, waren Jaap, Kees und Tanya zu Zwartbergs zurückgekehrt. Sie hatten alles auf den Kopf gestellt, aber nichts gefunden. Kees war früher gegangen, er schien es eilig zu haben. Jaap blickte zum Himmel empor.

Der Mond schaute auf ihn herab wie ein kaltes Auge.

»Ich brauche jetzt was zu trinken, wie steht's mit Ihnen?«, fragte er Tanya, als sie ihm nach draußen folgte.

»Ja, gute Idee.«

Sie fanden eine altmodische Bar ohne Musik. Tanya bestellte ein Bier, Jaap Mineralwasser. Sie waren so erschöpft, dass sie einen Moment lang nur ihre Gläser anstarrten, nachdem der Kellner sie gebracht hatte. Jaap beobachtete, wie der Schaum über den Rand von Tanyas Bierglas schwappte und auf dem dunklen Holztisch eine kleine Pfütze bildete.

»Trinken Sie kein Bier?«, fragte Tanya, als sie schließlich das Glas an die Lippen hob.

»Irgendwie schmeckt es mir nicht mehr«, sagte Jaap.

Jaap begegnete immer wieder Leuten, die sich wunderten, dass er keinen Alkohol trank. Am leichtesten konnten sie es verstehen, wenn er andeutete, dass er einmal ein Alkoholproblem gehabt habe. Als Polizist nahm man ihm das sofort ab.

Sie saßen eine Weile schweigend da und ließen auf sich wirken, was in den vergangenen Stunden geschehen war.

»Was hat das alles mit Inspector Hansens Tod zu tun?«, fragte Tanya schließlich.

Jaap nahm einen Schluck Wasser, ehe er antwortete. »Andreas und ich haben zusammen an einem Fall gearbeitet … es ging um diese Bande, von der ich Ihnen erzählt habe.«

»Die Akster erwähnt hat, die Schwarzen Tulpen?«

»Genau. Als sie jemanden ermordeten, übernahmen wir den Fall, und Andreas ist offenbar an die Kerle rangekommen, bevor er umgebracht wurde.«

»Dann waren sie es, damit er sie nicht auffliegen lassen konnte?«

Ihr Handy klingelte, und sie zog es heraus. Jaap registrierte ihr Zögern, bevor sie sich meldete. Tanya erläuterte kurz, wo sie sich aufhielt, und verstummte dann. Jaap hörte die Stimme am anderen Ende, ohne etwas zu verstehen. Ihr Gesprächspartner klang jedenfalls wütend.

»Ärger?«, fragte er, nachdem sie das Gespräch beendet hatte.

»Das war der Typ, mit dem ich zusammenarbeite … und nicht besonders gut auskomme. Er hat mich zurück nach Leeuwarden beordert.«

»Habt ihr da oben eine bessere Spur?«

»Nein, aber es gefällt ihm nicht, dass ich vielleicht die richtige Spur verfolge.« Sie trank einen Schluck Bier und stellte das Glas etwas zu heftig ab. »Egal«, sagte sie, »wir haben von Andreas gesprochen.«

»Ähm … ja. Ich denke, sie haben ihn umgebracht, weil er ihnen gefährlich wurde. Aber das ist nicht alles. Andreas ist bei seinen Ermittlungen auf Friedman gestoßen.«

»Der erste Tote.«

»Genau. Das Problem ist, keiner sonst weiß, dass die beiden Fälle miteinander zu tun haben. Wenn sie's wüssten, würden sie mir den Fall sofort wegnehmen.«

»Kees weiß es auch nicht?«

»Nein. Ich hab's ihm nicht gesagt, weil ich den Fall wahrscheinlich schnell los wäre, wenn er's wüsste, und weil ... nun, Sie kennen ihn ja offenbar.«

Tanya verzog das Gesicht. »Wir haben gemeinsam die Akademie besucht und waren eine Weile zusammen«, erklärte sie.

»Und es ist nicht gut ausgegangen, schätze ich.«

»Sie sind nicht umsonst bei der Polizei.« Sie lächelte.

Sie ist wirklich süß, dachte Jaap und trank sein Wasser aus.

Ein Kellner kam vorbei und erinnerte sie daran, dass die Bar gleich schließen würde.

»Hatte Andreas eine Partnerin?«, fragte Tanya.

»Er war seit drei Jahren verheiratet. In ein paar Wochen kommt sein Baby zur Welt.«

»Furchtbar.« Sie schüttelte den Kopf und fingerte an ihrem Glas herum. »Kennen Sie seine Frau gut?«

»Das kann man wohl sagen, wir waren ungefähr zwei Jahre zusammen. Und bevor Sie danach fragen ... nein, es war kein Problem, dass Andreas und sie zusammengekommen sind.«

»Ich hätte nicht gefragt.«

»Da wären Sie die Erste. Viele haben sich darüber gewundert, aber mit ihr und mir, das hat einfach nicht funktioniert.«

»Dann sind Sie immer noch befreundet?«

Jaap dachte an eine Nacht im letzten Frühling, als Andreas einmal für einige Tage weg gewesen war. Andreas hatte Jaap gebeten, gelegentlich bei Saskia vorbeizuschauen, weil sie irgendwie bedrückt gewirkt habe. Jaap hatte sie angerufen und noch am selben Abend besucht.

Er war die ganze Nacht geblieben.

Wochenlang hatte er ein schlechtes Gewissen gehabt. Die Zusammenarbeit mit Andreas hatte es nicht gerade einfacher gemacht.

Doch Andreas sagte nie etwas, deshalb nahm er an, dass Saskia es ihm nicht erzählt hatte. Er versuchte es zu vergessen und dachte sich, dass wahrscheinlich viele irgendwann noch einmal mit ihrer Ex schliefen.

»Seit sie mit Andreas zusammen war, haben wir uns sogar besser verstanden als vorher«, sagte er.

Das könnte sich aber ändern, dachte er. *Vielleicht nimmt sie es mir immer noch übel, dass ich nicht bei ihm war.*

Er rieb sich die Augen.

»Sie sehen müde aus«, sagte sie. »Vielleicht sollten wir es für heute gut sein lassen.«

»Ich bin ziemlich erschöpft. Fahren Sie heute noch zurück?« Trotz seiner Müdigkeit hoffte er, dass sie bleiben würde.

Tanya sah auf ihre Uhr. »Viel zu spät, aber ich würde jetzt sowieso nicht fahren. Ich muss Haak finden. Und das Mädchen.«

»Ich könnte Ihre Hilfe gebrauchen. Wenn Sie mir die Nummer Ihres Vorgesetzten geben, rufe ich ihn gleich morgen früh an. Mal sehen, was ich tun kann.«

»Es wird ihm nicht gefallen, aber Sie können es gerne versuchen.«

»Haben Sie schon ein Zimmer?«

»Ja, in einem Hotel beim Rijksmuseum.«

Schade irgendwie, dachte er, als er anbot, sie hinzubringen.

Sie fuhren schweigend, jeder seinen Gedanken nachhängend, und vereinbarten, sich am nächsten Morgen zu treffen. Jaap brachte den Wagen zurück und ging zu Fuß zu seinem Hausboot.

Er rief Saskia an, da er den ganzen Tag nicht mit ihr gesprochen hatte. Sie sei okay, sagte sie, eine Freundin sei den Tag über bei ihr gewesen, und er versprach, morgen vorbeizukommen.

Kurz vor seinem Hausboot blieb er abrupt stehen. Die Straßenlaternen erhellten den Rand der Gracht.

Hatte er etwas gesehen, oder war er schon paranoid?

Er hielt den Atem an und ließ ihn erst wieder entweichen, als er in der Dunkelheit das glühende Ende einer Zigarette erblickte, keine zwanzig Meter von seinem Boot entfernt. Es war jedoch keine Gestalt zu erkennen.

Ganz langsam ging er weiter, setzte vorsichtig einen Fuß vor den anderen, aber beim dritten Schritt trat er gegen eine zerknüllte Dose, die mit lautem Geklapper über den Boden rollte. Die Zigarettenglut wirbelte hoch, hing einen Moment in der Luft und segelte dann zu Boden.

Ein Motorrad röhrte auf. Jaap rannte los, doch das Brummen verlor sich rasch in der Ferne.

Dann war es still.

Als er zu Bett ging, nachdem er vergeblich versucht hatte, im Sitzen seinen Kopf zu klären, klemmte er einen Stuhl gegen die Eingangstür.

Der Stuhl würde niemanden am Eindringen hindern, doch er würde genügend Lärm machen, um ihn zu warnen.

So hoffte er zumindest.

DRITTER TAG

Über drei Dinge müssen wir uns Gedanken machen«, begann Jaap, als Kees endlich erschien, eine volle Viertelstunde später als vereinbart. Kees sah noch schlimmer aus als am Tag zuvor, die Augen blutunterlaufen und der blaue Fleck auf der Wange nun mit einem gelben Rand. Er setzte sich Tanya gegenüber.

Jaap hatte die Konstellation der Telefonnummern auf ein Whiteboard gezeichnet und dachte an das Ergebnis seiner I-Ging-Befragung, bevor er das Hausboot verlassen hatte.

Berg und Wasser. »Jugendtorheit. Aus Fehlern lernen.«

Das kann ich nur hoffen … es sieht im Moment nicht danach aus, dachte Jaap, als er sich der weißen Tafel zuwandte.

»Das Erste ist die Mordserie. Friedman ist tot.« Er strich die Nummer durch. »Zwartberg ebenfalls.« Die nächste Nummer wurde gestrichen. »Bleiben diese zwei.« Er umkringelte die beiden Telefonnummern. »Die hier gehört mit ziemlicher Sicherheit Ludo Haak, die andere möglicherweise Rint Korssen. Zwei Erklärungen bieten sich an. Die erste lautet: Korssen ist der Mörder und beseitigt diese Leute, damit wir nicht über sie an ihn herankommen. Oder es ist jemand, der mit diesen Leuten in Verbindung steht, den wir aber noch nicht kennen, und Korssen hat die Lage erfasst und verschwindet, bevor es ihn ebenfalls trifft. So oder so läuft uns die Zeit davon.«

Kees gähnte und kratzte sich am Kinn.

»Das Zweite ist diese Stola um Zwartbergs Hals.« Er tippte mit dem Stift auf den durchgestrichenen Namen. »Kees, du hörst dich in den Kirchen um, ob irgendjemand das Ding erkennt und ob Zwartberg dort bekannt ist.«

Kees brummte zustimmend.

»Drittens, Korssen. Bist du bei ihm schon weitergekommen?«

»Er ist mit dem Taxi zum Hauptbahnhof gefahren, etwa eine halbe Stunde nachdem wir weg waren.«

»Hast du die Züge überprüft?«

»Ja, aber es sind viel zu viele, um herauszufinden, welchen er genommen hat. Er könnte längst irgendwo in Europa sein.«

»Schengen war ein Fehler«, sagte Tanya.

Jaap nickte zustimmend. »Wir brauchen einen Europäischen Haftbefehl. Ich kümmere mich darum und lasse seine Konten einfrieren. Vielleicht haben wir Glück, und er benutzt eine Kreditkarte. Und ich lasse auch auf Haak einen Haftbefehl ausschreiben. Tanya, Sie könnten den Kontakt übernehmen.«

Sie rutschte auf ihrem Stuhl hin und her. »Es ist nur … sie haben mich zurückbeordert.«

»Scheiße, ich hab vergessen, ihn anzurufen. Ich mache das, sobald wir hier fertig sind. Kees, gibt es schon etwas Neues von der Frau, die vom Tatort weggerannt ist?«

»Ich habe ein Fahndungsbild erstellen lassen, aber es hat sich noch niemand gemeldet.«

Es klopfte an der Tür, und ein uniformierter Kollege steckte den Kopf herein. »Smit will Sie sprechen«, sagte er zu Kees. »Und für Sie ist ein Anruf reingekommen, von einem gewissen Teije«, wandte er sich an Jaap.

»Welche Leitung?«

»Sieben.« Der Beamte schloss die Tür.

»Okay, los geht's«, sagte Jaap.

Kees ging hinaus, und Jaap wandte sich dem Schreibtisch zu. *Was will Smit von Kees?*, fragte er sich, während er nach dem Telefonhörer griff.

Auf dem Weg zu Smits Büro versuchte Kees, seine Gedanken zu sortieren und etwas Ordnung in den Wirrwarr in seinem Kopf zu bringen. Heute früh war er mit Rückenschmerzen in Carices hartem Bett aufgewacht. Er hatte einen salzigen Geschmack im Mund und ein seltsames Summen in den Ohren wie von tausend winzigen Insekten.

Kaffee hatte nicht geholfen. Nicht einmal die letzten Reste Kokain, die er aus dem Päckchen zusammengekratzt hatte. Er hatte sein Handy gecheckt, doch seine Nachricht an Marinette, dass er die ganze Nacht unterwegs sein würde, war unbeantwortet geblieben.

Kees klopfte an und trat ein. In Smits Büro sah er sich überraschend *zwei* Leuten gegenüber, was seinen Kopf schlagartig klärte, als das Adrenalin in seine Adern schoss. Smit saß an seinem Schreibtisch und Inspector de Waart auf einem Stuhl davor. Beide hatten ein Lächeln im Gesicht.

»Kommen Sie nur rein«, forderte Smit ihn auf, obwohl Kees bereits eingetreten war. Smits Freundlichkeit klang seltsam gekünstelt. »Inspector de Waart kennen Sie ja.« Kees nickte. »Gut, dann kommen wir zur Sache. Bitte, nehmen Sie Platz. Wissen Sie, Inspector de Waart leitet die Ermittlungen zu Andreas Hansens Tod«, fuhr Smit fort, und de Waart nickte langsam. »Er möchte Ihnen dazu ein paar Fragen stellen. Ich habe ihm erzählt, dass Sie« – er hüstelte kurz – »in diesen schwierigen Tagen ein Auge auf Jaap haben.«

198

Kees' Magen zog sich zusammen. Er hatte sich bereit erklärt, Smits Wunsch um seiner Karriere willen nachzukommen, doch jetzt war ihm gar nicht mehr wohl dabei, dass er einen Kollegen bespitzeln sollte.

Vor allem, da er es nun nicht mehr bloß für Smit tat, sondern auch ein anderer Inspector eingeweiht war.

Damit war die Chance, dass die Sache herauskam, plötzlich doppelt so groß. Wenn sich das herumsprach – er hatte genug Filme gesehen, in denen eine »Ratte« für ihren Verrat bezahlte –, dann war seine Laufbahn ruiniert. Kein Kollege würde noch etwas mit ihm zu tun haben wollen. Für Smit zu arbeiten mochte noch angehen, doch dass de Waart mit im Spiel war, änderte einiges.

De Waart wandte sich mit seiner rauen, tiefen Stimme an ihn. »Ich skizziere Ihnen kurz, wo wir stehen. Wie Sie wissen, wurde Andreas Hansen vor drei Tagen erschossen an einer Straße im Amsterdamse Bos aufgefunden. Am Tatort fanden sich kaum brauchbare Hinweise. Nur Fußspuren, aus denen sich schließen lässt, dass sich mindestens drei Personen ebenfalls kürzlich dort aufhielten. Wie Sie sicher schon gehört haben, hat ein Journalist auf der Pressekonferenz schwere Anschuldigungen erhoben, die wir sehr ernst nehmen müssen.« Smit bekräftigte de Waarts Worte mit einem entschiedenen Nicken. »Der Mann behauptet, Hansen habe mit Kinderpornografie zu tun gehabt.«

»So ist es«, fuhr Smit fort, als hätten sie es einstudiert. »Ich muss Ihnen ja nicht erklären, wie katastrophal sich so etwas auf uns alle auswirken kann.«

»Nein«, erwiderte Kees.

»Deshalb sind wir der Sache nachgegangen«, fuhr de Waart fort. »Und es hat sich herausgestellt, dass Andreas Hansen – oder jemand anders – seinen Computer vollständig gelöscht hat. Fast so, als hätte er geahnt, dass er in Gefahr schwebte. Interessant ist auch, dass Jaap Rykel Andreas' Laptop zu unserem Computerspezialisten gebracht hat, nachdem Andreas gefunden wurde. Er glaubt zu wissen, wer die Festplatte geleert hat … Was hat er behauptet?«

»Eine russische Bande, gegen die sie zuvor ermittelt hatten«, fügte Smit hinzu.

Sie haben es wirklich einstudiert, dachte Kees.

»Genau, eine russische Bande … aber das erscheint mir doch ein bisschen weit hergeholt. Bleiben zwei Möglichkeiten: Entweder hat Andreas den Computer selbst gelöscht, oder Jaap hat es gleich nach Andreas' Tod getan, um seinen Freund zu schützen. Was wiederum bedeuten würde …«

»Jaap wusste, was Andreas getrieben hat, und war vielleicht sogar selbst verwickelt«, führte Smit den Gedanken zu Ende.

Sie ließen Kees das Gesagte verarbeiten.

Ist es wirklich denkbar, dass Jaap so etwas getan hat?, fragte er sich.

»Sie sehen also, was wir gestern besprochen haben, wird dadurch umso wichtiger. Haben Sie schon etwas zu berichten?«

Das Summen in Kees' Ohren machte sich aufs Neue bemerkbar.

Laut und durchdringend.

Hier.«

Teije beugte sich über Jaaps Schulter und tippte auf eine von vielen Transaktionen – sie war mit einem pinkfarbenen Marker hervorgehoben. Auf dem Weg zu Teije hatte Jaap eine Nachricht von seiner Schwester Karin erhalten. Er beschloss, auf einen Sprung bei ihr vorbeizuschauen, wenn er bei Teije fertig war. Was noch eine Weile dauern konnte.

»Die gehört zu den beiden hier, die zusammen genau den Betrag der ersten Überweisung ergeben.« Teije hielt Jaap eine weitere Liste hin, auf der zwei Transaktionen ebenfalls pink hervorgehoben waren. »Diese Leute betreiben ihre Geschäfte offenbar ziemlich erfolgreich, wenn ich mir ansehe, welche Beträge da im Umlauf sind. Aber wenn es darum geht, die Spuren zu verwischen …« Er schüttelte den Kopf. »Blutige Amateure.«

Teije hatte während seiner Berufslaufbahn multinationale Unternehmen in Fragen der Steuervermeidung beraten und kannte daher alle legalen und weniger legalen Tricks.

»Das Geld kam also von hier herein …«

»Na ja, es würde ein bisschen länger dauern herauszufinden, woher es *genau* kommt. Ich glaube, aus der Schweiz, was die Sache ein bisschen kompliziert macht …«

Jaaps Handy klingelte; es war Inspector Bloem.

»Inspector Bloem, danke, dass Sie zurückrufen.«

»Ich habe Ihre Nachricht erhalten. Was kann ich für Sie tun?«

»Ich arbeite an einem Fall, bei dem es möglicherweise eine Verbindung zu Ihrem gibt. Tanya van der Mark hat mich kontaktiert …«

»Ich weiß.«

»Also, wir verfolgen hier eine interessante Spur, und ich denke, Tanya könnte uns helfen …«

»Van der Mark sollte bereits hier sein, ich habe sie zurückbeordert. Wollen Sie damit sagen, sie ist noch nicht aufgebrochen?«

»Nein, sie ist noch hier. Aber wir haben schon zwei Tote, und es könnten bald noch zwei dazukommen, darum brauche ich sie dringend hier. Wie gesagt, wir haben einen gemeinsamen Verdächtigen, deshalb tun wir damit auch etwas für Ihren Fall.« Er änderte leicht seinen Ton, als ihm nach seinen Konfrontationen mit Smit und de Waart zu Bewusstsein kam, dass er sich ohnehin schon genug Feinde machte. »Ich wäre Ihnen sehr dankbar.«

Jaap hörte Bloem schwer atmen, das Rasseln einer Raucherlunge. Teije fragte ihn mit einer Geste, ob er etwas trinken wolle, doch Jaap schüttelte den Kopf.

»Okay.« Der Ton von Bloems Stimme sagte etwas anderes. »Sie kann noch einen Tag bleiben, aber wenn Sie bis dahin nichts Entscheidendes erreicht haben, kommt sie zurück – Verlängerung ausgeschlossen.«

»Danke. Wir halten Sie auf dem Laufenden.« Die Worte blieben ihm fast im Hals stecken.

»Das will ich hoffen«, entgegnete Bloem.

Jaap hörte ein Klicken, dann Stille. Er steckte das Handy ein. *Vielleicht könnte ich Kees für Tanya eintauschen*, dachte er, als er sich wieder Teije zuwandte. »Entschuldige. Also, das Geld geht an diese drei – Zwartberg, Haak und ein kleinerer Betrag auf dieses Konto hier.«

»Ja, und ich weiß inzwischen auch, wem es gehört: einem gewissen Paulus Fortuyn. Ich habe hier zwei Adressen.«

Jaap sah sie sich an – eine Adresse lag in Haarlem, die andere im Rotlichtviertel – und zog rasch sein Handy hervor.

»Kees, hier ist Jaap, wo bist du?«

»Auf dem Revier, ich wollte gerade …«

»Ich habe einen Namen – Friedman hat regelmäßige Beträge an einen gewissen Paulus Fortuyn überwiesen. Schick einen Streifenwagen zu folgender Adresse in Haarlem.« Er nannte sie und ließ sie von Kees wiederholen. »Wir treffen uns in der Bloedstraat 35, in …«, er sah auf die Uhr an der Wand, »… in zwanzig Minuten, okay?«

»Alles klar.«

»Und … Kees?«

»Ja?«

»Wenn du vor mir dort bist, warte auf mich. Geh nicht allein rein.«

Tanya wusste, sie hätte gar nicht drangehen sollen, als sie sah, dass Bloem anrief.

»Mich würde nur interessieren, was du getan hast, dass dein neuer Freund so scharf auf dich ist. Hast es ihm mit dem Mund gemacht, stimmt's?«

Tanya biss die Zähne zusammen.

»Du solltest dir wirklich überlegen, wo deine Prioritäten liegen. Ich bin mir nämlich nicht sicher, ob ich in Zukunft für jemanden wie dich Platz in meinem Team habe.«

Und du solltest endlich deine verdammte Klappe halten, dachte Tanya und legte auf.

Sie wartete auf Inspector Guus Visser vom Revier Ost, der angerufen hatte, kurz nachdem Jaap die landesweite Fahndung nach Haak eingeleitet hatte. Visser hatte ihr angeboten, sie von der Polizeiwache abzuholen, um zusammen einem Hinweis auf Haak nachzugehen. Während sie wartete, erinnerte sie sich an Jaaps Tipp, bei ihrer Suche nach dem Mädchen Interpol einzuschalten. Sie lieh sich einen Computer aus, rief die Webseite auf und ging zur Datenbank der vermissten Personen.

Da waren Tausende Fotos von überall auf der Welt – jung, alt und dazwischen. Hinter jedem einzelnen eine tragische Geschichte, die nie erzählt werden würde.

So brauche ich ewig, dachte sie.

Sie rief an und wurde nach einer Weile mit jemandem verbunden, der sie aufforderte, das Foto zu schicken, obwohl kaum jemand die Zeit finden würde, um alle Fotos nach einer Übereinstimmung zu durchforsten. Ohne einen Namen, sagte man ihr, sei es mehr oder weniger aussichtslos.

Tanya knallte das Handy auf den Tisch und begann sich durch die Seiten zu klicken und selbst nach dem Mädchen zu suchen. Während ihre Augen von einem Bild zum nächsten sprangen, ging sie in Gedanken durch, was sie wusste und worüber sie gestern Abend mit Jaap gesprochen hatte.

Sie hatte sich gefragt, ob es tatsächlich Leute gab, die so etwas taten, die bereit waren, für ein Kind zu zahlen, das entführt und seinen Eltern geraubt worden war, um es zu verkaufen. Wie konnte man damit leben? Mit dem Wissen, dass irgendwo auf der Welt eine Mutter und ein Vater Nacht für Nacht um ihr verlorenes Kind weinten und sich in ihrer Verzweiflung an die winzige Hoffnung klammerten, ihr Kind würde eines Tages wohlbehalten gefunden werden?

So wie sie selbst jahrelang gehofft hatte – und vielleicht immer noch hoffte –, dass ihre Eltern irgendwann zurückkommen würden, obwohl ihr Verstand ihr sagte, dass es unmöglich war. Und wie sie jedes Mal, wenn ihr Pflegevater zu ihr ins Bett gestiegen war, gehofft hatte, es möge das letzte Mal sein.

Wenn die van Delfts so weit gegangen waren, um zu einem Kind zu kommen, dann konnte Tanya kein Mitleid für sie empfinden. Aber vielleicht waren sie selbst Opfer, waren so naiv gewesen zu glauben, sie würden tatsächlich ein Waisenkind aus einem Land kaufen, in dem es keine Chance auf ein menschenwürdiges Leben gehabt hätte. Vielleicht war ihr Wunsch nach einem Kind so groß gewesen, dass sie sich selbst eingeredet hatten, etwas Gutes zu tun.

So wie Tanya mit den Jahren gelernt hatte, so zu tun, als wäre das alles nicht geschehen, als könne sie ein ganz normales Leben führen, wenn sie es nur tief in sich vergrub.

Nun zeigte sich, dass es ihr nicht gelungen war. Vielleicht hatte sie es allzu tief vergraben.

Oder vielleicht nicht tief genug.

Sie klickte sich durch die Seiten, während ihre Gedanken rotierten, ließ Finger und Augen unabhängig von ihrem Gehirn arbeiten.

Klickte weiter … Seite siebenundzwanzig von Gott weiß wie vielen … und da war sie.

In der Mitte der Seite.

Tanya nahm das Foto zur Hand, das sie von dem Mädchen hatte. Die Perspektive war anders, und das Foto auf dem Bildschirm zeigte ein jünger aussehendes Mädchen. Doch die Gesichtszüge waren die gleichen, und ihr Haar war rot.

Das ist sie, dachte Tanya, und ihr Atem ging schneller. *Das ist das Mädchen.*

Rasch las sie die Angaben zu dem Foto.

Adrijana Fajon stammte aus Slowenien und galt seit zwei Jahren als vermisst.

Tanya griff nach dem Telefon, die Finger so zittrig, dass sie sich zweimal verwählte, ehe sie es endlich hinbekam.

Als sich jemand meldete, bat sie um die vollständige Akte, und die Frau versprach, sie ihr binnen einer halben Stunde zu mailen.

Als Tanya auflegte, arbeiteten ihre Gedanken auf Hochtouren.

»Jetzt weiß ich, wer du bist.« Erneut verglich sie die beiden Aufnahmen, um sich zu vergewissern, dass sie sich nicht irrte.

»Hey, sind Sie van der Mark?«

Die Stimme riss sie aus ihren Gedanken. Sie drehte sich um und sah einen klein gewachsenen Mann mit schmalem Gesicht und scharfen Augen.

»Ja.« Sie stand auf und schüttelte ihm die Hand.

»Mein Kollege hat den Fahndungsaufruf nach Haak gesehen. Er kennt jemanden, der vielleicht helfen kann.«

»Kommt er selbst nicht mit?«

»Er arbeitet an einem Fall und kann im Moment nicht weg. Sprechen Sie oft mit Bildern?« Er zwinkerte ihr zu.

Sie gingen hinaus und stiegen in Vissers Wagen, in dem leise das Radio lief. Er beugte sich vor und drehte etwas lauter, ehe er losfuhr.

»… noch nicht erwiesen, ob es einen Zusammenhang zwischen dem Mord im Jordaan und dem Mord vom letzten Sonntag an dem Unternehmer Dirk Friedman gibt, aber polizeinahe Quellen weisen auf eine Verbindung hin. Wir bleiben bei der Polizei – Inspector Hansen, der ebenfalls am Sonntag ermordet aufgefunden wurde, wird mit Kinderpornografie in Zusammenhang gebracht. Wir geben dazu an unsere Reporterin Annette Groot.

Danke, Pieter. Diese Anschuldigungen – und ich betone, es sind zu diesem Zeitpunkt nur Anschuldigungen –, die in der heutigen Ausgabe von *De Telegraaf* und einigen anderen Zeitungen erhoben werden, beruhen allem Anschein nach auf Material, das im Zuge der Ermittlungsarbeit auf Inspector Hansens Computer gefunden wurde. Wir haben die Polizei um eine Stellungnahme gebeten, der zuständige Ermittler war jedoch nicht erreichbar. Man hat uns aber versichert, dass bald weitere Details bekannt gegeben würden. Zurück zu dir, Pieter.

Danke, Annette, weiter zum Sport …«

»Üble Scheiße, falls es stimmt«, bemerkte Visser und schaltete das Radio aus.

»Der Beamte, mit dem ich zusammenarbeite, hat ihn gekannt. Sie waren ein Team.«

»Ja, wer?«

»Jaap Rykel … er hat die Fahndung nach Haak eingeleitet.«
Visser schüttelte den Kopf. »Kenne ich nicht. Schon erstaunlich, wie viele wir sind. In einer idealen Welt würden wir
wahrscheinlich überhaupt keine Polizei brauchen. Wir sind
nur ein Symptom, Sie und ich.« Er wedelte träge mit dem
Finger und warf ihr einen kurzen Blick zu. »Der Gedanke gefällt Ihnen nicht?«

»Nicht wirklich.«

»Mein Vater hat mir geraten, nicht zur Polizei zu gehen.
Seiner Meinung nach ist das so, als wollte man ein Loch im
Deich mit dem Finger stopfen. Das kann man durchaus so
sehen … Jedenfalls mache ich das jetzt schon über zwanzig
Jahre und weiß immer noch nicht, wer von uns recht hat, er
oder ich.«

»Was hat er beruflich gemacht?«

Visser riss das Lenkrad herum, um einem alten Mann auf
einem Fahrrad auszuweichen, der plötzlich vor ihnen aufgetaucht war. Der Alte rief ihnen etwas nach, und Tanya sah
seine geschwärzten Zähne.

»Mein Vater?« Er lachte und schüttelte den Kopf. »Er war
Arzt, da hatte er wahrscheinlich öfter das Gefühl, dass die ganze Mühe vergeblich ist. Aber im Ernst, was soll man denn sonst
mit seiner Zeit anfangen? Und wenn man auch nur ein Verbrechen aufklären kann, dann ist es die Mühe schon wert. Besonders wenn man dabei ein entführtes Kind rettet.«

Tanya blickte hinaus auf die Schaufenster der Geschäfte,
die mit ihren Weihnachtsangeboten irgendwie müde und trist
wirkten. Sie zitterte, die feuchte Kälte kroch ihr den Rücken
hinunter, und sie dachte an die Gesichter auf der Interpol-
Webseite.

Gestern Abend war sie in ihrem Hotelbett mit dem Bild
des Mädchens in der Hand eingeschlafen, die Puppe neben

sich, die sie beim niedergebrannten Haus gefunden hatte. Sie war fest entschlossen, dem Mädchen die Puppe zurückzugeben. Dem Mädchen, das, wie sie nun wusste, Adrijana hieß. Im Traum hatte sie sich selbst wieder als kleines Mädchen gesehen: Ihr Pflegevater kam zu ihr ins Zimmer, und es gab kein Entrinnen.

»Ja, das stimmt wahrscheinlich«, sagte sie, während sie einen Mann beobachtete, der sich von einem kleinen Hund an der Leine ziehen ließ. »Wenn ich sie lebend finde.«

Hallo«, begrüßte ihn Karin, als sie die Tür öffnete. Sie umarmten sich, und er trat ein.

»Ich habe nicht viel Zeit. Wollte nur mal schauen, wie's dir geht«, sagte Jaap.

Sie stand im zerknitterten Flanellpyjama vor ihm, und ihre Haare sahen aus, als wären sie seit Tagen nicht mehr gewaschen worden.

»Mal so, mal so. Heute ein bisschen besser.«

Jaap bemerkte, dass ihr schon wieder Tränen in die Augen traten, und sie blickte zur Seite. Er nahm sie noch einmal in die Arme.

»Ich muss los. Ruf mich an, wenn du etwas brauchst, okay?«

Er spürte ihr Nicken, ihren Kopf an seiner Schulter, und er ließ sie los und wandte sich zum Gehen.

»Danke, Jaap«, sagte sie. »Es bedeutet mir unheimlich viel … das weißt du doch, oder?«

Er spürte seinerseits die Tränen hochsteigen.

Sein Handy klingelte. Es war Roemers.

»Gibt's was Neues?«

»Ich habe mir diesen Laptop angesehen.« Jaap hörte ganz in der Nähe laute Stimmen und das Klirren einer Flasche, die gegen eine Wand krachte. »Dein Freund Andreas war viel im Internet unterwegs und hatte ziemlich ausgefallene Vorlieben.«

Kees blickte in die Schaufenster im Erdgeschoss des vierstöckigen Hauses. Betrachtete die Prostituierten auf ihren hohen Hockern in Erwartung eines Freiers, während sich andere mit zugezogenen Vorhängen einem Kunden widmeten.

Die Frauen erschienen ihm kaum interessant, bis auf eine, die ihn ein bisschen an Carice erinnerte. Sie präsentierten sich sehr unterschiedlich. Während manche fast schüchtern auf ihren Hockern warteten, posierten andere aufreizend hinter der Glasfront, die Haut von dem Lichtschein getönt, der dem Viertel seinen Namen gab.

Da waren Große, Kleine, Dünne, Dicke, für jeden Geschmack etwas. Doch Schönheit war nach allem, was er auf dem kurzen Weg vom Dam gesehen hatte, eher die Ausnahme.

Jaap hat gesagt, ich soll auf ihn warten, erinnerte sich Kees, während er die Frau betrachtete, die immer mehr Carice glich, je länger er sie ansah, *aber wahrscheinlich hat er es nicht wirklich so gemeint.*

Die Sonne hob sich über die Dächer wie eine Goldmünze und sandte ihr Licht in die schmale Straße. Kees schaute auf die Uhr. Er wartete schon fast eine halbe Stunde, und die Kälte wurde langsam ungemütlich.

Wo bleibt er bloß?

Sein Blick fiel auf die zwei Klingeln neben der alten Holztür, unter deren abblätternder schwarzer Farbe ein früherer roter Anstrich zutage trat.

Scheiß drauf, dachte er, *ich kann's auch allein machen.*

Bei Nummer 35b meldete sich niemand, also versuchte er es bei 35a. Nach einer halben Minute meldete sich eine knisternde Stimme über die Sprechanlage.

Kees erklärte, was er wollte, und wenig später öffnete eine stämmige Frau ohne Hals und mit blonder Igelfrisur die Tür.

»Wir müssen das Ding mal reparieren lassen.« Sie deutete mit einem Kopfnicken auf die Sprechanlage. »Das macht mich noch wahnsinnig. Sie sind von der Polizei, sagen Sie?«

Kees zeigte ihr seinen Dienstausweis, den sie prüfend betrachtete.

»Was kann ich für Sie tun?«

»Wohnen Sie hier?«

»Eigentlich nicht, obwohl es mir manchmal so vorkommt.« Sie fuhr sich mit der Hand durch die Igelfrisur. »Ich leite ein Zentrum für Drogenabhängige. Wir haben viel zu wenig Personal, die Leute wollen von so etwas nichts wissen. Es ist wirklich gut, dass ihr versucht, die Typen zu erwischen, die mit harten Drogen handeln, aber ehrlich gesagt macht ihr euren Job nicht gut genug. Die Leute, die zu uns kommen, sind ziemlich kaputt.« Sie ereiferte sich sichtlich, und ihr Gesicht verhärtete sich vor Zorn.

»Hey, ich bin bei der Mordkommission.« Er fragte sich, ob er selbst einmal einen solchen Dienst würde in Anspruch nehmen müssen.

Sie betrachtete ihn einige Augenblicke, ehe ihr Gesichtsausdruck wieder sanfter wurde. »Tut mir leid, aber wenn Sie wüssten, was ich jeden Tag zu sehen kriege … also, das kann einem schon an die Nieren gehen.« Sie rieb sich am Ohr, an dem ein runder Stecker glänzte. »Aber Sie wollten ja nicht zu mir.«

»Stimmt. Wer wohnt eigentlich ganz oben?«

»Ein Typ, den ich nicht oft sehe.«

»Ist Ihr Zentrum eigentlich rund um die Uhr geöffnet?«

»Gott, nein.« Sie schüttelte den Kopf. »Ja, wenn wir's uns leisten könnten, aber …« Sie zuckte mit den Schultern.

»Die Abhängigen kommen also nur tagsüber zu Ihnen?«

»Sie erreichen uns hier jederzeit von acht Uhr früh bis sechs Uhr abends, wenn sie Hilfe brauchen. Sechs Tage die Woche.«

»Dann werde ich mal reinschauen.«

»Nur zu.« Sie trat zur Seite, ließ ihn eintreten und schloss die Tür. »Einfach die Treppe hoch.«

Im obersten Stockwerk gelangte Kees über einen kurzen Flur zu einer Tür. Sie war verschlossen, aber wahrscheinlich nicht schwer aufzubrechen. Er trat dagegen, das Holz splitterte, und beim dritten Versuch schwang die Tür auf.

Drinnen war es dunkel, und er tastete mit der Hand über die Wand, um einen Lichtschalter zu finden. Da war nichts, also trat er ein, suchte weiter und fand den Schalter einen Meter neben der Tür.

Er knipste ihn an, doch nichts passierte.

Was war das?, dachte er, als er plötzlich etwas hörte oder vielmehr spürte … einen Luftzug vielleicht, mit dem Hauch eines Geruchs: Mottenkugeln.

Ehe er reagieren konnte, verstärkte sich der Luftzug hinter ihm, und ein jäher Schmerz explodierte in seinem Hinterkopf.

Visser deutete auf das Mietshaus gegenüber.

Es erinnerte Tanya an eine Doku, die sie kürzlich gesehen hatte – sie war zu müde gewesen, um aufzustehen und auszuschalten. Es war um Kriminelle aus den ehemaligen Ostblockstaaten gegangen, die inzwischen in ganz Europa aktiv waren. Hätte sie nur etwas aufmerksamer zugehört.

Ging es um die Ukraine, fragte sie sich, *oder um Usbekistan?*

Das Haus strahlte etwas unglaublich Trostloses aus, jedes kleine Fenster ein trauriges Auge, in dem sich die strahlende Sonne spiegelte. Doch das Licht ließ sie um nichts lebendiger wirken.

Uringestank stieg ihr in die Nase, während sie in dem von Graffiti übersäten Treppenhaus nach oben gingen. Jeder Schritt hallte von den Wänden wider wie eine kleine Explosion, und ihre Schuhsohlen knirschten auf dem schmutzigen Beton. Als sie vor der gesuchten Tür standen, wurde Tanya erst bewusst, dass sie den Atem anhielt.

Visser bemerkte es ebenfalls. »Sie sind den Geruch nicht gewohnt?« Er atmete tief ein, wie ein Mann, der am Bug seiner Jacht stand, von einer leichten Brise umweht, und lachte schließlich, als er ihr ungläubiges Gesicht sah. »Ich rieche überhaupt nichts mehr seit einem Unfall vor ein paar Jahren.«

»Im Moment würde ich mir das auch wünschen.«

Visser klopfte an.

Tanya hörte leise Stimmen, dann herrschte Stille.

Visser klopfte etwas energischer, doch auch diesmal kam keine Reaktion. Er atmete tief ein und hämmerte gegen die Tür. »Aufmachen, sonst trete ich die Tür ein!«, brüllte er.

Sein unerwartet scharfer Ton ließ Tanya zusammenzucken. Er wandte sich ihr zu und zwinkerte. »Das ist die Sprache, die man hier versteht.«

Schritte und ein Knarren kündigten das Öffnen der Tür an. Tanya sah einen dünnen, bärtigen Mann durch den Türspalt lugen. Die Tür war mit einer Kette gesichert.

Er musterte Tanya von oben bis unten und wandte sich dann Visser zu. »Ja?«

»Polizei. Ich suche einen Mann. Mein Kollege hat mich zu Ihnen geschickt, weil Sie mir wahrscheinlich helfen können«, erklärte Visser und trat einen Schritt vor.

»Nein«, erwiderte der Mann und drückte die Tür zu.

Visser stellte blitzschnell den Fuß in die Tür. »Schöne Kette«, sagte der Inspector. »Ich würde sie ungern kaputt machen.«

Die dunklen Augen des Mannes starrten Visser an. Es war nicht zu erkennen, was in ihm vorging, doch schließlich nickte er. »Okay, Sie müssen aber den Fuß rausnehmen.«

Visser trat zurück, und die Tür ging zu. Sie hörten die Kette klimpern.

Doch die Tür blieb geschlossen.

»Hey!«, rief Visser. »Mach sofort die Tür auf, sonst breche ich sie auf.«

Nichts.

Seufzend wandte er sich an Tanya. »Idiot. Er muss doch wissen, dass er nicht weglaufen kann. Kennen Sie sich gut mit Schlössern aus?«

»Nein.«

»Ich auch nicht.« Er trat ein paar Schritte zurück und warf

sich gegen die Tür. Nach dem vierten Anlauf meldete sich eine andere Stimme von drinnen.

»Hören Sie auf, ich öffne die Tür.«

»Wurde aber auch Zeit«, murmelte Visser und rieb sich die Schulter.

Ein Mann im grauen Trainingsanzug mit gelben Leuchtstreifen machte die Tür auf. Auf dem Kopf trug er einen blütenweißen Turban.

»Sehr freundlich«, bemerkte Visser.

»Mein Cousin hat es nicht so gemeint«, erwiderte der Mann. »Kommen Sie rein.«

Er trat beiseite und ließ sie eintreten. Die Wohnung erwies sich als genauso trostlos, wie Tanya sie sich vorgestellt hatte. Kleine dunkle Zimmer mit nackten Glühbirnen und so gut wie keinen Möbeln. Es roch nach einer süßlichen Mischung aus Raumspray und Rauch. Keine echte Verbesserung gegenüber dem Uringestank im Treppenhaus.

In dem quadratischen Wohnzimmer ging das einzige Fenster auf ein identisches Haus hinaus, keine vier Meter entfernt. Drei weitere bärtige Männer in ähnlichen Trainingsanzügen saßen mit überkreuzten Beinen auf dem abgenutzten Teppichboden beim Kartenspiel. Sie blickten auf, als Tanya und Visser hereinkamen.

Tanya hatte dieses Szenario schon öfter gesehen.

Auch in Leeuwarden gab es Mieter in Sozialbauten, die ihre Wohnung an Zuwanderer weitervermieteten. Meist lebten dann viel mehr Leute darin, als eigentlich Platz hatten.

Von dem Geld konnte sich der ursprüngliche Mieter eine andere Wohnung leisten und hatte darüber hinaus noch genug für Drogen übrig.

»Wer von euch ist Tariq?«, fragte Visser.

Einer der Männer neigte leicht den Kopf.

»Ein Kollege von mir meint, Sie könnten mir helfen. Inspector Volk.«

Wieder neigte der Mann den Kopf, als würde ihn der Bart hinunterziehen.

»Wir suchen einen gewissen Ludo Haak. Volk meint, Sie wissen möglicherweise, wo wir ihn finden.«

»Wir haben den Namen noch nie gehört.«

»Erzählen Sie mir keinen Scheiß. Ich weiß, dass er für Sie gearbeitet hat, es wahrscheinlich immer noch tut. Vielleicht versteckt er sich ja hier bei Ihnen? Soll ich ein Team rufen, damit sie alles auf den Kopf stellen?«

»Sie werden nichts finden.«

»Es ist immer wieder erstaunlich, was man alles findet, wenn man nur will«, sagte Tanya zu Visser. »Und uns beschuldigen Sie dann, wir hätten irgendwas versteckt. Unglaublich, nicht?«

Es folgte ein kurzer, intensiver Wortwechsel. Die ungewohnt klingenden Laute flogen zwischen ihnen hin und her, bis der Mann ganz rechts die Karten umgedreht niederlegte.

»Ich glaube, wir können Ihnen helfen.«

»Danke«, sagte Visser mit einem Hauch von Sarkasmus.

Der Mann zog ein Handy aus der Hosentasche, klappte es auf und drückte eine Kurzwahltaste.

Die Stimme, die ganz leise am anderen Ende zu hören war, sprach dieselbe Sprache. Das Gespräch war sehr kurz. Der Mann klappte das Handy zu und legte es bedächtig neben seine Karten.

»Ich habe jemanden gefragt und werde in einigen Minuten zurückgerufen. Wir spielen so lange weiter. Setzen Sie sich bitte.« Er nahm die Karten zur Hand, worauf Tanya und Visser für die vier Männer nicht mehr existierten.

Tanya tauschte einen Blick mit Visser. Das letzte Mal hatte sie mit überkreuzten Beinen auf dem Boden gesessen, als ihre

Eltern noch gelebt hatten. Visser schüttelte den Kopf. Sie blieben stehen und verfolgten das Kartenspiel, das unendlich langsam vor sich ging, bis endlich das Handy klingelte. Der Mann hob es ans Ohr, hörte einige Augenblicke zu und legte es dann weg, ohne ein Wort gesprochen zu haben.

»Ich glaube, Sie können ihn heute Abend in einer Wohnung ganz in der Nähe finden. Er sammelt jeden Mittwoch die Miete ein.« Der Mann zog Notizbuch und Kugelschreiber aus der Hosentasche, schrieb eine Adresse auf, faltete den Zettel in der Mitte und streckte ihn Visser hin.

Tanya hielt im Treppenhaus die Luft an, bis sie unten waren. Erst als sie sich weit genug vom Haus entfernt hatten, nahm sie einen tiefen Atemzug.

»Wer sind diese Leute?«

»Die Araber? Volk sagt, sie kontrollieren die Hälfte des Drogenhandels in der Gegend. Würde man nicht glauben, wenn man sie so sieht. Sie scheinen überhaupt kein Geld für irgendwas auszugeben.«

»Vielleicht schicken sie es ihren Familien zu Hause?«

»Ja, kann sein.« Er hielt einen Moment inne, als sie zum Wagen kamen. »Jetzt wird mir auch klar, warum sie mit Drogen handeln. Hat dort nicht jeder Kerl mehrere Frauen?«

Tanya schloss die Autotür und schnallte sich an. »Wär das was für Sie?«

»Gott, nein.« Er ließ den Motor an und fuhr los. »Eine ist mehr als genug.«

E r ist also reingegangen?«, fragte Jaap.

»Ja, und er hat mir seinen Ausweis gezeigt. Hätte ich ihn vielleicht aufhalten sollen?« Ihr Atem stieg in Wölkchen auf.

Jaap hatte sich verspätet, weil ein kurzer Besuch in der Kriminaltechnik unumgänglich gewesen war. Roemers hatte ihm die Webseiten gezeigt, die Andreas besucht haben musste. Auf einer davon hatte er sich wahrscheinlich den Virus eingefangen, der die Festplatte leergefegt hatte. Jaap hatte den Techniker gefragt, ob jemand den Computer gehackt und die Liste der besuchten Seiten hineingeschmuggelt haben könnte. Roemers hielt es für grundsätzlich möglich, aber unwahrscheinlich.

»Kein Problem, er ist wirklich von der Polizei«, beruhigte er die Frau mit der Igelfrisur, die ihm die Tür in der Bloedstraat 35 geöffnet hatte. »Ich habe ihm nur gesagt, er soll auf mich warten.«

Während Jaap an den Prostituierten vorbeigegangen war, die auf beiden Straßenseiten wie in gläsernen Särgen aufgereiht waren, hatte er mindestens sieben Männer beim Schaufensterbummel beobachtet.

Manche taten es ganz offen und suchten sogar Jaaps Blick, wie um ihre Erfahrungen mit Prostituierten mit jemandem zu teilen. Andere wieder schlichen vorbei, als könnte jeden Moment ihre Frau oder ihre Mutter aus einem der Schaufenster hervorstürmen, und schafften es doch nicht, sich dem Reiz der Sexualität zu entziehen und das Weite zu suchen.

Alles nur für ein paar flüchtige Augenblicke des Genusses.

Jaap dachte an ein Wort von Yuzuki Roshi: *Man findet nie, was man sucht.* Das hätte Jaap jetzt gerne diesen Männern mitgegeben. Einen Moment lang sah er sich selbst als verrückten Missionar, der unermüdlich seine Botschaft verbreitete.

Er kannte die Argumente für die legale Prostitution. Es sei immer noch besser, als die Leute in den Untergrund zu treiben, zudem seien die Frauen hier sicherer – schließlich hatten sie ihre eigene Sexworker-Gewerkschaft, die sich für zumutbare Arbeitsbedingungen und faire Bezahlung einsetzte –, doch es war eine Tatsache, dass viele der ausländischen Frauen mit dem Versprechen eines Jobs als Kellnerin oder Kindermädchen ins Land geholt wurden, wo sie dann mit der bitteren Realität konfrontiert wurden.

Von Banden wie den Schwarzen Tulpen.

Ein Putztrupp rückte an, und eine Frau sprühte etwas, das nach Bleichmittel roch, auf den Boden.

»Wie lange ist das her?«, fragte Jaap.

»Zehn, fünfzehn Minuten.«

Warum hat er nicht gewartet?

»Okay, dann sehen wir mal nach.«

Jaap stieg die hallende Metalltreppe bis ins oberste Stockwerk hinauf und sah sofort, dass jemand mit Gewalt eingedrungen war. Die eingetretene Tür hing schief in den Angeln. Er versuchte Kees anzurufen, während er draußen wartete, doch das Handy klingelte ohne Ende.

Ein ungutes Gefühl beschlich ihn. Er zog seine Pistole und checkte das Magazin – mit der alten Selbstverständlichkeit, obwohl er aus der Übung war. Dann drückte er mit der Schuhspitze die Tür auf und trat in den dunklen Raum. Der Fußboden knarrte. Die Pistole in einer Hand haltend suchte er mit der anderen nach einem Lichtschalter.

Er fand ihn, doch es blieb dunkel. Er arbeitete sich weiter die Wand entlang und ertastete einen zweiten Schalter, drückte ihn, und grelles Licht von der Decke erhellte die Loftwohnung. Mit zusammengekniffenen Augen blickte er sich um, ohne eine unmittelbare Bedrohung zu erkennen. Er steckte die Waffe weg und begann, den großen Raum zu erkunden.

Es sah aus wie ein Lager für kleine Theaterkulissen, eine Reihe von dreiseitigen Boxen, von denen jede einen bestimmten Schauplatz darstellte. Ein antiker griechischer Palast, ein Indianertipi mit ausgelegten Fellen, ein Kerker und schließlich eine chinesische Opiumhöhle, vor der eine Videokamera auf einem Stativ stand.

Das gefällt mir gar nicht, dachte Jaap.

Es gab auch jede Menge Kostüme, Hüte mit langen Federn, lederne Katzenanzüge, Naziuniformen. Es roch nach Farbe und Staub und noch etwas anderem.

Abgestandener Zigarettenrauch, vielleicht auch Mottenkugeln?

Er ging zur Kamera und drückte den Einschaltknopf mit einem Stück Stoff, einem blauen Seidenschal, der auf dem Boden gelegen hatte.

Das Display erwachte zum Leben, und er musste sich etwas hinunterbeugen, um die Opiumhöhle zu erkennen, auf die die Kamera gerichtet war. Jaap wollte überprüfen, ob etwas gespeichert war, gab es jedoch nach einigen Sekunden auf, um sich dem Schreibtisch am anderen Ende des Raums zuzuwenden, der teilweise von einer Kulisse mit Dschungelschlingpflanzen verdeckt war.

Ich habe die ganze Sache falsch eingeschätzt, dachte er.

Das Hexagramm von heute früh hatte Berg und Wasser ergeben: »Jugendtorheit. Aus Fehlern lernen.«

Das I Ging war ihm manchmal richtig unheimlich.

Ein Laptop, einige Digitalkameras und ein Aschenbecher

voller Kippen, die wie abgestorbene Pflanzen aus dem grauen Aschenboden ragten. Jaap drückte ein paar Tasten, worauf der Computer zu seiner Überraschung mit einem leisen Summen zum Leben erwachte. Das Display zeigte einen Desktop mit etwa zwanzig Ordnern, jeder mit einem Datum versehen.

Ich weiß nicht, ob ich das sehen will, dachte er, während seine Hand zur Tastatur wanderte.

Er klickte den neuesten Ordner an, der erst vor fünf Tagen angelegt worden war, und fand darin mehrere Dateien. Er wählte eine aus, ein Fenster öffnete sich, und ein Video wurde gestartet.

Jaap verfolgte die Bilder einige Sekunden lang.

Dann streckte er zitternd die Hand aus und schloss die Datei.

Sein Gefühl hatte ihn nicht getäuscht.

Er wollte das nicht sehen.

Kees erwachte aus der Bewusstlosigkeit. Völlige Dunkelheit, sein Kopf hämmerte. Er lag seitlich auf dem Boden. Hatte keine Ahnung, wo sich dieser Boden befand. Er versuchte den Kopf zu bewegen, was sich als Fehler herausstellte. Das ohnehin schon schmerzhafte Pochen steigerte sich ins Unerträgliche, krampfte ihm den Magen zusammen, und im nächsten Augenblick schoss ihm Erbrochenes aus der Nase.

Die scharfe Flüssigkeit brannte auf den Schleimhäuten, und er schnaubte verzweifelt, um seine Nasenlöcher zu befreien. Warum blieb das Erbrochene in seinem Mund?, fragte er sich.

Da verstand er. Er war geknebelt. Er stieß die Luft aus und atmete fast Erbrochenes ein, bis seine Nase endlich frei war und er sich mit den Händen den durchtränkten Knebel vom Mund ziehen konnte. Jaap hatte ihn ermahnt zu warten, und er hatte sich dummerweise darüber hinweggesetzt. Wieder verlor er das Bewusstsein, und als er das nächste Mal erwachte, hatte er keine Ahnung, wie viel Zeit vergangen war.

Er versuchte sich umzublicken, bewegte sich vorsichtig, doch es war zu dunkel, um irgendetwas zu erkennen. Der säuerliche Gestank seines Erbrochenen hing schwer in der Luft, und er fürchtete einen Moment lang, sich noch einmal übergeben zu müssen, doch es gelang ihm gerade noch, den Brechreiz zu unterdrücken.

Beim dritten Versuch schaffte er es, sich aufzusetzen, schlug dabei jedoch mit dem Kopf gegen etwas Hartes über ihm und sank erneut in tiefe Bewusstlosigkeit.

In der Loftwohnung wimmelte es von uniformierten Beamten, Spurensicherern und Polizeifotografen. Das Rascheln und Knistern ihrer Overalls erfüllte den Raum. Jaap trug ebenfalls einen solchen Anzug und kam trotz der Kälte ins Schwitzen. Es war jedoch ein kalter, fiebriger Schweiß.

Zu allem Überfluss wusste niemand, wo Kees steckte. Die Frau von der Drogenberatung hatte ihn nicht das Haus verlassen sehen, er ging nicht ans Telefon, und in der Wache wusste ebenfalls niemand, wo er sich aufhielt.

Warum hat er nicht gewartet?

Jaap stand im Küchenbereich und ging einen Stapel Fotos durch, die einer der Forensiker in einem Karton gefunden hatte. Er spürte jemanden zu seiner Linken und blickte auf.

Neben ihm stand Tanya und starrte auf die Fotos hinunter. Sie war kreidebleich.

»Widerlich.«

Jaap hörte, *spürte*, wie seine zittrige Stimme zwischen Wut und etwas anderem schwankte.

Etwas, das sich mehr wie Verzweiflung anfühlte.

Tanya drückte seinen Arm mit festem Griff. Jaap fragte sich, ob sie sich an ihm festhielt, um nicht umzukippen.

Eine gute Stunde war vergangen, seit er das Video auf dem Laptop gesehen hatte, in dem ein Mann in orientalischem Kostüm aufgetreten war: langer roter Mantel, runder Hut und ein falscher, lang herabhängender Schnurrbart. Und dann hatte er das Kind bemerkt: das Mädchen, das auf dem Bett des Opiumessers unter einer roten Satindecke lag.

Er wusste, was kommen würde, wollte es nicht sehen, doch er verfolgte die Szene ein paar Sekunden zu lang, ehe er den Laptop ausschaltete. Einige Augenblicke saß er nur da, von einer unendlichen Leere erfüllt.

Dann begann sich die Leere zu verdichten, als wollte sie explodieren. Sein Magen krampfte sich zusammen, und er schaffte es gerade noch zur Toilette und erbrach Galle, leuchtend gelb auf dem weißen Porzellan. Sein Magen zuckte krampfartig, bis nichts mehr in ihm war.

Er spülte sich am Waschbecken den Mund aus, neigte den Kopf zurück und gurgelte, um das Brennen aus der Kehle zu bekommen. Seine Gedanken kreisten um die Bilder, die er gesehen hatte. Die wenigen Sekunden liefen in einer quälenden Endlosschleife in seinem Kopf ab.

Noch nie hatte er mit einem solchen Fall zu tun gehabt. Er kannte einige Kollegen, denen es widerfahren war – Andreas war einer von ihnen –, und alle wirkten sie hinterher hagerer, härter, ernster, ein Ausdruck, der nie mehr ganz verging.

»Wie viele sind es?«, fragte Tanya und griff nach einem Foto.

»Wer weiß … Hunderte.«

Er hatte die Fotos übernommen und überließ die Durchsicht der Videos auf dem Laptop jemand anderem, in der Annahme, die Fotos seien vielleicht etwas weniger abstoßend. Sie waren stilisierter als die Videos, die Pose war offensichtlicher und mit einer perversen künstlerischen Note versehen, doch deshalb nicht weniger widerwärtig.

»Wir müssen diese Leute kriegen.« Tanyas Stimme klang tonlos, erschüttert.

»Fast alle sind verkleidet und deshalb unmöglich zu identifizieren. Die Unmaskierten habe ich hier hingelegt.«

Tanya hob den Stapel auf und sah die Fotos durch. »Wir können sie immerhin durch die Gesichtserkennung jagen, vielleicht haben wir den einen oder anderen in der Datenbank.«

»Und wenn wir damit nicht weiterkommen, gebe ich sie an die Medien weiter.«

»Moment ... Scheiße ... ich glaub's nicht.«

Sie reichte Jaap ein Foto, auf dem sich eine inzwischen gewohnte Szene abspielte.

»Da, in der Ecke.«

Er sah genauer hin, hielt das Foto ins Licht. An der Kulissenwand hing ein Spiegel, in dem, so als würde der Teufel darin zum Vorschein kommen, die Hälfte eines Gesichts zu erkennen war.

Die Hälfte von Ludo Haaks Gesicht.

Eine Stimme rief etwas vom anderen Ende des Raumes herüber. Jaap blickte auf – ein Spurensicherer kniete bei einer riesigen antiken Truhe, die wahrscheinlich als Requisit für die Aufnahmen diente.

»Da ist jemand drin!«

Jaap eilte zu der Truhe und sah einen gekrümmt daliegenden Mann darin.

Er sah aus wie Kees.

FÜNFUNDVIERZIG

Damit das klar ist: Wenn ich dir eine Anweisung gebe, hast du sie zu befolgen, verstanden?«

Jaap hatte Mühe, seine Stimme im Zaum zu halten. Sie saßen an einem abgenutzten Resopaltisch, auf dem sich zahllose Fotos stapelten.

Ein Schluck eiskaltes Wasser aus der Flasche, die er unterwegs besorgt hatte, versetzte ihm einen Stich in die Stirn.

»Es war verdammt dumm, allein da reinzugehen. Der Typ hätte dir auch eine Kugel in den Kopf jagen können.«

Kees blickte sich betreten im Besprechungsraum um, ehe er sich Jaap zuwandte. »Ja, tut mir leid, ich wollte einfach weitermachen. Es sah auch nicht so aus, als wäre jemand zu Hause. Die Tür war abgeschlossen.«

Jaap sah, wie er sich verlegen wand. Es bereitete ihm kein Vergnügen, aber Kees musste einfach lernen, dass er mit seiner Unbeherrschtheit nicht nur sich selbst, sondern auch seine Kollegen in Gefahr brachte.

»Und du hast keine Ahnung, wer es war? Hast ihn nicht gesehen, keine Stimme gehört?«

Kees schüttelte den Kopf. »Nichts. Ich habe den Lichtschalter gesucht, im nächsten Moment spürte ich etwas hinter mir, und dann war ich weg.« Er strich sich vorsichtig über den Hinterkopf und zuckte zusammen. »Ich weiß, ich hab Mist gebaut ... und dafür bezahlt. Von jetzt an halte ich mich an die Anweisungen.«

Der Raum war stickig und schlecht beleuchtet, es stank von der Toilette nebenan. Man hörte ein unschönes Plätschern durch die dünnen Wände.

Montezumas Rache aus der indonesischen Imbissstube.

Die Tür öffnete sich, und Tanya trat ein, ihr Gesicht blass und angespannt. Sie hatte sich die Videos angesehen.

Noch am Tatort hatte ein Kriminaltechniker den Laptop durchforstet und dabei etwas entdeckt, das Jaap das Blut in den Adern gefrieren ließ. Offenbar erfolgte der Zugang zu diesen Videos über das sogenannte Darknet, jenes riesige Netzwerk verborgener Seiten, in dem sich ein Großteil der illegalen Aktivitäten im Internet abspielte. Besonders schockierend war, dass, so vermutete der Techniker, der Missbrauch teilweise über Livestream verfolgt wurde und sogar von zahlenden Kunden mitgestaltet werden konnte.

Tanya warf ein Screenshot-Bild auf den Tisch.

Jaap hob es auf. Es zeigte ein Mädchen mit rotem Haar.

»Ich glaube, das ist sie«, sagte Tanya mit heiserer Stimme. »Es wurde vor einem knappen Jahr aufgenommen. Und ich habe auch eines von Haak gefunden, erst zwei Wochen alt.« Sie begann im Raum auf und ab zu gehen. »Wir müssen ihn kriegen.«

Jaap sah das Funkeln in ihren Augen. Er rieb sich das Gesicht mit beiden Händen und versuchte das alles in einen Zusammenhang zu bringen.

Er hatte mit seinen bisherigen Annahmen völlig falsch gelegen. Es handelte sich offensichtlich um Rachemorde. Der Täter hatte die Handys zurückgelassen, um auf die Verbindung zwischen den Toten hinzuweisen und ihre Machenschaften offenzulegen. Aber wer hatte es getan? Ein Opfer? Ein Angehöriger eines Opfers? Nach dem, was Jaap hier gesehen hatte, konnte er dem Betreffenden kaum einen Vorwurf machen.

»Da steckt nicht diese Bande dahinter, wie wir gedacht haben«, sprach Tanya Jaaps Gedanken aus. »Es ist ein Opfer.«

»Ja. Vielleicht jemand hier drin.« Jaap deutete auf den Bilderstapel. »Wie es aussieht, zieht sich das über Jahre. Der Betreffende könnte also inzwischen erwachsen sein.«

»Vielleicht die Eltern oder Verwandten eines Opfers, die davon erfahren haben«, warf Kees ein.

»Es ist nur so, dass diese Kinder wahrscheinlich aus dem Ausland hereingeschmuggelt werden und ganz allein hier sind«, gab Tanya zu bedenken. »Und du lässt jemanden, der davon weiß, entkommen«, fügte sie an Kees gewandt hinzu.

»Verdammt, und ich dachte, du freust dich, dass ich noch lebe«, erwiderte Kees mit einem sarkastischen Lächeln.

»Du findest das witzig?« Sie trat auf ihn zu.

»Beruhigen wir uns, Leute«, warf Jaap ein. »Wir haben gerade schockierende …«

Tanya schlug mit der Faust auf den Tisch.

Die beiden Männer sahen sie an. Jaap spürte, dass da etwas tief in ihr brodelte.

Im nächsten Moment stürmte sie hinaus und knallte die Tür zu.

»Sie nimmt das alles zu persönlich. War schon immer so. Wir waren mal eine Weile zusammen. Sie hat's mir übel genommen, als ich Schluss gemacht habe«, sagte Kees.

Da hat mir Tanya etwas anderes erzählt, dachte Jaap.

Er überlegte kurz, ob er ihr nachgehen sollte, ließ es aber sein, um ihr Gelegenheit zu geben, sich zu beruhigen.

»Das interessiert mich nicht. Mich interessiert vielmehr, wie dieses Zeug verbreitet wird. Es muss eine Website geben, wo Leute fürs Ansehen bezahlen … Kees, hörst du zu?«

Kees hatte sich zurückgebeugt und massierte sich die Schläfen. »Ja … ist nur der Kopf, es geht gleich wieder.«

Jaap hatte einen Sanitäter gerufen, um ihn durchchecken zu lassen, obwohl Kees versichert hatte, er sei okay. Der Sani hatte Kees nahegelegt, bei Schwindelgefühlen oder anderen auffälligen Symptomen sofort zu einem Arzt zu gehen.

Jaap hatte insgeheim gehofft, Kees für eine Weile vom Hals zu haben, weil vielleicht ein paar Tests und weitere Untersuchungen nötig seien. Die Schwellung am Hinterkopf sah schmerzhaft aus, und Jaap hatte beobachtet, dass Kees mehr Schmerztabletten schluckte als auf dem Beipackzettel empfohlen.

Kees stand auf und ging um den Tisch herum. Jaap wandte sich den Fotos zu, die vor ihm ausgebreitet waren.

Friedman hatte sich laut seinem Anwalt ein eigenes Kind gewünscht und sich zudem für missbrauchte Kinder engagiert.

Wie passte das zusammen? Hatte er tatsächlich geglaubt, damit etwas wiedergutzumachen, sich von jeder Schuld freikaufen zu können?

»Friedmans Frau hat Pornomaterial auf seinem Computer gefunden, kurz bevor sie ihn verließ«, sagte Kees.

»Ach ja? Und das erzählst du mir erst jetzt?«, schrie ihn Jaap an. »Das ist kein verdammtes Spiel, verstehst du? Das ist real!«

»Ich … Es kam mir nicht so wichtig vor.«

»Unglaublich.« Jaap schüttelte den Kopf. Er rief sich Friedmans Haus in Erinnerung. Ihm war jedenfalls kein Computer aufgefallen, doch er war vorzeitig weggerufen worden, um Andreas zu identifizieren.

»Hast du seinen Computer gecheckt?«

»Ich glaube, er hatte keinen im Haus.«

Kees wirkte unsicher. Weniger großspurig.

»Schick jemanden zu Friedmans Haus, vielleicht haben wir einen Laptop übersehen. Und finde heraus, wo er unterrichtete, bevor er die Firma geerbt hat. Vielleicht gab es damals schon Missbrauchsvorwürfe.«

Während Kees telefonierte, fragte sich Jaap, was ihm der Kerl noch alles verschwieg.

Oder was ihm vielleicht entgangen war.

»Gibt's was Neues von dem Streifenwagen?«, fragte er, als Kees die Gespräche erledigt hatte.

»Von welchem?«

»Dem in Haarlem natürlich, bei Paulus Fortuyn.«

»Ja. Sie sind beim Haus angekommen und warten auf Anweisungen.«

»Hast du einen Kontaktmann?«

»Marc Steenbergen, hier ist die Nummer.«

Jaap kannte den Mann, hatte zusammen mit ihm die Akademie besucht. Freunde, die sich aus den Augen verloren hatten. Marc hätte eigentlich längst Inspector sein müssen. Irgendetwas musste gründlich schiefgelaufen sein.

»Marc, hier spricht Jaap.« Keine Reaktion. »Rykel.«

»Hey, Jaap, wie geht's dir? Wie viele Jahre sind vergangen? Acht, neun?« Er klang nicht gerade enthusiastisch.

»Eher zwölf, glaube ich.«

»Nee, ich hab davon gesprochen, wie lange ich schon hier im Auto sitze und mich frage, was ich hier soll. Das hat dann ja wohl mit dir zu tun, nehme ich an.«

»Hier ist einiges los ... tut mir leid, dass du warten musstest, aber die Dinge überschlagen sich ein bisschen.«

»Mein Chef war richtig sauer. Irgendein primitives Arschloch aus Amsterdam habe ihn ziemlich rüde rumkommandiert.«

»Ich war das nicht.« Jaap blickte zu Kees hinüber.

»Na, egal. Ich bin jedenfalls hier, also was gibt's?«

»Die Adresse ... ist es ein Wohnhaus?«

»Eine verdammte Kathedrale ist es jedenfalls nicht.«

»Irgendwelche Anzeichen, dass jemand drin ist?«

»Ruhig wie eine Leichenhalle.«

»Hast du jemanden bei dir?«

»Meinen Kumpel Hendrick. Sag Hallo, Hendrick.«

»Okay, warte erst mal ab. Wenn jemand rauskommt, halte ihn auf. Ich komme, so schnell ich kann. Sobald sich etwas ändert, ruf mich an.«

»Geht klar. Und … Jaap?«

»Ja?«

»Bring was zu essen mit. Ich hätte gern einen Bagel mit reifem Käse, und Hendrick möchte eine Schachtel Donuts. Und zwei Kaffee.«

Jaap legte auf.

»Ein Freund von dir?«

»Nicht mehr, wie's aussieht.«

Kees rollte die Schultern und drehte den Kopf hin und her. Jaap hörte die Wirbel knacken.

»Ich brauche einen Kaffee. Willst du auch einen?«, fragte Kees. »Oder das grüne Zeug, das du so gern trinkst?«

Was wird das, dachte Jaap, *ein Friedensangebot?*

Er schüttelte den Kopf, und Kees stand auf und ging hinaus. Jaap griff nach der Wasserflasche, um zu fühlen, ob sie schon wärmer war. Sie war noch genauso kalt.

Er begann mit dem zweitältesten Bilderstapel. Die Farben der Fotos, manche mit einer Sofortbildkamera geknipst, waren mehr oder weniger stark verblasst.

Auf diesen Fotos gab es keine Kulissen, das Geschehen spielte sich in einem fast leeren Raum ab. Der Missbrauch war jedoch der gleiche, immer wieder und wieder. Das Einzige, was sich veränderte, waren die Gesichter.

Und dann, nach etwa dreißig Fotos, hielt seine Hand, die wie mechanisch ein Bild nach dem anderen vom Stapel genommen und auf einen zweiten Stapel gelegt hatte, in der Bewegung inne. Etwas kam ihm bekannt vor. Er betrachtete das Bild genauer.

Es zeigte ein Kind, oder eher einen Jugendlichen, mit Jeans und nacktem Oberkörper. Er saß auf einem Bett, das Gesicht halb der Kamera zugewandt.

Das kann nicht sein …

Ebenfalls in dem Zimmer war ein Mann, noch angezogen. Es war das erste in einer Serie von mehreren Fotos. Auf der letzten Aufnahme war das Gesicht des Jungen ganz zu erkennen.

Er kannte dieses Gesicht.

Es war Andreas.

Auf dem Weg zur Kantine verschwand Kees auf der Toilette, schloss sich in einer Kabine ein und ließ sich auf den Klodeckel sinken. Sein Kopf hämmerte immer noch wie wild, die Schmerztabletten zeigten keine Wirkung, und er fragte sich, ob etwas Koks helfen würde. Nicht dass er noch welches gehabt hätte.

So viel zu seinem Versuch, Jaaps Vertrauen zu gewinnen. Er griff in seine Hosentasche, zog eine schmale Geldbörse aus abgenutztem rotem Leder hervor und klappte sie auf.

Er hatte sie unter seiner Hüfte gefunden, als er in der Truhe zu sich gekommen war. Jaap hatte ihn am Arm gepackt und wachgerüttelt, und er hatte die Geldbörse trotz seiner Benommenheit noch rasch eingesteckt, ehe Jaap ihm aus der Truhe half.

Zu blöd, dass Tanya ihn so gesehen hatte. Sein Missgeschick hatte sie bestimmt amüsiert.

Sekundenbruchteile bevor ihn jemand außer Gefecht gesetzt hatte, war ihm eingefallen, an wen ihn dieser Geruch nach Mottenkugeln erinnerte: die Frau, die Marinette so ähnlich sah, die von Friedmans Haus weggelaufen war. Sie war es, die ihn niedergeschlagen und wahrscheinlich ihre Geldbörse verloren hatte, als sie ihn in die Truhe hievte.

Kees fand darin nichts, was ihre Identität verraten hätte. Er sah den Inhalt durch: hundertfünfzig Euro in Zehnerscheinen – genug für ein wenig Koks –, die Karte eines Taxiunternehmens und dahinter die Rechnung einer Reinigung. Mit Namen und Adresse.

Er steckte die Geldbörse wieder ein und ging in die Kantine, um sich den Kaffee zu holen, den er so dringend brauchte.

SIEBENUNDVIERZIG
MITTWOCH, 4. JANUAR, 14.28 UHR

Ludo Haak zog den Zigarettenrauch tief in seine Lunge. Er hielt ihn einige Sekunden unten, ehe er ihn langsam durch die geschürzten Lippen entweichen ließ. Die schmutzige Küche, in der er saß, gehörte zu einer der Sozialwohnungen, wo er das Geld für die illegale Untervermietung einsammelte. Im Moment wohnte jedoch niemand hier. Er hatte die Leute gestern rausgeworfen, nachdem er die Monatsmiete zwei Wochen früher als sonst kassiert hatte.

Es hatte sein müssen.

Er brauchte einen ruhigen Platz, um ein paar Dinge zu klären. Die Wohnung würde er vielleicht schon morgen oder spätestens bis zum Wochenende wieder vollkriegen. Es gab jede Menge Ausländer, die sich gerne eine Wohnung teilten, um ein bisschen von dem Geld zu sparen, das sie in ihren Scheißjobs verdienten, und es an ihre Familien in dem Drecksloch zu schicken, aus dem sie stammten.

Er würde sogar eine ganze Monatsmiete extra verdienen, indem er sie ein zweites Mal kassierte, ohne sie abzugeben.

Das sollte er öfter machen.

Apropos Extraeinkommen: Es gab da einen Job, den er zu erledigen hatte. Sie wollten diesen Bullen aus dem Weg haben. Dafür war er der richtige Mann.

Leises Schluchzen drang aus dem Badezimmer, dem einzigen Raum in der Wohnung mit einem Türschloss. Hier hatte er das Mädchen eingesperrt.

Dummerweise musste er dringend aufs Klo. Haak stand auf, drückte die Zigarette auf dem Tisch aus und ging zur Spüle. Er zog seine Hose herunter, drehte sich um und hievte sich auf den kalten Metallrand des Spülbeckens.

Die neuen Mieter können es wegmachen, dachte er.

Als er fertig war, wischte er sich mit einem Geschirrtuch ab und checkte sein Handy. Jemand würde ihn anrufen, um ihm zu sagen, wohin er das Mädchen bringen sollte. Das kleine Biest hatte ihn gestern gebissen, als es es hergebracht hatte. Er begutachtete die Wunde an der linken Hand. Die Abdrücke der Zähne waren noch gut zu erkennen, die Hand war gerötet und geschwollen.

Jan hätte sie eigentlich holen sollen, und Dirk, den Arsch, hatte er auch nicht erreicht. Dann hatte er in den Nachrichten gehört, dass Dirk tot war. Wenig später war die telefonische Mitteilung gekommen, dass der Plan geändert wurde. Er sollte das Mädchen an einen sicheren Ort bringen und heute an jemanden übergeben.

Er hatte sogar einen Anschiss bekommen, weil er sie verkauft hatte. Er hätte sie weiterschicken sollen, hieß es.

Trotzdem hatte er Besseres zu tun, als hier den ganzen Tag herumzusitzen und zu warten. Wo blieb dieses Arschloch nur so lange?

Wie aufs Stichwort klingelte sein Handy, er meldete sich.

»Ja?«

»Hast du sie?«

»Sie ist hier.«

»Okay, ich sage dir jetzt, wo du sie hinbringst. Komm mit dem Auto und steck sie in den Kofferraum. Niemand darf sie sehen. Und dich auch nicht.«

Blödes Arschloch, dachte er, während er sich die Adresse einprägte. *Hält er mich für einen Idioten?*

Ich kann es einfach nicht glauben.«

Hans Grimberg, der Leiter von Vrijheid Nu, wirkte völlig konsterniert.

»Er hat hier gesessen und mir erzählt, wie gerne er bei uns mithelfen will, und dann stellt sich heraus, dass er in … so etwas verwickelt ist. Sind Sie sicher, dass es stimmt?«

Grimberg blickte zwischen Jaap und Tanya hin und her, die vor seinem Schreibtisch standen. Als hoffte er, einer von ihnen würde plötzlich lächeln und ihm sagen, dass alles nur ein Scherz sei.

»Es gibt keinen Zweifel. Er hat tief dringesteckt«, bestätigte Jaap.

»Was sollte das dann? Warum kam er zu mir und bot mir seine Hilfe und sein Geld an? Wollte er es damit wiedergutmachen?« Er musterte Jaap mit glühenden Augen. »Als wäre alles getilgt, wenn er uns Geld gibt?«

»Ich weiß es nicht. Vielleicht werden wir es nie erfahren. Aber ich muss seinen Mörder finden.«

Grimberg sprang von seinem Stuhl hoch und begann kopfschüttelnd hinter dem Schreibtisch auf und ab zu gehen. Er murmelte unverständliche Worte vor sich hin. »Und Sie glauben, ein Opfer von ihm hat ihn umgebracht?«, fragte er schließlich.

»Es wäre denkbar.«

»Haben diese Leute nicht schon genug gelitten?«, fragte er

plötzlich und wirbelte zu Jaap herum. »Wenn eindeutig erwiesen ist, was Friedman getan hat … was spielt es dann noch für eine Rolle, wer ihn umgebracht hat?« Seine Stimme klang erstickt, als würde ihn jemand würgen. »Was würden Sie tun, wenn es um Ihr Kind ginge? Was würden Sie tun, wenn Sie es erfahren? Sie würden hingehen und den Dreckskerl umbringen, das würden Sie tun. Aber Sie blieben ungeschoren, weil Sie bei der Polizei sind. Sie könnten es irgendwie vertuschen.«

»Die Sache ist nicht so einfach. Ein Mädchen wurde entführt, und wenn wir Friedmans Mörder nicht finden und aufhalten, dann verlieren wir gleichzeitig die Chance, die Kleine zu retten.«

Und Andreas' Mörder zu erwischen.

Grimbergs Blick bohrte sich in seine Augen, ehe er sich abwandte. Er ging an seinen Platz zurück und ließ sich in den Stuhl fallen.

»Wissen Sie was? Solche Leute haben nichts anderes verdient als den Tod.« Er schlug so energisch mit der Hand auf den Tisch, dass ein paar Blätter von einem Papierstapel segelten. »Sie verdienen es zu sterben wie verdammte Hunde.«

»Hören Sie, wir sind genauso erschüttert wie Sie. Und wenn der Täter selbst missbraucht wurde, dann möchte ich ihn auch lieber laufen lassen … aber es geht um ein Menschenleben.«

Grimberg saß still da und fixierte Jaap.

»Friedman hat früher als Sportlehrer gearbeitet«, fuhr Jaap fort. »Ein Kollege findet gerade heraus, an welcher Schule. Sie haben selbst gesagt, dass viele Missbrauchsfälle nie gemeldet werden …«

»Und jetzt wollen Sie unsere Unterlagen checken«, folgerte Grimberg, »um zu sehen, ob irgendwann jemand von dieser Schule zu uns gekommen ist?«

»Das wäre der schnellste Weg, um vielleicht eine Spur zu finden.«

»Nein. Unsere Unterlagen sind streng vertraulich. Das muss so sein, sonst würde sich niemand um Hilfe an uns wenden. Hören Sie« – er stockte und fuhr sich mit der Hand durch die Haare –, »die Leute müssen mit so etwas leben, und manche verarbeiten es recht gut. Andere aber halten es tief drinnen verschlossen und schweigen jahrelang. Erst wenn sie so weit sind, ihr Schweigen zu brechen, kann es eine wirkliche Heilung geben. Aber man muss jedem die Zeit geben, die er oder sie braucht. Wenn man jemanden zu früh damit konfrontiert, kann das schlimme Folgen haben.«

»Das verstehe ich, aber in diesem Fall geht es um ein kleines Mädchen, das wir vielleicht retten können, und dafür muss man doch alles tun, oder?«, warf Tanya mit einer Stimme ein, die zornig und aufgewühlt klang.

»Ich habe eine Verpflichtung gegenüber diesen Menschen. Ihnen wurde schweres Leid zugefügt, in manchen Fällen irreparable Schäden. Ich kann nicht zulassen, dass Sie hier …«

»Es geht um Folgendes.« Jaap beugte sich vor und stützte sich mit beiden Fäusten auf den Schreibtisch. »Ich ermittle in drei Mordfällen und der Entführung eines Kindes. Ich will verhindern, dass dem Mädchen noch mehr angetan wird, noch Schlimmeres. Sie erleben täglich, was der Missbrauch aus einem Menschen macht, also lassen Sie mich um Himmels willen Ihre Akten einsehen, dann können wir vielleicht verhindern, dass ein Opfer mehr zu Ihnen kommt. Ich kann mir auch einen Durchsuchungsbeschluss beschaffen, aber das würde alles nur unnötig in die Länge ziehen.«

Grimberg erwiderte seinen Blick einen Moment lang schweigend, dann schaute er auf seine Hände hinunter.

Tanya versuchte es noch einmal, diesmal in ruhigem, beherrschtem Ton. »Sie haben die Chance, ein kleines Mädchen zu retten. Da können Sie sich doch nicht weigern, uns zu helfen.«

Grimberg kaute auf seiner Unterlippe.

Jaap hatte ihre Aufgaben aufgeteilt. Kees sollte sich auf Friedman und Zwartberg konzentrieren, während Jaap mit Tanya unterwegs war.

Das ist wieder mal typisch, dachte Kees auf dem Weg zu Friedmans Haus. Die kalte Luft trug nicht gerade zur Hebung seiner Stimmung bei. *Zuerst macht er einen auf guter Kollege, dann speist er mich mit den Scheißjobs ab. Ich wette, er bumst sie auch noch.*

In Friedmans Haus war es nicht wärmer als draußen. Kees knipste einen Lichtschalter an und sah den Flur vor sich. Ein riesiges Ölgemälde – adlige Herrschaften mit Perücke und Schäfer in einer Weidelandschaft – hing in einem vergoldeten Rahmen an der Wand.

Unter dem Bild standen zwei schlanke Vasen mit blauem Blumenmuster auf einem blank polierten Beistelltisch aus dunklem Holz.

Ich hasse diesen alten Krempel, dachte er im Vorbeigehen.

Seine Schläfen pochten, seit er aus der Bewusstlosigkeit erwacht war, wie eine immer wiederkehrende Explosion in seinem Kopf, die mit jedem Schritt schlimmer wurde.

Die nächsten zwanzig Minuten durchkämmte er das Haus, doch er hatte recht gehabt: Da war tatsächlich nirgends ein Laptop. Beim Hinausgehen sprang ihm etwas ins Auge, das unter der Fußmatte hervorragte.

Kees bückte sich, um es aufzuheben: eine kleine Karte, die jemand unter die Matte gelegt hatte. Sie enthielt nichts als eine

Abfolge von Ziffern und Buchstaben in glänzend schwarzem Prägedruck ohne erkennbare Bedeutung:

XT56SUGK9DYUSNGH

Er steckte die Karte ein und fuhr zurück zur Wache. Als Nächstes musste er der Frage nachgehen, was es mit Zwartbergs Stola auf sich hatte. Soweit Kees wusste, war das für die Kirchen so etwas wie ein Fanschal im Fußball. Wenn er die Kirchen der Reihe nach abklapperte, musste ihm irgendjemand sagen können, zu welcher diese Stola gehörte. Er würde sich eine Liste der Kirchen zusammenstellen und im Jordaan mit der Suche beginnen.

Doch als er sich an seinen Computer setzte, fiel ihm wieder die seltsame Karte ein, die er gefunden hatte. Er starrte die scheinbar sinnlose Abfolge von Ziffern und Buchstaben an.

»… und dann sagt sie: ›Das Ding ist mir zu groß, das passt nicht rein.‹«

Schallendes Gelächter von einem der Schreibtische. Kees hatte den Witz in den letzten Tagen mindestens viermal gehört. Wie ein Virus breitete er sich im Büro aus.

Er hatte ihn nicht einmal beim ersten Hören besonders witzig gefunden.

Zuerst hatte Kees es für eine Businesskarte gehalten, doch da war nirgends ein Firmenname, also musste es sich um etwas anderes handeln. Vielleicht ein Passwort oder Code? Aber warum hatte es dann jemand auf eine Karte gedruckt?

Kees schrieb die Buchstaben und Ziffern nieder und versuchte sie zu etwas Sinnvollem zu ordnen. Er war jedoch nie besonders gut im Lösen von Kreuzworträtseln gewesen, deshalb gab er es nach wenigen Minuten auf.

Er gähnte und schloss für einen Moment die Augen.

Da schnappte er aus dem Gespräch der Kollegen etwas auf und hörte aufmerksamer zu.

»… dann wird es also Rykel, nicht de Waart?«

»Was man so hört, ja.«

»Er wäre wahrscheinlich ein besserer Chef als Smit, obwohl er ein bisschen jung dafür ist, oder? Felco und Bastiaan wären bestimmt sauer.«

»Ja, aber Felco ist doch immer sauer, und Bastiaan taugt nicht als Chef, weil er das Budget nach spätestens einer Woche sprengen würde.«

»Er würde wahrscheinlich alles verzocken …«

Kees schlug die Augen auf. Wenn das stimmte und Jaap tatsächlich bald die Dienststelle leiten würde, dann hatte er Riesenmist gebaut.

Scheiße!

Warum hatte er sich nur darauf eingelassen? Er spürte, wie seine Hände feucht wurden. Wie hatte er so dumm sein können? Er stand auf, musste sich bewegen, scharf nachdenken und eilte zur Tür.

»Hey, Kees.« Martijns Stimme hinter ihm.

»Ja?«

»Hast du's schon gehört? Jaap kriegt den Job.«

Er drehte sich zu ihm um. Martijns mächtiger Bauch ließ Schultern und Kopf fast winzig erscheinen.

»Nein, hab ich nicht gewusst.«

»Du arbeitest doch mit ihm an einem Fall, oder?«

»Ja … tu ich.«

»Dann kannst du ihn ja mal richtig beeindrucken.«

Kees schluckte schwer. »Ja, vielleicht.«

Als er sich nach einer Weile beruhigt hatte – schließlich konnte Jaap nur davon erfahren, wenn Smit oder de Waart es ihm erzählte –, kehrte er an seinen Schreibtisch zurück und sah sich die mysteriöse Karte noch einmal an. Ihm war ein Gedanke gekommen, und er fuhr seinen Laptop hoch. Er tippte im

Browser die Abfolge von Buchstaben und Ziffern ein, setzte »www« davor und ».com« dahinter. Drückte auf die Eingabetaste und wartete, bis schließlich die Meldung »Es konnte keine Verbindung zum Server hergestellt werden« erschien. Er versuchte es noch einmal, diesmal mit ».nl« am Schluss, und erhielt ein Resultat.

Sein Telefon klingelte.

»Hier spricht Sergeant Boekestijn. Sie sind für Fahndungsbild 4751 zuständig?«

Auf dem Display erschien eine einfache Seite mit der Aufforderung, sich einzuloggen oder zu registrieren.

»Haben Sie sie gefunden?« Sein Puls beschleunigte sich, und er rückte auf seinem Stuhl vor, tippte eine erfundene E-Mail-Adresse ein und klickte auf »Registrieren«.

»Ja, wir haben sie in Gewahrsam genommen, aber sie macht einen ziemlichen Aufstand.«

Während Kees auflegte, erschien die Meldung »Danke für Ihre Registrierung, der Download beginnt in Kürze«, und nach wenigen Augenblicken zeigte das Download-Fenster den Fortschritt an – noch siebenundfünfzig Minuten.

Unten bei den Arrestzellen – das Flackern und Summen der Neonröhren verursachte ihm Übelkeit – fragte er den Wachhabenden, wo sie sich befand.

»Sie ist da drin und spricht kein Wort mit uns.«

Kees drückte die Tür auf, trat ein und blieb abrupt stehen. Ihm stockte der Atem. Da saßen vier Frauen, allem Anschein nach zwei Prostituierte und eine Betrunkene, doch es war die vierte am Ende der Bank, die seine Aufmerksamkeit auf sich zog.

»Du Mistkerl«, zischte Marinette. »Findest du das witzig? Ich sorge dafür, dass du gefeuert wirst.«

Scheiße, dachte er, *diese verdammten Idioten.*

»Das ist ein Missverständnis, sie sollten nicht dich festneh-men ...«

»Offenbar schon. Sie haben es sicher nur getan, weil du es wolltest.« Ihr Gesicht war vor Wut verzerrt, Falten erschie-nen, wo er noch nie welche an ihr gesehen hatte, das Blut pul-sierte unter der Haut wie ein Ausschlag.

»Nein, hör zu. Wir suchen eine Frau, die dir ein bisschen ähnlich sieht, darum haben sie dich ...«

Bevor er reagieren konnte, sprang sie von der Bank auf und schlug ihm so hart auf die linke Wange, dass ihm Tränen in die Augen traten.

Die anderen Frauen johlten.

Tanya sah auf die Uhr, doch es war kaum Zeit vergangen, seit sie zum letzten Mal geschaut hatte. Es waren immer noch einige Stunden, bis Ludo Haak die Miete von den Zuwanderern kassieren würde, die in die Falle des illegalen Untervermietens getappt waren.

Dennoch saß sie bereits im Auto gegenüber dem Wohnhaus. Jaap hatte ihr versichert, sie zu begleiten, bevor er nach Haarlem gefahren war, doch irgendetwas hatte sie schon jetzt hierhergezogen. Eine Stimme, die ihr zuflüsterte, Haak könnte früher auftauchen, und wenn sie ihn verpasste ... Nein, daran wollte sie gar nicht denken.

Sie war in den vergangenen Jahren nur einige Male in Amsterdam gewesen – kurze Tagesausflüge, um sich die prächtigen Häuser an den Grachten anzusehen, die Boutiquen und Schmuckläden, die Geschäfte mit den feinen Lederhandtaschen und den exquisiten Schokoladenkreationen, die schon sehr süß sein mussten, um den bitteren Geschmack des hohen Preises zu vertreiben.

Dort, wo das Geschäft blühte, konnte man das Gefühl haben, die Welt sei in Ordnung. Doch hier draußen in der Vorstadt sahen die Dinge ein wenig anders aus.

Dies war das Amsterdam, das die Touristen kaum zu Gesicht bekamen.

Das Amsterdam der Armut, der Drogenabhängigkeit, der sozialen Ausgrenzung und der Zuwanderungsprobleme. Sie dachte an Vissers pessimistische Sicht der Dinge und schließlich an das Mädchen, das Haak entführt hatte.

Das Mädchen mit dem roten Haar, Adrijana Fajon.

Sie stellte sich vor, wie er die Kleine aufforderte, sich auszuziehen, sah seinen blassen Körper vor sich, die Tätowierung wie eine Narbe, spürte das Gefühl der Verzweiflung, der Hoffnungslosigkeit.

Tanya kannte das alles nur zu gut, die Angst und den Ekel. Ihre Finger umfassten das Lenkrad noch fester.

Sie schüttelte den Kopf, versuchte sich auf ihre Atmung zu konzentrieren, den Kopf freizubekommen. Ihr Herz schlug so heftig, als rüttle ein Affe an den Gitterstäben seines Käfigs.

Die Akte über das Mädchen war mit einiger Verspätung eingetroffen, doch Tanya hatte sie noch gelesen, bevor sie losgefahren war. Es fand sich darin nicht viel Brauchbares. Die Eltern waren ein Kunstlehrer und eine Putzfrau, die das Kind vermisst gemeldet hatten, nachdem es aus einem Café in Ljubljana verschwunden war. An einem Tisch in der Nähe war jemand mit einem Herzinfarkt vom Stuhl gestürzt, und in dem allgemeinen Durcheinander war Adrijana einfach verschwunden. Die Polizei wurde verständigt, führte Ermittlungen durch, die ergebnislos blieben, und gab den Fall an Interpol weiter.

Und bei Interpol war ihr Foto eines von vielen auf einer Webseite.

Tanya hatte den Namen des Mannes herausgefunden, der die Ermittlungen in Ljubljana geleitet hatte, und ihm eine Nachricht geschickt. Er hatte bisher nicht geantwortet.

Ein Auto mit dunkel getönten Scheiben und glänzenden Radkappen, das mit hoher Wahrscheinlichkeit einem Drogendealer gehörte, rollte langsam vorbei. Laute Rhythmen dröhnten aus den Boxen, die wahrscheinlich mehr gekostet hatten, als sie in einem Monat verdiente.

Aber vielleicht hatte der Besitzer sie auch gar nicht bezahlt.

Der Wagen hielt direkt neben ihr, und das Fenster, in dem sie sich gespiegelt sah, wurde zur Hälfte heruntergelassen. Eine Hand erschien aus dem dunklen Inneren, der Mittelfinger ausgestreckt. Ein dicker Goldring mit Totenschädel und Flügeln blitzte im Licht der untergehenden Sonne auf.

Der Wagen fuhr weiter.

Sie saß in einem Zivilfahrzeug und trug keine Uniform. Dennoch hatten die Typen sie erkannt. Vielleicht war es doch keine so gute Idee, hier zu warten. Ihre Hand zitterte, als sie nach dem Zündschlüssel griff.

Kees verließ die Polizeiwache. Bald würden alle Medien von den Vorfällen berichten, und er wollte sich rechtzeitig aus der Schusslinie begeben.

Außerdem hatte er vor, die Reinigung aufzusuchen, um vielleicht eine heiße Spur zu der Frau zu finden, die ihn niedergeschlagen hatte.

»Kees, ich muss dich kurz sprechen.«

Er drehte sich um und sah de Waart die Treppe herunterkommen. Zigarette in der einen Hand, Pappbecher in der anderen. Dampf stieg wie Rauchzeichen aus dem Becher auf.

Den ganzen Tag schon hatte er sich irgendwie beobachtet gefühlt. Da er sich nicht vorstellen konnte, wer ihn beobachten sollte, hatte er versucht, den Gedanken zu verwerfen. Doch seit er de Waart in Smits Büro begegnet war, wollte ihm das nicht so recht gelingen. Es gefiel ihm nicht, dass de Waart wusste, was er tat, dass ihn der Mann dadurch irgendwie in der Hand hatte.

Wenn es um interne Konkurrenzkämpfe ging, war die Polizei nicht anders als der Rest der Welt. Manche versuchten, sich herauszuhalten und einfach nur ihren Job so gut wie möglich zu erledigen. Und dann gab es Leute wie de Waart, die jede Gelegenheit nutzten, um voranzukommen. Leute, die nicht zögerten, ihr Wissen einzusetzen, ohne Rücksicht auf Verluste.

Kees wusste nicht viel über de Waart, doch alles sprach dafür, dass er in der Wahl seiner Mittel nicht zimperlich war.

Okay, Kees selbst war auch kein Heiliger. Trotzdem gefiel es ihm nicht, in welche Position ihn diese Sache brachte. Smit würde wohl niemandem erzählen, dass Kees für ihn spionierte, aber de Waart?

Er traute dem Kerl einfach nicht.

»Ich muss dringend weg.«

»Wohin?«

»Hab was zu erledigen.«

»Etwas, das ich wissen sollte?«

»Nicht wirklich.«

De Waart kniff die Augen zusammen. »Weißt du, ich hatte eigentlich gehofft, du könntest uns schon ein bisschen mehr erzählen. Immerhin ist das eine gute Chance für dich, neue Freunde zu gewinnen.«

»Ich weiß nicht, ich habe eigentlich eine recht ausgefüllte Freizeit.«

De Waart lachte und klopfte ihm auf die Schulter. »Komm, ich begleite dich ein Stück.«

Kees blickte auf die Eisdecke hinaus, die sich im Licht der untergehenden Sonne wie eine harte Haut über den Kanal spannte. Ein Van rollte langsam über die Brücke – das gleiche Modell wie der Wagen, der ihm in die Quere gekommen war, als er dieses Miststück verfolgt hatte.

Die Frau, die dem anderen Miststück ähnlich sah.

De Waart redete auf ihn ein, und Kees zwang sich zuzuhören.

»… glaubst du, es könnte so gewesen sein?«

»Äh … ja, ich denke schon.« Kees versuchte zu verstehen, worum es überhaupt ging. Es fiel ihm schwer, sich zu konzentrieren.

»Siehst du, darum müssen wir davon ausgehen, dass jemand die Festplatte absichtlich gelöscht hat, um etwas zu vertuschen.«

»Ja, könnte sein.«

De Waart sah ihn einen Moment nachdenklich an. Ein junges Paar kam ihnen entgegen, die Gesichter dicht beisammen, lange Haare und die Kleidung so ähnlich, dass man schwer erkennen konnte, wer von beiden das Mädchen war. Dann wurde Kees klar, dass sie beide Mädchen waren. Er dachte an Carice.

Carice und Tanya.

Er spannte sich innerlich an.

»Okay, wenn dir irgendwas auffällt, lässt du es mich wissen?«

»Ja, sicher«, sagte Kees. »Natürlich.«

»Ganz im Ernst, es ist wirklich ein Vorteil, Freunde hier zu haben. Vor allem weil sich bei uns bald einiges ändern wird.«

Sie schüttelten einander die Hand – jeder so fest er konnte –, und de Waart drehte sich um und hinkte den Weg zurück, den sie gekommen waren.

Fünfzehn Minuten später erreichte Kees die Oude Zijde, das mittelalterliche Herz der Stadt, das in der heutigen Zeit durch das Rotlichtviertel zweifelhafte Berühmtheit erlangt hatte. Im Gehen kreisten seine Gedanken weiter um die beiden Frauen, Carice und Tanya.

Die Reinigung befand sich zwischen einem Touristenladen für Sexspielzeug und einem DVD-Shop für asiatische Pornofilme. Drinnen saß ein alter Mann und nähte Knöpfe an ein Hemd.

Es war heiß in dem Raum, und es stank nach Chemikalien.

Irgendwo zischte ein Bügeleisen wie eine Schlange.

Kees zeigte ihm die Rechnung, zückte seinen Ausweis und erklärte ihm, was er wollte.

Der alte Mann, dessen spärliche graue Haare über den kahlen Schädel gekämmt waren, warf einen Blick darauf und schüttelte den Kopf. »Das sagt mir nichts ... nur dass es ein Mantel war und wie viel die Reinigung gekostet hat.«

Kees zog das ausgedruckte Fahndungsbild hervor.

»Das ist Helma.«

»Nachname?«

»Weiß ich nicht, aber ich liefere manchmal zu ihr nach Hause. Gleich um die Ecke.«

Jaaps Augen waren auf die Straße gerichtet.

Doch er sah nur die Bilder von Andreas vor sich.

Er fragte sich, ob er sie je wieder aus dem Kopf bekommen würde.

Es war dunkel; einzelne Sterne erschienen zwischen den Lampen, die auf der Autobahn an ihm vorbeiglitten.

Andreas war zweiunddreißig, als er starb, also mussten die Bilder mindestens fünfzehn, vielleicht auch siebzehn Jahre alt sein.

Ich hätte nie vermutet, dass er missbraucht wurde, dachte Jaap. *Ob es Saskia weiß?*

Konnte es sein, dass Andreas die Schule besucht hatte, an der Friedman als Lehrer tätig gewesen war? Möglicherweise hatten auch Zwartberg und Haak einmal dort gelebt. Oder Korssen.

Seit er Andreas tot im Amsterdamse Bos gesehen hatte, war Jaap nicht mehr derselbe. Ständig kamen Emotionen in ihm hoch, die er schwer zuordnen und kaum kontrollieren konnte.

Und jetzt das, der Beweis, dass sein Freund missbraucht worden war. Dass er ein Geheimnis mit sich herumgetragen hatte, das ihm bestimmt schwer zu schaffen gemacht hatte.

Yuzuki Roshi hatte einmal gesagt, dass Schmerzen zwar unausweichlich seien, dass man es jedoch selbst in der Hand habe, wie sehr man darunter litt. Das sagte sich leicht, wenn man in klösterlicher Abgeschiedenheit lebte.

Aber jetzt?

Jaap fuhr von der Autobahn ab und folgte den Anweisungen des Navis, ohne seine Umgebung wirklich wahrzunehmen. Die Stimme teilte ihm mit, dass er nach hundert Metern links abzubiegen habe und so direkt zu seinem Ziel gelangen würde. Es war eine breite Straße, ein wohlhabendes Wohnviertel mit großen Häusern und dazu passenden Autos. Schließlich sah er weiter vorn einen Wagen, der sich von den anderen abhob und in dieser Umgebung fast schäbig wirkte. Die Polizei war offenbar nicht darauf eingestellt, Observierungen in den Vierteln der Reichen durchzuführen.

Jaap konnte zwei Köpfe erkennen. Er parkte seinen Wagen, ging auf das Auto zu und stieg hinten ein. Es roch, wie es in Autos während einer Observierung nun einmal roch: nicht gut.

Marc drehte sich zu ihm um. »Hast du meinen Bagel?«

»Bagels waren aus.«

Marcs Partner – Jaap hatte seinen Namen vergessen – schnaubte enttäuscht.

»Na, egal. Freut mich, dich wieder mal zu sehen.« Marcs Sitz knirschte, als er sich zu Jaap umdrehte. »Womit haben wir's hier zu tun?«

»Welches Haus ist es?«

Marcs Partner deutete auf das drittnächste Haus. Die Fenster im Erdgeschoss waren beleuchtet.

»Der Typ, der hier wohnt, hat auch eine Wohnung in Amsterdam. Dort hat jemand Pornos gedreht«, erklärte Jaap.

»Hast du welche dabei? Dann wäre es hier nicht so langweilig.«

»Es waren Kinderpornos.«

»Oh ... Scheiße.«

Alle drei blickten auf, als ein Minivan vorbeifuhr und gegenüber anhielt. Die Fahrerin, eine Frau im Pelzmantel mit langem blondem Haar, ging mit vier Kindern in das Haus neben Fortuyns.

»Ziemlich riskant, heutzutage Kinder zu haben«, sagte Marc.

Jaap dachte an Saskia, an ihr und Andreas' Baby.

Es hat keinen Vater mehr … und ist noch nicht mal auf der Welt.

»Ich geh rein. Marc, komm mit.«

An der Haustür klingelten sie, und ein Mann etwa in Jaaps Alter öffnete die Tür.

»Ja?« Seine müden Augen nahmen einen misstrauischen Ausdruck an. Die Schultern hatte er nach vorne gezogen, als würde er einen Angriff erwarten. Im Hintergrund schien ein Actionfilm mit Explosionen und MG-Feuer zu laufen.

»Paulus Fortuyn?«

Er nickte.

»Wir müssen uns kurz unterhalten. Können wir reinkommen?«

Im Flur sprang Jaap ein Foto ins Auge, das Paulus mit einer attraktiven Frau und einem kleinen Kind zeigte. Es war auf einem Boot geschossen worden, einer Jacht auf dem türkisblauen Meer mit einer bewaldeten Insel im Hintergrund. Alle drei lächelten in die Kamera.

Wer hat das Foto geknipst?, fragte sich Jaap.

Im Wohnzimmer saß ein kleiner Junge – es war der auf dem Bild – bei einem Computerspiel, das die Explosionsgeräusche erzeugte.

»Miki, kannst du jetzt ausschalten?«, sagte Paulus.

»Paps …«, stöhnte der Kleine frustriert. »Ich komme gerade zum Lager der Feinde, ich kann jetzt nicht aufhören.«

»Gehen wir in die Küche«, schlug Paulus vor.

Zwei Pizzakartons lagen auf dem Tisch, im oberen ein großes Stück mit dünnen Paprikastreifen.

»Sagt Ihnen die Adresse Bloedstraat 35 etwas?«

»Mir gehört eine Wohnung dort. Ist etwas passiert?«

»Kann man so sagen. Ich war heute dort, und was ich gefunden habe, hat mir gar nicht gefallen.«

»Was?«

Jaap griff in seine Tasche und warf ein Foto, eines der neueren, auf die Arbeitsplatte, an die sich Paulus lehnte. Er hob es auf, und sein Gesicht wurde blass.

Er gab das Foto mit zitternder Hand zurück.

»Sie wissen nichts davon?«

»Natürlich nicht. Ich vermiete die Wohnung nur. Ich hatte ja keine Ahnung, dass der Typ so … so etwas …« Er fand nicht die Worte, um es auszudrücken. Oben begann ein Baby zu schreien.

Marc deutete mit einem Kopfnicken zur Decke. »Wollen Sie raufgehen, oder ist Ihre Frau da?«

»Nein, sie ist bei der Geburt gestorben.« Paulus ging nach oben.

Jaap schaute sich um. Es war deutlich zu sehen, dass der Mann überfordert war: Die Küche war ein einziges Chaos. Abgesehen von herumliegenden Pizzakartons war es überall schmutzig, voller Krümel und Flecken von Marmelade und Tomatensauce.

Jaaps Handy klingelte. De Waarts Nummer.

Herrgott, dachte Jaap, *was will er bloß?*

»Ja?«

»Hör zu, wir sollten uns unterhalten. Ich habe da ein paar Dinge gefunden, und … also, ich war vielleicht ein bisschen voreilig.« De Waart klang, als wäre es ihm peinlich.

»Worum geht's?«

»Ich möchte das nicht am Telefon besprechen.«

Jaap schlug eine Kneipe vor, die die meisten Kollegen besuchten. Sie vereinbarten, sich in eineinhalb Stunden dort zu treffen. Inzwischen war Paulus wieder heruntergekommen – das Baby hatte aufgehört zu schreien. Er ließ sich in einen Stuhl am Küchentisch sinken und blickte auf seine Hände hinunter.

»Möchten Sie etwas trinken?«, fragte er Jaap.

»Sie?«

»Dort oben im Schrank steht eine Flasche Whisky.«

Jaap nickte Marc zu, der die Flasche und drei Gläser holte.

Jaap starrte ihn an, und Marc stellte zwei Gläser zurück.

»Sie wollen wissen, wem ich die Wohnung vermietet habe«, sagte Paulus, nachdem Marc ihm eingeschenkt hatte. »Ich muss die Unterlagen hier irgendwo haben.«

»Dirk Friedman?«

»Nein, er hieß anders.«

»Für wie lange haben Sie sie vermietet?«

»Fünf Jahre, glaube ich, vielleicht auch sechs. Meine Frau hat sie geerbt, und wir beschlossen, sie zu vermieten. Mit der Miete können … oder konnten wir die Hypothek für das Haus hier abzahlen.«

»Konnten?« Dann verstand Jaap. »Eine Lebensversicherung?«

»Ja.« Er zuckte mit den Schultern. »Sie wissen ja, man schließt so etwas ab und zahlt jeden Monat ein, obwohl es wahrscheinlich nie eintritt. Und dann passiert es doch. Es gab ein Problem mit dem Baby, es drehte sich zur falschen Zeit. Die Ärzte meinten, wir bräuchten uns keine Sorgen zu machen.« Paulus nahm einen langen Schluck, dann stützte er sich auf den Tisch und erhob sich. »Ich hole Ihnen die Unterlagen.«

Nach einigen Minuten kam er mit einer Ringmappe zurück und öffnete sie auf dem Tisch.

»Es muss irgendwo da drin sein, die ganze Korrespondenz. Meine Frau … sie war gut im Organisieren.«

Jaap wusste nicht, was er sagen sollte. Sah zu, wie Paulus die Seiten umblätterte, kurz innehielt und schließlich fortfuhr. Als er das Ende erreichte, blickte er auf und schüttelte den Kopf.

»Der Vertrag ist nicht da, aber unser Anwalt muss eine Kopie haben.«

Jaap notierte sich den Namen und die Adresse und bedankte sich bei Paulus. In diesem Moment dröhnte nebenan eine mächtige Explosion. Jaap vermutete, dass das Spiel entweder vorbei war oder der Junge das nächste Level erreicht hatte.

DREIUNDFÜNFZIG

MITTWOCH, 4. JANUAR, 19.24 UHR

Kees brauste über die Autobahn zum Flughafen Schiphol, das Radio laut aufgedreht. Er hätte nicht so schnell fahren müssen, auch Blinklicht und Sirene wären nicht unbedingt nötig gewesen.

Aber verdammt, er hatte einen Scheißtag hinter sich.

Die schallende Ohrfeige, die ihm Marinette verpasst hatte, war bereits *der* Gesprächsstoff unter den Kollegen. Er konnte sich darauf einstellen, bis ans Ende seiner Laufbahn als Objekt für Witze über häusliche Gewalt herhalten zu müssen.

Kees hatte vergeblich versucht, nicht mehr daran zu denken – bis der Anruf gekommen war, der ihn sofort ins Auto springen ließ. Und jetzt raste er durch die Dunkelheit und genoss die beruhigende Wirkung der Geschwindigkeit.

Er hatte den Anruf entgegengenommen, während sich Jaap in Haarlem aufhielt, und hatte ihn auch nicht telefonisch erreicht. Ein Grenzschutzbeamter in Schiphol teilte ihm mit, dass sie einen gewissen Rint Korssen in Gewahrsam hätten, der aufgrund eines Europäischen Haftbefehls in Hamburg festgenommen und mit dem nächsten Flugzeug nach Amsterdam geschickt worden war. Hier jedoch schien man es nicht allzu eilig zu haben: Der Anruf kam erst kurz nach sieben Uhr, obwohl Korssens Flugzeug bereits um ein Uhr gelandet war. Kees blickte auf das Schild, das schnell heranflog – noch eine Ausfahrt bis zum Ziel.

Zehn Minuten später hatte er Sirene und Blaulicht ausgeschaltet und hielt vor dem Büro der Flughafenpolizei an, wo drei Streifenwagen parkten, deren Windschutzscheiben vom Frost glänzten.

Drinnen musste er sich erst mit einem hirnamputierten Nachtportier herumschlagen, der einfach nicht kapieren wollte, worum es ging, und schließlich widerwillig jemanden anrief, um sich zu erkundigen. Er gab den Telefonhörer an Kees weiter und wandte sich wieder seinem kleinen Fernseher zu wie ein Gläubiger dem Altar.

»Sind Sie Rykel?«, fragte die Stimme am anderen Ende.

»Nein, Inspector Terpstra, aber wir arbeiten zusammen.«

»Tut mir leid, aber der Haftbefehl wurde unter dem Namen Rykel ausgestellt. Ich kann den Häftling nur an ihn übergeben.«

»Wollen Sie mich verarschen? Ich habe Ihnen gerade gesagt, wir arbeiten zusammen, und ich komme direkt aus Amsterdam.«

»Dann hätten sie vorher anrufen sollen.«

Kees knallte den Hörer dreimal so heftig auf den Schreibtisch, dass der Nachtportier hochfuhr und ihn wütend anfunkelte, ehe Kees den Hörer wieder ans Ohr hob.

»Haben Sie das gehört? Das wird mit Ihrem Kopf passieren, wenn ich nicht in zehn Minuten mit dem Häftling wegfahren kann.«

Letztlich dauerte es dann fast eine halbe Stunde.

Korssen wurde in einer Zelle am anderen Ende des Gebäudes festgehalten, und Kees fragte sich bereits, ob er schwerere Geschütze auffahren und jemanden weiter oben einschalten sollte, als die Tür aufging und Rint Korssen in Handschellen hereingeführt wurde. Er wandte sich an Kees, wollte schon etwas sagen, doch dann blitzte kurz etwas in seinen Augen auf, und er blieb stumm.

Kees erhob sich, unterschrieb ein Papier, das ihm der Beamte vorlegte, und wandte sich Korssen zu.

»Freut mich, Sie wiederzusehen«, sagte er. »Willkommen zu Hause.«

Eine typische Polizistenkneipe. Billiges Bier, um den Geschmack des Tages hinunterzuspülen, laute Musik, um die Gedanken zu vertreiben, und so dunkel, dass man nicht sah, wie kaputt die anderen trinkenden Polizisten waren.

Jaap hasste das Lokal, wollte aber auch nicht zurück aufs Revier, nicht zu den Bilderstapeln im Büro und den Videos auf dem Laptop, die auf ihn warteten wie ein Todesurteil.

Er würde sich durch das ganze Material quälen müssen, um sich zu vergewissern, ob noch etwas von Andreas dabei war, doch er schob es so lange wie möglich auf.

De Waart war noch nicht da, und Jaap setzte sich an einen Tisch etwas abseits, von dem er den ganzen Raum überblicken konnte. Eine Gruppe von fünf Uniformierten feierte an der Theke, unter ihnen auch der Beamte, der sich um seine Tür gekümmert hatte.

Als Jaap nach seiner Rückkehr aus Japan beschlossen hatte, in den Polizeidienst zurückzukehren, hatte er sich als Erstes nach einem Zuhause umgesehen. In die Gegend beim Amstelpark, wo er früher gewohnt hatte, zog es ihn nicht mehr zurück.

Ihm wurde jedoch schnell klar, dass er sich im Zentrum kaum etwas würde leisten können. Die Mieten waren astronomisch, und Kaufen kam ohnehin nicht infrage.

Als er sich schon damit abgefunden hatte, in den Außenbezirken zu suchen, hatte Andreas angerufen und ihm mitgeteilt, dass er einen älteren Amerikaner festgenommen habe, der seit den späten Siebzigern seinen Traum in Amsterdam lebte, aber immer wieder Probleme wegen Drogenbesitzes bekam.

Der Typ hatte versucht, sich herauszureden, um einer Anklage zu entgehen. Er wolle ohnehin zurück in die Staaten, wo er unerwartet ein kleines Vermögen geerbt habe. Und tatsächlich hing ein handgemachtes »Zu verkaufen«-Schild an seinem Hausboot in der Bloemgracht.

Andreas vermutete, dass der Amerikaner interessiert war, so schnell wie möglich zu verkaufen, sodass ihm Jaaps Interesse sehr gelegen kommen würde.

Das Geschäft war innerhalb weniger Tage abgeschlossen.

Länger dauerte es, den Geruch herauszubekommen, bei dem es sich, wie Jaap nach einer Weile herausfand, um eine Mischung aus Gras – womit zu rechnen war – und Bockshornklee handelte.

Er fragte sich bereits, wo de Waart blieb, als er aufblickte und ihn hereinhinken sah. De Waart schaute sich suchend um und nickte schließlich, als er Jaaps erhobene Hand bemerkte. Er machte einen Zwischenstopp bei der Theke.

Mit zwei Biergläsern in den Händen trat er an den Tisch, stellte Jaap eines hin und setzte sich.

»Das hab ich vergessen«, sagte er schließlich, als Jaap sein Bier nicht anrührte. »Du trinkst ja nichts, oder?«

Jaap schüttelte den Kopf.

De Waart zuckte die Achseln, nahm das Glas zurück und leerte es in einem Zug. Er wischte sich mit dem Handrücken über den Mund und seufzte theatralisch. »Ich glaube, ich kann noch eins vertragen.«

Kannst du bestimmt, dachte Jaap.

»Wie gesagt, ich hätte vielleicht ein bisschen mehr auf dich hören sollen.« Er ließ das Bier im zweiten Glas kreisen. »Ich habe ein paar Sachen herausgefunden, die zu dem passen, was du gesagt hast.«

»Ich höre.« Jaap hatte nicht vor, es ihm so leicht zu machen.

»Erst mal möchte ich mich für gestern entschuldigen. Ich hätte mich nicht so reinsteigern dürfen ... noch dazu, wo du es auch nicht leicht hast in diesen Tagen. Also ...«

»Vergiss es«, sagte Jaap.

»Okay, dann kommen wir zur Sache. Du hast gesagt, Andreas' Tod hätte mit dem Fall zu tun, an dem ihr vorher gearbeitet habt. Ich war skeptisch, und das war ein Irrtum. Ich habe aber auch einigen Druck von oben bekommen.«

»Smit?«

»Ja. Er meint, du könntest in solchen Situationen wahrscheinlich nicht mehr klar denken. Du weißt schon, seit du ...«

»Seit ich was?«, fragte Jaap.

»Na ja, seit der Schießerei und allem, was ... äh ... danach war.«

»Sprich es ruhig aus.«

»Okay, also ... dass du nicht mehr konntest und dir eine Auszeit genommen hast, um darüber hinwegzukommen. Hör zu, ich respektiere das, es macht dich zu einem besseren Polizisten. Manche finden das vielleicht ein bisschen schräg, diese fernöstliche Sch... Sache, mit der du dich beschäftigst, aber jeder sieht, dass du Ergebnisse lieferst. Ich weiß natürlich auch, dass ihr zwei eng befreundet wart, du und Andreas. Da dachte ich mir, das könnte dein Urteilsvermögen trüben.«

»Und du konntest Andreas nicht leiden.«

»Okay, es gab da diese Sache ... den Unfall.« Seine Hand wanderte nach unten und strich über sein Bein; Jaap fragte sich, ob es unbewusst geschah oder nur Show war. »Ich streite es ja gar nicht ab. Aber er war trotzdem einer von uns.« De Waarts Handy klingelte. Er warf einen Blick auf das Display und steckte es wieder ein. »Aber darum geht es gar nicht.« Er hielt inne und trank einen Schluck Bier. »Ich habe nachgedacht über das, was du gesagt hast, und bin der Sache nachgegangen. Diese Bande, an der du dran warst, ist vor allem in den Häfen aktiv, also habe ich einen Bekannten dort kontaktiert. Er hat gehört, dass die Kerle nervös geworden sind und irgendein Problem beseitigen wollen.«

»Wann war das?«

»Vor ungefähr einer Woche.«

»Wer ist deine Quelle?«

»Ein Typ, dem ich mal geholfen habe und der mir dafür die eine oder andere Information zukommen lässt.«

An der Theke fiel klirrend ein Bierglas zu Boden, was die fünf Uniformierten mit lautem Gejohle quittierten.

»Und warum erzählst du mir das alles?«

De Waart sah ihn an wie ein kleines Kind, dem er mit viel Geduld etwas erklären musste. »Ich wollte dir nur sagen, dass ich an der Sache dran bin …« Er beugte sich über den Tisch. »Und ich würde gern wissen, ob du vielleicht selbst irgendwie weitergekommen bist, ob du neue Anhaltspunkte hast.«

»Wie kommst du darauf, dass ich mich noch damit beschäftige? Smit wollte es nicht, also lasse ich die Finger davon.«

De Waart lachte, als hätte Jaap etwas furchtbar Komisches gesagt, verstummte aber gleich wieder. »Okay, tut mir leid. Was ich sagen will … ich an deiner Stelle hätte mich wahrscheinlich über die Anweisung hinweggesetzt. Du bist ein guter Polizist, Jaap, engagiert und unbestechlich. Jeder weiß, wie viel dir daran liegt, dass Andreas' Mörder gefunden wird, darum habe ich gedacht, du könntest mir vielleicht helfen, den Mistkerl zu schnappen.«

Jaap fühlte sich einfach nur müde.

Erledigt.

Er dachte an das Bild in seiner Tasche, das Andreas als Teenager zeigte. Manchmal hatte er das Gefühl, innerlich zu zerreißen. Er trug das alles ganz allein mit sich herum.

Vielleicht konnte er Hilfe gebrauchen.

Vielleicht sollte er de Waart alles erzählen.

»Okay, also ich …«, begann Jaap, als sein Handy klingelte. Er zog es hervor und sah, dass es Kees war.

Gerade noch rechtzeitig, dachte Jaap und meldete sich.

FÜNFUNDFÜNFZIG

Nachdem er Korssen in eine Zelle im Keller gebracht hatte, war es Kees endlich gelungen, Jaap zu erreichen. Die Musik im Hintergrund war so laut, dass er sich mehrmals wiederholen musste, bis Jaap endlich verstand. Jaap sagte, er würde in zwanzig Minuten da sein, und wies Kees an, mit Korssens Befragung auf ihn zu warten.

Kees hätte ihm am liebsten unter die Nase gerieben, dass er es war, der Korssen vom Flughafen abgeholt hatte, und er deshalb jedes Recht besaß, dem Mann ein paar Fragen zu stellen. Er hatte es sich jedoch verkniffen.

Es war still im Büro, was daran lag, dass zwei neue Mordfälle gemeldet worden waren. Kees schickte eine Nachricht an Carice, dann wandte er sich seinem Computer zu und erinnerte sich an den Download, den er gestartet hatte, bevor er Korssen abgeholt hatte.

Der Bildschirm war dunkel. Er klickte einige Male mit der Maus, bis er zum Leben erwachte. Das Download-Fenster war nicht mehr da, und eine heruntergeladene Datei war auch nicht zu entdecken. Er suchte eine Weile und stellte fest, dass gar keine Dateien mehr auf seinem Computer waren. Nichts mehr.

Es war alles weg.

»… und er hat gesagt, Andreas hätte mit Kinderpornografie zu tun gehabt. Jaap, das ist doch Wahnsinn. Ich versteh's einfach nicht.«

Saskias Stimme aus der Freisprechanlage im Auto klang verzerrt und fremd. Dennoch hörte Jaap, dass sie Angst hatte. Große Angst. Er setzte den Blinker und bog nach links in die Leidsestraat ein, um auf dem schnellsten Weg zur Wache zu kommen. Die Leidsestraat war eigentlich der Straßenbahn und den Fußgängern vorbehalten, aber Jaap hatte keine Lust, sie zu umfahren.

»De Waart hat ja keine Ahnung …«

»Andreas hatte nie mit so was zu tun, sicher nicht. Du musst es ihm sagen, du musst …«

»Ich glaube nicht, dass er auf mich hören wird.« Er sprach etwas lauter und neigte den Kopf zum Mikrofon beim Rückspiegel. Da fiel ihm ein Motorrad hinter ihm auf, dessen Scheinwerfer ihn blendeten. »Hör zu«, fuhr er fort, »die Ermittlungen kommen voran. Ich glaube, ich werde beweisen können, dass Andreas nichts mit … solchen Sachen zu tun hatte. Es wird bloß eine Weile dauern. Ich komme später vorbei und erzähl dir dann mehr.«

Leider bin ich mir gar nicht so sicher, ob ich wirklich vorankomme, dachte er, als er das Gespräch beendete.

Er blickte erneut in den Rückspiegel.

Das Motorrad war immer noch da.

SIEBENUNDFÜNFZIG

MITTWOCH, 4. JANUAR, 21.28 UHR

Ist das ein schlechter Witz?«, ereiferte sich Korssen.
»Finden Sie Mord und Kinderpornografie witzig? Ich jedenfalls nicht«, entgegnete Jaap.

Das Vernehmungszimmer wurde von einer einzigen nackten Glühbirne erhellt, die Luft war stickig von Schweiß und Angst. Es war wie ein Bühnenbild, das darauf abzielte, dem Schuldigen absolut nichts zu bieten, woran er sich festhalten oder womit er sich ablenken konnte.

Jaap wusste, wie wirkungsvoll Leere sein konnte.

Er war in Kyoto damit konfrontiert worden und hatte mit ihr gerungen. Heute fragte er sich, ob er den Kampf gewonnen hatte.

»Aber was habe ich damit zu tun?«

»Das weiß ich nicht, und deshalb sind wir hier und unterhalten uns darüber. Finden Sie es nicht irgendwie auffällig, dass zuerst Ihr Geschäftspartner tot aufgefunden wird, dann sein Kumpel, mit dem er ein Kinderpornogeschäft betrieben hat, und dass Sie nach unserem Gespräch Hals über Kopf verschwinden? Was würden Sie an meiner Stelle aus alldem schließen?«

Korssens Gesicht spannte sich an. »Ich will meinen Anwalt sprechen.«

»Wo ist Ludo Haak?«

»Wer zum Henker ist Ludo Haak?«

»Ich glaube, das wissen Sie.«

»Ich sage überhaupt nichts mehr, solange Sie nicht meinen Anwalt verständigen.«

Jaap stand auf. »Bring ihn in eine Zelle«, forderte er Kees auf und ging zur Tür. Drehte sich noch einmal um. »Aber in eine, wo er ein bisschen Gesellschaft hat. Wir wollen ja nicht, dass sich unser Freund einsam fühlt.«

Sobald Korssen in einer Zelle mit einigen Touristen saß – tätowierten Säufern, deren Zechtour mit der üblichen Schlägerei geendet hatte –, rief Jaap Tanya an, um sich mit ihr zu treffen. Doch bevor sie losfuhren, erwähnte Kees etwas, das seine Aufmerksamkeit weckte.

»Total leergefegt?«

»Ja, alle Berichte und was sonst noch drauf war … weg.«

Jaap schaute auf seine Uhr. Es würde knapp werden, aber er musste den Laptop zu Roemers bringen, damit er feststellen konnte, ob es sich um das Gleiche handelte wie bei Andreas' Computer.

»Ich bringe ihn noch schnell in die Kriminaltechnik. Roemers soll ihn sich ansehen. Fahr du schon mal zu Tanya, ich komme gleich nach.«

Kees klappte seinen Laptop zu und gab ihn Jaap.

»Und … Kees?«

»Ja?«

»Kein Streit, okay?«

ACHTUNDFÜNFZIG
Mittwoch, 4. Januar, 21.57 Uhr

Du denkst also, ein Opfer bringt diese Leute zur Strecke – Friedman und seine Kumpane?«, fragte Tanya, während sie aus dem Autofenster blickte. Keine der vier Laternen funktionierte. Dass es nicht völlig dunkel war, lag nur am grellen Licht der nackten Glühbirnen hinter den Fenstern. Sie saßen in einem Zivilfahrzeug und behielten die Eingangstür des Hauses im Auge, in der Hoffnung, dass Ludo Haak bald auftauchen würde.

Jaap streckte die Beine, so weit es ging, unter dem Armaturenbrett aus und gähnte. Kees saß drei Autos hinter ihnen in seinem Wagen. Jaap hatte beschlossen, bei Tanya zu warten.

Aus verschiedenen Gründen. Unter anderem auch, weil er bei Kees kein gutes Gefühl hatte. Der Mann neigte zu Leichtsinn und Jähzorn.

Jaap kannte beides gut.

Und wusste, dass das eine gefährliche Mischung war.

»Es sieht ganz danach aus, vor allem die Handys sprechen dafür. Trotzdem gibt es viele offene Fragen.«

»Zum Beispiel, wo das Mädchen ist.«

»Und warum Andreas sterben musste. Wenn tatsächlich ein Opfer dahintersteckt, warum hätte der Betreffende dann auch Andreas umbringen sollen?«

»Die Medienberichte …«

»Scheiß auf die Berichte. Es ist einfach nicht wahr, dass er irgendwas mit Pornos zu tun hatte.« Er atmete langsam aus, als ihm bewusst wurde, dass er die Beherrschung verloren hatte. »Entschuldige, es ist einfach so ...«

Tanya streckte die Hand aus und berührte seine. »Ist schon okay.«

»Weißt du, ich hab am Sonntag noch mit Andreas telefoniert. Er hat mich gefragt, ob ich mitkomme. Ich habe dir ja von unserem Fall erzählt ... er hatte jedenfalls eine heiße Spur. Und wenn ich ihn begleitet hätte, vielleicht ...«

»So darfst du nicht denken.« Sie drückte seine Hand. »Vielleicht wärt ihr dann beide tot.«

Jaap spielte mit dem Gedanken, ihr von dem Einbruch in sein Hausboot und von dem Motorrad zu erzählen, ließ es dann aber sein. Er war zu erschöpft und wollte für einen Moment einfach nur dasitzen, mit Tanyas Hand auf seiner.

Es ist so lange her ...

Ihr Handy klingelte. Sie zog ihre Hand zurück und fischte es heraus.

»Ich glaube, es ist der Ermittler aus Ljubljana«, erklärte sie, bevor sie sich meldete.

Jaap verfolgte das Gespräch, das sie auf Englisch führte. Tanyas war besser als seines. Er versuchte vergeblich, die Beine etwas weiter auszustrecken, tastete nach dem Hebel beim Sitz, doch der klemmte.

Tanya hatte ihm die Akte von Interpol und das Foto von Adrijana gezeigt. Die Ähnlichkeit war da, doch von einer hundertprozentigen Übereinstimmung konnte man nicht sprechen.

»Wann ist es passiert?«, fragte Tanya und hörte einige Sekunden zu, ehe sie sich bedankte und die Verbindung trennte.

Jaap sah ihr an, dass sie erschüttert war.

»Adrijanas Eltern.« Sie schluckte und schaute aus dem Fenster. »Sie haben sich vor drei Wochen das Leben genommen.«

In diesem Moment sah Jaap einen jungen Algerier aus dem Haus kommen. Er zündete sich eine Zigarette an, beugte sich über die Flamme, sein Gesicht flackerte einen Moment lang im Licht, dann ging er die Straße hinunter, die Zigarettenglut wie ein Glühwürmchen in der Luft.

Jaaps Bemühungen in Kyoto hatten darauf abgezielt, das Leid annehmen zu können. Laut Yuzuki Roshi war das der einzige Weg, um sich davon zu befreien und seine furchtbare Macht zu überwinden. Dort war ihm alles so einfach erschienen, fernab vom Alltagsleben, von Beziehungen, von den Menschen und all dem Schaden, den sie anrichteten.

Heute war nichts mehr einfach.

Er streckte die Hand zu Tanyas aus. Sie nahm sie, das Gesicht immer noch abgewandt.

Da sah er eine Gestalt aus einem Auto steigen, das gerade vor dem Haus angehalten hatte. Mit der Kapuze wirkte er wie ein Henker.

»Ist er es?«, fragte Tanya, ihre Stimme von Emotionen erstickt.

Jaap versuchte das Gesicht zu erkennen, doch es war aus seiner Perspektive unmöglich.

Der Vermummte nahm einen letzten Zug von einer Zigarette, warf sie auf den Boden und blies den Rauch in die Nacht hinaus. Er trat durch die Tür und verschwand im Haus. Jaap und Tanya öffneten gleichzeitig die Autotüren. Er warf noch einen kurzen Blick in den Rückspiegel, um sich zu vergewissern, dass Kees es mitbekam. Kees saß zurückgelehnt hinter dem Lenkrad. Jaap konnte nicht erkennen, ob seine Augen offen waren.

»Sehen wir nach, ob er's ist.«

Jaap ging zu Kees' Wagen und klopfte an die Scheibe. Kees setzte sich ruckartig auf, öffnete die Augen und stieg schließlich aus.

»Tanya und ich gehen rein. Du passt unten bei der Treppe auf.«

Es waren neun Stockwerke, und aus dem siebten kamen laute Stimmen. Eine Frau mit ausländischem Akzent sagte, sie habe das Geld nicht, und ein Mann, vermutlich Ludo Haak, erwiderte, das sei ihm egal, er wolle sofort sein Geld sehen. Wenn sie nicht zahle, würde er es sich auf andere Weise holen.

Sie liefen die letzte Treppe hinauf, und Jaap sah die offene Tür weiter vorne im Flur. Sie sprinteten hin und sahen, wie der Vermummte jemanden zu Boden stieß. Jaap sprang hinzu, doch der Mann mit der Kapuze riss instinktiv den Ellbogen hoch und rammte ihn Jaap mit voller Wucht gegen das Kinn. Im ersten Augenblick spürte er nur den Schmerz im Hinterkopf, als er gegen den Türrahmen krachte.

Tanya wollte eingreifen, doch der Vermummte stieß sie ebenfalls zurück. Sie stolperte und stürzte rücklings zu Boden.

Jaap hetzte hinter dem Flüchtenden her, der vier Stufen auf einmal nehmend die Treppe hinunterstürmte. Seine Ohren rauschten wie ein Wasserfall, und sein Kopf schwirrte von dem Schlag, während er dem Vermummten folgte, der bereits ein ganzes Stockwerk voraus war.

Als Jaap um die letzte Ecke bog, sah er die Kapuze wie ein Segel im Wind wehen, ehe der Typ in den Wagen sprang und die Tür zuknallte. Hinter sich hörte er Tanya aufschließen, ihr Atem laut in seinem Ohr.

Wo ist Kees?

Jaap sprintete weiter, sein Herz hämmerte gegen die Rippen, und seine Lunge brannte wie Feuer, während der Wagen losfuhr.

Da sah er Kees – aber nicht dort, wo Jaap ihn postiert hatte, sondern auf sie zulaufend. Seine Zigarette wirbelte rote Funken durch die Luft, als er sie wegwarf und die Pistole zog.

Jaap wusste nicht, ob der Vermummte bewaffnet war, wenngleich man davon ausgehen konnte. Entscheidend war, dass er keine Waffe gezogen hatte, deshalb musste sich Kees zurückhalten. *Schieß nur, wenn auf dich geschossen wird*, lautete die Regel, die man jungen Polizeischülern schon am ersten Tag einbläute. Jaap rief Kees nach, doch der hörte ihn nicht, zu laut war das Aufbrüllen des Motors.

Oder er wollte ihn nicht hören.

Jaap sah, wie Kees im Laufen die Pistole hob.

Die erste Kugel traf die Heckscheibe.

Das Glas barst.

Jaap konnte nicht genau erkennen, wo die zweite Kugel einschlug. Der Wagen schlingerte und krachte in die Frontpartie ihres eigenen Fahrzeugs.

Kees war nur wenige Meter von den Autos entfernt, die Pistole noch in der Hand, und Jaap forderte ihn auf, nicht mehr zu schießen.

Der Fahrer wollte zurücksetzen, ließ den Motor aufheulen, doch die beiden Fahrzeuge waren mit den Stoßstangen ineinander verkeilt, bis eine nachgab und das Auto zurückschoss. Kees sprang blitzschnell zur Seite, um nicht überfahren zu werden.

Tanya sprintete ein Stück neben Jaap her und rief ihm etwas zu, das er nicht verstand. Da begann sie zu hinken, biss die Zähne zusammen, konnte jedoch nicht mehr mit ihm Schritt halten.

Kees sprang auf den Wagen des Flüchtenden zu und versuchte den Türgriff zu erwischen, als der Fahrer den Vorwärtsgang einlegte und mit einem Ruck losbrauste. Kees rannte einige Meter neben dem Auto her, das jedoch rasch beschleunigte und schließlich mit quietschenden Reifen hinter der nächsten Ecke verschwand.

Jaap war rasch in sein Auto gestiegen, der Motor sprang beim dritten Versuch an, doch das Lenkrad ließ sich nicht bewegen. Er riss so fest er konnte, doch der Zusammenstoß musste die Lenkung beschädigt haben. *Du musst ihn kriegen, du musst*, schoss es ihm wieder und wieder durch den Kopf.

Tanya riss die Autotür auf und gab per Funk das Kennzeichen des Fluchtfahrzeugs durch.

Doch als sie sich Jaap zuwandte, wussten sie beide, dass es zu spät war. Kees kam sichtlich frustriert mit der Pistole in der Hand zurück. Gesichter tauchten in den Fenstern auf und verschwanden rasch wieder.

Nur Schatten und Phantome der Nacht.

Sie wollten keinen Ärger.

Und zu viel zu sehen brachte meistens Ärger.

Tanya wandte sich an Jaap, der vornübergebeugt dasaß, die Stirn auf dem Lenkrad.

Das Auto würde in ein, zwei Tagen völlig ausgebrannt gefunden werden. Der Fahrer würde verschwunden bleiben.

»Er war es nicht«, sagte Tanya, als sie wieder atmen konnte.

Jaap schaute sie an. Sein Gehirn pulsierte, feuchte Hitze stieg aus seiner Kleidung auf, und sein Kinn fühlte sich zertrümmert an.

»Bist du sicher?«

»Ja.« Sie blickte die Straße hinunter zu Kees. »Er hatte keine Tätowierung am Hals.«

Warum läuft der Mörder immer noch frei herum?«, fragte Saskia.

Jaap streckte die Hand aus, um sie zu beruhigen, doch sie zuckte zurück.

Durch das Fenster hinter ihr sah er die Mondsichel am Himmel stehen, darunter in der Dunkelheit die Lichter der Stadt.

»Ich arbeite daran.«

»Das sagst du schon seit Tagen!«

»Glaubst du nicht, ich will diese Leute auch erwischen?« Jäher Zorn flammte in ihm auf. »Glaubst du, ich dreh nur Däumchen den ganzen Tag?« Jaap wandte sich ab. Er hatte seinen Zorn recht gut unter Kontrolle gehabt seit Andreas' Tod, vielleicht auch, weil er eine Aufgabe zu erfüllen hatte. Doch allmählich begann es in ihm zu brodeln. Er atmete tief durch. »Tut mir leid …«

Saskia fing an zu weinen, und er ging zu ihr, verfluchte die Schwarzen Tulpen, verfluchte Andreas, aber am allermeisten verfluchte er sich selbst.

VIERTER TAG

Vor dreizehn Jahren, dachte Tanya, als sie die Augen öffnete. Sie versuchte den Gedanken zu verscheuchen, bevor er eine Lawine von Was-wenn-Fragen auslöste.

Was, wenn ihre Eltern an dem Tag nicht ausgegangen wären?

Wenn sie nicht zum Waisenkind geworden wäre?

Was, wenn ihr Pflegevater sie nicht …?

Es führte zu nichts. Die ewig gleichen Gedanken nagten an ihr wie Wasser am Fels. Sie streckte sich und stieg gähnend aus dem Bett. Ihre Augen fühlten sich verschwollen an.

Immer wieder hatten irgendwelche Geräusche sie aus dem Schlaf gerissen, die Stimmen von Betrunkenen, Flugzeuge im Landeanflug und etwas anderes – *Ratten?* – auf dem Dachboden über ihr.

Das Bett war ebenso billig wie das Hotel selbst. Es quietschte bei der geringsten Bewegung und hing in der Mitte durch. Am Morgen erwachte sie mit steifem Rücken und trockenem Mund von dem metallisch schmeckenden Bier aus der Minibar.

Dazu kam die Kälte im Zimmer. Die Heizung war aufgedreht, doch die davon ausgehende Wärme hätte kaum gereicht, um Eiscreme schmelzen zu lassen.

Die Dusche war zum Glück heiß und vermochte ihre Rückenmuskeln zu lockern. Sie fragte sich, wie es Jaap gehen mochte. Es war bestimmt nicht leicht für ihn, heimlich im Mordfall an seinem Kollegen und Freund zu ermitteln.

Natürlich hatte man diese Regeln nicht grundlos aufgestellt. Allzu leicht konnten die Emotionen das Urteilsvermögen trüben und zu folgenschweren Fehlern führen.

Andererseits hat er sich ziemlich gut unter Kontrolle, dachte Tanya, während sie versuchte, die unappetitliche Masse aus der Shampooflasche in ihrem Haar zum Schäumen zu bringen. *Viel besser, als ich es könnte.*

Aber was, wenn er den Täter tatsächlich finden würde? Konnte das vor Gericht zu Problemen führen? Würde der Strafverteidiger sein Vorgehen in der Luft zerreißen, weil Jaap gar nicht befugt gewesen wäre, Ermittlungen durchzuführen? Konnte es sein, dass der Täter deswegen freigesprochen wurde?

Und welche Auswirkungen würde das auf ihren Fall haben?

Vielleicht sollte ich den Täter vor ihm erwischen, dachte sie, während sie sich den Schaum aus den Haaren spülte.

Tanya sah ihm an, wie er litt.

Da war etwas in seinen Augen, das ihr gleich aufgefallen war, ohne dass sie es benennen konnte.

Und sie mochte ihn. Er war anders, obwohl sie nicht hätte sagen können, was dieses Anderssein ausmachte. Jedenfalls war er nicht wie Kees, was nur positiv sein konnte. Tanya spürte, dass ihre Anwesenheit Kees unangenehm war. War das mit ein Grund dafür, dass er gestern Abend zur Waffe gegriffen und abgedrückt hatte?

Zum Glück für ihn hat er nicht getroffen.

Während sie darauf gewartet hatten, dass jemand sie abholte und das Auto abschleppte, hatte Jaap Kees zur Seite genommen, sodass Tanya nicht verstand, was er zu ihm sagte. Es mussten jedoch deutliche Worte gewesen sein. Man würde ihnen Fragen stellen, und Kees würde wohl vorläufig suspendiert werden.

Sie hoffte es jedenfalls, denn sie wusste um seine Unberechenbarkeit, mit der er ihre ganze Arbeit zunichtemachen könnte. Ebenso hoffte sie, dass sie nicht mit Jaap in Konflikt geraten würde, weil sich ihre Fälle überschnitten. Er hatte etwas Bestimmtes an sich … Sie erinnerte sich daran, wie sich seine Hand angefühlt hatte …

Tanya stieg aus der Dusche, rieb sich die Haare trocken und griff nach dem kleinen weißen Föhn an der Wand.

Klick.

Nichts.

Als der Rezeptionist endlich ans Telefon ging, schien er ihr zu versprechen, jemanden heraufzuschicken. Ganz sicher war sie sich nicht, weil ihr sein Akzent, den sie nicht genau zuordnen konnte, erhebliche Mühe bereitete.

Sie wickelte ihr Haar in das feuchte Handtuch, das stark nach chemischem Reinigungsmittel roch, und ihre Gedanken schweiften zurück zu Jaap.

Es gab in ihrem Leben niemanden, bei dem sie das Gefühl hatte, sich frei und unbefangen austauschen zu können. Mit Jaap schien das aus irgendeinem Grund möglich zu sein – zumindest hatte sie es an dem Abend in der Bar und gestern im Auto so empfunden, als sie auf Haak gewartet hatten. In der richtigen Situation oder mit dem richtigen Menschen konnte sie sich durchaus öffnen.

Ich muss wirklich weg aus Leeuwarden.

Bloem hatte ihr eine Nachricht hinterlassen, doch sie hatte sie nicht einmal abgehört.

Tanya schaute aus dem Fenster. Der Himmel strahlte, und eine Möwe kreiste um einen Turm des Rijksmuseums.

Irgendwo da draußen, dachte sie schaudernd, *ist ein Mann, der weiß, was mit Adrijana geschehen ist.*

Sie zog die beiden Fotos hervor, das von der Sicherheitskamera und das zweite von Interpol. Noch erschütternder wurde alles dadurch, dass sich jetzt auch noch Adrijanas Eltern das Leben genommen hatten.

Tanya betrachtete die Bilder. Beide erinnerten sie an sich selbst als junges Mädchen. An die Zeit vor dem Tod ihrer Eltern.

Heute vor dreizehn Jahren.

Sie konnte die Erinnerungen nicht mehr zurückhalten.

Der Geruch des Klassenzimmers hatte sich tief in ihr Gedächtnis gebrannt. Sie hatten Masken aus Pappmaschee gebastelt und sie auf Luftballons geklebt; der Kleber roch intensiv und nicht unangenehm, fast wie Sägespäne. Die Schulleiterin, eine energische Frau, deren bloße Anwesenheit die Kinder zum Schweigen brachte, kam herein und sprach leise mit der Lehrerin, während beide immer wieder zu ihr herüberschauten.

Die ganze Klasse spürte, dass etwas nicht in Ordnung war. Das Nächste, woran Tanya sich erinnerte, war das Büro der Direktorin – sie hatte keine Ahnung, wie sie hingelangt war. Der Regen prasselte gegen das Fenster, von dem man auf den tristen Betonspielplatz hinunterblickte.

Sie war wie gelähmt vor Angst gewesen, hatte sich nicht bewegen und kaum noch atmen können.

Ihre Eltern hatten einen Autounfall gehabt. Ein Lastwagenfahrer im Amphetaminrausch – das erfuhr sie erst viel später, als sie sich mit achtzehn den Unfallbericht zeigen ließ – war von hinten in ihr kleines grünes Auto gekracht und hatte es gegen die Betonwand der Autobahn gerammt.

Der Bericht enthielt Fotos von allen Seiten, das Auto war zerdrückt wie eine Coladose, da waren Blutflecken auf der Straße, Gestalten in Warnwesten, schwer zu erkennen im Nebel, der sich nach dem Unfall herabgesenkt hatte, und ein Polizeifoto des Fahrers.

Tanya hatte das Bild angestarrt und versucht, ihren ganzen Hass, die Angst, die Wut und den Schmerz hineinzulegen, als könne sie sich dadurch von allem Belastenden befreien.

Doch es hatte nicht funktioniert, hatte nur dazu geführt, dass sich sein Bild so tief in ihr Gedächtnis grub, dass sie ihn wahrscheinlich auch Jahre später noch auf der Straße erkennen würde.

Und das könnte theoretisch durchaus passieren, denn er lief längst wieder frei herum. Tanyas Eltern waren tot, und er hatte laut diesem Bericht vier Jahre Gefängnis wegen rücksichtslosen Fahrens mit Todesfolge bekommen.

Das Nächste waren die Pflegefamilien, die ungewohnten Gerüche, die seltsamen Gebräuche, die in anderen Familien üblich waren.

Nach und nach lernte sie, mit ihrer Situation umzugehen. Mit fünfzehn schien sie sich nicht von ihren Schulfreundinnen zu unterscheiden – sie war eines von vielen Mädchen, das all das durchmachte, was in diesem Alter normal war.

Bis zu Hause plötzlich Dinge passierten, die ihr den zweiten schweren Schlag in ihrem Leben versetzten.

Ein Klopfen an der Tür riss sie aus ihren Erinnerungen, und sie durchquerte das kleine Zimmer, der abgenutzte Teppich rau unter ihren Fußsohlen, öffnete die Tür und nahm den Haartrockner entgegen, den ihr ein dickes, mürrisch dreinblickendes Zimmermädchen gab.

Während sie sich die Haare föhnte, dachte sie erneut an den vergangenen Abend. Während des Wartens auf Ludo Haak hatte sie plötzlich das starke Bedürfnis verspürt, Jaap von ihrem Pflegevater zu erzählen. Wie er zu ihr gekommen war, wenn seine Frau nicht da war. Wie er sie manipuliert und dafür gesorgt hatte, dass sie schwieg.

Sie war ganz nah dran gewesen, es anzusprechen, obwohl sie

Jaap erst so kurz kannte und noch nie jemandem davon erzählt hatte. Keinem Freund, keiner Freundin, niemandem. Aber im letzten Augenblick hatte die alte Gewohnheit des Schweigens, die wie ein gefährliches Raubtier am Rande ihres Bewusstseins lauerte, sie überwältigt, und sie hatte nachgegeben, fast mit einem Gefühl der Erleichterung.

Doch das war nicht gut. Ihr war bewusst, dass sie nie wirklich frei, nie sie selbst sein würde, wenn sie dieses Problem nicht löste. *Die entscheidende Frage ist*, dachte sie, als sie das Zimmer verließ und die Tür abschloss, *schaffe ich es, die Sache selbst anzupacken?*

Das ist eine Riesensauerei! Sie haben mich vor meinen Geschäftspartnern in den Dreck gezogen! Wissen Sie, was das für mich bedeutet? Für mein Geschäft?«

Sie befanden sich im selben Raum wie gestern Abend. Korssen saß mit stoppelbärtigem Gesicht neben seinem Anwalt, der aussah wie aus dem Ei gepellt mit seinem frisch gebügelten Anzug und den glatt zurückgekämmten Haaren.

»Ich weiß es nicht, und es ist mir offen gesagt auch egal, weil Sie gelogen haben, als ich Sie fragte, wann Sie die Veranstaltung verlassen haben.«

»Ich werde Sie verklagen ... Ihre ganze Abreilung. Vor allem aber Sie persönlich, Sie Stück Scheiße!«

Sein Anwalt, der wusste, dass eine solche Klage vermutlich scheitern würde, und verhindern musste, dass sein Mandant weitere Beleidigungen von sich gab, tippte ihm auf die Hand, um ihn zu besänftigen. »Was mein Mandant sagen will, Inspector ...« – er hielt inne, um einen Blick in seine Unterlagen zu werfen – »... Rykel, ist, dass Sie ein bisschen voreilig waren. Sie haben einen Europäischen Haftbefehl beantragt – und offen gesagt wundert es mich, dass er tatsächlich erlassen wurde, wenn man bedenkt, wie dürftig Ihre Hinweise sind. Und mein Mandant wird prompt von den deutschen Behörden festgenommen. Ich dachte, die Polizei würde solche Maßnahmen nur nach sorgfältiger Prüfung treffen? Aber vielleicht können wir die Sache ja schnell klären.«

»Ich sage kein verdammtes Wort«, murrte Korssen.

»Das werden wir ja sehen«, erwiderte Kees, der bis dahin geschwiegen hatte.

Jetzt war es an Jaap, seinen Kollegen zu beruhigen; er tat es mit einem eisigen Blick. Kees war einfach nicht beherrscht genug, und wenn er sich nicht zusammenriss, würde Jaap etwas unternehmen müssen.

»Wie Sie selbst sagten, der Haftbefehl wurde erlassen, und das heißt, die Verantwortlichen halten ihn für gerechtfertigt. Darum will ich wissen, warum Ihr Mandant nach Deutschland verschwindet, kurz nachdem ich ihn zum Mord an seinem Geschäftspartner befragt habe. Wenn er uns das erklären kann, gibt's kein Problem.«

Korssen warf seinem Anwalt einen kurzen Blick zu, ehe er, sichtlich um Beherrschung bemüht, antwortete: »Ich habe schon gesagt, dass ich mich dort mit Geschäftspartnern getroffen habe.«

»Aus welchem Grund?«

»Eine der Firmen, an der ich beteiligt bin, strebt die Zusammenarbeit mit einem dortigen Unternehmen an. Ich wollte mich mit den Verantwortlichen treffen, bevor wir weitere Schritte unternehmen.«

»Worum geht es dabei?«

»Wir gründen Partnerschaften zwischen Privatwirtschaft und lokalen Behörden, bauen Schulen, Krankenhäuser und dergleichen. Dank Ihnen können wir das jetzt wahrscheinlich vergessen.«

Er ist also nicht bloß ein reicher Geschäftsmann, dachte Jaap, *sondern auch noch ein Heiliger*.

»Warum sind Sie so überstürzt aufgebrochen?«

»Das Treffen wurde kurzfristig vorverlegt, es sollte ursprünglich erst nächste Woche stattfinden.«

»Ich möchte mit den Leuten sprechen, mit denen Sie sich getroffen haben.«

»Okay, dann sagen Sie ihnen, dass Sie da einen dicken Bock geschossen haben und ich absolut nichts mit der Sache zu tun habe. Dann lässt sich vielleicht noch etwas retten.«

»Ich wüsste trotzdem gern, worum es bei Ihrem Streit mit Dirk Friedman ging.«

»Können Sie mir vielleicht diese verdammten Dinger abnehmen?« Korssen klimperte mit den Handschellen; es klang wie Besteck in einer Schublade.

»Erst wenn Sie mir einen guten Grund liefern.«

Korssen rutschte auf seinem Stuhl hin und her. »Ich besitze bedeutende Anteile an fünfzehn Unternehmen, und ich habe nicht die Zeit, um überall über die Buchführung auf dem Laufenden zu sein. Mein alter Buchprüfer hat uns verlassen, und ich habe eine Neue angeheuert. Ihre Aufgabe ist es, jede einzelne Firma vierteljährlich zu prüfen und mir Bericht zu erstatten. Sie checkt einfach nur, ob alles in Ordnung ist. Natürlich stehe ich in ständigem Kontakt mit den betreffenden Managern, aber ich will auch harte Zahlen sehen. Vor einigen Wochen erzählte sie mir von gewissen Ungereimtheiten in Dirks Geschäft, und wir sahen es uns gemeinsam an. Man konnte noch nicht sagen, ob etwas dran war oder nicht, also gab ich ihr grünes Licht, sich die letzten paar Jahre genauer anzusehen.« Er hielt inne. »Ich brauche etwas zu trinken.«

»Das ist keine Bar. Was hat sie gefunden?«

»Ich muss etwas trinken.«

»Bring ihm einen Kaffee«, sagte Jaap zu Kees.

Kees ging hinaus und knallte die Tür zu.

»Sie war sich zuerst nicht sicher«, fuhr Korssen fort, als der Nachhall verklungen war, »aber es sah am Ende so aus, als würde über die Firma regelmäßig Geld gewaschen werden.«

»Wie viel?«

»Nicht viel, achtzig bis hundert Riesen im Jahr.«

»Und das Geld ging wohin?«

»An verschiedene Beratungsfirmen ... Marketingberatung.«

»Und warum ist Ihnen das nicht früher aufgefallen?«

»Der Kerl, der vorher dafür zuständig war, hat nichts gemerkt, aber Maartje war Spezialistin für forensische Buchprüfung, bevor sie zu mir kam. Sie hat Erfahrung darin, solche Dinge zu finden.«

»Und Sie haben Friedman damit konfrontiert?«

Die Tür öffnete sich, und Kees kam mit einem Becher zurück. Er stellte ihn so energisch auf den Tisch, dass der Kaffee überschwappte.

Korssen nahm einen Schluck, verzog das Gesicht und stellte den Becher ab.

Schmeckt nicht ganz so wie der Kaffee aus seiner Wundermaschine, dachte Jaap.

»Ich habe ihn danach gefragt, und er behauptete, nichts davon zu wissen. Ich sagte, ich würde die Beratungsfirmen kontaktieren, um zu erfahren, wofür wir sie bezahlen. Da wurde er nervös, sagte, er würde sich darum kümmern, ich solle mir keine Sorgen machen, er würde mich informieren.«

»Und Sie waren einverstanden?«

»Ich ließ es ihn jedenfalls glauben. In Wirklichkeit setzte ich meine Buchprüferin auf die Sache an, und je länger sie suchte, desto deutlicher wurde, dass da irgendwas faul war, und das schon seit einiger Zeit. Geldwäsche ist kein Kavaliersdelikt, und als Generaldirektor des Unternehmens würde man mich zur Verantwortung ziehen, auch wenn ich nichts davon gewusst habe.«

»Es sind schon Leute für weniger im Gefängnis gelandet.«

»Wie's aussieht, ist es mir auch passiert.«

»Dieses Gespräch hätten wir bereits beim ersten Mal führen sollen.«

Korssen zuckte mit den Schultern.

»Sie haben ihn also damit konfrontiert, in dem Streit?«, nahm Jaap den Faden wieder auf.

»Genau. Er wehrte sich gegen die Vorwürfe, erzählte mir irgendeinen Scheiß, aber wahrscheinlich hat er gespürt, dass es für ihn eng wurde.«

»Haben Sie die Beratungsfirmen kontaktiert?«

»Ich hab's versucht, aber die Telefonnummern und Adressen waren alle falsch.«

»Okay, dort ist das Geld gelandet. Aber wenn es wirklich gewaschen wurde, muss es von irgendwoher gekommen sein.«

»Donnerwetter, Sie vergeuden Ihr Talent bei der Polizei. Ja, da waren Scheinverkäufe verbucht. Es wurden regelmäßig Rechnungen für Diamanten ausgestellt, die wir nie verkauft haben, und dieses Geld landete dann bei den Beratungsfirmen.«

»Eins zu eins?«

»Nein, es war schon etwas besser getarnt. Da waren zum Beispiel zwei Verkäufe, die zusammen den Betrag ergaben, der danach weitergeleitet wurde. Aber wenn man einmal das Muster erkannt hatte, war klar, was da vor sich ging.«

»Und wer hat die Verkäufe abgewickelt?«

»Das waren ausschließlich Internetbestellungen, von ein und derselben Person in Deutschland.«

»Aber irgendjemand in der Firma muss die Bestellung doch entgegengenommen und bearbeitet haben?«

»Friedman hat schon vor Jahren die Anweisung ausgegeben, dass diese Bestellungen direkt an ihn weitergeleitet werden sollten, und erklärt, er würde sich persönlich darum kümmern.«

»Und das tat er auch ... aber auf seine Weise.«

»Genau.«

Jaap lehnte sich zurück. »Haben Sie schon mal von einem gewissen Jan Zwartberg gehört?«

»Nein, sollte ich?«

Jaap schob ihm ein Foto über den Tisch.

»Oh, der … das ist der Typ, mit dem ich Dirk im Restaurant gesehen habe. Ich habe Ihnen ja davon erzählt. Ist das Jan Zwartberg?«

»Er war es.«

»War?«

»Er ist tot, wahrscheinlich vom selben Täter ermordet wie Friedman. Und der hier?« Er zog ein Foto von Haak hervor und wartete auf eine Reaktion.

»Hab ich nie gesehen.«

Jaap schob ihm ein weiteres Foto über den Tisch zu.

Korssen betrachtete es und verzog angewidert das Gesicht. »Herrgott, was ist das denn?«

»Von da ist das rätselhafte Geld hereingeflossen. Friedman und Zwartberg haben ein kleines Geschäft nebenbei betrieben.«

»Davon weiß ich nichts.«

Jaap musterte ihn aufmerksam. Versuchte, ihm seine Gedanken von den Augen abzulesen, doch Korssen war schwer zu durchschauen.

»Was ist mit den Schwarzen Tulpen?«

»Was für schwarze Tulpen … Wovon reden Sie?«, entgegnete Korssen gereizt.

Wird er nervös, fragte sich Jaap, *oder hoffe ich nur, dass er's wird?*

»Eine Bande, die illegales Zeug ins Land schmuggelt. Waffen, Drogen … und offenbar auch Kinder.«

»Ich weiß davon nichts. Wenn Friedman in so etwas verwickelt war, wüsste ich nicht, was das mit mir zu tun haben soll.«

Jaap registrierte, dass Korssen ihn nun »Friedman« nannte, nicht mehr »Dirk«.

Er will sich distanzieren.

»Und das da?« Er griff in den Beutel, den Kees vorbereitet hatte, und zog die lederne Maske hervor. Er warf sie auf den Tisch, und der Reißverschluss klapperte auf der harten Oberfläche. »Das haben wir in Ihrem Haus gefunden.«

»Sie waren in meinem Haus, Sie Stück Scheiße. Mein Privatleben geht Sie nichts an.«

»Da haben Sie recht. Was freiwillig zwischen Erwachsenen geschieht, geht mich tatsächlich nichts an. Aber wenn es um Kinder geht, dann wird es sehr wohl zu meiner Sache«, betonte Jaap. Er stand so abrupt auf, dass der Stuhl über den Betonboden schrammte, und nahm Maske und Fotos vom Tisch. Dann zog er das Handy hervor, das sie in Zwartbergs Mund gefunden hatten. Es war in einen Kunststoffbeutel der Spurensicherung verpackt. »Besitzen Sie ein solches Handy?«

»Nein, sollte ich?«

Sie hatten keines in seinem Haus gefunden, und Korssen war bei seiner Ankunft durchsucht worden. Doch das bewies gar nichts. Es war eine Kleinigkeit, ein Handy verschwinden zu lassen.

»Geben Sie mir die Nummer der Leute, die Sie in Deutschland getroffen haben.«

Der Anwalt, der sich bisher im Hintergrund gehalten hatte, räusperte sich vernehmlich. »Ich denke, Sie brauchen meinen Mandanten nicht festzuhalten, während Sie das überprüfen.«

Jaap ging zur Tür. Die Hand auf der Klinke, drehte er sich noch einmal um. »Eine notwendige Maßnahme.« Er zuckte mit den Schultern, als wären ihm die Hände gebunden. »Nach sorgfältiger Prüfung.«

Kees, ich brauche dich hier«, rief Jaap die Treppe hinunter. Er hatte Kees gleich nach Korssens Vernehmung davoneilen sehen. In zwanzig Minuten musste er Smit über die jüngsten Entwicklungen informieren. Darüber hinaus gab es so viel zu tun, dass er jetzt nicht auch noch auf Kees verzichten konnte.

»Ja, ich muss nur schnell …«

»Jetzt gleich.«

Während Jaap ins Büro zurückging, dachte er an den gestrigen Abend. Er hatte eigentlich einen offiziellen Bericht über Kees schreiben wollen. Ohne ausreichenden Grund die Waffe zu ziehen und abzudrücken war ein schweres Vergehen. Mehr Sorgen als der Fehltritt selbst bereitete ihm jedoch Kees' mangelnde Beherrschung, die sich darin offenbarte.

Er hatte bereits begonnen, den Bericht auf seinem Laptop zu tippen, hatte dann aber innegehalten und die schwarzen Wörter auf dem weißen Bildschirm angestarrt, bis seine Hand wie mechanisch den Text markierte und ein Finger zur Löschtaste ging.

Letztlich hatte er sich mit einer einfachen Nachricht an Smit begnügt. Es war wahrscheinlich besser, die Sache inoffiziell zu regeln.

Er blieb vor der Tafel mit den neuen Mordfällen stehen. Allein die vergangene Nacht hatte nicht weniger als fünf rote Namen gebracht.

Rote Tinte für das vergossene Blut.

Zwei Tote waren noch nicht identifiziert. Unter den Einträgen standen die Namen der ermittelnden Beamten.

»Ist er dabei?«

Jaap drehte sich um und fand sich Tanya gegenüber, das Gesicht gerötet von der Kälte draußen, die Haut um die Augen besonders rot.

Doch sie sah trotzdem gut aus.

Mehr als gut … und er spürte trotz allem, was zurzeit vor sich ging, wie sich etwas in ihm regte.

»Es könnte einer der beiden hier sein.« Er deutete auf die zwei nicht identifizierten Toten und versuchte das unpassende Gefühl zu verdrängen.

»Hoffentlich nicht«, erwiderte sie.

»Hast du schon etwas über die Finanzen der van Delfts herausgefunden?«

»Die Bank faxt die Unterlagen heute Vormittag. Daraus sollte sich erkennen lassen, ob sie für das Mädchen bezahlt haben oder nicht.«

Kees trottete herüber, und Jaap ging mit ihm und Tanya in den Besprechungsraum.

»Uns läuft die Zeit davon«, begann er, während sie sich setzten. »Wir brauchen Antworten – heute noch. Kees, wie weit bist du mit Korssens Alibi?«

»Ich habe mit den Kollegen in Hamburg gesprochen. Sie wollen es überprüfen … es hat für sie aber nicht oberste Priorität.«

»Hast du ihnen unseren Fall geschildert?«

»Ja, aber sie haben ihre eigenen Probleme, sagen sie.«

Jaap überlegte einen Augenblick, ob er selbst hinfliegen sollte, verwarf den Gedanken aber gleich wieder. Es würde zu viel Zeit in Anspruch nehmen.

»Wir haben Korssen hier«, warf Kees ein. »Wenn er hinter den Morden steckt, müssen wir nur noch Haak finden. Korssen kann ihn nicht von seiner Zelle aus töten.«

»Nein, aber er könnte jemanden dafür angeheuert haben«, wandte Tanya ein.

»Stimmt«, pflichtete Jaap ihr bei. »Die Gefahr besteht. Mach den Deutschen ein bisschen Dampf. Ich will wissen, ob Korssens Alibi wasserdicht ist. Sollte es sich als falsch herausstellen, können wir ihn uns noch einmal vorknöpfen. Mich hat seine Vorstellung vorhin nicht überzeugt. Er ist verdammt arrogant und glaubt, dass wir ihm nichts anhaben können. Aber nach dem, was wir gestern in dieser Wohnung gefunden haben, müssen wir auch die Möglichkeit in Betracht ziehen, dass er nicht der Täter ist. Dann tun wir ihm vielleicht sogar einen Gefallen, weil er hier drin geschützt ist.« Jaap dachte an die Fotos und Videos, die sie gefunden hatten. »Die Fülle des Materials macht den Kreis der möglichen Verdächtigen um einiges größer. Wir müssen uns das Umfeld von Friedman und Zwartberg ansehen und versuchen, einen Zusammenhang mit der Liste zu finden, die uns Grimberg heute Vormittag schicken sollte. Tanya, kannst du noch mal ein Wörtchen mit ihm reden? Ich fürchte, er hat es nicht sehr eilig damit.«

»Klar. Und was ist mit Haak? Ich würde sagen, er wurde entweder bereits beseitigt oder befindet sich auf der Flucht. Und Adrijana …?«

»Wir schicken sein Foto an die Leute, die die nicht identifizierten Leichen gefunden haben … Kees, du blutest.«

Kees wischte sich mit dem Handrücken über die Nase.

Eine Blutspur zog sich über seine Haut.

Er fummelte in seiner Hosentasche, bis Tanya ihm ein Taschentuch reichte. Kees hielt es an die Nase und neigte den Kopf zurück.

Vielleicht von dem K.-o.-Schlag gestern, dachte Jaap. *Oder von etwas anderem?* Ihm fiel eine mögliche Ursache für Kees' Nasenbluten ein, die ihm gar nicht gefiel.

Es würde jedenfalls einiges erklären, dachte er.

»Okay, Kees, wir treffen uns hier um elf. Ich habe das Sittendezernat eingeschaltet – die können uns mit den Fotos helfen. Vielleicht erkennen sie jemanden. Tanya, sag Bescheid, sobald du die Liste hast.«

»Mach ich.«

Kees und Tanya gingen hinaus.

Jaap schaute aus dem Fenster. Ein Flugzeug schimmerte silbern am blauen Himmel.

Nachdenklich stand er auf. *Ist Korssen der, den wir suchen, oder haben wir den falschen Mann?*

Während Jaap den Korridor zu Smits Büro entlangging, blickte er auf den Kanal hinaus, der inzwischen von einer durchgehenden Eisschicht bedeckt war. Er musste einige Minuten warten; Smit führe ein wichtiges Telefonat, teilte ihm Elsie mit, deshalb rief Jaap Fortuyns Anwalt an, der, wie sich herausstellte, in Urlaub war.

Seine Sekretärin, deren Stimme klang, als hätte sie eine Wäscheklammer auf der Nase, erklärte ihm, dass die Akten an einem anderen Ort aufbewahrt wurden und es mindestens zwei Tage dauern würde, die richtige herauszusuchen. Jaap gab ihr bis zur Mittagspause Zeit, die Akte zu beschaffen. Es könnte ihn einen entscheidenden Schritt weiterbringen zu wissen, wer die Miete für die Wohnung in der Bloedstraat bezahlte. Vor allem, wenn es Korssen war. Danach rief er Roemers an.

»Ist es die gleiche Ursache?«, fragte er ohne Umschweife.

»Was?«

»Andreas' und Kees' Laptop ... Wurden sie auf die gleiche Weise gelöscht?«

»Ja. Hat er dir das nicht gesagt?«

»Wer?«

»Kees. Ich habe heute früh mit ihm gesprochen. Diese Website, in die er sich einloggen wollte, hat die Festplatte gelöscht und einen ähnlichen Browserverlauf installiert wie auf Andreas'. Es war also derselbe Virus.«

»Hast du ihm das gesagt?«

»Ja, warum nicht, ihr arbeitet doch zusammen, oder? Und es ist sein Computer.«

Jaap legte auf. Seine Gedanken arbeiteten auf Hochtouren. Kees wusste also von der Spur, der er insgeheim folgte. Er hatte jedoch kein Wort gesagt.

Was die logische Reaktion gewesen wäre.

»Inspector Rykel, kommen Sie.« Jaap blickte auf und sah Smit in der Tür warten.

In seinem Büro stand eine frische Kanne Kaffee auf dem Schreibtisch. Smit bot ihm jedoch keinen an, als er sich selbst einschenkte.

»Wo stehen wir?« Smit lehnte sich in seinem Stuhl zurück und blies den heißen Dampf von seiner Tasse.

»Die Verbindung zwischen den beiden Opfern ist erwiesen. Friedman und Zwartberg betrieben ein Kinderpornogeschäft, und das ziemlich lange. Wir haben Fotos gefunden, die fünfzehn Jahre alt sind. Eine dritte Person, Ludo Haak, ist ebenfalls verwickelt. Ein mutmaßliches viertes Mitglied, Rint Korssen, haben wir in Gewahrsam, seit er gestern aus Deutschland zurückgeschickt wurde. Er verschwand, kurz nachdem wir zum ersten Mal mit ihm gesprochen hatten.«

»Gibt's irgendwas Neues über ihn?«

»Nichts Konkretes, aber wir arbeiten daran. Und Zwartberg hatte eine Stola um den Hals. Wir überprüfen die Kirchen auf einen möglichen Zusammenhang.«

Smit saß einige Augenblicke schweigend da. Jaap hörte ihn atmen, ein asthmatisches Pfeifen.

»Haak … wo steckt er?«

»Ist untergetaucht.«

»Also könnte er es gewesen sein?«

Jaap hatte sich auf dieses Gespräch vorbereitet, damit er nicht mit irgendeiner unbedachten Andeutung verriet, wie viel dieser Fall mit Andreas zu tun hatte. Falls Smit nur den leisesten Verdacht hegte, würde er Jaap den Fall sofort entziehen. Und auch de Waart traute er trotz seines plötzlichen Sinneswandels nicht über den Weg.

Wenn Kees allerdings Smit erzählte, dass die beiden Laptops auf die gleiche Weise gelöscht worden waren, war ohnehin alles vorbei.

Er hatte heute Morgen noch schnell das I Ging befragt, bevor er das Hausboot verließ, mit diesem Ergebnis:

Himmel und See. »Achtsames Auftreten, behutsam vorgehen.«

Das versuche ich schon die ganze Zeit, dachte er.

»Könnte sein. Wir prüfen aber auch die Möglichkeit, dass eines der Opfer dahintersteckt, aus Rache. Die Sache zieht sich bereits über viele Jahre hin. Manche Opfer können also schon Mitte zwanzig sein, vielleicht sogar dreißig oder darüber.«

»Wie haben sie das Zeug verbreitet? Internet?«

»Das überprüfen wir gerade, aber es dürfte der wahrscheinlichste Weg sein.«

»Waren Sie schon bei der Sitte?«

»Wir arbeiten das Material zuerst selbst durch, danach übergeben wir es ihnen. Vielleicht finden sie die eine oder andere Übereinstimmung.«

Jaap wusste, dass man im Sittendezernat nicht erfreut über die Mammutaufgabe sein würde.

»Läuft eine Fahndung nach Haak?«

»Ja, und wir überprüfen auch die neuen Stars.« Die »Stars der Show«, die Opfer. Jaap hasste den Ausdruck, doch er war so verbreitet in der Abteilung, dass er nicht umhinkonnte, ihn ebenfalls zu verwenden.

»Sie sagten, Sie wollen mit mir über Kees sprechen?«

Jaap spannte sich innerlich an. Er hatte damit geliebäugelt, Kees loszuwerden und durch jemand anderen ersetzen zu lassen, doch da Kees jetzt wusste, dass er an Andreas' Fall dran war …

»Äh … ja, ich wollte sagen, er macht sich gut.«

Smit sah ihm prüfend in die Augen. »Sie hinterlassen mir eine Nachricht, dass Sie mich sprechen wollen, nur um mir zu sagen, dass er sich gut macht?«

»Na ja, Sie wissen schon, ich war zuerst nicht begeistert. Aber wie gesagt, er macht einen guten Job.«

Smit musterte ihn noch einen Moment und nahm einen Schluck Kaffee. »Okay, halten Sie mich auf dem Laufenden.«

Jaap stand auf und ging zur Tür.

»Übrigens«, fügte Smit noch hinzu, »ich habe einen Anruf aus Leeuwarden erhalten. Die sind dort nicht besonders erfreut darüber, dass Sie Sergeant van der Mark einfach so für Ihr Team rekrutieren. Wenn Sie das nächste Mal so etwas vorhaben, kommen Sie vorher zu mir.«

DREIUNDSECHZIG

Jetzt hatte Kees den Beweis.

Jaap untersuchte Andreas' Tod. Wenn er das Smit erzählte, hatte er gute Chancen, den Fall zu übernehmen, zumal niemand sonst frei war.

Er betrachtete die Sint Nicolaaskerk, eine der wenigen katholischen Kirchen in einer protestantisch geprägten Stadt. Sie erhob sich hoch über die umliegenden Gebäude, und die beiden Türme und die große Kuppel ragten in den wolkigen Himmel.

Sein Kopf begann wieder zu pochen, und er dachte an die Nacht mit Carice. Der Sex war toll gewesen, soweit er sich erinnern konnte. Sie waren beide high gewesen und hatten es entsprechend genossen.

Doch jetzt war der Rausch verflogen, und der Kater setzte voll ein.

Er brauchte dringend einen kleinen Kick. Griff in die Innentasche seiner Jacke und zog das Plastikpäckchen hervor.

Leer.

Kein Wunder, dass er Kopfschmerzen hatte – da drin war genug für vier gewesen. Er schaute sich um, dann befeuchtete er rasch einen Finger, fuhr über die Innenseite des Briefchens und rieb sich den Gaumen. Er zerknüllte das Päckchen und warf es in einen Abfalleimer. Etwas raschelte unter dem Müll.

Kees fragte sich, ob Kokain auch Ratten einen Kick versetzen konnte.

Er stellte sich eine Ratte vor, die mit irrem Blick durch die Straßen fegte und die Leute in Panik versetzte. Als er zum Kirchenportal trat, wurde ihm bewusst, dass er lachte.

Drinnen war es düster, die bemalten, vergoldeten Balken wirkten alt und müde. Eine Gestalt mit Kopftuch kniete so still und reglos in einer der vorderen Bänke, dass man sie für eine Statue hätte halten können.

Kees hörte männliche Stimmen singen, von Orgelklängen getragen. Drei Männer mit dicken Mänteln und Schals standen beim Altar um eine kleine tragbare Orgel, die ein vierter langsam und feierlich spielte. Sie hielten in ihrem Lied inne und diskutierten etwas, ehe sie erneut zu singen begannen.

Die Kirche sah zwar anders aus als die, in die ihn seine Eltern jeden Sonntag geschleppt hatten, doch die Atmosphäre war irgendwie ähnlich. Vielleicht lag es an der Stille oder am Weihrauchduft, der seine gereizte Nasenschleimhaut kitzelte. Das Bluten hatte aufgehört, doch es fühlte sich so an, als könnte es jederzeit wieder anfangen.

Kees erinnerte sich an die endlosen Stunden quälender Langeweile, an die alten Frauen mit Haaren auf dem Kinn und Augen, die einen ansahen, als wäre man der leibhaftige Teufel. Einmal nach der Messe hatte ihn eine Frau erwischt, als er sich mit einem Mädchen in einer Hecke versteckt hatte. Sie zog ihn am Ohr und drohte, ein schlimmes Kind wie er würde in der Hölle enden. Kees hatte mit schmerzverzerrtem Gesicht und Tränen in den Augen zu ihr aufgeblickt und ein Wort herausgepresst, von dem er selbst nicht wusste, woher es kam: »Teufelshure.«

Seine Schritte hallten durch den weiten Raum und vermischten sich mit der Musik, die immer wieder verstummte und von neuem einsetzte. Ein Mann, der ihn gehört haben musste, trat aus einer Tür hervor. Er trug ein schwarzes Priestergewand, dessen weißer Kragen seinen dünnen, zerbrechlich wirkenden Hals umschloss. Sein knochiges Gesicht erinnerte an einen mittelalterlichen Wasserspeier.

Als sie einander nahe genug waren, begrüßte er Kees im Flüsterton, um die Sänger nicht zu stören, und stellte sich als Pater Vegter vor. Kees zeigte ihm seinen Dienstausweis und fragte ihn, ob sie irgendwo reden könnten. Seine laute Stimme ließ den Priester zusammenzucken.

Pater Vegter drehte sich um und trat durch die Tür, aus der er gekommen war. Kees folgte ihm durch einen Korridor, der zu einem kleinen, aber erstaunlich modern eingerichteten Büro führte. *Sieht mehr nach einem Geschäft aus als nach Religion*, dachte Kees.

»Bitte, nehmen Sie Platz.« Er deutete auf einen schwarzen Drehstuhl und setzte sich auf ein identisches Modell auf der anderen Seite des Schreibtisches. »Was kann ich für Sie tun?«

»Ich suche jemanden, der mir etwas über diesen Mann sagen kann.«

Der Priester nahm das Foto, das Kees ihm auf den Tisch legte, hielt es auf Armlänge vor sich und betrachtete es mit zusammengekniffenen Augen. Er nickte langsam und bedächtig. »Wie kommen Sie darauf, dass ich etwas über ihn wissen könnte?«

»Ich halte es für möglich, dass er selbst Priester war. Wir haben das hier in seinem Haus gefunden.« Er reichte ihm ein Foto, das die Stola auf einem Tisch zeigte. »Sie kennen ihn also?«

Pater Vegter studierte das Bild. »Nein … wer ist das?«

»Er heißt Jan Zwartberg.«

Der Priester zögerte und blickte nach oben, wie um Gott um eine Erleuchtung zu bitten. Doch sie kam nicht. Nach einigen Momenten, in denen Kees mit einem flauen Gefühl im

Magen daran dachte, was ihm de Waart gestern nahegelegt hatte, schüttelte der Geistliche den Kopf.

»Tut mir leid, der Name sagt mir nichts. Wenn Sie das Foto hierlassen, zeige ich es den anderen Priestern. Vielleicht kann sich jemand an den Mann erinnern.«

»Wenn ihn jemand erkennt, rufen Sie mich bitte an.« Kees gab ihm seine Karte. »Falls er wirklich Priester war, wo kann ich dann mehr über ihn erfahren? Es muss doch irgendwelche Unterlagen geben.«

»Die gibt es sicher, wahrscheinlich im Verwaltungszentrum in Haarlem.«

Kees fragte nach der Telefonnummer, notierte sie und stand dann auf, um zu gehen.

Zeitverschwendung, dachte er. *Ich sollte Smit von dem Laptop erzählen, dann entzieht er Jaap vielleicht den Fall und lässt mich die Ermittlungen leiten.*

»Oh, Herr Inspector.« Pater Vegter wartete, bis sich Kees umdrehte. »Falls Sie irgendwann einmal sprechen möchten, egal worüber … meine Tür ist immer offen.«

Seine Augen erforschten Kees', und für einen Moment hatte er das Gefühl, der Mann könne tatsächlich in sein Inneres blicken.

Eine jähe Panik schnürte Kees die Kehle zu, und er drehte sich um und ging, ohne ein Wort zu sagen.

Draußen in der klirrenden Kälte stellte er fest, dass seine Hände immer noch schwitzten. Er sollte aufs Revier zurückkehren und mit Smit sprechen, doch stattdessen zog es ihn wie von selbst zu einer Gasse bei der Oude Kerk, der ältesten Kirche der Stadt, die fast ausschließlich von Bordellen umgeben war.

Ein Afrikaner stand in seinen Mantel gehüllt da und trat von einem Bein aufs andere. Er grüßte Kees mit einem kurzen Heben der Augenbrauen.

»Wie viel?«, fragte er, während er die Gasse im Auge behielt.

»Das Übliche«, antwortete Kees.

»Mann, du verbrauchst eine Menge von dem Zeug. Nicht dass ich mich beklage.«

»Was soll ich sagen, du hast gute Ware. Hör zu, ich hab kein Bargeld dabei, ich zahl's dir morgen.«

Die dunklen Gesichtszüge des Mannes spannten sich an. »O nein, das geht nicht. Bezahlt wird sofort oder gar nicht.«

»Hey, komm schon, du kennst mich.«

»Das ändert nichts. Ich kann's nicht machen.«

Kees blickte sich kurz um und machte einen Schritt auf den Mann zu. »Weißt du was? Du hast recht – ich bezahle gar nicht. Du gibst mir eine Gratiskostprobe. Oder möchtest du mit aufs Revier kommen?«

»Und wenn ich erzähle, dass du ein Kunde von mir bist?«

Kees zuckte mit den Schultern. »Wem werden sie glauben?«, fragte er und zeigte mit dem Finger auf sich. »Mir?« Er stieß dem Dealer den Zeigefinger gegen die Brust. »Oder dir?«

Ludo Haak verfolgte Tanya fast ständig in ihren Gedanken. Er weckte einen Hass in ihr, den sie unbedingt im Zaum halten musste, bevor er destruktive Ausmaße annahm. Wenn sie die Augen schloss, sah sie unwillkürlich sein Bild vor sich, und die Spinnenbeine seiner Tätowierung fingen an, sich zu bewegen.

Das ist nicht gut, dachte sie.

Falls sich jemand an ihm gerächt haben sollte, so hätte er im Grunde nichts anderes verdient gehabt. Auch wenn Tanya das unbändige Bedürfnis verspürte, ihn selbst in die Hände zu bekommen.

Nein, sie hätte absolut nichts Verwerfliches an einer solchen Rachetat gefunden, außer dass sie dann vielleicht keine Chance mehr hatte, Adrijana zu finden.

Dass Haak gestern Abend nicht gekommen war, musste jedoch nicht bedeuten, dass er tot war. Vielleicht wusste er, dass es jemand auf ihn abgesehen hatte, und hielt sich irgendwo versteckt. Schließlich konnte ihm nicht verborgen geblieben sein, dass Friedman und Zwartberg tot waren. Oder er hatte wegen irgendeines Geschäfts die Stadt verlassen. So wie er vor einigen Tagen nach Leeuwarden gekommen war.

Vielleicht plante er schon die nächste Entführung.

Doch das erschien ihr wenig wahrscheinlich, jetzt, da das Pornogeschäft aufgeflogen war. Somit stellte sich für Tanya die bange Frage, was er nun mit Adrijana vorhatte.

Sie wandte sich wieder dem Bildschirm zu, um weiter Datenbanken zu durchforsten, in der Hoffnung, irgendetwas zu finden, das sie auf die richtige Spur führen würde.

Inzwischen war auch die Nachricht gekommen, dass es sich bei keinem der beiden bis dahin unbekannten Toten um Haak handelte.

Tanya kehrte zum Polizeibericht seiner ersten Inhaftierung zurück und sah das Profilfoto mit der Tätowierung vor sich.

Auf dem nächsten Bild schaute er in die Kamera.

Mit dunklen, bösen Augen.

Sie dachte an seine Eltern. So schwer man sich vorstellen konnte, dass so jemand Eltern hatte, vielleicht wussten sie, wo er sich aufhielt. Falls sie noch lebten. Vielleicht waren sie längst gestorben, an einer Überdosis in irgendeinem Drecksloch, erstochen bei einer Schlägerei im Suff oder einfach zugrunde gegangen an der Schande, einen Sohn wie Ludo Haak in die Welt gesetzt zu haben.

Oder vielleicht ist es ihm so ergangen wie mir, sinnierte sie. *Vielleicht hatte er Pflegeeltern, oder seine eigenen Eltern haben ihn missbraucht, und jetzt verhält er sich genauso.*

Doch das entschuldigte nichts. Tanya hatte selbst einiges durchgemacht und war trotzdem weit davon entfernt, alte Ehepaare zu fesseln und hilflos verbrennen zu lassen oder ihr Kind zu entführen, auch wenn sie es illegal gekauft hatten.

Das war der andere Ansatz, den sie verfolgen musste. Jaap vermutete, dass die Schwarzen Tulpen nicht nur Drogen und Waffen, sondern auch Kinder und junge Mädchen für das Sexgeschäft ins Land schmuggelten. Doch auch in dieser Hinsicht war Haak ihre größte Chance, dem Treiben ein Ende zu setzen.

Im Moment war er ihr einziger echter Ansatzpunkt.

Die Eltern. Sie würde als Erstes seine Eltern suchen, obwohl Haak ein frustrierend häufiger Name in den Niederlanden war, wie sie feststellte, als sie ihn in die Datenbank eingab. Haaks Akte enthielt den Geburtsort, der in der Nähe von Leiden lag, also suchte sie nach Haaks, die heute dort lebten. Die Wahrscheinlichkeit war nicht allzu hoch, doch irgendwo musste sie anfangen.

Als das Ergebnis da war, druckte sie die Liste aus und griff zum Telefon.

FÜNFUNDSECHZIG

DONNERSTAG, 5. JANUAR, 11.39 UHR

Das Sittendezernat hatte ein Stockwerk ganz für sich. Die Abteilung war vom Rest des Gebäudes abgetrennt, als gelte es einzudämmen, womit man es hier zu tun hatte.

Was in gewisser Weise auch der Fall war.

Jaap hatte zwei Monate hier gearbeitet, das Minimum, das jeder Inspector ableisten musste, bevor er zum Morddezernat kam. Er hatte diese zwei Monate gehasst, hatte sich bereits gefragt, ob er den richtigen Job gewählt hatte, ob er nicht alles hinschmeißen und etwas ganz anderes machen sollte.

Als er und Kees nun an der Tür darauf warteten, eingelassen zu werden, erinnerte sich Jaap, dass er damals mit so gut wie jeder Abartigkeit konfrontiert worden war, die man sich vorstellen konnte, doch es hatte nie mit Kindern zu tun gehabt. Das schien sich in den letzten Jahren geändert zu haben.

Es dauerte eine Weile, bis ihnen jemand öffnete – Kees' Scherz, warum der gehetzt wirkende Mann so lange gebraucht hatte, kam nicht gut an. Sie wurden in ein kleines verdunkeltes Büro geführt, in dem Computerlüfter summten und eine angespannte Konzentration in der Luft lag.

Jaap kannte den Mann, der sich von seinem Platz erhob, um sie zu begrüßen. Reinier van Oorschot hatte die Abteilung schon geleitet, als Jaap seine Zeit hier abgedient hatte. Sein Gesicht war noch zerklüfteter als einst, die beiden Sorgenfalten auf der Stirn hatten sich zu Furchen vertieft, und unter dem ursprünglich dichten blonden Haar war inzwischen viel nackte Kopfhaut zu sehen. Jaap wunderte sich, dass er immer noch hier war. Die meisten hatten nach ein paar Jahren genug, falls sie überhaupt so lange durchhielten.

»Jaap, freut mich, dich zu sehen.« Sein Ton sagte etwas anderes.

Sie gaben einander die Hand, Jaap stellte ihm Kees vor und erläuterte schließlich, was sie brauchten.

»Die werden sicher alle begeistert sein, sich eine ganze Ladung neuer Bilder ansehen zu müssen«, seufzte Reinier.

»Ja, kann ich mir vorstellen.«

»Und du willst wissen, ob uns so etwas schon mal untergekommen ist?«

Kees gab einen kichernden Laut von sich.

»Du warst vor der Zeit des Hochgeschwindigkeitsinternets bei uns, stimmt's?«, fragte Reinier und ignorierte Kees. Geschmacklose Scherze über seine Arbeit war er gewöhnt.

»Ja, damals waren es hauptsächlich Fotos.«

Kees rieb sich die Nase, als müsse er niesen.

»Heute sind es vor allem Videos in HD, manche aus Asien sogar schon in 3D. Das muss man sich mal vorstellen. Da holt sich irgendein Perversling vor seinem Computer einen runter, mit einer 3D-Brille auf dem Kopf. Echt krank, sag ich dir.«

Ein Handy auf seinem Schreibtisch klingelte zweimal. Reinier checkte seine Mailbox.

»Wir haben hier auch ein paar Videos«, fuhr Jaap fort, nachdem Reinier die neue Nachricht abgehört hatte. »Wir wissen sogar, wo das Zeug gefilmt wurde, und auch, dass sie es im Web verbreitet haben.« Er machte Kees ein Zeichen, der daraufhin eine Karte hervorzog und sie Reinier reichte. »Wenn du versuchst, dich hier einzuloggen, wird dein ganzer Computer gelöscht. Gert Roemers arbeitet daran. Du kannst ihn ja mal anrufen und fragen, wie weit er ist.«

Reinier schnaubte verächtlich. Er nahm die Karte und betrachtete sie.

»Es ist eine Internetadresse mit dem Zusatz .nl«, erläuterte Kees.

»Roemers wird dir nicht weiterhelfen können«, bemerkte Reinier und warf die Karte auf den Schreibtisch. »Ich habe Leute hier, die auf solche Sachen spezialisiert sind. So was machen wir heute hauptsächlich: Wir verfolgen diese Scheiße im Internet und sind dafür wahrscheinlich besser ausgerüstet als die Kriminaltechnik. Das Problem ist, dass dieses Zeug irgendwo im Ausland ins Netz gestellt wird. Darum können wir oft gar nichts unternehmen, selbst wenn wir es bis zum Ursprung zurückverfolgen.«

»Ja, ich weiß, aber es würde uns trotzdem sehr helfen, wenn ihr einen Blick darauf werfen könntet. Vielleicht kommt euch das eine oder andere bekannt vor.«

»Nach ein paar Wochen kommt einem alles bekannt vor, aber wir werden es uns ansehen. Irgendwas Bestimmtes?«

Jaaps Handy klingelte. Er blickte auf das Display – es war Karin. Er stand auf und verließ Reiniers Büro.

»Hey«, meldete er sich und hoffte, dass es nicht allzu dringend war. »Alles okay?«

»Ja, danke«, antwortete sie. »Ich hab mich nur gefragt, ob wir uns vielleicht treffen können. Es gibt da etwas, worüber ich mit dir sprechen möchte.«

»Ich bin gerade mitten in einer Besprechung, es könnte noch eine Weile dauern. Hat es ein bisschen Zeit?«

»Ja, vielleicht heute Abend?«

»Heute Abend ist gut. Ich rufe dich an. Und es ist wirklich alles okay?«

»Ja. Es ist nur … ach, egal. Ich erzähle es dir, wenn wir uns sehen.«

Jaap beendete das Gespräch und kehrte in Reiniers Büro zurück. Karin hatte irgendwie anders geklungen, fast wie früher. Vielleicht war sie einen Schritt weitergekommen und konnte endlich anfangen, die Vergangenheit hinter sich zu lassen.

Er trat an Reiniers Schreibtisch. »Was ich vergessen habe zu sagen: Ich glaube, sie verbreiten das Zeug über das Darknet …«

»So wie *Tor*?«

»Was ist das?«

»Ein Netzwerk, mit dem Verbindungsdaten anonymisiert werden können, damit der Nutzer …«

»Ja, der Techniker hat so was erwähnt. Aber das Schlimmste ist, dass sie einiges davon live übertragen, und die Nutzer können gegen Bezahlung darauf Einfluss nehmen …«

Reinier schüttelte den Kopf. »Damit haben wir es leider auch schon zu tun gehabt.«

Jaap griff in seine Jacke. »Diese vier hier …« Er breitete die Fotos von Friedman, Zwartberg, Haak und Korssen auf dem Tisch aus. »Wenn euch einer davon in dem Material unterkommt, ruf mich bitte sofort an. Vor allem der hier.« Er tippte auf Korssens Bild.

Tanya hatte das frustrierende Gefühl, mit ihrer Telefonsuche keinen Schritt weiterzukommen.

Sie erinnerte sich an den Papierstapel aus dem Faxgerät mit den Finanzunterlagen der van Delfts. Also wandte sie sich dieser Aufgabe zu, und bald begannen ihre Augen von den klein gedruckten Zahlen zu schmerzen.

Als sie nach einigen Seiten kaum noch damit rechnete, fand sie etwas: viertausend Euro, die vom Girokonto der van Delfts abgehoben worden waren, dazu siebentausend Euro von ihren Sparkonten, alles in bar und über einen Zeitraum von fünf Tagen.

Jaap hatte recht gehabt: Sie hatten das Kind gekauft.

Tanya wusste nicht, was schlimmer war: die Übelkeit, die in ihr hochstieg, oder der Zorn, der ihren Kopf fast zerspringen ließ. Wie konnten sie nur so etwas tun, wie konnte irgendjemand so etwas tun?

Der Zorn gewann die Oberhand, ein Feuer, das sie von innen verzehrte. Sie sprang von ihrem Schreibtisch auf, eilte an den Tischen der anderen vorbei, die von ihrer Arbeit aufblickten, die Treppe hinunter und auf die Straße hinaus, wo sie beinahe zwei uniformierte Kollegen umgerannt hätte, die einen unrasierten Mann ins Haus führten. Blut tropfte von seiner dick geschwollenen Unterlippe.

Die nackte Wut trieb sie weiter, ihre Gedanken arbeiteten fieberhaft, ihre Ohren dröhnten. Sie hastete an den Leuten vorbei, ohne sie zu sehen, überquerte direkt vor einer Tram die Straße, unfähig, die Wut zu beherrschen.

Nach und nach nahm sie die Geräusche der Stadt wieder wahr: das Brummen des Verkehrs, eine Autohupe, die Flugzeuge im Landeanflug auf den Flughafen Schiphol.

Auf einer Brücke über die Prinsengracht hielt Tanya inne, lehnte sich an das Metallgeländer und blickte auf das Eis hinunter, das mit seiner Härte und Kälte einen Gegenpol zu ihrem emotionalen Zustand bildete. Sie hatte einen seltsam bitteren Geschmack im Mund und fragte sich, ob das an irgendwelchen Substanzen im Körper lag, von der Wut freigesetzt, die sich endlich zu legen begann.

Die Heftigkeit ihres Ausbruchs erschreckte sie. Sie hatte noch nie zu Wutanfällen geneigt, aber dieser Fall rührte an etwas tief in ihrem Inneren.

Sie wusste, woran es lag: Was hier vor sich ging, war allzu eng mit den Problemen verknüpft, mit denen sie selbst in ihrem Leben konfrontiert worden war.

Nur hatte sie den Dingen nie ins Gesicht geblickt, sondern sich stets abgewandt. Vielleicht bezahlte sie jetzt den Preis dafür, und die aufgestaute Wut brach, vom aktuellen Fall ausgelöst, an die Oberfläche. Sie musste sich zusammennehmen und weitermachen, das Kind finden. Danach konnte sie sich ihren eigenen Problemen zuwenden.

Als sie sich vom Brückengeländer wegdrehte, wusste sie plötzlich die Antwort auf die Frage, die sie sich heute früh gestellt hatte.

Ich muss es selbst lösen.

Sie schauderte und wusste nicht genau, ob aus Angst oder einem vagen Gefühl der Erwartung.

Ich hab mich gefragt, ob dir noch etwas zu Andreas einge-fallen ist.«

De Waart hatte Jaap auf dem Rückweg vom Sittendezernat abgefangen, als hätte er auf ihn gewartet.

»Vielleicht hast du ja den Schlüssel zu der ganzen Sache«, fügte de Waart hinzu.

Jaap hatte gestern Abend kurz mit dem Gedanken gespielt, de Waart alles zu erzählen, doch Kees' Anruf hatte ihn in ge-wisser Weise gerettet. De Waarts plötzliche Freundlichkeit ließ bei Jaap tief drinnen eine Alarmglocke läuten.

»Weißt du, ich hab mit meinem eigenen Fall so viel um die Ohren, dass ich möglichst nicht an Andreas denke.«

»Klar«, erwiderte de Waart und nickte verständnisvoll. »Aber wie gesagt, wenn dir noch irgendwas einfällt, würde es mich sehr interessieren.«

»Sicher, ich werde dran denken.« Jaap blickte auf die Uhr. »Ich muss los, aber ich ruf dich an.«

Sie haben den Mann also gekannt? Und man hat ihm damals nahegelegt, die Kirche zu verlassen, weil es *Beschwerden über sein Benehmen* gab?«, äffte Kees die Stimme des Paters nach, den er am Telefon hatte.

Er hatte zuvor im Verwaltungszentrum angerufen, dessen Nummer Pater Vegter ihm gegeben hatte, und sich bis zu jemandem durchgekämpft, der ihm immerhin bestätigen konnte, dass Jan Zwartberg bis vor etwa zwanzig Jahren Priester gewesen war. Wenig später rief ihn Pater Vegter an und teilte ihm mit, dass sich ein Kollege, Pater Jurgen, an Zwartberg erinnerte.

»Nein, das habe ich nicht gesagt. Es gab eine Beschwerde, aber er ging von sich aus.«

»Und Sie denken, deshalb bräuchten Sie es niemandem erzählen ... auch nicht der Polizei?«

Als sich mehrere Köpfe nach Kees umdrehten, wurde ihm erst bewusst, dass er ins Telefon gebrüllt hatte.

Er hatte sich, nachdem er seinen Dealer gefilzt hatte, auf einer Café-Toilette den erhofften Energieschub geholt, der alles verwandelte, selbst das Plätschern des Urins in der Kabine nebenan.

»Und was waren das für Anschuldigungen?« Kees bemühte sich, seine Stimme im Zaum zu halten, damit seine Kollegen nichts mitbekamen.

Er musste Smit noch erzählen, was er über Jaap herausgefunden hatte, doch allein die Tatsache, dass er etwas Konkretes zu melden hatte, veränderte einiges für ihn. Als er ins Büro gekommen war, hatten ihm einige Kollegen verstohlene Blicke zugeworfen, um sich gleich wieder abzuwenden, wenn er sie ansah. Sie konnten unmöglich etwas wissen – dennoch fühlte er sich nicht wohl dabei.

»Ich kann mich wirklich nicht erinnern ...«

»Blödsinn!« Wieder drehten sich Köpfe nach ihm um. »Hat man ihm zufällig vorgeworfen, dass er jemanden sexuell missbraucht hat?«

Kurzes Schweigen. Kees hörte das Blut in seinen Ohren rauschen.

»Es wurde nie bewiesen, und derjenige, der den Vorwurf erhoben hatte, zog ihn später wieder zurück.«

»Es freut mich, dass Sie Ihr Gedächtnis wiedererlangt haben, aber ich weiß zufällig, wie so etwas läuft. Jemand erhebt eine Anschuldigung und wird gezwungen, sie zurückzuziehen und für die Seele des Sünders zu beten!« *Verdammt, ich brülle schon wieder.* »Ist es nicht so?«

»Die Sünde ist etwas Allgegenwärtiges, und nur dem Herrn steht es zu zu richten ...«

»Heben Sie sich das für jemand anderen auf. Wo war er als Priester tätig?«

»Ich weiß nicht, ob ich Ihnen das ...«

»Wenn Sie es mir nicht sagen, muss ich selbst kommen und mir die Information holen.«

»Das ist nicht nötig. Wenn Sie mir Ihre Nummer geben ...«

»Ich bleibe dran.«

Diese gottverdammten Heuchler, dröhnte eine Stimme in seinem Kopf, bis ihm ein anderer Gedanke kam: *Vielleicht hätte ich mir nicht gleich zwei Linien reinziehen sollen.*

»Es gibt da ein Problem ... wir haben hier keine Aufzeichnungen darüber, aber ich kann Ihnen die Nummer von jemandem geben, der vielleicht welche hat.«

»Schießen Sie los.«

Kees notierte den Namen und die Telefonnummer und legte wortlos auf. Er starrte auf die Buchstaben hinunter, die er geschrieben hatte, registrierte die Schönheit der schwarzen Tinte auf dem weißen Papier.

Gott, ich hasse diese Leute, dachte er und griff erneut zum Telefon.

NEUNUNDSECHZIG

Typisch Kees, wieder mal die Beherrschung zu verlieren, dachte Tanya.

Sie hörte ihn am anderen Ende des Büros in sein Telefon brüllen. Hoffentlich konnte sie ihre Aufgabe vor ihm beenden. Irgendwie hatte sie das Gefühl, dass Kees auf eine Gelegenheit wartete, mit ihr zu reden.

Darauf konnte sie verzichten.

Es war bereits ihr zwanzigster Anruf; sie ließ es über eine Minute klingeln, bis endlich jemand abhob.

Die gewählte Sprechweise der Frau und das Selbstbewusstsein, das sich darin ausdrückte, ließen Tanya vermuten, dass auch diese Nummer eine Sackgasse war, doch das Geburtsdatum, das sie der Frau nannte, löste eine Reaktion aus.

»Ja, das ist Ludos Geburtsdatum. Hatte er einen Unfall, oder ist er wieder in Schwierigkeiten?«

Wie sollte man darauf antworten? Ihr Sohn hat zwei Menschen ermordet, ein kleines Mädchen entführt, dessen Eltern sich jetzt aus Kummer das Leben genommen haben, und ist in einen widerwärtigen Fall von Kinderpornografie verwickelt?

»Wir müssen ihm ein paar Fragen stellen, das ist alles.«

Die Frau am anderen Ende seufzte tief. »Wir haben alles versucht, wirklich. Aber er war vom ersten Tag an anders als unsere anderen.«

»Sie haben noch mehr Kinder?«

»Zwei … noch einen Sohn und eine Tochter, und sie haben beide etwas aus sich gemacht. Heinrich ist im Umweltschutz aktiv, und Feltje arbeitet als Grafikdesignerin und heiratet nächsten Monat, also können wir nicht ganz so schlechte Eltern sein.«

»Nein, daran liegt es bestimmt nicht.«

Und ich kenne mich aus mit schlechten Eltern, dachte sie.

»Wir haben wirklich alles versucht. Sind mit ihm zu Verhaltenstherapeuten gegangen, zu Erziehungsberatern, sogar zu einem Geistheiler ... so verzweifelt waren wir schon. Es wurde trotzdem immer schlimmer.«

»Ich muss dringend mit ihm sprechen. Wissen Sie, wo er wohnt?«

»Ich? Seine Mutter? Nein, ich habe keine Ahnung. Ich habe nicht mehr mit ihm gesprochen, seit er das letzte Mal aus dem Gefängnis gekommen ist – oder vielmehr hat er nicht mit mir gesprochen.«

»Und Ihr Mann?«

»Genauso. Wir haben es beide aufgegeben. Wir haben getan, was wir konnten, haben alles versucht, aber wir können nicht ewig die Schuld bei uns suchen.«

Doch Tanya hörte der Frau an, dass sie sich sehr wohl schuldig fühlte. Wahrscheinlich schreckte sie oft um drei Uhr nachts aus dem Schlaf, mit pochendem Herzen und einem flauen Gefühl im Magen.

»Ihre anderen Kinder, haben sie Kontakt zu ihm?«

»Nein. Irgendwann haben wir akzeptiert, dass er nicht zur Familie gehört.«

»Könnten Sie mir ihre Telefonnummern geben, für alle Fälle?«

Schweigen am anderen Ende der Leitung.

»Das wäre ihnen sicher unangenehm. Ich glaube nicht, dass das notwendig ist.«

»Ich würde sie auch lieber nicht damit behelligen, aber sie sind vermutlich beide erwachsen, und es ist sehr wichtig.«

»Sie haben keine Kinder, oder?«

»Was hat das damit …«

»Sonst wüssten Sie nämlich, dass ihr Alter unwichtig ist. Für mich sind sie immer noch meine Kinder, und es ist meine Aufgabe, sie zu schützen.«

Tanya wollte etwas erwidern, doch die Verbindung war bereits getrennt.

Einen Moment spielte sie mit dem Gedanken, einen Streifenwagen hinzuschicken, beschloss dann aber, dass sie auch so in der Lage sein sollte, die beiden zu finden. Sie hoffte nur, dass sie ihr mehr sagen konnten als ihre Mutter.

Tanya spürte jemanden hinter sich, drehte sich mit ihrem Stuhl um und sah Kees mit einem Kaffeebecher in der einen Hand und einer nicht angezündeten Zigarette in der anderen vor sich stehen.

»Wie wär's mit einer Pause?«, fragte er und zwirbelte die Zigarette zwischen den Fingern. Sie schaute in sein ernstes Gesicht und dachte sich, dass sie in diesem Moment so gut wie alles lieber täte, als mit Kees einen Kaffee zu trinken.

»Ich bin schon am Gehen.«

Kees hielt die Zigarette hoch. »Wirklich? Schön für dich.«

Tanya seufzte. Vielleicht war heute der Tag, den Dingen ins Auge zu sehen …

»Okay, ein Kaffee. Aber ich habe nicht viel Zeit.«

Was mich interessiert«, sagte Jaap und massierte sich die Schläfe, die empfindlich zu pochen begonnen hatte, »wie ist das Ganze abgelaufen?«

Nach seinem Besuch beim Sittendezernat hatte Jaap noch die kriminaltechnische Abteilung aufgesucht. Reinier mochte nicht allzu viel von Gert Roemers' Fähigkeiten halten, doch er hatte Jaap immerhin einen ersten Hinweis geben können.

Auf dem Weg zu Roemers hatte sich bei Jaap zum ersten Mal so etwas wie ein Bild zu formen begonnen, wenn auch noch zu verschwommen, um alle Details zu erkennen. Er brauchte etwas Zeit allein, einen ruhigen Ort, um einen klaren Kopf zu bekommen. Doch danach sah es im Moment überhaupt nicht aus.

Fest stand, dass alles auf die eine oder andere Weise mit Kindern zu tun hatte.

Seine Mordopfer hatten mit Kinderpornografie Geld verdient, ein Komplize von ihnen, Ludo Haak, wurde wegen Mordes und Kindesentführung gesucht. Vermutlich hätte das Mädchen auch auf einem Video erscheinen sollen, was Friedmans und Zwartbergs Tod verhindert hatte. Dazu kam noch die schockierende Tatsache, dass Andreas ein doppeltes Opfer war: ermordet und zuvor missbraucht.

Die Frage war, wer hinter der vierten Telefonnummer steckte. War es Korssen?

»Es ist eigentlich ganz einfach. Gegen eine monatliche Gebühr von hundertfünfzig Euro hat der Kunde unbegrenzten Zugang zu allem, was auf der Website angeboten wird – und glaub mir, da ist eine Menge drauf. Das Schlimmste ist aber das ›Premiumpaket‹. Das ist nichts anderes als Vergewaltigung auf Bestellung, und …«

»Ja, das hat mir schon ein Techniker am Tatort erklärt. Und ich habe mit Reinier von der Sitte gesprochen. Er hat solche Dinge auch schon erlebt.«

»Im Ernst, ich hab schon richtig übles Zeug gesehen, aber das …« Seine Stimme brach.

Jaap zuckte hilflos mit den Schultern. Er war genauso schockiert wie alle, die damit zu tun hatten, vielleicht sogar mehr, aber die Empörung der anderen konnte er jetzt nicht auch noch ertragen.

»Und diese Zahlungen, lassen sie sich zurückverfolgen?«

Roemers zuckte die Achseln. »Man kann es versuchen, aber ich wette, sie haben alle mit Prepaidkreditkarten bezahlt, die sich nicht zurückverfolgen lassen.«

»Es muss doch irgendeine Möglichkeit geben?«

»Nein, in dem Fall ist das eine Sackgasse. Vielleicht hast du Glück, aber ich nehme an, dass Leute, die so was tun, extrem vorsichtig sind.«

»Und da sie über das Darknet an das Zeug herankommen, lassen sich auch ihre IP-Adressen nicht aufspüren?«

»Stimmt, absolut unmöglich.«

»Und was ist mit dem anderen Ende? Mit den Leuten, die das Zeug ins Internet stellen?«

»Das sind Profis, verstehst du? Diese Leute haben extreme Sicherheitsvorkehrungen getroffen. Es dürfte eine ganze Weile dauern, den Ursprung zu finden, und selbst das verrät nicht allzu viel. Habt ihr die Leute, die dahinterstecken, nicht schon erwischt?«

»Nicht alle, mindestens einen suchen wir noch.«

»Kranke Scheißkerle«, murmelte Roemers.

Jaap stand auf, um zu gehen. »Falls du noch etwas findest, lass es mich wissen. Und ruf *mich* an, nicht Kees.«

Sind Sie sicher, dass er es war?«, fragte Tanya.

In der Kantine hatte sie mit Kees einen Kaffee getrunken und erwartet, dass er über ihre gemeinsame Vergangenheit sprechen wollte. Wie sich zeigte, hatte er jedoch nicht wirklich etwas zu sagen. Er sah sie an, und das war's auch schon. Einen Moment fragte sie sich, ob er noch ganz richtig im Kopf war. Vielleicht hatten der Unfall und der Schlag auf den Kopf sein Gehirn in Mitleidenschaft gezogen. Nach einigen quälenden Minuten, in denen sie beide vor allem in ihre Kaffeebecher gestarrt hatten, trank Tanya aus und kehrte an ihren Platz zurück, um sich wieder ans Telefon zu klemmen.

»Ganz bestimmt. Ich hatte zwar seit Jahren nicht mehr mit ihm gesprochen, aber seine Stimme kenne ich genau«, versicherte Haaks Bruder.

»Und was hat er gesagt?«

»Als ich mich meldete, sagte er etwas wie ›Ich hab sie‹.«

»Wie haben Sie reagiert? Das war Montag früh, oder?«

»Genau. Ich sagte Hallo und fragte ihn, was er meint.«

»Und er?«

»Nichts mehr, er hat aufgelegt.«

»Und es kann niemand anders gewesen sein?«

»Nein. Seine Stimme würde ich immer erkennen, ich bin mir absolut sicher.«

»Haben Sie die Nummer, von der er angerufen hat?«

»Äh … die sollte ich haben. Ich habe auf das Display geschaut, bevor ich dranging. Die Nummer sagte mir nichts, und ich fragte mich, wer es sein könnte. Ich schalte mal auf Freisprechen.«

Die Hintergrundgeräusche wurden lauter, dann meldete er sich wieder und nannte ihr eine Nummer. Tanya bedankte sich und beendete das Gespräch. Ihre Internetsuche ergab, dass es die Telefonnummer eines Nachtklubs namens 57 war, der sich östlich des Hauptbahnhofs befand.

Zwanzig Minuten später stand sie vor dem Nachtklub. Auf der Eingangstür aus Rauchglas und Stahl prangte die Zahl »57« in glänzendem Chrom. Tanya trat ein und zeigte dem stiernackigen Türsteher ihren Dienstausweis.

Es war ein großer offener Raum, durch dessen riesige Fenster man auf das dämmrige Hafengebiet hinausblickte. Nur zehn der kleinen Tische waren besetzt, das Lokal würde sich erst in einigen Stunden füllen. Die Theke verlief über die ganze Länge des Raumes, und das Glasregal dahinter glitzerte von Champagnerflaschen und Getränken in allen möglichen Farben.

Eine Treppe zur Linken führte wahrscheinlich zur Tanzfläche hinunter. Ein Barkeeper in schwarzem Hemd mit aufgekrempelten Ärmeln polierte Gläser und behielt eine Gruppe von Frauen im Auge, die schon einiges intus hatten und entsprechend in Fahrt waren.

Tanya trat an die Theke, und der Barkeeper – er war höchstens fünfundzwanzig – wandte sich ihr zu. Er hatte blondgelocktes Haar und ein Ziegenbärtchen.

»Hallo.« Er musterte sie kurz von Kopf bis Fuß. »Was möchten Sie?«

»Nur den Manager.«

Er hob eine Augenbraue. »Haben Sie einen Termin?«

»Nein, aber ...«

»Dann haben Sie Pech gehabt.«

»Ich brauche keinen Termin.« Sie zog ganz langsam ihren Dienstausweis hervor.

»Sind das Sie?«, lachte der junge Mann mit dem Ziegenbärtchen.

Zu spät fiel Tanya ein, dass sie das Pornobild nicht von ihrem Ausweis entfernt hatte.

Bloem, dieser Scheißkerl, dachte sie, während sie den Ausweis einsteckte und ihre Jacke weit genug öffnete, um ihre Waffe sehen zu lassen.

»Holen Sie ihn einfach«, sagte sie.

Er zuckte mit den Schultern, stellte das Glas ab, das er poliert hatte, und ging zu einem Tisch, an dem drei Männer saßen. Er beugte sich zu einem, dessen kahlgeschorenen Kopf Tanya nur von hinten sah, und flüsterte ihm etwas ins Ohr. Der Kahlkopf drehte sich um und folgte mit seinem Blick dem ausgestreckten Arm des Barkeepers, der auf sie deutete.

Der Ziegenbart kam zu ihr zurück, teilte ihr mit, dass sie rübergehen könne, und widmete sich wieder seinem Glas. Er wischte noch einmal darüber und hielt es ans Licht, um nach eventuellen Fettflecken zu suchen.

Tanya spürte neue Hoffnung in sich aufkeimen. Sie würde herausfinden, warum Haak das Telefon hier in der Bar benutzt hatte.

Als sie sich unter den Klängen leiser Jazzmusik dem Tisch näherte, sah sie Spielkarten und Whiskygläser. Der Kahlköpfige wandte ihr seine kalten, aggressiven Augen zu und stand von seinem Platz auf.

Einer der beiden anderen, dessen Gesicht nach und nach sichtbar wurde, als der Kahlkopf auf sie zutrat, blickte ebenfalls zu ihr auf. Das Gesicht, das sie auf dem Bildschirm angestarrt hatte. Tanyas Herz begann zu hämmern, als sie die Halstätowierung sah, die in natura noch abstoßender wirkte.

Ludo Haak.

Er saß da, spielte Karten und trank seinen Whisky, mit sich und der Welt zufrieden.

Haak schaute von seinen Karten auf und las etwas in ihren Augen. Sie trug zwar keine Uniform, doch er erkannte in ihr offenbar trotzdem die Polizistin. Bevor sie reagieren konnte, sprang er auf und warf den Tisch um.

Gläser flogen durch die Luft und zersplitterten auf dem Boden. Karten flatterten hinterher.

Tanya stieß den Kahlkopf beiseite, um Haak zu folgen, der mit gesenktem Kopf zur Tür sprintete.

Sie hetzte hinterher, hörte laute Rufe, doch sie war zu fokussiert, um sie zu verstehen.

Haak rannte um den Tisch der angeheiterten Frauen herum, die den Tumult noch gar nicht mitbekommen hatten. Eine Frau erzählte gerade eine Geschichte und fuchtelte wild mit dem Arm, um ihren Worten Nachdruck zu verleihen. Sie traf den vorbeilaufenden Haak – der geriet ins Stolpern und krachte gegen einen leeren Tisch.

Tanya war bei ihm, bevor er sich aufrappeln konnte, versuchte ihm Handschellen anzulegen, doch er packte ihre Handgelenke, warf sie auf den Rücken, und sie krachte mit dem Kopf auf den Boden. Er beugte sich zu ihr hinunter – sie roch seinen stinkenden Atem, sah seine gelben Zähne, doch sie verstand nicht, was er sagte.

Und plötzlich war sie nicht mehr in dem Nachtklub und rang mit einem Verbrecher … sie war wieder fünfzehn, lag auf ihrem Bett und durchlebte den Moment des unbeschreiblichen Ekels, als ihr Pflegevater sie in die Laken drückte und gewaltsam in sie eindrang.

Tanya hörte den Schrei einer Frau, noch bevor ihr bewusst wurde, dass sie es selbst war. Jeder Muskel in ihrem Körper spannte sich an. Sie riss das Knie hoch und rammte es ihm zwischen die Beine. Stieß ihn von sich herunter, als sich sein Griff lockerte. Im Aufspringen zog sie die Pistole, von glühender Wut erfüllt.

Sie hielt die Waffe mit beiden Händen und richtete sie auf ihn.

Spürte das kalte Metall und nahm die Geräusche der Umgebung wieder wahr. Eine Frau schrie auf, diesmal nicht sie.

Ihr Finger zuckte am Abzug, als der Barkeeper plötzlich von hinten die Arme um ihre Brust und Kehle schlang und sie zurückriss. Im nächsten Augenblick hallte ein Schuss durch den Raum.

Für einen Sekundenbruchteil schien alles stillzustehen, dann zerbarst das Fenster zum Hafen in hunderttausend Scherben.

Panische Schreie, Leute rannten hektisch durcheinander. Tanya spürte den heißen Atem des Barkeepers an ihrem Ohr.

»Du blödes Miststück.« Das Ziegenbärtchen kitzelte ihre Haut.

Tanya hatte keine Zeit zum Nachdenken, reagierte blitzschnell und rammte ihm den Hinterkopf gegen die Nase. Der Barkeeper heulte auf, stieß einen Fluch aus und ließ sie los. Ihr Rücken schmerzte, und sie rang einen Moment nach Luft.

Haak wollte aufspringen, doch Tanya ließ das Bein vorschnellen und trat ihm mit voller Wucht gegen die Brust. Als er auf dem Boden lag, richtete sie die Pistole auf seinen Kopf.

»Umdrehen!« Ihre Stimme klang fremd in ihren Ohren, laut und aggressiv.

Haak drehte sich ganz langsam auf den Bauch, ohne den Blick von ihr abzuwenden. Sie ließ die Handschellen klicken.

Dann holte sie mit dem rechten Fuß aus und trat ihm in die Rippen.

»… und er hat gelegentlich hier in der Sint Nicolaaskerk die Messe gelesen, obwohl er an einer katholischen Schule bei Maastricht arbeitete. Und Friedman war an einer Schule in Heerlen beschäftigt.«

Jaap war gerade eingetroffen, nachdem Tanya ihn aufgeregt angerufen hatte. Er konnte es kaum erwarten, Haak zu vernehmen, doch es war Kees, der auf ihn wartete.

»Das ist ganz nahe bei Maastricht.«

»Genau.«

»Hat Tanya diese Liste von Grimberg schon erhalten?«

»Weiß ich nicht. Sie ist gerade mit Haak reingekommen.«

»Ich frage sie gleich. Gute Arbeit.«

Jaap zweifelte kaum noch daran, dass Friedman damals auch Andreas' Lehrer gewesen war. Falls Andreas' Name tatsächlich auf der Liste der Schüler erschien, würde er sich etwas einfallen lassen müssen.

Tanya stand vor der Tür und schrieb eine Nachricht auf ihrem Handy. Sie blickte auf und lächelte.

Er bemerkte die Würgemale an ihrem Hals.

Sie war taffer, als man ihr auf den ersten Blick ansah. Das gefiel ihm.

»Hey, wie geht's?« Ihre Stimme klang etwas heiser.

Was sollte er sagen? Dass er ihr am liebsten die Kleider vom Leib gerissen hätte und mit ihr ins Bett gesprungen wäre oder dass es ihm gut ging und sie mit der Vernehmung von Haak beginnen sollten? Er verstand selbst nicht, was mit ihm los war. Woher diese plötzlichen Gefühlswallungen?

»Alles okay?« Sie sah ihn besorgt an.

»Ja, tut mir leid, es ist alles ein bisschen viel …« Er holte tief Luft. »Hast du schon mit ihm gesprochen?«

»Nein, ich habe auf dich gewartet und ihn in eine Einzelzelle bringen lassen.«

»Ist mit deinem Hals alles in Ordnung?«

»Ja, ich glaube schon.« Sie fasste sich vorsichtig an die schlimmste Stelle, wie um einen Makel zu verbergen. »Sollen wir?« Sie deutete mit dem Kopf auf die Zellentür.

Ihre Augen waren klar und hart. Er kannte diesen Blick von seinen Kollegen. Es war der Adrenalinkick, wenn man sich dem Ziel, der Lösung des Falles, nahe wähnte. Wahrscheinlich sah sie das Gleiche in seinen Augen.

»Hatte er ein Handy bei sich?«

»Sogar zwei … eines davon mit unserer dritten Nummer. Und er wurde gestern von der vierten Nummer angerufen.«

»Hat Grimberg die Liste schon geschickt?«

»Nein, ich habe ihn auch nicht erreicht.«

»Er hält uns hin, hat nur zugestimmt, um uns loszuwerden. Okay, fangen wir an.«

Ludo Haak saß in Handschellen an einem Metalltisch. Die nackte Glühbirne ließ sein Gesicht gelblich erscheinen und hob die dunklen Ringe um die tief sitzenden Augen hervor. Er war mit Jeans und einem grauen Kapuzenpulli bekleidet, auf dem vorne ein verzerrter Totenschädel prangte. Die Halstätowierung bewegte sich, als würde die Spinne zum Leben erwachen, als er ihnen den Kopf zuwandte.

»Arschloch«, spie er mit erstickter Stimme hervor.

Jaap zog einen Stuhl an den Tisch und setzte sich ihm gegenüber. Tanya blieb an der Wand stehen.

»Erzähl mir, was ihr mit Inspector Hansen gemacht habt.« Jaap musterte ihn aufmerksam und sah Ludos Augen, die auf den Metalltisch gerichtet waren, kurz zucken.

»Nie gehört.«

Jaap war sich vollauf bewusst, wen er hier vor sich hatte: den Kerl, der vermutlich Andreas in den Hinterkopf geschossen hatte.

Kaltblütig.

Einen Mann, der kleine Mädchen entführte und sie für Pornofilme missbrauchte, der ein altes Ehepaar gefesselt und hilflos hatte verbrennen lassen.

Jaap spürte etwas Heißes durch seine Adern strömen. Er schlug mit der Faust auf den Tisch.

»Hey, fick dich!« Haak fuhr hoch und klimperte mit der Kette, mit der die Handschellen am Tisch befestigt waren.

»Wo ist das Kind?«, warf Tanya ein. Haak drehte langsam den Kopf zu ihr, als hätte er sie noch gar nicht bemerkt, als wäre sie soeben aus dem Boden geschossen.

»Wo ist wer?«

»Das Kind, das du den van Delfts weggenommen hast. Die du umgebracht hast.«

»Fick dich!«

»Eine Kamera hat dich aufgenommen.«

Schweigen.

Jaap sprang ein. »Was ist mit Dirk Friedman und Jan Zwartberg? Ihr drei hattet ja ein großes Geschäft am Laufen. Wie hat es funktioniert? Du lieferst die Kinder, und ihr drei Arschlöcher tretet abwechselnd in euren kranken Videos auf? Dann stellt ihr das Ganze auf eine Website und seht zu, wie das Geld hereinfließt. War es so?«

Keine Antwort.

Jaap zog den Zettel mit den vier Telefonnummern hervor,

faltete ihn auseinander und glättete ihn auf dem Tisch. »Siehst du das?«

Haak brummte.

»Wem gehört diese Nummer?«

»Weiß ich nicht.«

»Okay, dann sag ich dir, was ich denke.« Jaap tippte mit dem Zeigefinger auf den Zettel. »Diese Nummer gehört dem Kerl, von dem du deine Anweisungen bekommst, und er arbeitet für die Schwarzen Tulpen.«

Haak schien einen Moment perplex. »Ich kenne keine Schwarzen Tulpen.«

»Lügen ist eine Kunst, hast du das gewusst?« Haak starrte ihn nur an. »Und du bist kein Künstler, nicht mal ein Amateur. Ich frage dich noch einmal: Was haben die Schwarzen Tulpen mit der Sache zu tun?«

»Von mir erfahrt ihr einen Scheißdreck. Ihr habt gar nichts gegen mich in der Hand. Ich will sofort meinen Anwalt sprechen.«

»Wir besorgen dir einen. Sag mir erst, wo das Kind ist.«

»Ich will nicht *irgendeinen* Anwalt, ich will *meinen*. Und ich sage kein Wort, solange er nicht da ist.«

Jaap hatte noch nie einen Verdächtigen geschlagen, was manche seiner Kollegen sehr gut konnten und womit sie sogar prahlten. Er hatte immer Wert darauf gelegt, sich an die Gesetze zu halten und sich nicht auf das Niveau der Verbrecher zu begeben, mit denen sie es zu tun hatten. Aber jetzt? Jetzt hätte er diesen Kerl am liebsten gepackt und seinen Kopf so lange gegen den Tisch geknallt, bis er mit allem herausrückte, was er wusste.

Als würde sie spüren, was in Jaap vorging, trat Tanya vor.

Er nahm sie aus dem Augenwinkel wahr und atmete tief durch. Ohne ein Wort zu sagen, stand er auf, als plötzlich die Tür aufflog und de Waart hereinstürmte.

»Ich muss dich sprechen, sofort«, zischte er.

Jaap folgte ihm hinaus, schloss die Zellentür und wandte sich de Waart zu. »Was gibt's?«

»Was es gibt? Du hast gerade meinen Verdächtigen festgenommen, den mutmaßlichen Mörder von Andreas, und mir wahrscheinlich die Chance verdorben, ihn dranzukriegen. Hast du nicht gehört, was Smit gesagt hat? Du sollst die Finger von Andreas' Fall lassen!«

Jaap hatte langsam genug davon, dass ihm de Waart ständig in die Quere kam. »Er ist ein Verdächtiger in meinen Ermittlungen, und die haben nichts mit Andreas zu tun. Wenn ich mit ihm fertig bin, kriegst du ihn.«

De Waart starrte ihn einen Moment lang an, drehte sich um und hinkte davon. »So läuft das nicht.«

Jaap sah ihm nach, die Hand zur Faust geballt.

Kees drückte auf die Klingel, hörte jedoch kein Läuten und war deshalb überrascht, als nach wenigen Augenblicken die Tür aufgerissen wurde. Er hatte es bereits gestern versucht, doch es war niemand da gewesen, und heute hatte Jaap ihm so viel zu tun gegeben, dass er noch keine Gelegenheit gehabt hatte, die Adresse aufzusuchen, wo Helma angeblich wohnte.

Der Mann, der die Tür öffnete, wollte das Haus offensichtlich gerade verlassen. Er war um die sechzig, trug eine Jacke, einen schmutzigen Wollschal und einen ebensolchen Filzhut tief ins Gesicht gezogen. Unter dem Arm ein dünnes Paket in braunem Packpapier.

Der Mann, der mindestens einen Kopf kleiner war als Kees, schaute zu ihm auf und blieb abrupt stehen.

»V-V-Verzeihung, was gibt's?« Eine unangenehm dünne Stimme, wie das Summen einer Wespe.

»Ist Helma da?«

Der Mann kniff die Augen zusammen. »W-W-Wer will das wissen?«

Kees zeigte ihm seinen Dienstausweis. »Ich. Kann ich reinkommen?«

»Ich … ich wollte gerade zur P-Post.« Er deutete auf das Paket. »Danach m-muss ich …«

»Sie können zur Post gehen, nachdem wir uns unterhalten haben.«

»A-A-Aber …«

337

»Sofort«, knurrte Kees, und der alte Mann zuckte zusammen und eilte zurück ins Haus, etwas vor sich hin murmelnd, das Kees nicht verstand. Er folgte ihm durch einen schmuddeligen Gang voller Kartons zu einem Raum ganz hinten. Der Mann setzte sich auf ein abgenutztes Sofa, das Paket im Arm haltend, als wäre es ein Baby und Kees ein berüchtigter Kindesentführer.

Kees blickte sich in dem dunklen Zimmer um. Die Luft war abgestanden und die Möbel so alt, dass sie fast schon wieder in Mode waren.

Wären sie nicht so schäbig gewesen.

»Also, wo ist sie?«, fragte er.

Der Mann zuckte kurz zusammen, den Blick zu Boden gerichtet. Augenkontakt schien ihm grundsätzlich unangenehm zu sein. Eine Katze, ganz schwarz bis auf einen weißen Fleck auf einer Hinterpfote, kam hereingeschlichen, machte einen Bogen um Kees und sprang auf den Schoß des alten Mannes, wo sie sich umdrehte und Kees misstrauisch beäugte.

»Ich … ich weiß nicht, wen Sie m-m-meinen«, flüsterte er, den Blick immer noch auf den Boden gerichtet. Plötzlich lachte er leise.

»Finden Sie das witzig?«, brüllte Kees. Der Mann fuhr hoch, die Katze zischte erschrocken.

»H-H-Hat sie Ärger?« Er streichelte die Katze am Kopf, die jedes Mal, wenn sie seine Hand spürte, ihre Raubtierzähne entblößte.

»Ja. Und ich muss sie sofort sprechen. Also, wo ist sie?«

»Ich weiß es nicht, ich weiß es nicht«, beteuerte er und schüttelte so energisch den Kopf, als wolle er etwas abschütteln, und tatsächlich schien er sein Stottern losgeworden zu sein. »Ich weiß es nicht, ich weiß es n…«

Kees beobachtete ihn aufmerksam, wie er dasaß und die Katze unentwegt streichelte, das Paket fest an sich gedrückt.

»Was ist in dem Paket?«

Seine Hand hob sich von der Katze, und er umklammerte das Paket noch fester. »N-N-Nichts.«

»Zeigen Sie es mir.«

»Es ist nur ein Geschenk für … für …«

Kees trat vor und riss es ihm aus den Händen. Der alte Mann versuchte es festzuhalten, doch Kees stieß ihn grob zurück.

Die Katze sprang auf und kratzte ihn am Handrücken, verpasste ihm drei blutige Striemen, ehe sie wie ein schwarzer Blitz verschwand.

Fluchend riss Kees das Paket mitsamt dem Karton darin auf, der mit Watte vollgestopft war. Er drehte ihn um, und mehrere kleine Murmeln fielen heraus und kullerten über den zerkratzten Holzboden. Der Mann sank auf dem Sofa zusammen, hob die Schultern und wiegte den Kopf hin und her.

Verdammtes Mistvieh, dachte Kees, *ich muss mich wahrscheinlich gegen Tollwut impfen lassen … oder besser Tetanus?*

Während er zu Fuß zur Polizeiwache zurückkehrte, tat es ihm leid, den Alten eingeschüchtert zu haben. Er war offensichtlich nicht ganz richtig im Kopf. Vielleicht dement.

Kees hatte das Haus durchsucht und ein Schlafzimmer mit Frauenkleidern im Schrank gefunden. Es sah jedoch so aus, als wäre die Bewohnerin länger nicht hier gewesen. Immerhin entdeckte er in einer Schublade einen Brief, der ihm ihren vollen Namen verriet: Helma Martens.

Er dachte daran, wie er den alten Mann behandelt hatte, der wahrscheinlich ihr Vater war. Irgendetwas in seinem Benehmen, seiner Haltung hatte in Kees den Drang geweckt, ihn zu schlagen.

Ein Drang, der sich schwer unterdrücken ließ, so unwürdig er sein mochte. Trotzdem hätte er es nicht unbedingt tun müssen, er hätte sich zusammennehmen und seinen Zorn bezähmen können. Es war jedenfalls nicht das Koks, das diesen Zorn in ihm wachrief – im Gegenteil, er hätte vielleicht eine Prise gebraucht, um sich abzukühlen.

Vielleicht sollte ich ein bisschen damit warten, riet ihm eine innere Stimme, während eine andere ihm das Gegenteil einflüsterte.

Er dachte an letztes Silvester. Er und Marinette waren nach Maastricht gefahren, um mit Freunden zu feiern – *ihren* Freunden –, und schließlich in einem Klub gelandet, wo er zum ersten Mal Kokain schnupfte.

Es war wie eine Erleuchtung gewesen.

Er hatte in seiner Jugend Gras geraucht, tat es heute noch manchmal am Wochenende, doch Koks hatte er stets vermieden, auch um seiner Karriere willen.

Doch damals hatte er gerade erfahren, dass sein Antrag auf Versetzung bewilligt worden war und sie nach Amsterdam ziehen würden, was für sie beide so etwas wie die Erfüllung eines Traumes war. Vielleicht hatten ihre Probleme in Wahrheit schon damals bestanden, und sie hatten sich mit schönen Zukunftsplänen davon abgelenkt.

Jedenfalls hatte Kees in diesem Klub alle möglichen Leute kennengelernt, und irgendwann nach Mitternacht hatte er in einem dunklen Winkel an einem Glastisch gesessen, einen zusammengerollten Hundert-Euro-Schein vor dem Nasenloch, die weiße Linie vor sich wie eine verbotene Straße.

Die Wirkung war anders als alles, was er bisher erlebt hatte. Und obwohl er am nächsten Tag mit einem dröhnenden Schädel angekleidet auf dem Bett erwachte und sich schwor, es nie wieder zu tun, wusste er bereits, dass er sich selbst belog.

Am nächsten Wochenende – sie waren wieder zu Hause – schlug Kees vor, ein bisschen auszugehen.

Marinette sah ihn an, stimmte aber zu.

Sie hatten nicht darüber gesprochen – er wusste, dass sie gegen das Koksen war, verdammt, er war selbst dagegen, schließlich wollte er bei der Polizei Karriere machen –, doch zwei Monate später konfrontierte sie ihn damit, und er versicherte ihr reumütig, es sei nur ein Ausrutscher gewesen und er würde das Zeug nie wieder nehmen.

Am nächsten Abend rief er sie an und sagte, er müsse zu einem Tatort und würde erst in den frühen Morgenstunden nach Hause kommen. Eine halbe Stunde später zog er sich in seinem Streifenwagen eine Linie rein, nachdem er sich an einem bekannten Umschlagplatz etwas Koks besorgt hatte. Als er den Wagen eine Stunde später in den Straßengraben setzte und mit dem Kopf gegen das Lenkrad knallte, wusste er, dass er ein Problem hatte.

Und er hörte damit auf.

Von einem Moment auf den anderen.

Er lernte, das Verlangen zu beherrschen, und hatte Glück, dass der Unfall ohne Folgen blieb. Er gab an, das Auto sei gestohlen worden, während er sich etwas zu essen geholt habe, und die Kopfverletzung habe er sich bei dem Versuch zugezogen, die Diebe aufzuhalten.

Er wusste nicht, ob seine Vorgesetzten die Geschichte tatsächlich glaubten – es mochte im Dschungel einer amerikanischen Großstadt vorkommen, dass ein Polizeiwagen geraubt wurde, nicht aber in Zeeland in den Niederlanden –, doch der Vorfall wurde nicht weiter untersucht und die beiden Täter nie gefunden. Akte geschlossen.

Vor drei Monaten hatte er plötzlich ein Kribbeln in irgendeinem Winkel seines Gehirns verspürt. Zunächst hatte er gedacht, es habe mit seiner Beziehung zu Marinette zu tun, mit der Tatsache, dass sie ihm immer fremder wurde.

Marinette war immer schon ein bisschen in sich gekehrt gewesen, doch er hatte das ihrer Arbeit als Grundschullehrerin zugeschrieben, die ihr wahrscheinlich tagsüber so viel Energie und Enthusiasmus abverlangte, dass sie abends gerne etwas ruhiger und nachdenklicher war.

Und er hatte das immer an ihr gemocht.

Jetzt nicht mehr.

Es war schlimmer geworden, und er war überzeugt, dass sie wieder arbeiten sollte. Den ganzen Tag zu Hause herumzuhängen würde jeden verrückt machen.

Er hatte versucht, mit ihr darüber zu sprechen, doch sie wollte absolut nichts davon wissen. Da wurde ihm klar, dass das Kribbeln gar nichts mit ihr zu tun hatte. Er hatte versucht, es zu ignorieren, sich einzureden, dass es nur ein vorübergehendes Verlangen sei, obwohl er genau wusste, dass es bloß eine Frage der Zeit war, bis er schwach wurde.

Als er die Wache erreichte, sah er Smits Silhouette hinter seinem Bürofenster im zweiten Stock beim Telefonieren.

Ich muss mich auf meinen Job konzentrieren, nahm er sich vor. *Das Einzige, was jetzt zählt.*

VIERUNDSIEBZIG

Heute hat das Baby tüchtig gestrampelt.« Saskia legte die Hand auf ihren Bauch.

Jaap saß nach vorn gebeugt und starrte auf den Boden, wie vom Gewicht seines Kopfes nach unten gezogen. Er richtete sich abrupt auf und schaute Saskia an, die auf ihrem Bett saß, mit drei Kissen im Rücken. Der Fernseher lief ohne Ton und erhellte ihr Gesicht mit seinem flackernden Licht. Sie hatten über die morgige Beerdigung gesprochen, bis Saskia wieder anfing zu weinen.

Jaap war spät dran, musste sich heute noch mit Tanya über die weitere Strategie in der Vernehmung von Haak absprechen, der sich morgen früh mit seinem Anwalt beraten würde. Und danach, gegen elf, würde er sich noch mit Karin treffen, mit der er vor einer halben Stunde telefoniert hatte. Er hatte gefragt, worüber sie mit ihm sprechen wolle, doch sie hatte gemeint, sie würde es ihm lieber persönlich sagen.

Das Problem war, er konnte Saskia jetzt nicht allein lassen.

»Andreas hat sich so gefreut, als ich es ihm sagte. Es hat ihn irgendwie verändert ... Ist es dir aufgefallen?«

Jaap nickte. Er hatte es sehr wohl bemerkt. Er erinnerte sich noch gut an den Tag, an dem Andreas es ihm erzählt hatte. Er hätte nicht benennen können, was es genau war, doch das Ereignis schien bei Andreas tatsächlich eine gewisse Veränderung zu bewirken. Irgendwann beschlich Jaap das Gefühl, dass nichts mehr so sein würde wie zuvor, wenn das Baby da war.

War es Eifersucht?, fragte sich Jaap. *Hatte ich Angst, ihn als Freund zu verlieren?*

»Ich glaube, seine Begeisterung war größer als meine, zumindest am Anfang«, fuhr Saskia fort. »Er hat sich so darauf gefreut, Vater zu werden.«

Jaap sah Saskia an und senkte den Blick wieder zu Boden. Er stellte sich das Baby vor, das in ihrem Bauch heranwuchs. Das ohne Vater aufwachsen würde.

Und er musste wieder an die Bilder und Videos denken, die sie gefunden hatten. An die bittere Tatsache, dass für manche Kinder das Leben zur Hölle werden konnte.

Das ist es«, erklärte Tanya, während sie langsam zu dem kleinen Haus schlenderten, an dessen Tür ein schäbiges Hotelschild genagelt war.

»Das Dylan ist es nicht gerade, was?«, sagte Jaap.

Sie hatten noch einmal über die weitere Vorgehensweise beraten, bevor Haak morgen früh mit seinem Anwalt sprechen würde. Es war für sie beide frustrierend, die Vernehmung unterbrechen zu müssen. Jaap hatte schließlich angeboten, sie zu ihrem Hotel zu begleiten.

Die Straße war dunkel, die nächstgelegene Laterne ausgefallen, und es war still ringsum. Tanya wandte sich ihm zu, um ihm eine gute Nacht zu wünschen, als sich ihre Blicke trafen.

Er beugte sich vor, und sie spürte ihr Herz pochen.

Ihre Lippen berührten sich.

Jaaps Handy klingelte in der Tasche.

Jaap stöhnte und fischte das Handy heraus. Er wandte sich von Tanya ab, doch ihr Duft umgab ihn noch immer.

Er meldete sich und hörte eine Frauenstimme. Es dauerte einige Augenblicke, bis er seine Schwester erkannte.

»Jaap ... du musst ...« Er hörte sie nach Luft ringen. »... Hilf mir ... im Boot ...«

Seine Lunge brannte, als er das letzte Stück an der Gracht entlangsprintete.

Er sah das Hausboot bereits vor sich, höchstens zwanzig Meter entfernt.

Hundert Fragen wirbelten in seinem Kopf durcheinander. Was war los? Was tat Karin auf seinem Boot? Warum ging sie nicht mehr ans Telefon?

Die Tür war offen, drinnen brannte kein Licht. Er stürmte hinein, rief ihren Namen.

Blieb abrupt stehen.

Sah sie auf dem Boden liegen.

Im Mondlicht schimmerte sein *Nihonto*. Es steckte in ihrem Bauch.

De Waart traf als Erster ein.

Jaap war im Hausboot geblieben. Er hatte bei Karins Leichnam auf dem Boden gesessen, jeder Atemzug wie eine Ewigkeit.

De Waart stand einen Moment verlegen da und legte ihm schließlich die Hand auf die Schulter.

Jaap spürte warme Tränen auf den Wangen.

»Wir kriegen sie«, sagte de Waart. »Ich schwöre dir, wir kriegen sie.«

FÜNFTER TAG

Eine Möwe kreiste mit klagendem Ruf über dem Friedhof. Der Himmel war bleigrau.

Die braune Erde, erst gestern ausgehoben, glänzte vom Frost.

Die glühende Wut der vergangenen Nacht hatte bis zum Morgen etwas Kaltes und Hartes in ihm geschmiedet, und Jaap war selbst überrascht, wie ruhig er sich fühlte.

Karins Mörder hatte offensichtlich auf ihn gewartet. Sie musste zum Hausboot gekommen und mit ihrem Schlüssel hineingegangen sein, wie sie es früher oft getan hatte. Das bedeutete, sie war auf dem Weg der Besserung gewesen.

War es das, was sie mir sagen wollte?

Er würde es nie erfahren.

Eine Krähe saß auf einem Grabstein und krächzte heiser.

Dass jemand auf ihn gewartet hatte, bedeutete, Andreas' Mörder hatten Angst, er könnte ihnen auf die Spur kommen.

Jaap sah vier Männer mit dem Sarg herüberkommen, als sein Handy klingelte. Er zog es heraus, sah, dass es Roemers war, und ging von der ausgehobenen Grube weg.

»Gibt es etwas Neues?«

»Ich hab die ganze Nacht daran gearbeitet.«

Und ich habe die ganze Nacht gegrübelt, wer meine Schwester umgebracht hat.

»Hast du auch etwas rausgekriegt?«, fragte Jaap, seinen Gedanken verdrängend.

»Ich glaube schon. Wie gesagt, das Zeug wurde im Ausland ins Netz gestellt, an verschiedenen Orten, unmöglich aufzuspüren, aber sie haben sich einen Fehler geleistet. Jedenfalls kam ich über eine Hintertür an einen Server ran und …«

»Sag mir einfach, worum es geht.«

»Es gibt eine Verbindung zu einem Computer hier in Amsterdam. Wie es aussieht, schon seit Tagen.«

»Kannst du ihn aufspüren?«

»Ich arbeite daran.«

»Ruf mich an, sobald du ihn hast.«

Er beendete das Gespräch und kehrte zu der kleinen Gruppe zurück.

Saskia stand neben ihm. Er hatte ihr noch nicht einmal von Karin erzählt. Sie brauchte es nicht gerade zu erfahren, während Andreas beerdigt wurde.

Ein scharfer Wind wehte ihnen zwischen den Grabsteinen entgegen. Die Sargträger näherten sich der Grube, um die sich auch einige von Andreas' Kollegen versammelt hatten. Es wären mehr gewesen, hätten die Anschuldigungen in den Medien nicht einige abgeschreckt, die vielleicht fürchteten, mit hineingezogen zu werden.

Andreas' Eltern waren nicht hier. Seine Mutter war schon vor Jahren gestorben. Jaap hatte Andreas einmal zu einem Pflegeheim bei Haarlem gefahren, während sie dort an einem Fall gearbeitet hatten. Sein Vater, hatte Andreas ihm erzählt, litt an Alzheimer. Jaap war im Auto geblieben, während Andreas seinen Vater besuchte; als sein Freund schon nach wenigen Minuten wieder herauskam, wirkte er sehr müde.

Als der Pastor mit seiner Leier vom ewigen Leben zum Ende kam – Jaap hatte schon nach den ersten Worten kaum noch zugehört –, hatte sich der Wind wieder gelegt, und eine fast übernatürliche Stille senkte sich über den Friedhof.

Jaap trat vor, nahm eine Handvoll Erde – kleine gefrorene Brocken –, streckte die Hand über dem Grab aus und öffnete sie. Die Erdbrocken knallten wie Schüsse auf der glatten Oberfläche des Sarges.

Ein absurder, melodramatischer Akt, wie er ihn so oft im Fernsehen gesehen hatte, nur diesmal ohne getragene Filmmusik. Er hatte ein komisches Gefühl dabei, was ihm wiederum ein schlechtes Gewissen bereitete.

Er roch Parfum – *wer benutzte Parfum zu einer Beerdigung?* –, schwer und süßlich, und in diesem Moment, wie von dem Duft ausgelöst, kamen die Tränen.

Jaap drehte sich um und ging. Es hatte zu schneien begonnen, winzige Flocken zunächst, dann immer größere, die wie Federn herabschwebten.

Er dachte an das Hexagramm, das er heute früh auf seinem Tisch betrachtet hatte: Erde und Feuer.

»Die Verfinsterung des Lichts. Fördernd ist es, in der Not beharrlich zu sein.«

Er hatte die Münzen mit einem Ruck vom Tisch gefegt, dass sie quer durch den Raum flogen und gegen die Wand prallten.

Kurz nachdem Tanya an diesem Morgen auf die Wache gekommen war, hatte Haaks Anwalt das Haus betreten. Sie
marschierte rastlos auf und ab und schaute alle paar Sekunden
auf die Uhr, jede Faser ihres Körpers angespannt. Irgendwann
schlug ihr der Wachhabende vor, frühstücken zu gehen. Er
würde sie anrufen, sobald der Anwalt gegangen war.

Da saß sie nun an einem Tisch, und vor ihr stand ein Hund
mit offenem Maul und sah sie mit seinen schwarz glänzenden
Augen erwartungsvoll an. Sie roch seinen heißen, stinkenden
Atem, den er in kurzen Zügen hervorstieß wie ein Asthmati-
ker. Als er nach einigen Augenblicken erkannte, dass sie ihren
Bagel nicht mit ihm teilen würde – obwohl die Mayonnaise
genauso schlecht roch wie der Atem des Hundes –, machte er
kehrt und tappte zu einem anderen Tisch, um dort sein Glück
zu versuchen.

Seine Hinteransicht mit den baumelnden Eiern war noch
unansehnlicher als die Vorderseite des Tieres.

Tanya hatte ihn schon bei vier Tischen beobachtet, bevor
er zu ihr gekommen war, und nur bei einem hatte sich seine Mühe in Form eines übrig gebliebenen Stücks Apfelstru-
del gelohnt. Seine Beharrlichkeit nötigte ihr jedoch Respekt
ab. Der Hund akzeptierte auch Niederlagen ohne sichtbaren
Groll und trottete einfach zum nächsten Tisch weiter in der
Hoffnung auf einen nahrhaften Happen.

Ihre Pflegeeltern hatten ein Tier derselben Rasse gehabt.

Wer sich freiwillig einen so hässlichen Hund anschaffte, mit dem konnte doch wohl etwas nicht stimmen, dachte Tanya.

Letzte Nacht hatte sie im Bett ihres kalten Hotelzimmers lange wach gelegen, dem Rattern der Straßenbahnen gelauscht und an das gedacht, was zuvor geschehen war.

An den flüchtigen Kuss.

Nach dem kurzen Hochgefühl waren sofort wieder die alten Erinnerungen und Zweifel in ihr aufgekommen, wie um ihr jede Freude zu verbieten.

Ihr war nun klar, dass sie sich jahrelang vor ihrer Vergangenheit versteckt hatte. Als ließen sich die Erinnerungen so einfach auslöschen, als würden sie sich nicht tief in die Persönlichkeit einprägen wie ein schleichendes Gift, das alles Lebendige nach und nach erstickte.

Ihre Beziehungen waren allesamt gescheitert, weil sie sich nicht dazu durchringen konnte, einem Mann wirklich zu vertrauen, auch wenn sie sich zu ihm hingezogen fühlte. Sie hatte so viel Energie dafür aufwenden müssen, den Schmerz und die Wut zu verdrängen und noch tausend andere Gefühle, die sie nicht einmal benennen konnte, dass sie am Ende alle Männer zurückgestoßen hatte.

Es war zum Verzweifeln. Der körperliche Schmerz und der Ekel waren Vergangenheit, doch was damals geschehen war, hatte seine Spuren hinterlassen und begleitete sie bis zum heutigen Tag.

Natürlich hatte sie am Leben teilgenommen, hatte gelacht, sich betrunken, doch es war alles nur Theater gewesen, als hätte sie sich selbst dabei beobachtet, wie eine Tote, die an der Welt der Lebenden teilhaben wollte. Sie hatte Menschen miteinander lachen und scherzen sehen, Paare in ihrem Alter, die das Leben genossen, Leute im Restaurant, im Supermarkt, auf der Straße, auf einer Parkbank – und immer hatte sie sich als Außenseiterin gefühlt, die keine echte Freude empfinden konnte.

Immer mit dem Gefühl, dass das eigentliche Leben an ihr vorbeiging.

Es war so ungerecht. Sie war ihres Lebens beraubt worden, und jetzt, da sie den Tatsachen endlich offen ins Auge sah, glaubte sie, Anspruch auf so etwas wie Entschädigung zu haben.

Tanya hatte sich für die bevorstehende Vernehmung verschiedene Strategien zurechtgelegt, wie sie Haak in die Enge treiben würde, vielleicht auch unter gezieltem Einsatz von Gewalt. Sie wollte jedenfalls Gerechtigkeit – möglicherweise war sie genau deshalb Polizistin geworden. Und Gerechtigkeit bedeutete in diesem Fall, dass Ludo Haak für seine Taten büßte.

Als die Tränen schließlich aufgehört hatten zu fließen und sie auf dem Bett saß, die Arme um die Beine geschlungen, fragte sie sich, ob ihre Bereitschaft, den Dingen endlich ins Auge zu sehen, vielleicht eine befreiende Wirkung haben könnte.

Und welche Rolle spielt Jaap in alldem?

Das Klappern von Geschirr riss sie aus ihren Gedanken, und sie schaute auf die Uhr. Sie musste Haak verhören, sie konnte einfach nicht länger warten. Adrijana war irgendwo da draußen, darauf musste sie sich jetzt konzentrieren. Sie schob den Bagel beiseite, von dem sie nur zweimal abgebissen hatte, und checkte ihr Handy.

Immer noch nichts.

Ich kann nicht länger hier rumsitzen, dachte Tanya, bezahlte die Rechnung und eilte zurück zur Wache. *Ich gehe rein und nehme ihn mir vor.*

Nehmen Sie sich ein paar Tage frei«, schlug Smit vor.

Jaap hatte das Gefühl, als würde das Handy jeden Moment in seiner Hand zerspringen. »Ich muss weitermachen, sonst drehe ich wahrscheinlich durch.«

Das entsprach nicht wirklich seinem inneren Zustand. In Wahrheit fühlte er überhaupt nichts. Zum Teil lag das gewiss am Schock, hauptsächlich aber an einer eiskalten Gewissheit. Er würde den Täter finden. Und er würde ihn für den Mord an seiner Schwester büßen lassen.

»Okay, das verstehe ich. Aber wenn es Ihnen doch zu viel wird, sagen Sie mir Bescheid, verstanden?«

Tanya schaute auf ihre Uhr. Der Anwalt war jetzt fast eine Stunde bei Ludo Haak, und sie wurde zunehmend ungeduldig. Er war bereits am frühen Morgen erschienen; nach seiner Kleidung, dem braungebrannten Gesicht und der unerträglichen Arroganz zu schließen gehörte er wohl zu den gefragtesten Vertretern seiner Zunft.

Wie konnte sich jemand wie Haak – nach allem, was sie über ihn gelesen hatte, war er nur ein kleiner Fisch im großen Teich der Amsterdamer Kriminalität – einen Anwalt leisten, der aussah, als würde er die meiste Zeit auf einer Jacht an der Riviera verbringen? Sie stellte ihn sich in Shorts und weitem Hemd vor, Champagnerglas in der Hand und von langbeinigen, braun getönten Frauen umschwärmt.

Vielleicht, indem er Häuser mitsamt den Bewohnern niederbrannte und ihre Kinder entführte, dachte sie, als der Anwalt herauskam und ihr die würzige Duftwolke seines teuren Eau de Cologne entgegenwehte. Doch das konnte es nicht sein. Vermutlich bezahlte jemand anders den Anwalt, zum Beispiel die Schwarzen Tulpen.

Wenn Haak für die Bande arbeitete, würde es ihnen gar nicht gefallen, dass er festgenommen worden war. Sie würden alles daransetzen, ihn mithilfe eines teuren Anwalts freizubekommen.

Dafür hatten sie bestimmt Geld übrig.

Tanya stand auf und ging auf ihn zu, in der Hoffnung, dass

sie mehr Zuversicht ausstrahlte, als sie empfand. Vor allem aber musste sie darauf achten, ihren Zorn im Zaum zu halten, wenn sie Haak und dem Anwalt gegenübertrat. Kees sah sie hinübergehen – er hatte ein leises Telefongespräch an seinem Schreibtisch geführt – und legte auf, um sich ihr anzuschließen. Jaap hatte gemeint, Kees solle bei der Vernehmung dabei sein, falls er nicht rechtzeitig von der Beerdigung zurück sei, und sie hatte zugestimmt, weil man zu zweit einfach mehr erreichte, auch wenn sie bei Kees kein besonders gutes Gefühl hatte.

Tanya hatte gehofft, Jaap würde es rechtzeitig schaffen. Sie musste immer wieder an seinen überstürzten Aufbruch gestern Nacht denken. Er hatte ihr nicht einmal mehr sagen können, worum es ging; sie wusste nur, dass es mit seiner Schwester zu tun hatte.

In diesem Moment trat de Waart aus der Zelle, gefolgt von Haak.

Ein uniformierter Beamter nahm Haak die Handschellen ab und führte ihn zur Treppe.

»Hey, was tun Sie da?«, rief Tanya und beschleunigte ihre Schritte.

De Waart warf ihr einen kurzen Blick zu und wechselte ein paar Worte mit dem Anwalt, ehe er ihr entgegentrat.

»Ich muss ihn vernehmen«, protestierte Tanya, während Haak, der Uniformierte und der Anwalt die Treppe hinuntergingen. Sie wollte an de Waart vorbei, doch er packte sie am Oberarm und hielt sie fest.

»Sie werden ihn nicht vernehmen, weil Sie schuld sind, dass wir ihn freilassen müssen.«

Tanya wand sich aus seinem Griff. »Er hat ein kleines Mädchen in seiner Gewalt. Sie können ihn nicht einfach laufen lassen.«

»Das hätten Sie sich früher überlegen müssen. Er hat Anzeige erstattet. Anscheinend haben Zeugen bestätigt, dass bei seiner Festnahme übertriebene Gewalt angewendet wurde.«

»Das ist doch Blödsinn! Er hat mich angegriffen.«

»Ich kann nur sagen, Sie haben es gründlich vermasselt. Außerdem hat man Sie nach Leeuwarden zurückbeordert. Ein gewisser Lankhorst hat angerufen und verlangt, dass wir Sie sofort zurückschicken. Tut mir leid.«

Er lächelte.

Mit welcher Begründung haben sie das getan?«

Jaap war auf dem Weg zurück vom Begräbnis und hatte eigentlich Roemers' Anruf erwartet, als Tanya ihn schließlich erreichte.

»De Waart sagt, sie erstatten Anzeige gegen mich wegen Polizeibrutalität. Anscheinend haben sie mehrere Zeugenaussagen, dass ich Haak zusammengeschlagen hätte, als ich ihn festnahm.«

Jaap fluchte innerlich. Sie hätte ihm von dem Nachtklub erzählen müssen, dann hätte er sie begleitet.

»Okay, hör zu …«

Sein Handy piepte zweimal. Ein Blick auf das Display sagte ihm, dass der Akku leer war. *Scheiße.* Er hatte vergessen, das Handy über Nacht aufzuladen.

Verständlicherweise.

Er versuchte, sie per Funk auf dem Revier zu erreichen, doch dort schien niemand zu wissen, wo sie steckte.

Aus und vorbei? Tanya kochte innerlich. *Und keiner tut etwas dagegen.*

Sie verstand einfach nicht, wie die Kollegen so etwas zulassen konnten. Sahen sie denn nicht, was hier vor sich ging? Doch dann kam ihr ein Gedanke: Haak würde bestimmt noch zwanzig Minuten hier sein, bis der Papierkram erledigt war.

Tanya eilte aus dem Haus und suchte nach einem Supermarkt oder Bekleidungsgeschäft. Nach fünf Minuten fand sie eines, kaufte die erstbeste Jacke, die ihr unterkam – dunkelgrün mit großer Kapuze und falschem Pelz –, und rannte zur Wache zurück. Etwa fünfzig Meter vor dem Polizeigebäude blieb sie stehen und hoffte, nicht zu spät gekommen zu sein.

Es war klirrend kalt, der Schnee wehte ihr ins Gesicht. Sie versuchte Jaap zu erreichen, doch sein Telefon war ausgeschaltet. Sie dachte kurz daran, Kees anzurufen, doch da trat bereits Haak mit seinem Anwalt durch die Glastür ins Freie.

Sie standen einen Moment lang da und blickten nach oben, als hätten sie es noch nie so schneien sehen. Haak wechselte ein paar Worte mit dem Anwalt und schüttelte ihm die Hand. Dann marschierte er mit gesenktem Kopf Richtung Hauptbahnhof.

Sie folgte ihm und zog die Kapuze tief ins Gesicht, als ihr der Anwalt entgegenkam. Es waren genügend Leute unterwegs, um sich verborgen zu halten – dafür war die Gefahr umso größer, Haak aus den Augen zu verlieren. Sie hatte in ihrer Ausbildung gelernt, wie man jemanden beschattete, doch erstens hatte das Training nicht bei dichtem Schneefall stattgefunden, und zweitens konnte keine noch so gute Ausbildung den Ernstfall simulieren.

Immer wieder rutschte sie auf dem Schnee aus, aber sie konnte nicht langsamer gehen, weil Haak es offenbar eilig hatte.

Beim Bahnhof standen zwei Straßenbahnen abfahrbereit. Haak stieg in den Wagen der Linie 16, und Tanya schaffte es gerade noch hinein, bevor die Türen zuglitten. Als die Tram abfuhr, klingelte ihr Handy. Sie fummelte in ihrer Tasche und schaltete es ab. Haak würde mit Sicherheit ihre Stimme erkennen, wenn sie sich meldete.

Der Wagen war so voll, dass sie ihn in der Menge der Fahrgäste aus den Augen verlor. Als die Tram vor der nächsten Haltestelle mit einem metallischen Kreischen abbremste, beugte sich die alte Frau, die neben ihr saß, vor und zupfte an ihrer Jacke. Tanya sah sie an und folgte der behandschuhten Hand der Frau. Ihr Finger zeigte auf den Boden. Tanya stand auf der ledernen Leine, an der die Frau ihren kleinen Hund hielt, ein lächerliches Geschöpf mit einer Schleife auf dem Kopf. Sie trat zur Seite, und die alte Frau schüttelte vorwurfsvoll den Kopf, als hätte sie eine solche Rücksichtslosigkeit noch nie erlebt, und stand auf, um auszusteigen.

Da sah sie ihn vorne an der Tür stehen.

Nachdem Haak die Straßenbahn verlassen hatte, kämpfte sich Tanya zwischen den Leuten hindurch, die zusteigen wollten. Sie fürchtete, Haak könnte das Gedränge hinter sich spüren und sich umdrehen. Eine neue Jacke war bestimmt keine ausreichende Verkleidung, wenn man einander direkt gegenüberstand. Zum Glück marschierte er weiter Richtung Damstraat.

Der Schneefall wurde dichter und dämpfte die Geräusche der Stadt. Dicke Flocken wehten ihr in die Augen und legten sich auf den falschen Pelzkragen. Haaks Ziel schien De Wallen zu sein, der Rotlichtbezirk im mittelalterlichen Stadtzentrum, dem er sich jedoch offenbar auf einem Umweg näherte.

Sie würde besonders achtgeben müssen, um ihn in dem Gedränge nicht zu verlieren. Tanya hatte gelesen, dass dort jährlich mehrere Milliarden Euro umgesetzt wurden. Haak bog um die Ecke, sie folgte ihm mit etwa zehn Meter Abstand und beschleunigte ihre Schritte. Als sie ebenfalls abbog, rutschte sie auf dem schneebedeckten Boden aus und schlug so hart mit dem Hinterkopf auf, dass ihr für einige Augenblicke die Luft wegblieb.

Tanya hörte jemanden lachen, doch ein Gesicht beugte sich zu ihr und fragte, ob alles in Ordnung sei, ob sie sich etwas gebrochen habe. Jemand half ihr auf die Beine, sie bedankte sich und sah sich nach Haak um. Die Wunde an ihrem Bein brannte, als hätte der Sturz sie wieder aufgerissen.

Nichts.

Tanya marschierte los, in der Hoffnung, ihn irgendwo in der Menge auftauchen zu sehen. Ihr pochendes Herz schlug noch schneller, als sie ihn plötzlich zu erkennen glaubte. War er das nicht, dort drüben bei dem Maronenstand? Sie rannte los, die Gefahr eines erneuten Sturzes ignorierend, die Augen auf die Stelle fixiert, an der sie ihn gesehen hatte. Doch als sie näher herankam, erkannte sie, dass er es nicht war.

Sie blieb stehen und blickte sich um.

Zu viele Menschen.

Zu viel Schnee.

Auf dem Revier lieh sich Jaap als Erstes ein Ladegerät aus. Er versuchte erneut, Tanya zu erreichen, doch sie ging nicht dran, und er bat sie in einer Nachricht, ihn zurückzurufen. Es war unfassbar, dass sie Haak hatten laufen lassen. Die Chance, noch einmal an ihn heranzukommen, war gleich null, jetzt, da er wusste, dass sie hinter ihm her waren.

Wo ist sie nur?

Im Büro war es ruhig, nur zwei Kollegen waren anwesend. Jaap lehnte sich in seinem Stuhl zurück. Es war kurz nach neun Uhr vormittags, doch so wie er sich fühlte, hätte es auch Mitternacht sein können.

Bevor er zur Beerdigung gegangen war, hatte Jaap Liegestütze gemacht, um seine Wut irgendwie abzureagieren. Schließlich war er schluchzend liegen geblieben, als seine Muskeln nicht mehr konnten.

Er hatte öfter gehört, dass die Zeremonie der Beerdigung wichtig für die Hinterbliebenen sei und ihnen half, Abschied zu nehmen und mit ihrem Leben weiterzumachen.

Doch das war offensichtlich alles Unsinn.

Erst Andreas und jetzt Karin. Beide völlig unschuldig. Sie hatten es nicht verdient zu sterben.

Jaap riss sich von den trüben Gedanken los und konzentrierte sich auf seine Arbeit. Haak war das Bindeglied. Haaks Reaktion bei der gestrigen Vernehmung hatte ihm verraten, dass er von Andreas' Tod wusste und die Schwarzen Tulpen kannte.

Er war sich jedoch nicht mehr so sicher, dass Haak der Mörder war. Allem Anschein nach hatten Friedman und Zwartberg irgendwann beschlossen, ihr Hobby zu einem lukrativen Nebenverdienst zu machen, möglicherweise mit Korssens Hilfe. Falls Korssen mit den Schwarzen Tulpen in Verbindung stand, die mit hoher Wahrscheinlichkeit auch Kinder ins Land schmuggelten, dann war Haak vielleicht der Mittelsmann, der die Kinder ablieferte.

Möglicherweise war den Schwarzen Tulpen der Nachschub ausgegangen, und Haak war auf die Idee gekommen, sich etwas dazuzuverdienen. Also entführte er das Kind, das er zuvor an die van Delfts übergeben hatte, und ließ sie in ihrem Haus verbrennen. Er wusste, dass es keine Dokumente für die gekauften Kinder gab, und konnte sich deshalb relativ sicher fühlen. Blieb die Frage offen, wer Friedman und Zwartberg getötet hatte und vielleicht vorhatte, auch Haak zu töten, jetzt, da er wieder auf freiem Fuß war. Es musste jemand sein, der selbst missbraucht worden war oder zumindest von dem Missbrauch wusste, vielleicht aus der Zeit, als Zwartberg noch in Maastricht gelebt hatte.

Jedenfalls hatte Haak nicht Karin umgebracht, da er die Nacht in einer Zelle verbracht hatte. Es musste jemand gewesen sein, für den Haak arbeitete.

Also galt es, Haak wiederzufinden, um an den Drahtzieher heranzukommen.

Und wo zum Teufel steckt eigentlich Kees? Jaap wählte seine Nummer, doch es klingelte endlos, schaltete nicht einmal auf die Mailbox um. Da fiel ihm ein, dass ihm die Sekretärin der Anwaltskanzlei noch nicht mitgeteilt hatte, wer die Miete für die Wohnung in der Bloedstraat 35 bezahlte. Er rief in der Kanzlei an und erfuhr, dass die Sekretärin seit gestern krank war. Die Frau, die sie vertrat, wusste von nichts.

Jaap warf das Handy auf den Tisch – es prallte ab und landete krachend auf dem Boden.

Köpfe drehten sich zu ihm um.

Unten fragte er den Wachhabenden nach Tanya und erfuhr, dass sie gegangen war, bevor Haak auf freien Fuß gesetzt worden war.

Er hatte sie vor drei Tagen zum ersten Mal gesehen und hatte doch das Gefühl, sie recht gut zu kennen.

Sie wird ihm doch nicht etwa folgen?

Der Mann mit der Sturmhaube warf erneut einen Blick auf seine Uhr und stellte fest, dass nicht einmal eine Minute vergangen war. Sein Fuß tippte auf den Ast, auf dem er saß, und ihm wurde bewusst, dass er die Luft angehalten hatte. Er atmete aus, versuchte seine Schultern zu lockern, doch es funktionierte nur für einen Moment, ehe sich seine Muskeln aufs Neue anspannten.

Seine Nachricht war klar gewesen, er hatte Ort und Zeit genannt, aber es gab keine Garantie, dass Haak kommen würde.

Eines sprach jedoch dafür: die Fotos, die er sich angeeignet und die er gedroht hatte, der Polizei zu zeigen, falls er nicht heute noch einen namhaften Betrag erhielt.

Der Schneefall wurde stärker, doch das war ihm nur recht. Er hatte diesen Platz wegen seiner Abgelegenheit ausgesucht. Wer würde schon an einem solchen Tag durch die Wälder des Amsterdamse Bos streifen?

Er hörte ein Geräusch zu seiner Linken – ein Zweig knackte, vom Schnee gedämpft. Seine Sinne waren sofort hellwach, als eine Gestalt auf die Lichtung trat.

Ein Lächeln erschien auf seinen von der Kälte aufgesprungenen Lippen.

Tanya war ihm vierzig Minuten gefolgt, seit sie ihn auf dem Dam beinahe verloren hatte.

Schließlich war Haak in einer kleinen Kneipe in der Sint Jacobsstraat verschwunden. Sie hatte befürchtet, er könnte durch einen Hinterausgang abhauen, doch das Lokal war so klein, dass sie nicht riskieren konnte, ihm zu folgen. Also hatte sie draußen gewartet und versucht, von der anderen Straßenseite durch das Fenster zu spähen, ohne selbst gesehen zu werden. Zu ihrer Erleichterung war er schon zehn Minuten später wieder aufgetaucht und durch die engen Straßen von De Wallen marschiert. Sie hatte erneut warten müssen, als er eine Prostituierte aufsuchte – die Vorhänge wurden sofort zugezogen, kaum dass er eingetreten war –, bis er eine Viertelstunde später breitbeinig herauskam.

Danach hatte es ausgesehen, als würde er nur die Zeit totschlagen. Er war durch die Straßen geschlendert und hatte gelegentlich einen Blick auf die Uhr geworfen. Doch vor etwa zwanzig Minuten waren seine Schritte wieder zielstrebiger geworden, und er hatte eine Straßenbahn und anschließend einen Bus zum Amsterdamse Bos genommen.

Und während Tanya sich nun bemühte, ihn zwischen den Bäumen nicht aus den Augen zu verlieren, war sie sich plötzlich sicher, dass er das Mädchen hier irgendwo gefangen hielt. Vielleicht hatte er eine kleine Hütte gebaut oder lediglich ein Zelt aufgestellt. So oder so würde Adrijana frieren.

Doch seltsamerweise wirkte Haak irgendwie unsicher, während er tiefer in den Wald eindrang. Immer wieder blieb er stehen und blickte sich um, und Tanya sprang rasch hinter einen Baum und wartete mit pochendem Herzen, bis er weiterging.

Schließlich gelangte er zu einer Lichtung, die er einmal umrundete, ehe er ins Freie hinaustrat, wo er im Schnee tiefe Fußspuren hinterließ.

Was tut er hier?

Haak blieb in der Mitte stehen und warf einen Blick auf die Uhr.

Er trifft sich mit jemandem.

Tanya schaute sich um und zog ihre Pistole aus dem Holster. Im selben Augenblick sprang eine Gestalt von einem Baum und stürmte mit einem blitzenden Messer in der Hand auf Haak zu.

Tanya rannte los, Zweige schlugen ihr ins Gesicht. Haak drehte sich abrupt um, doch dem Messer entging er nicht.

Es schnitt sich blitzschnell in seine Kehle.

Blut schoss in einer Fontäne hervor, die einzige Farbe im Weiß ringsum.

Es war vorbei. Die letzte Chance dahin.

Der Schnee schmolz auf seinen Schuhen, und Jaap spürte seine Zehen feucht werden, während es unermüdlich schneite.

Er erinnerte sich an einen von Yuzuki Roshis Lieblingssprüchen: *Keine Schneeflocke fällt je auf die falsche Stelle.*

Jaap blickte zu der Stelle, wo drei uniformierte Kollegen ein schützendes Dach aufzubauen versuchten, während Haaks Leichnam bereits von einer dünnen Schneeschicht bedeckt war. Es wunderte ihn, dass der Schnee trotz der Restwärme des toten Körpers auf ihm liegen blieb. Andererseits war Haak laut Tanya vor fast einer Stunde gestorben, und die Lufttemperatur lag unter dem Gefrierpunkt.

Es war still im Wald. Der Schnee schluckte alle Geräusche bis auf das leise Knirschen der Schritte und das Knacken von Holz, bis das behelfsmäßige Dach errichtet war. Jaap hatte keine große Hoffnung, noch irgendwelche Spuren oder Hinweise zu finden. Tanya hatte versucht, dem Täter durch den Wald zu folgen, doch er hatte sie im dichten Gehölz abgeschüttelt, wo kein Schnee hingelangte, in dem er eine Spur hinterlassen hätte.

Tanya stand zwei Meter von Jaap entfernt; trotz ihrer Kapuze hatte sie die Schultern hochgezogen, die Nase war gerötet. Sie trat von einem Fuß auf den anderen, um sich warm zu halten. Plötzlich tat es ihm leid, dass er gestern so überstürzt hatte aufbrechen müssen. Er wollte ihr von Karin erzählen, ließ es dann aber doch bleiben.

»Bist du okay?«

Sie nickte. »Er war unsere letzte Spur«, sagte sie mit schwacher Stimme.

Wie sollte er jetzt Andreas' Mörder erwischen? Oder herausfinden, wer Karin umgebracht hatte?

Jaap zog das Handy hervor und rief Kees an. Er hatte es heute Morgen schon einige Male vergeblich versucht, doch diesmal meldete er sich.

»Wo warst du?«

»Ich hab ein paar Dinge überprüft.«

»Ich versuche schon die ganze Zeit, dich zu erreichen. Warum gehst du nicht ran?«

»Ich … äh … hab vergessen, das Handy einzuschalten.«

Eine Lüge, denn es hatte jedes Mal geklingelt.

»Hast du etwas erreicht?«

»Ja. Friedman und Zwartberg haben an derselben Schule unterrichtet.«

Maastricht. Wo Andreas aufgewachsen war. Das Foto, das er immer noch in seiner Jackentasche hatte, musste dort entstanden sein.

»Hast du es schon abgeglichen?«

»Womit?«

»Mit der Liste von Grimberg. Oder heißt das, du hast sie immer noch nicht?«

»Tanya war dafür zuständig. Ich weiß nicht, ob sie die Liste erhalten hat – gegeben hat sie sie mir jedenfalls nicht.«

»Okay, dann versuch sie zu bekommen. Ich bin in einer halben Stunde zurück. Ruf mich aber an, sobald sich etwas tut.«

Er steckte das Handy ein.

»Gibt's was Neues?«

»Könnte sein. Hast du diese Liste von Grimberg schon?«

Tanya schüttelte den Kopf. »Er hat nicht abgehoben, und ich hatte jetzt keine Zeit, um hinzufahren.« Sie schob ein bisschen Schnee mit der Schuhspitze beiseite und starrte vor sich hin. »Sie könnte hier überall sein.«

Jaap wollte es nicht sagen, doch es ließ sich nicht vermeiden. »Es kann sein, dass sie schon tot ist.«

»Nein! Ich spüre, dass sie noch lebt. Sie ist …« Ihre Stimme brach. Jaap legte ihr den Arm um die Schulter, doch sie schüttelte ihn ab und ging davon.

Jaap blickte zu Haaks Leichnam hinüber, der gerade fotografiert wurde. Jeder Blitz ließ die Schneeflocken in der Luft erstarren. Die Szene erinnerte ihn an Kyoto. Er wünschte sich, er könnte jetzt dort sein und nichts von alldem wäre geschehen.

Er schlug den Kragen hoch und starrte die Bäume an. Solche Fälle hatte er schon öfter gehabt, in denen er nach tage- oder wochenlangen Ermittlungen gegen eine Wand gerannt war. Das gehörte zu seinem Job, und man musste lernen, solche Fälle loszulassen. Die Kollegen, denen das nicht gelang, blieben meistens nicht lange. Es kam durchaus vor, dass alte ungelöste Fälle an einem nagten, bis der Druck irgendwann unerträglich wurde. Manche erkannten das rechtzeitig und stiegen aus. Andere machten trotzdem weiter, bis sie eines Tages vor Wut und Frustration jemanden so schwer verprügelten, dass man nicht darüber hinwegsehen konnte. Laufbahn vorbei, Pension futsch.

Würde es ihm auch so ergehen? Karin und Andreas waren tot – würde er je in der Lage sein, es zu akzeptieren?

In Kyoto hatte er einiges über das Leben und den Tod gelernt. Hatte er zumindest gedacht. Jetzt war er sich nicht mehr so sicher.

»Inspector?« Jaap tauchte aus seinen Gedanken auf. Einer

der Uniformierten, etwas größer als Jaap, stand vor ihm. »Alles in Ordnung?«

Jaap schüttelte sich. »Ich hab nur nachgedacht.«

Der Polizist, etwa Mitte zwanzig, mit der Statur eines Elitesoldaten und einem dünnen Oberlippenbart, zog eine Zigarette heraus und bot Jaap eine an, der jedoch ablehnte.

»Schon verrückt, dieser Job, oder?«, sagte der Mann und blies den Rauch aus.

»Ja, manchmal frage ich mich, wofür wir das tun.«

»Das verstehe ich gut. Neulich hat mich jemand gefragt, ob ich in der Schule gemobbt wurde und vielleicht deshalb zur Polizei gegangen bin.« Er lachte.

»Sie sehen nicht so aus, als wären Sie gemobbt worden.«

»Wurde ich auch nicht. Aber ich habe mich wegen meiner Größe fast verpflichtet gefühlt, andere zu beschützen. Verstehen Sie, was ich meine?«

Jaap schaute auf die Lichtung hinaus. Er verstand ihn gut.

Da fiel ihm etwas ein. Etwas, das jemand vor einigen Tagen gesagt hatte.

Er zog sein Handy hervor und rief Kees an, der sich beim dritten Klingeln meldete.

»Hast du Grimberg schon erreicht?«

»Er geht nicht dran … ich fahre jetzt hin.«

»Wir treffen uns am Westende der Straße, in der er sein Büro hat. Und finde heraus, wo er wohnt. Aber diesmal gehst du nicht ohne mich rein, verstanden?« Er trennte die Verbindung, ohne auf eine Antwort zu warten.

Der Uniformierte sah ihn an – die Dringlichkeit in Jaaps Stimme war ihm nicht entgangen.

»Danke«, sagte Jaap, ehe er zu Tanya ging. Er erklärte ihr, wie er die Sache sah, und wurde vom Klingeln seines Handys unterbrochen. Es war Roemers.

»Ich hab ihn. Der Computer gehört einer Reederei.«

»Wie heißt sie?«

»BSC.«

»BSC?«

»Baltic Shipping Company, die haben ein Büro im Hafen.«

Jaap trennte die Verbindung, und Tanya sah ihn fragend an.

»Was Neues?«

Er hätte es ihr gerne gesagt, doch sie würde sofort hinwollen, und das konnte er nicht zulassen. Es wäre zu gefährlich.

»Kann sein. Mach du hier weiter und ruf mich an, wenn du fertig bist. Vielleicht habe ich bis dahin etwas.«

Er drehte sich um und rannte durch den Wald zu seinem Wagen.

Er gehört Ihnen.«

Tanya wandte sich wieder dem Toten zu. Sie hatte in die Bäume gestarrt, wie betäubt von der klirrenden Kälte, vielleicht auch von etwas anderem.

»Danke.«

Tanya kniete sich auf ein Tuch, das neben dem Leichnam ausgebreitet war. Jemand gab ihr Gummihandschuhe, sie streifte sie über und machte sich an die Arbeit. Sie fand nichts Ungewöhnliches: eine Brieftasche mit Bargeld, aber ohne Papiere, einen Schlüsselring, ein zerdrücktes Zigarettenpäckchen.

Nichts, was ihr weiterhelfen würde. Sie stand auf und steckte alles in einen Beutel, doch die Schlüssel fielen ihr aus der Hand in den Schnee. Obwohl sie wahrscheinlich nutzlos waren, hob Tanya die Schlüssel auf und wischte den Schnee ab. Dann durchsuchte sie die Brieftasche noch einmal und fischte einen Geldschein nach dem anderen heraus. Zwischen zwei Scheinen fand sie einen in der Mitte gefalteten Zettel – möglicherweise der Kassenbon für die Zigaretten, doch auf die Rückseite war mit blauem Kuli eine Adresse gekritzelt.

Und eine Telefonnummer.

Tanya zog ihr Handy heraus, und ihre Hände begannen zu zittern, sodass sie sich zweimal vertippte. Als sie die Nummer schließlich gewählt hatte, klingelte es mehrmals, bis sich der Anrufbeantworter einschaltete und eine männliche Stimme verkündete, die Baltic Shipping Company habe bis nächsten Montag geschlossen.

Baltic Shipping Company.

Jaap hatte vorhin am Telefon die Abkürzung BSC ausgesprochen. Das konnte kein Zufall sein.

Und er hatte ihr nichts davon gesagt, war einfach losgelaufen.

Vertraut er mir nicht, oder ist es irgendein Beschützerinstinkt, weil er mich geküsst hat?

Eine Stimme, die sie kannte, brüllte ihren Namen, und sie blickte auf und sah Bloem über die Lichtung stapfen. Sein Gesicht war gerötet, aber nicht von der Kälte.

Was tut er hier? Doch sie kannte die Antwort bereits.

»Also, Kollegin van der Mark.« Seine Stimme troff vor Sarkasmus. »Freut mich, dass ich dich endlich gefunden habe. Und danke, dass du gleich zurückgerufen hast, nachdem ich hundertmal versucht habe, dich zu erreichen.«

»Es war wichtig … ich weiß jetzt, wo das Mädchen …«

»Nein. Ich will nichts mehr hören von dem Scheiß. Du hast schon genug Schaden angerichtet.« Er funkelte sie an, kostete die Situation aus. »Du fährst jetzt mit mir zurück nach Leeuwarden. Und wenn du nicht für den Rest deiner Laufbahn Strafzettel austeilen willst, dann …« Er ließ seine Worte in der Luft hängen.

Tanya blickte auf Haak hinunter, den Mann, der Adrijana entführt hatte. Das kleine Mädchen, das sie so an sich selbst erinnerte und das so wie sie keine Eltern mehr hatte. Niemanden, der sich um sie kümmerte. Ihr Blick schweifte in den Wald, obwohl bei dem dichten Schneefall kaum noch etwas zu erkennen war.

»Okay«, seufzte sie. »Aber schau dir das hier noch an.« Tanya ging neben dem Leichnam in die Hocke. Bloem warf ihr einen Blick zu, dann beugte er sich ebenfalls hinunter. Sie stieß ihn zu Boden, packte seinen Arm und fesselte ihn mit Handschellen an Haaks kaltes, totes Handgelenk.

Und dann rannte sie los, während Bloems Flüche wie Gewehrschüsse durch den Wald hallten.

Als er den Polizeiwagen bemerkte, der wie ein lautloses Raubtier in die Straße einbog, krampfte sich sein Magen zusammen.

Er war ans Fenster getreten, um die Schneeflocken herabschweben zu sehen, um für einen Moment durchzuatmen, zu leben.

In letzter Zeit hatte es immer wieder solche Augenblicke gegeben, in denen er die Schönheit in allem zu erkennen vermochte. Es konnte eine scheinbar unbedeutende Kleinigkeit sein, die seine Aufmerksamkeit weckte: die Maserung eines Pflastersteins, wenn die Sonne auf seine glatte Oberfläche schien, oder das komplexe Gewebe eines bunten Stoffes. In solchen Momenten ergriff ihn ein Staunen, als hätte er noch nie etwas so Wunderbares gesehen.

Und in gewisser Weise war es auch so, jedenfalls so weit er zurückdenken konnte. Bestimmt war er als Kind ein aufmerksamer Beobachter gewesen. Kinder besaßen diese Fähigkeit noch, das Besondere an einem Gegenstand zu erkennen, der einem Jugendlichen oder Erwachsenen als etwas Banales und Alltägliches erschien.

Und jetzt war er wieder zum Kind geworden. Es war wie eine zweite Geburt, er hatte die alte, einengende Haut abgestreift und war wieder in der Lage, die Welt mit ganz neuen Augen zu sehen.

Und was ihn erwartete, war eine Überraschung. Schon als er

beschlossen hatte, die beiden zu töten, war er überzeugt gewesen, das Richtige zu tun, doch er hatte nicht damit gerechnet, hinterher ein so befreiendes Gefühl zu empfinden. Es hatte es als eine Art Pflicht betrachtet, als etwas Unvermeidliches. Ein notwendiger Akt der Rache um der Gerechtigkeit willen. Umso mehr überraschte ihn das erlösende Gefühl, das sich nun einstellte.

Den ersten Hauch davon hatte er erlebt, als er Friedman hatte sterben sehen: das wilde Flackern seiner Augen, bis sie schließlich erstarrten und das Licht aus ihnen wich, der panische Pulsschlag in seiner Halsschlagader, der von einem Moment auf den anderen zum Stillstand kam.

Bei Zwartberg hatte es ihn kaum noch Überwindung gekostet, und hinterher hatte er nichts als Genugtuung empfunden.

Und seit er vor einer Stunde auch noch Haak die Kehle durchgeschnitten hatte, war es ihm, als würde er fliegen.

Die Polizistin hatte ihn zwar gesehen, aber mit seiner Sturmhaube sicher nicht erkannt, und im Wald hatte er sie mit Leichtigkeit abgeschüttelt. Es gab keine Hinweise, keine Spur, die sie zu ihm führte.

Jetzt musste er nur noch den Vierten erwischen, der für die Schwarzen Tulpen arbeitete, dann würde er endgültig frei sein.

Es gab noch einiges zu tun, denn er wusste nach wie vor nicht, wer der Mann war. Doch er würde es mit Sicherheit herausfinden.

Umso größer war der Schock, als er den Polizeiwagen in seiner Straße auftauchen sah. Er versuchte sich einzureden, dass sie aus einem anderen Grund hier waren, doch dann sah er den Beamten, mit dem er gesprochen hatte. *Wie hatte er es herausgefunden?*, schoss es ihm durch den Kopf, doch dann fokussierten sich seine Gedanken auf das Wesentliche, auf ein einziges Wort: *Flucht.*

Jaap sprang aus dem Wagen.

Er rannte zu Kees' Auto an der Straßenecke. Das Fenster fuhr mit einem leisen Summen nach unten, und er sah zuerst den leeren Beifahrersitz, dann Kees.

»Also, was tun wir hier?«

»Ich glaube, Hans Grimberg ist unser Mann.«

»Warum?«

»Er war wahrscheinlich in seiner Jugend ein Opfer und dürfte nach seinem Akzent aus Maastricht stammen. Das Alter passt, er muss zu Zwartbergs und Friedmans Zeit dort ein Teenager gewesen sein. Und er hat etwas Interessantes gesagt: dass der Missbrauch das ganze spätere Leben beeinflussen kann, das Verhalten, die berufliche Entwicklung ...«

Jaaps Handy klingelte in seiner Tasche. Er fischte es heraus und wollte schon drangehen, als er auf der Straße eine plötzliche Bewegung wahrnahm.

Eine Gestalt mit Mönchskapuze trat aus dem Haus hervor, in dem Vrijheid Nu sein Büro hatte.

»Ich bleibe an ihm dran«, sagte Jaap und steckte das Handy wieder ein. »Du checkst das Büro.«

Der Mann mit der Kapuze bog um die Ecke Richtung Singel, und Jaap folgte ihm, so schnell es auf dem schneebedeckten Gehsteig möglich war. Als er die Ecke erreichte, sah er, dass der Mann seine Schritte beschleunigte. Es musste Grimberg sein, obwohl er Jaap nicht gesehen haben konnte. Als Jaap aufholte, drehte sich der Kapuzenmann kurz um, und Jaap sah etwas Vertrautes in seinen Augen aufblitzen.

Grimberg sprintete mit wehender Kapuze los, stieß Fußgänger beiseite, deren empörte Stimmen vom Schnee gedämpft wurden, und Jaap hetzte hinterher. Beim nächsten Block schlitterte Grimberg um die Ecke und rannte in Richtung Herengracht. Jaap nahm an, dass er die Brücke überqueren wollte, doch er wandte sich überraschend nach Norden und lief die Reihe der Hausboote entlang.

Ein Fehler.

Denn in der Herengracht tauchten plötzlich die Scheinwerfer eines Autos auf, das ihm den Weg versperrte. Grimberg zögerte einen Augenblick, dann tauchte er zur Seite weg und sprang über die Reling eines Bootes.

Jaap folgte ihm, blieb mit dem Fuß hängen und krachte gegen die Holzwand der Kabine. Als er die andere Seite erreichte, war Grimberg bereits über der Reling und auf dem Eis, das von einer dicken Schneeschicht bedeckt war. Tief geduckt stolperte er vorwärts, und Jaap hatte Mühe, mit ihm Schritt zu halten, bis Grimberg plötzlich ausrutschte und stürzte.

Jaap schloss rasch auf und war nur noch wenige Meter entfernt, als er bemerkte, dass Grimberg nicht mehr hochkam und verzweifelt mit den Armen ruderte. Der Aufprall hatte einen Sprung in der Eisdecke verursacht. Durch ein Loch stieg Wasser nach oben und ließ den Schnee ringsum schmelzen, eine dunkle Wunde im Eis. Augenblicke später war Jaap bei ihm, packte die Kapuze und versuchte ihn zurückzuziehen, doch Grimbergs verzweifelte Bewegungen rissen das Loch noch weiter auf, und er rutschte nach und nach hinein. Das Wasser erreichte Jaaps Füße und schnappte nach ihm wie ein hungriges Raubtier. Er zog mit aller Kraft, doch Grimberg drohte ihn mit sich in die Tiefe zu reißen.

Eine laute Stimme ertönte hinter ihm. »Komm zurück!«, rief Kees ihm zu, wieder und wieder, als wären es die einzigen Worte, die er kannte.

Jaap hielt in seinem verzweifelten Bemühen inne. Er ließ die Kapuze los und schob sich vorsichtig zurück, um nicht durch eine jähe Bewegung weitere Sprünge zu verursachen.

Grimberg war bereits ins Wasser geglitten und versuchte verzweifelt, mit den Händen Halt auf der Eisdecke zu finden, doch damit machte er es nur noch schlimmer. Eine heftige Bewegung mit der linken Hand riss einen tiefen Sprung ins Eis, der sich wie eine Schlange auf Jaap zubewegte. Er wollte sich umdrehen und zurücklaufen, spürte jedoch bereits das Wasser an den Knöcheln – so kalt, dass es ihm den Atem nahm. Er warf sich nach vorn und landete wenige Meter von dem Boot entfernt.

Im nächsten Augenblick segelte ein Rettungsring an einer Leine zu ihm herunter, traf ihn im Gesicht, und Jaap hielt sich daran fest.

»Wirf mir was runter, mit dem ich ihn rausziehen kann!«, rief er Kees zu.

»Komm schnell rauf, bevor das ganze Eis bricht!«

»Hol irgendwas!«

Jaap rappelte sich auf und schaffte die paar Schritte zum Boot. Im nächsten Augenblick schwang Kees eine Stange zu ihm herunter. Jaap griff sie sich und hielt sie wie ein Stabhochspringer. Der Haken am Ende reichte nicht ganz bis zu Grimbergs Hand.

Jaap brauchte ihm nicht zu sagen, was er tun sollte. Grimberg versuchte sich hochzuziehen, um den Haken zu erreichen, doch erst als Jaap sich etwas näher heranschob, bekam er ihn zu fassen. Als sich Jaap sicher war, dass Grimberg den Haken fest im Griff hatte, zog er mit aller Kraft, bis jeder Muskel in seinem Rücken und Nacken zum Zerreißen gespannt war.

Smit starrte entgeistert auf das Stück Papier in seinen Händen.

»Ich kann es nicht glauben.«

»Mir ging's genauso«, erwiderte de Waart. »Aber da ist noch mehr.«

Er öffnete seinen Laptop und spielte eine kurze Aufnahme einer Sicherheitskamera ab.

Smit stand von seinem Platz auf, klappte den Laptop zu, den ihm de Waart auf den Schreibtisch gestellt hatte, und ging ans Fenster. Dort stand er einige Augenblicke, die Hände hinter dem Rücken, und schaukelte auf den Fersen vor und zurück, ehe er sich wieder umdrehte.

De Waart wartete auf eine Antwort.

Als sie Grimberg endlich im Boot hatten, zitterte er wie unter einer Serie von Elektroschocks. Ihnen war klar, dass sie ihn schnell aufwärmen mussten.

»Klopf irgendwo an, wir brauchen einen warmen Raum«, befahl Jaap, und Kees rannte los.

Jaap schleppte Grimberg an die Uferseite des Bootes und über den Landungssteg zur Straße. Kees kam aus einem Haus gelaufen und eilte ihm zu Hilfe.

Drinnen führte sie eine junge Frau mit osteuropäischem Akzent in ein warmes Wohnzimmer, wo sie ihm die nassen Kleider auszogen. Die Frau brachte Handtücher und etwas zum Anziehen. Sie trockneten ihn ab und zogen ihm die etwas zu großen Sachen an. Kees ging in die Küche und machte heißen Kaffee.

»Das sollten Sie ihm nicht geben«, warnte die Frau. »Ich glaube, er sollte noch nichts zu Heißes trinken.«

Kees sah sie einen Moment ratlos an, dann eilte er in die Küche und kam Augenblicke später mit derselben Tasse zurück.

»Ich hab sie zur Hälfte mit kaltem Wasser gefüllt, das müsste doch gehen, oder?«

Grimbergs Zittern ließ allmählich nach, während er, in eine dicke Wolljacke gehüllt, auf dem Boden saß und in kleinen Schlucken trank.

»Danke«, sagte er heiser, die Augen zu Boden gerichtet.

Draußen auf der Straße dröhnte eine Hupe.

»Ruf einen Krankenwagen«, sagte Jaap. »Und hol unser Auto her.«

Als Kees draußen war, setzte sich Jaap auf den Boden, ohne Grimberg anzusehen.

»Sie wissen, dass ich es getan habe?«, fragte Grimberg schließlich.

»Ja.«

»Wissen Sie auch, warum?«

»Ich glaube schon …«

»Dann verstehen Sie auch, dass ich bereits bestraft wurde, ohne etwas verbrochen zu haben.«

»Fangen wir ganz vorne an.«

Grimberg stellte die Tasse ab. Sein Gesicht nahm wieder Farbe an, und er strich sich die Haare aus der Stirn. Er sah Jaap in die Augen, dem es nicht leichtfiel, seinen Blick zu erwidern.

»Es fing an, als ich dreizehn war, in der Schule …« Er stockte einen Moment. »Der Mann war unser Sportlehrer.«

»Friedman.«

Grimberg nickte. Der Name ließ ihn offenbar immer noch erschaudern. »Er … Ich glaube, ich muss es nicht beschreiben, oder?«

Jaap schüttelte den Kopf. Er wusste es auch so.

Und er wollte es nicht hören.

»Er war irgendwie charismatisch, alle wollten in seinem Fußballteam sein – das hat er ausgenutzt.«

»Waren Sie der Einzige?«

»Damals glaubte ich das, aber es war sicher nicht so.«

»Und Sie haben es niemandem erzählt?«

»Natürlich nicht. Er hat es sehr geschickt angestellt, hat mir eingeredet, dass mir niemand glauben würde. So machen das diese Leute. Nach zwei Jahren ging er weg, und ich dachte, ich hätte es hinter mir und würde darüber hinwegkommen, es mit der Zeit vergessen. Ich studierte an der Universität und führte ein einigermaßen normales Leben. Der Schmerz verging, aber zurück blieb das Gefühl, dass ich etwas tun musste, wenn schon nicht für mich, dann für andere, die das Gleiche durchgemacht hatten. Also begann ich, in der Hilfsorganisation mitzuarbeiten.«

»Und dann kam eines Tages Friedman zu Ihnen?«

»Ich konnte es nicht glauben … nach allem, was er Kindern angetan hatte. Ich war drei Tage krank, musste mich ständig übergeben. Wahrscheinlich war ich doch nie darüber hinweggekommen, ich hatte es nur verdrängt.«

»Hat er Sie nicht wiedererkannt?«

»Ich war damals dreizehn, sehe heute ganz anders aus … und er dürfte viele Kinder missbraucht haben. Herrgott, für ihn sehen sie wahrscheinlich alle gleich aus.«

»Und Ihr Name?«

»Den habe ich geändert, als ich mit dem Studium begann. Ich dachte, es würde mir helfen, mich von der Vergangenheit zu lösen.« Er lachte gezwungen. »Neuer Name – neuer Mensch, verstehen Sie?«

Grimbergs Zittern ließ allmählich nach. Jaap selbst fühlte sich immer noch am ganzen Körper verkrampft vor Kälte und Anstrengung.

»War Andreas Hansen mit Ihnen an der Schule?«

»Der Name kommt mir bekannt vor. Ich glaube, er war im Jahrgang über mir.«

Wahrscheinlich gelogen, dachte Jaap, sagte jedoch nichts. Im Grunde wollte er es gar nicht so genau wissen.

»Also beschlossen Sie, sich an Friedman zu rächen?«

»Ich habe es nicht beschlossen – ich musste es einfach tun. Er hatte mich nicht erkannt, also hatte ich völlig freie Hand.«

»Und Zwartberg?«

»Ich wollte eigentlich nur Friedman töten. Ich dachte, sein Handy würde die Polizei zu den anderen führen.«

»Und warum haben Sie dann auch die Übrigen getötet?«

Grimberg schluckte schwer. »Ich … Es war so leicht, sobald ich es einmal getan hatte. Ich hatte es mir viel schwerer vorgestellt, jemanden umzubringen. Aber … danach wurde mir klar, dass ich es in der Hand hatte, etwas zu verändern. Ich kann diese Leute aufhalten, dachte ich mir … alle. Einerseits habe ich gehofft, jemand würde sie vorher erwischen, damit ich es nicht tun muss, aber andererseits wollte ich es sogar tun.«

»Wie sind Sie den anderen auf die Spur gekommen?«

»Ich begann, Friedman zu beobachten, suchte den idealen Platz, um an ihn heranzukommen, und da sah ich ihn mit Zwartberg.«

»In De Wallen?«

»Ja. Sie trafen sich in einem Haus in der Bloedstraat. Eines Nachts folgte ich Friedman, als er von zu Hause dorthin ging. Ich wartete draußen, er kam ein paar Stunden später wieder heraus und mit ihm noch ein Typ. Also engagierte ich jemanden, der für mich herausfinden sollte, wer dieser Kerl war.«

»Einen Privatdetektiv?«

»Ja. Ich wusste nicht mal, dass es die wirklich gibt, aber es ist so. Wahrscheinlich haben sie hauptsächlich mit Scheidungsangelegenheiten zu tun.«

»Und Sie hatten keine Angst, es könnte dem Detektiv verdächtig vorkommen, dass die Leute, die er beschatten sollte, der Reihe nach umgebracht wurden?«

»Ich habe mich nie persönlich mit ihnen getroffen, sie wusste also nicht, wer ich bin. Zuerst wollten sie nicht recht, aber ich zahlte gut. In bar, darauf bestanden sie.«

»Und sie fanden auch Haak. Steht sonst noch jemand auf Ihrer Liste?«

»Einen gibt es noch, er ist der Allerschlimmste und kontrolliert das Ganze.«

»Wer ist es?«

»Den Namen kenne ich nicht, aber er arbeitet mit einer Bande zusammen …«

»Den Schwarzen Tulpen?«

»Ja. Aber die Leute, die ich engagiert hatte, bekamen es mit der Angst zu tun und hörten auf. Ich habe nichts mehr von ihnen gehört.«

»Ich muss dringend mit diesen Leuten sprechen«, erklärte Jaap.

Grimberg nannte ihm Namen und Telefonnummern, und Jaap notierte sie.

»Sie hätten zu uns kommen sollen«, sagte Jaap.

»Ich hatte keine Wahl, ich musste es tun«, erwiderte er wütend. »Friedman lief immer noch frei herum und ruinierte das Leben von Menschen zu seinem Vergnügen. Vergewaltigte sie, so wie er mich vergewaltigt hat. Sollte das nicht irgendwie bestraft werden?« Er sah Jaap herausfordernd an. »Aber nein. Er erbte eine Firma und lebte in einem stattlichen Haus, wo er sich unbehelligt an jungen Menschen vergreifen konnte … an Kindern, um Himmels willen! Es war absolut unerträglich.«

»Und jetzt?«

Grimberg schaute auf seine Hände hinunter und kratzte sich den linken Zeigefinger mit dem Daumen. Nebenan lief ein Radio, doch ansonsten hörte Jaap nur sein eigenes Atmen.

Grimberg hob den Blick und sah ihm in die Augen. »Wenn sie jetzt hier wären, würde ich dasselbe wieder tun.«

Kees kam herein und nickte Jaap zu.

Was Grimberg hatte durchmachen müssen, war unverzeihlich. Doch es war seine Pflicht, Mörder festzunehmen und der

Justiz zu übergeben. Es gab keinen Spielraum für moralische Urteile oder Verständnis für eine Tat.

Er machte Kees ein Zeichen. Der öffnete seine Jacke und griff nach den Handschellen. Kees trat vor, und Grimberg sah ihn an und hob langsam seine Hände. Doch kurz bevor die Handschellen seine Gelenke berührten, packte er Kees am Arm und riss ihn zu sich. Kees verlor das Gleichgewicht und fiel auf ihn.

Bevor Jaap reagieren konnte, hatte Grimberg Kees' Pistole aus dem Holster gezogen und richtete sie auf dessen Schläfe.

Er stand langsam auf und zog Kees mit sich hoch. Als er für einen Sekundenbruchteil nicht auf Jaap achtete, zog dieser ebenfalls die Waffe und zielte auf Grimbergs Kopf.

So wie er es vor Jahren in einer ähnlichen Situation getan hatte.

Damals mit katastrophalen Folgen.

»Ich wurde bestraft, ohne etwas Falsches getan zu haben«, stellte Grimberg mit ruhiger, klarer Stimme fest. »Es stand mir zu, auch etwas zu tun. Ist es denn so wichtig, in welcher Reihenfolge Dinge geschehen?«

»Nehmen Sie die Waffe weg, wir können über alles reden.«

Grimberg funkelte ihn an. »Reden? Was gibt es denn noch zu reden?« Er schrie es heraus, und Kees zuckte zusammen. »Euch ist es doch scheißegal, was mir passiert ist … oder dass die Leute, die ich umgebracht habe, keine Menschen mehr waren … dass sie den Tod verdient hatten!«

»Nehmen Sie bitte die Pistole …«

Grimberg stieß Kees auf Jaap zu.

Sein Mund öffnete sich in einem stillen Schrei, und er steckte sich die Pistole zwischen die Zähne.

VIERUNDNEUNZIG
Freitag, 6. Januar, 12.43 Uhr

Die Scheibenwischer arbeiteten auf Hochtouren, und Tanyas Wagen kam trotz des geringen Tempos schlitternd an der Hafeneinfahrt zum Stehen. Sie begriff einfach nicht, warum Jaap ihr nicht von der Reederei erzählt hatte und warum er nicht zurückrief, nachdem sie vergeblich versucht hatte, ihn zu erreichen. Vertraute er ihr nicht? Oder wollte er Adrijana selbst retten? Lag es vielleicht an dem, was letzte Nacht beinahe geschehen war? Glaubte er jetzt, sie schützen zu müssen?

Oder bin ich einfach nur paranoid?

Als sie den Motor abstellte und ausstieg, sah sie wieder Bloem vor sich, wie er ihr nachschrie, mit Handschellen an Haak gefesselt. Sie wusste, sie würde dafür büßen müssen, doch das kümmerte sie im Moment wenig.

Das einzig Wichtige war jetzt Adrijana.

Das Aufräumteam war eingetroffen, doch als Jaap und Kees aus dem Haus traten, versperrten ihnen zwei uniformierte Kollegen, die Jaap nicht kannte, den Weg.

»Rykel?«

Jaap und Kees wechselten einen kurzen Blick angesichts des merkwürdigen Tons, in dem ihn der Beamte ansprach.

»Inspector Rykel. Ja?«

Der Uniformierte hielt ein Paar Handschellen hoch und ließ sie an einem Finger baumeln.

»Sie sind festgenommen.«

Kann das wirklich sein?, dachte Kees, als sich die Nachricht wie ein Lauffeuer in der Wache verbreitete.

Smit hatte nicht besonders beeindruckt gewirkt, als Kees ihm erzählte, was er von Roemers erfahren hatte. Kees hatte erwartet, zur Belohnung den Fall übernehmen zu dürfen, doch ein knappes Danke war alles, was er bekam.

Und jetzt wurde Jaap plötzlich festgenommen.

Er wusste, er hatte einen Fehler gemacht. In dem Moment, als ihn dieser verdammte Priester angesehen hatte, als wüsste er genau, was in seinem Kopf vorging, war ihm klar geworden, dass er sich nie darauf hätte einlassen dürfen.

Es würde bestimmt herauskommen, dass er für Smit spioniert hatte. Und Smit würde ihn nicht schützen, er würde ihn fallen lassen, ohne mit der Wimper zu zucken.

Dieser fette Scheißkerl hatte ihn eiskalt benutzt.

Er war erledigt.

Seine Beziehung mit Marinette war am Ende, seine Laufbahn ruiniert, und das bedeutete, dass es auch mit Carice höchstwahrscheinlich aus war.

Er hatte es gründlich vermasselt.

Doch es gab etwas, das er noch tun wollte. Er musste wenigstens die Frau finden, die nach dem Friedman-Mord abgehauen war. Hätte er sie erwischt, wäre vielleicht alles anders gekommen. Zudem hatte er eine kleine Rechnung mit ihr offen, seit sie ihn k. o. geschlagen hatte.

Als er gerade das Haus verlassen wollte, rief ihm der Wachhabende von seinem Tresen nach und winkte mit dem Telefon.

Tanya hatte in den vergangenen zehn Minuten immer wieder versucht, ihn zu erreichen, wurde jedoch sofort mit der Mailbox verbunden. *Verdammt*. Sie musste unbedingt mit ihm sprechen.

Vielleicht weiß jemand auf der Wache, wo er ist.

Sie rief an und verlangte ihn, und nach einer langen Pause, in der sie sich schon fragte, ob die Verbindung getrennt worden war, hörte sie eine Stimme.

»Inspector Terpstra.«

»Hallo, Kees. Ich bin's, Tanya. Ich versuche schon die ganze Zeit, Jaap zu erreichen, aber er geht nicht dran.«

»Ja … äh … er ist gerade verhindert.«

»Kannst du mit ihm sprechen? Es ist wirklich wichtig.«

Erneute Pause. »Das geht im Moment nicht.«

»Wann wird es denn gehen?«

»Das kann noch eine Weile dauern. Er wurde gerade festgenommen.«

»Was? Warum?«

»Ich … Das weiß ich nicht genau.«

Tanya kannte ihn gut genug, um zu wissen, dass er ihr irgendetwas vorenthielt. Jaap hatte Kees nicht anvertraut, woran er nebenbei arbeitete – möglicherweise hatte er es irgendwie herausgefunden.

»Scheiße. Werfen sie ihm etwa vor, dass er im Fall von Andreas Hansen ermittelt hat?«

»Könnte sein.«

Vielleicht hat Kees Bescheid gewusst, dachte sie bei sich. *Hat er Jaap verraten?*

»Kannst du ihm eine Nachricht zukommen lassen? Es ist wirklich dringend. Ich glaube, ich habe sie gefunden.«

Kees hatte das Gefühl, den Boden unter den Füßen zu verlieren.

Seine Laufbahn war zu Ende. Das Misstrauen seiner Kollegen, sobald sie von seinem Verrat erfuhren, würde ihm das Leben zur Hölle machen.

Judas hat sich seinen Verrat wenigstens versilbern lassen, dachte er. *Ich hab mich mit der vagen Aussicht auf eine steile Karriere abspeisen lassen.*

Zumindest war er Jaap etwas schuldig, dachte er, während er wieder nach oben ging und sich für seine Dummheit verfluchte.

Die Atmosphäre im Büro war angespannt. Die Nachricht, dass Jaap in einer Zelle saß, hatte wie eine Bombe eingeschlagen, und niemand wusste so recht, wie er reagieren sollte. Einige äußerten ihr Unverständnis über seine Festnahme, andere waren vorsichtiger und wollten sich nicht die Finger verbrennen, falls es sich um etwas Gravierendes handelte.

Und das musste es wohl, denn keiner von ihnen hatte je erlebt, dass ein Kollege wie ein gewöhnlicher Verbrecher behandelt wurde.

Die Fragen richteten sich hauptsächlich an Kees, und jedes Mal, wenn er versicherte, nicht mehr zu wissen als sie, hatte er das Gefühl, sich selbst ans Kreuz zu schlagen, denn man würde sich an sein Leugnen erinnern, wenn die Wahrheit herauskam.

Er musste mit Jaap sprechen und ihm Tanyas Nachricht

übermitteln. Und bei der Gelegenheit konnte er auch gleich reinen Tisch machen. Es würde wahrscheinlich nicht viel ändern, seine Laufbahn bei der Polizei war ohnehin ruiniert, aber wenigstens tat er damit das Richtige. Er musste seinen Fehler eingestehen.

Sein Mund fühlte sich trocken an.

Jaap war in den vergangenen Jahren unzählige Male in dieser Zelle gewesen. Gesichter, Verbrechen, Vernehmungen, manche noch deutlich in Erinnerung, andere verblasst oder ineinander verwoben in einer Kette endloser Wiederholungen.

Die Betreffenden hatten recht unterschiedlich reagiert. Manche brachen fast sofort zusammen, andere boten dem Vernehmer dreist die Stirn. Manche gaben allem und jedem die Schuld, nur nicht sich selbst, andere richteten ihren Zorn gegen die Polizei, ihre Anwälte, ihre Opfer oder das Schicksal.

Doch irgendwie unheimlich waren Jaap stets diejenigen gewesen, die nur stumm dasaßen, fest entschlossen, auf keine seiner Strategien einzusteigen – weder Verständnis noch Grobheit oder das Angebot eines Deals.

So sollte ich es auch machen, dachte er, als die Tür geöffnet wurde und de Waart mit ernstem Blick eintrat. Jaap glaubte jedoch, dahinter etwas anderes aufblitzen zu sehen, vielleicht Triumph.

»Es ist ein trauriger Tag für uns alle, Jaap.«

»Warum zum Teufel bin ich überhaupt hier?«

»Haben sie dir das bei der Festnahme nicht gesagt? Vielleicht kommst du wegen eines Formfehlers frei.«

»Angeblich Unterdrückung von Beweismitteln, aber das ergibt doch keinen Sinn. Es geht in Wahrheit um dich, stimmt's?«

De Waart schüttelte missbilligend den Kopf wie ein Lehrer, den sein Lieblingsschüler enttäuscht hatte. »Es geht um das

Gesetz, Jaap. Darum, sich an seine Anweisungen zu halten und sich nicht an Beweismitteln eines Falles zu vergreifen, an dem ein Kollege arbeitet.«

Jaap sah ihn schweigend an und versuchte zu verbergen, was ihm plötzlich dämmerte.

»Du hast in der Leichenhalle an Andreas' Handy herumgespielt, das zeigen die Aufnahmen der Sicherheitskamera eindeutig. Damit hast du mir in meine Ermittlungen hineingepfuscht.«

»Das ist doch verrückt.«

»Nein, verrückt ist, dass du deine Laufbahn wegwirfst, denn das hast du damit erreicht. Ich werde vom Telefonanbieter erfahren, was du gelöscht hast, obwohl es keine Rolle mehr spielt. Wir werden die Anklage wegen Beweismittelunterdrückung ohnehin fallen lassen. Willst du wissen, warum?«

Jaap schwieg und dachte daran, dass er Andreas' Nachricht wenigstens auch von seinem Handy gelöscht hatte.

»Okay, ich sage es dir.« De Waart ließ einen Fingerknöchel knacken. »Weil die Anklage jetzt auf Mord lautet.«

»Wovon redest du?«

»Wir haben die Pistole gefunden, mit der Andreas getötet wurde. Sie war in deinem Hausboot. Und sie wurde bereits auf Fingerabdrücke untersucht.« Er streckte die Hand aus und deutete auf Jaap. »Es waren nur deine drauf.«

Jaap betrachtete die zerkratzten Betonwände, die ihn umgaben, nahm den Geruch von Schweiß und Angst in der Luft wahr und fragte sich, was er tun konnte. Er war also wegen Andreas hier.

Nein, das stimmt nicht, korrigierte er sich. *Schuld ist meine Unfähigkeit, es sein zu lassen. Meine sture Überzeugung, dass ich seinen Mörder finden muss, dass ich der Einzige bin, der schlau genug dafür ist.*

Er war so wütend, dass er am liebsten die Bank aus der Wand gerissen und zertrümmert hätte. Er war in eine Falle getappt. Irgendjemand hatte das alles geplant. Es war ihnen zwar nicht gelungen, ihn zu töten, aber jetzt hatten sie ihn doch aus dem Weg geräumt.

Und wenn er seine Unschuld nicht beweisen konnte, würde er sehr viel Zeit haben, über seine Fehler nachzudenken. Vor einer Woche war er noch der Favorit auf Smits Nachfolge gewesen, und jetzt …

Er hatte in seiner einjährigen Auszeit doch nichts gelernt.

Wünsche und Begierden sind die Wurzel allen Leidens.

In diesem Fall war ihm sein Drang nach Rache zum Verhängnis geworden. Er hatte sich zwar eingeredet, dass es ihm nur um Gerechtigkeit gehe, doch Rache traf es wohl eher.

Er hatte sich von diesem Drang nicht lösen können, und jetzt zahlte er den Preis dafür.

So einfach war das.

Jaap lehnte den Kopf an die kalte Betonwand, schloss die Augen und ließ den Zorn verrauchen.

Warum hatte er es nicht gemerkt?

Yuzuki Roshi hatte ihn gelehrt, stets die Kontrolle über sein Denken und Handeln zu behalten und sich nicht von seinen Wünschen und Begierden treiben zu lassen.

Jaap begann seine Atemzüge zu zählen und sich von seinen Gedanken zu lösen.

Sein Puls beruhigte sich allmählich, die Atmung ebenso.

Eine Sicherheitskamera.

Der falsche Journalist bei der Pressekonferenz.

Und Andreas' Anruf in der Wache.

Er hatte mit jemandem gesprochen, das ging aus der Zeitdauer hervor. Jaap hatte bisher angenommen, dass Andreas nur gewartet hatte, während sie versuchten, ihn zu erreichen. Doch es konnte ja sein, dass Andreas mit jemandem geredet und dem Betreffenden erzählt hatte, was er Jaap in seiner Nachricht mitgeteilt hatte.

Warum habe ich daran nicht gleich gedacht?, fragte er sich, während er draußen auf dem Gang Stimmen hörte, die sich der Zelle näherten.

Ein Schlüssel knackte im Schloss.

Jaap blickte auf, erwartete Smit zu sehen, doch es war Kees, der eintrat und die Zellentür schloss.

Er wirkte nervös.

Kees schluckte schwer; sein Adamsapfel fühlte sich an wie ein Tennisball in der Kehle.

Als er die Zelle fand – wenigstens ließen sie ihn allein zu Jaap –, bat er den Wachhabenden, ihm aufzuschließen.

Jaap saß an die Wand gelehnt auf der Bank, die Augen geschlossen. Er wirkte seltsam ruhig.

»Ich …«, begann Kees, doch Jaap unterbrach ihn und öffnete die Augen.

»Du hast nichts zu befürchten.«

»Wie bitte?«

»Sie wissen, dass du nichts damit zu tun hast.«

Kees war perplex und wusste nicht, was er sagen sollte.

»Du siehst verwirrt aus.«

»Bin ich auch«, sagte Kees mit einem Funken Hoffnung.

Oder vielleicht war es auch nur eine Falle.

Er musste schlucken und verbarg es hinter einem Husten, das durch die Zelle hallte.

»Tut mir leid, ich hätte dir von Anfang an vertrauen sollen, hätte dir sagen müssen, was los ist.«

Kees wusste nicht, ob er seiner Stimme trauen konnte, doch er musste einfach fragen. »Und was ist los?« Er war sich immer noch nicht sicher, ob er tatsächlich aus dem Schneider war.

»Sie haben die Sicherheitsaufnahmen in der Leichenhalle überprüft und gesehen, dass ich auf Andreas' Handy eine Nachricht gelöscht habe, die er mir geschickt hat.«

»Dann« – Kees versuchte, sich seine Erleichterung nicht anmerken zu lassen – »war es Inspector de Waart, der dich hat festnehmen lassen?«

»Wer sonst?« Jaap sah ihn fragend an. »Außerdem hat jemand eine Pistole in mein Hausboot geschmuggelt, mit meinen Fingerabdrücken darauf. Die Waffe, mit der Andreas erschossen wurde.«

»Hör zu.« Kees wollte das Thema wechseln. *Er weiß es nicht*, jubelte eine Stimme in ihm. »Tanya hat vorhin angerufen. Sie sagt, sie hat das Mädchen gefunden, in einer Reederei.«

»Wo ist sie?«

»Sie ist gerade dort.«

»Allein?«

»Ich glaube schon.«

Jaap überlegte einen Augenblick. »Okay, es gibt zwei Dinge, die du für mich tun musst.«

»Ja?«

»Hast du von der Pressekonferenz gehört, von dem Journalisten, der diese Anschuldigungen vorgebracht hat? Ich habe versucht, ihn zu finden, aber er arbeitet nicht für die Zeitung, von der er angeblich kam.«

»Dann hat das jemand inszeniert?«

»Genau. Andreas' Mörder hat den Kerl hingeschickt, um uns die Ermittlungen zu erschweren. Jetzt, da Haak tot ist, müssen wir den Journalisten umso dringender finden, um an diese Leute ranzukommen. Der Kerl muss sich ja irgendwie Zutritt verschafft haben. Vielleicht war es sogar als Festnahme getarnt.«

»Okay, und das Zweite?«

Jaap sah ihn an, als müsse er eine Entscheidung treffen. Das Licht an der Decke summte und flackerte kurz, ehe es ganz erlosch.

»Das Zweite könnte dir eine Menge Ärger einbringen.«

Tanya beobachtete, wie der Mann sein Handy hervorzog. Er führte ein Gespräch in irgendeiner Fremdsprache und lachte. Als er es beendet hatte, zog er ein letztes Mal an seiner Zigarette, und der Rauch verlor sich im dichten Schneefall. Er warf die Kippe auf den Boden und zertrat sie wie ein Schauspieler, der einen harten Burschen spielte. Dann öffnete er den Hosenschlitz und pinkelte ein Muster in den Schnee, zog den Reißverschluss wieder zu und ging von der Tür weg, die er bewacht hatte, seit Tanya hier war.

Sie zog den Kopf hinter den Frachtcontainer zurück, hinter dem sie hockte, und griff nach ihrer Waffe. Warf einen letzten Blick auf die Containerreihen, die wie eine seltsame Stadt wirkten, und auf die Fußabdrücke im Schnee, die die Richtung anzeigten, in die der Mann gegangen war, und sprintete die zwanzig Meter zu dem Gebäude. Auf die graue Metalltür war in Schwarz die Zahl »17« aufgesprüht, darunter die Buchstaben »BSC«.

Tanya zog ihre Pistole, legte die Hand vorsichtig auf den Türgriff und drehte ihn ganz langsam in der Hoffnung, dass der Mann nicht abgeschlossen hatte.

Er hatte nicht. Sie drückte die Tür auf, hielt den Atem an und lauschte angestrengt. Nichts. Sie drückte die Tür etwas weiter auf, um den Kopf hineinzustecken. Ein großer höhlenartiger Raum mit weiteren Frachtcontainern und einer Treppe, die zu ihrer Linken nach unten führte.

Tanya trat ein, schloss leise die Tür und blickte sich um. Vorsichtig stieg sie die Treppe hinab, konnte das Knarren der Stufen jedoch nicht verhindern. Unten traf sie auf eine Tür mit der Aufschrift »Privat«. Sie stand leicht offen, doch es drang kein Licht heraus. Tanya drückte die Tür weiter auf und trat in einen stockdunklen Korridor. Mit einer Hand an der kalten, rauen Betonwand tastete sie sich langsam voran, in der anderen hielt sie ihre Waffe.

Du hättest nicht allein herkommen sollen, mahnte eine innere Stimme.

Ihre Hand traf auf Metall – eine weitere Tür. Einen Moment lang glaubte sie, etwas von drinnen zu hören. Sie blieb abrupt stehen, hielt den Atem an und wartete, ob sich das Geräusch wiederholte. Doch es kam nichts mehr, und so beschloss sie, nach einer Minute hineinzugehen.

Die Tür ließ sich leicht öffnen. Drinnen herrschte völlige Dunkelheit. Ihre Finger fanden einen Schalter, sie knipste das Licht an, trat rasch in den Gang zurück und hielt die Pistole mit beiden Händen hoch. Das grelle Licht blendete sie, und sie musste sich zwingen, die Augen offen zu halten.

Etwas bewegte sich, ein Rascheln und Scharren, doch keine Stimmen oder Schüsse. Das Bild wurde scharf, ihre Augen gewöhnten sich an die Helligkeit. Drei Gestalten kauerten gefesselt und geknebelt an der gegenüberliegenden Wand, in ihren Augen nichts als nackte Angst.

Zwei junge Frauen von etwa achtzehn Jahren und zwischen ihnen ein kleines Mädchen, verzweifelt den Kopf schüttelnd, mit den Füßen hilflos auf dem Boden scharrend.

Das Mädchen hatte rotes Haar.

Adrijana.

In dem Moment, bevor Kees mit dem Ellbogen die Glasscheibe des Feuermelders einschlug und den Alarm auslöste, dachte er bei sich, dass er gerade von einem Extrem ins andere fiel und vom Verräter zum Rebellen wurde. Der Feueralarm heulte los, und er stürmte die Treppe zum Fuhrpark hinunter, sprang in ein Auto und wartete, mit den Fingern auf das Lenkrad trommelnd.

Der Wachhabende – er hieß Laurens – kannte Jaap gut. Er hatte es kaum glauben können, als die beiden Kollegen Jaap hereingeführt hatten, damit er ihn in eine Zelle sperrte. Doch Laurens hatte die Anweisung ausgeführt, wie es seine Pflicht war.

Seine Aufgabe war es, darauf zu achten, dass sich die Häftlinge nicht gegenseitig oder selbst umbrachten oder flüchteten.

Oder bei einem Brand umkamen.

Der Feueralarm heulte los. Es hatte keinen Hinweis auf eine Übung gegeben. Er musste die Häftlinge aus dem Haus bringen, und er hatte vier Zellen mit neun Insassen; zehn, wenn man Jaap mitzählte.

Laurens zögerte einen Augenblick, dann traf er eine Entscheidung.

Er schloss die Zellentür auf.

»Du musst mir helfen, die Häftlinge raufzubringen.«

Die drei Mädchen waren an die Rohre gefesselt, die an der Wand entlangliefen.

Tanya blickte sich um; es war niemand sonst hier. Sie schloss die Tür, steckte die Pistole ins Holster und ging zu den Mädchen.

»Polizei«, flüsterte sie. »Ich werde euch helfen.«

Die drei sahen sie verängstigt an. Tanya wiederholte ihre Worte auf Englisch, und eines der Mädchen nickte.

Sie band zuerst Adrijana los, entfernte den schmutzigen Lappen, der ihr in die Mundwinkel schnitt, und löste schließlich die Stricke, mit denen sie an die Rohre gefesselt war. Die Rohre waren so heiß, dass man sie kaum berühren konnte. Tanya wollte das Mädchen in den Arm nehmen und beruhigen, doch das Wichtigste war, so schnell wie möglich zu verschwinden.

»Ich bringe euch hier raus«, versicherte sie, während sie die beiden anderen Mädchen befreite.

»Sie haben uns Arbeit versprochen«, begann die Älteste der drei, »und, und …«

»Schon gut. Wir müssen schnell weg. Wie viele Männer sind hier?«

»Immer nur einer«, antwortete das zweite Mädchen. »Manchmal geht er weg, aber nie länger als zwanzig Minuten.«

Tanya überlegte kurz, wie lange sie gebraucht hatte, um hier herunterzukommen. Fünf Minuten? Zehn?

Sie half den Mädchen auf, nahm Adrijana an der Hand und führte die drei durch den Korridor und die Treppe hinauf.

Es war völlig still im Lagerhaus.

»Wenn irgendwas passiert, rennt ihr, so schnell ihr könnt, verstanden?«, schärfte sie ihnen ein.

Die drei nickten, und Tanya atmete tief durch.

Sie öffnete die Tür einen Spaltbreit.

Die Mündung einer Pistole berührte ihre Lippen.

Jaap rannte zwischen den geparkten Autos hindurch zur Fahrerseite und riss die Tür auf.

»Ich will nicht, dass du mitkommst. Dann wüssten sie, dass du es warst.« Er setzte sich ans Lenkrad und griff nach dem Schlüssel.

»Ist schon okay, ich will …«

»Nein, du sollst dir deswegen nicht die Laufbahn ruinieren. Aus dir könnte ein guter Polizist werden. Lass dir helfen, vom Koks wegzukommen.« Jaap schaute ihm ins Gesicht. »Los, steig aus, dann erfährt es niemand.«

Kees überlegte kurz. Jaap hatte recht – er würde wahrscheinlich unbeschadet davonkommen. Zudem musste er selbst jemanden finden. Er stieg aus und gab Jaap sein Handy.

»Ist die Aufnahme drauf?«

»Nicht besonders scharf, aber mehr gibt die Sicherheitskamera nicht her.«

Jaap ließ den Motor aufheulen und raste aus der Tiefgarage in den dichten Schnee hinaus. Den Blick auf das körnige Bild auf dem Handydisplay gerichtet schrammte er seitlich gegen einen geparkten Van, ehe er den Wagen wieder unter Kontrolle bekam.

Jaap erreichte den Hafen und hielt neben dem Polizeiwagen an, mit dem Tanya vermutlich gekommen war. Er schaltete erneut Kees' Handy ein und ließ die Aufnahme schneller laufen. Nur bekannte Gesichter. Er ging zurück zum Anfang, und da sah er etwas, das ihn innehalten ließ. Sein Magen zog sich zusammen. Doch irgendwie war er nicht einmal überrascht.

Er griff nach seinem eigenen Handy. Niels war bei der Pressekonferenz dabei gewesen. Er würde bestätigen können, was Jaap gerade gesehen hatte.

»Niels, Jaap hier. Ich habe nicht viel Zeit, also hör gut zu. Ich schicke dir ein Bild, sieh es dir an und ruf mich zurück.«

Sobald er es abgeschickt hatte, stieg er aus und folgte den Fußabdrücken, die sich nach und nach mit Neuschnee füllten.

Das Handy summte in seiner Hand. Es war Niels.

»Ja?«

»Ich erkenne die beiden. Der eine ist Inspector de Waart«, sagte Niels.

»Und der andere?«

»Das ist der Journalist, nach dem du mich gefragt hast. Ist da eine Geschichte für mich drin?«

»Könnte sein. Ich ruf dich an.«

Der angebliche Journalist war ohne Presseausweis reingekommen, weil de Waart ihn unter dem Vorwand einer Festnahme ins Haus gebracht hatte. De Waart musste unter großem Druck gestanden haben, um ein solches Risiko einzugehen.

Jaap dachte daran, wie de Waarts Verhalten ihm gegenüber zwischen Aggressivität und Freundlichkeit hin und her gependelt war. Das allein hätte ihm etwas sagen müssen. Er hatte Jaap von Anfang an beobachtet. Möglicherweise war er selbst in sein Hausboot eingedrungen mit der Absicht, ihm eine Kugel in den Kopf zu jagen.

Und Karin.

War das auch er gewesen?

Die Pistole, die er auf den Tisch gelegt hatte.

Es war die Waffe, mit der er Andreas erschossen hatte.

De Waart war ihm immer einen Schritt voraus gewesen.

Dieser Scheißkerl, dachte Jaap, als er zu einem Frachtcontainer gelangte, hinter dem Tanya offenbar gewartet hatte, wie die Abdrücke im Schnee zeigten. *Er hat mich für seine Zwecke benutzt.*

Jaap spähte um die Ecke. Direkt gegenüber sah er eine Tür, vor der zwei Männer standen. Sie wirkten angespannt, als würden sie jemanden erwarten. Der eine mit dem dunkelblonden Pferdeschwanz hielt eine Pistole in der Hand. Als sich die Tür vor ihm langsam öffnete, steckte er den Lauf in den Türspalt, während der andere – kurzes dunkles Haar, schwarze Lederjacke – nach vorne sprang und Tanya an den Haaren packte.

Jaap wollte eingreifen, doch die Pistole war auf Tanyas Kopf gerichtet. Er konnte kein Risiko eingehen.

Los, steck die Waffe weg, flehte er im Stillen.

Der Bewaffnete öffnete die Tür etwas weiter, und Jaap sah die beiden jungen Frauen. Und ein Mädchen. Die Kleine fing an zu schreien.

Der zweite Mann trat vor und schlug ihr ins Gesicht.

Das Mädchen verstummte.

Sie führten Tanya und die Mädchen zurück ins Haus. Sobald die Tür geschlossen war, rannte Jaap los, Tanyas Fußspuren folgend.

Die Abdrücke haben sie verraten, dachte er im Laufen.

Er wartete an der Tür, drückte das Ohr an das kalte Metall und öffnete sie so langsam wie möglich. Drinnen hallten Schritte aus dem Keller herauf. Er blickte sich rasch um, ehe er mit der Pistole in der Hand die Treppe hinunterstieg.

Auf der letzten Stufe sah Jaap gerade noch, wie eine Tür am Ende des Ganges geschlossen wurde. Zwanzig Sekunden später war er bei der Tür und lauschte. Er hörte Tanyas Stimme, konnte jedoch nichts verstehen. Ein Mann brüllte sie an, und sie verstummte, doch Sekunden später drang ein Schmerzens-schrei zu ihm heraus.

Tanya.

Er trat die Tür ein. »Polizei!«, brüllte er in den Raum.

Der Kerl mit dem Pferdeschwanz hatte Tanya an den Haaren gepackt und den Arm erhoben, um ihr einen Schlag mit der Pistole zu versetzen. Er wirbelte herum, ließ Tanya los und drehte die Pistole blitzschnell, sodass er den Griff wieder in der Hand hielt.

Ein schlimmes Déjà-vu. Jaap sah sich in den Wohnblock zurückversetzt, sah die Frau in einem Meer aus Blut auf dem Boden liegen, während Andreas ihm zurief, nicht zu schießen.

Jaap drückte ab, ein ohrenbetäubender Knall in dem kleinen Raum. Die Frauen hielten sich die Ohren zu, der Mann zuckte, und seine Pistole flog in hohem Bogen in Tanyas Richtung.

Es waren zwei, schoss es ihm durch den Kopf, doch bevor er reagieren konnte, spürte er einen Lufthauch hinter sich, dann einen harten Schlag.

Als Jaap auf den Mann schoss, sah Tanya die Pistole durch die Luft fliegen. Sie hechtete zur Seite und versuchte die Waffe zu fangen.

Sie landete knapp außerhalb ihrer Reichweite.

Tanya streckte sich, um an die Pistole heranzukommen, als sie aus dem Augenwinkel eine Bewegung wahrnahm.

Ihre Finger scharrten über den Beton, bis sie das Ende des Laufs zu fassen bekam. Sie zog die Waffe zu sich, blickte auf und sah, wie Jaap zusammensackte. Hinter ihm tauchte der zweite Mann auf und richtete die Pistole auf sie.

Geh schon rein«, blaffte Kees und stieß den Betrunkenen zurück in die Zelle.

Der Mann stolperte über die Schwelle, riss die Arme hoch und krachte gegen die Wand. Er drehte sich um, vermutlich um zu protestieren, doch Kees knallte bereits die Zellentür zu.

Ich muss hier raus, dachte er. *Sofort.*

Das Haus war immer noch in Aufruhr, und Smit hatte ihn angewiesen, alle Verdächtigen zurück in ihre Zellen zu bringen. Oben warteten noch acht weitere, doch Kees konnte nur daran denken, die unbekannte Frau zu finden, bevor sie untertauchte. Ihr war wahrscheinlich bewusst, dass man ihr über ihre verlorene Brieftasche auf die Spur kommen konnte.

Scheiß drauf, dachte er, als er im Erdgeschoss ankam.

Er eilte zur Hintertür und sah gerade noch Smit die Treppe herunterkommen, mit dem Handy telefonierend. Kees war sich nicht sicher, ob Smit ihn noch gesehen hatte. Draußen schaltete er sein Handy aus.

Normalerweise wäre er in zehn Minuten dort gewesen, doch der Schnee ließ ihn langsamer vorankommen. Als er endlich vor dem roten Backsteinhaus stand, war er sich sicher, dass sie längst weg war. Er unterdrückte seinen Impuls, an die Tür zu hämmern, und drückte auf die Klingel.

Augenblicke später öffnete sich die Tür einen Spaltbreit. Kees erkannte sie sofort, obwohl er nur einen Teil ihres Gesichts sah. Sie wollte die Tür zuknallen, doch er war stärker und drückte die Tür auf. Sie rannte die Treppe hoch, stolperte, und er packte sie am Fuß und zog sie zurück. Er roch ihr Parfum und ihre Angst. Sie schlug nach ihm, und er drückte ihre Arme auf die Stufen und kniete sich auf ihre Beine, bis sie schrie und ihm ins Gesicht spuckte.

Dann fing sie an zu schluchzen, ihre Muskeln erschlafften, und er wusste, dass ihr Widerstand gebrochen war. Er riss sie hoch und führte sie ins Wohnzimmer im Erdgeschoss. Drückte sie auf das Sofa und ließ am Fenster zur Straße die Rollläden herunter.

»Es ist nicht so, wie Sie denken …«, stieß sie schluchzend hervor, die Hände vors Gesicht geschlagen.

»Nicht? Sie flüchten vom Tatort eines Mordes, schlagen einen Polizisten, nämlich mich, nieder, und das in einer Wohnung, die mit dem Mord in Verbindung steht? Das ist doch wohl ziemlich eindeutig, oder?«

Sie blickte mit verweinten Augen zu ihm auf. »Das waren Sie … in der Wohnung?«

»Das müssen Sie doch wissen. Schließlich haben Sie mich k. o. geschlagen, geknebelt und in eine Truhe gesteckt.«

»Ich habe nicht viel gesehen … es war dunkel, und ich hatte Angst.«

»*Sie* hatten Angst? Sie erzählen mir jetzt besser, was Sie mit der Sache zu tun haben.«

Stille.

Ein immenser Schmerz hämmerte in Jaaps Hinterkopf. Vielleicht war er tot.

Das I Ging hatte ihn gewarnt: die Verfinsterung des Lichts.

Aber wenn er tot war, wie konnte er dann Schmerz empfinden?

»Setz dich hin«, hatte ihm Yuzuki Roshi geraten. »Lass die Gedanken los.«

Also hatte er sich hingesetzt.

Und versucht zu vergessen, was er getan hatte. Doch es funktionierte nicht. Je verzweifelter er sich bemühte, die Erinnerung auszulöschen, desto stärker leuchteten die Bilder in ihm auf, so deutlich, dass er hätte schreien können.

Gegen Ende einer langen Schicht, die er zusammen mit Andreas absolviert hatte, wurde ein Vorfall gemeldet, ein Streit in einer Wohnung. Sie waren nur wenige Blocks entfernt gewesen. Andreas hatte es jemand anderem überlassen wollen, doch Jaap meldete, dass sie hinfahren würden.

Am Ort des Geschehens stellte sich heraus, dass es mehr war als nur ein gewöhnlicher Streit.

Die Nachbarin, die die Polizei gerufen hatte, berichtete Jaap und Andreas mit angsterfüllten Augen, was geschehen war. Zuerst habe sie nur lautes Brüllen gehört, doch ein furchtbarer Schrei habe sie schließlich zum Telefon greifen lassen.

Jaap trat die Tür auf, die Pistole im Anschlag.

Ein Mann stand im Wohnzimmer. Hielt eine Frau fest und setzte ihr ein Messer an die Kehle.

Er hatte ihr bereits den Unterarm vom Handgelenk bis zum Ellbogen aufgeschlitzt. Jaap erkannte an seinen Augen, dass er auf Drogen war. Wahrscheinlich Crack. Vielleicht nicht nur das.

»Komm ja nicht näher«, knurrte er entschlossen.

Die Frau wimmerte. Jaap sah, dass sie schwanger war. Blut strömte aus der Wunde am Arm auf ihren prallen Bauch.

Sie hatten nicht viel Zeit.

»Tu's nicht, hab ich zu ihr gesagt. Aber jetzt ist alles im Arsch.«

»Das lässt sich sicher irgendwie lösen, aber nehmen Sie erst das Messer runter«, redete Jaap ihm zu.

»Das verstehst du nicht. Es ist zu spät. Ich hab ihr noch gesagt, tu's nicht.«

Andreas war draußen und rief einen Krankenwagen, während Jaap den Mann zu beruhigen versuchte. Es schien tatsächlich zu funktionieren, denn der Mann ließ das Messer sinken.

Es wanderte langsam nach unten.

Da erkannte Jaap, dass der Kerl nicht vorhatte, das Messer wegzustecken, sondern es ihr an den Bauch zu setzen.

Der Cracksüchtige musste ihm angesehen haben, dass er seine Absicht durchschaut hatte.

Er holte mit dem Messer aus.

Jaap drückte ab.

Wieder und wieder, bis das Magazin leer war und der Mann an der Wand zusammensank und die Frau mit sich zog.

Jaap rannte durch das Zimmer, der Fußboden klebrig vom Blut der Frau.

Sie rührte sich nicht.

Er schaute nach unten und sah, warum.

Sieben Kugeln hatten den Kerl getroffen.

Eine verirrte Kugel die Frau.

Es ist so viel Zeit vergangen, dachte Jaap, *und trotzdem verfolgt es mich immer noch.*

Vielleicht war er wirklich tot, und das war sein Karma. In irgendein Scheißleben wiedergeboren zu werden, um für den Tod der Frau zu büßen.

Er hörte ein eigenartiges Geräusch, ein ersticktes Schluchzen.

Erst als sein Körper zu zittern begann und er etwas Feuchtes auf den Wangen spürte, wurde ihm klar, dass er weinte. Als könnte er mit seinen Tränen der Reue für all seine Fehler bezahlen.

Den Tod der Frau.

Andreas' Tod.

Karins Tod.

Als die Tränen endlich versiegten, versuchte er sich aufzusetzen.

Etwas hatte sich geändert, das spürte er. So als hätten ihn die Tränen gestärkt. Er konnte sie nicht wieder lebendig machen. Aber er konnte dafür sorgen, dass die Verantwortlichen zur Rechenschaft gezogen wurden.

Er wollte es nicht dem Gesetz des Karmas überlassen, dem Schicksal oder sonst irgendeiner Macht.

Und es war ihm egal, ob es ihm mehr um Rache als um Gerechtigkeit ging.

Was macht das schon für einen Unterschied?

Jaap schlug die Augen auf; das linke fühlte sich geschwollen an und ließ sich nicht ganz öffnen. Es war stockdunkel, und einen Moment lang fürchtete er, dass der Schlag ihn hatte erblinden lassen. Sein Geruchssinn war jedenfalls intakt, es roch feucht und metallisch, und er stellte fest, dass er sich nicht mehr in dem Raum befand, in dem er das Bewusstsein verloren hatte.

Er hatte gespürt, was kam. Einen Sekundenbruchteil vor dem Schlag auf den Kopf hatte es ihm irgendein sechster Sinn verraten, wenn auch zu spät.

So verdammt dumm, ärgerte er sich.

Er lauschte angestrengt, um herauszufinden, wo er sich befand. Ob er allein war. Er hörte nur sein eigenes Atmen, und irgendetwas drückte gegen seine Hüfte. Als er den Kopf drehte, flammte der Schmerz noch heftiger auf.

Jaap versuchte festzustellen, ob er weitere Verletzungen hatte, aber es schien so weit alles intakt zu sein. Seine Hände waren jedoch mit einer dünnen Schnur gefesselt, die sich tiefer ins Fleisch schnitt, als er sich zu befreien versuchte.

Er wollte sich aufrichten, tastete mit den Füßen über den Boden, konnte jedoch nichts finden, um sich abzustützen. Erst als er sich ein Stück zur Seite schob, fanden seine Füße etwas, das ihm genug Widerstand bot, um sich aufzusetzen.

Die Wand in seinem Rücken war kalt. Er neigte langsam den Kopf zurück und spürte die empfindliche Stelle, an der er getroffen worden war.

Sie haben mich in einen Container gesperrt, schoss es ihm durch den Kopf.

Panik stieg in ihm auf, und er versuchte sich zu beruhigen, indem er tief durchatmete, doch es wollte nicht helfen. Aus diesem Gefängnis gab es kein Entkommen. Vielleicht landete er auf einem Schiff nach Russland, dann würden Zollbeamte in ein paar Wochen seine Leiche finden.

Plötzlich hörte er Schritte hallen, direkt über sich auf dem Container. Jemand ging von einem Ende zum anderen. Jaap erinnerte sich, dass er den Mann, der Tanya geschlagen hatte, niedergeschossen hatte, kurz bevor er selbst ohnmächtig geworden war. Folglich hatte er es jetzt mit dem anderen zu tun, dem kleineren der beiden.

Riegel wurden zurückgezogen, etwas drehte sich, Metall knirschte auf Metall, und die Tür schwang auf. Ein Mann, klein gewachsen, wie Jaap vermutet hatte, trat in den Container und kam auf ihn zu. Er versetzte Jaap einen schmerzhaften Tritt in die Rippen, packte ihn an den Beinen und schleifte ihn zur Tür. Jaap wehrte sich, versuchte die Beine auseinanderzureißen, doch der Mann drehte sich um und trat ihm in den Bauch.

Daraufhin ließ er sich zur Tür ziehen.

Draußen fiel der Schnee in dicken Flocken, was es dem Kerl leichter machte, ihn über den Boden zu schleifen. Der Himmel war dunkel, doch der Hafen wurde in regelmäßigen Abständen von blassen Leuchtstofflampen erhellt, in deren Lichtkegeln man den Schnee fallen sah.

Jaap hob den Kopf, seine Bauchmuskeln schmerzten von der Anstrengung. Er erkannte, wo der Mann mit ihm hinwollte: Der dunkle Rumpf eines Schiffes ragte vor ihm auf. *Du musst etwas tun*, sagte er sich. Aber was? Sein Kopf war wie gelähmt.

Alles verschwamm zu einem einzigen Punkt, und er verlor erneut das Bewusstsein.

Den Landungssteg hinauf.

Der Mann war kräftig, doch er hatte Mühe, Tanyas Gewicht zu bewältigen, drohte immer wieder auf dem glatten Untergrund auszurutschen. Der Schnee war festgetreten; der Kerl hatte offenbar vor ihr schon jemanden auf das Schiff geschleift.

Wahrscheinlich Jaap, dachte sie.

Sie war an Händen und Füßen gefesselt.

Das Handy des Mannes klingelte. Er blieb stehen, holte es hervor und meldete sich. Hörte eine Minute zu.

»Okay, du beseitigst sie. Alle drei. Ich kümmere mich um dieses Miststück.«

Er wird sie umbringen, schrie es in ihr auf. *Tu was, schnell!*

Sie warf sich auf die Seite, wand sich um einen der Pfosten entlang des Stegs und zog die Beine an, um den Mann aus dem Gleichgewicht zu bringen, während er sein Handy einsteckte. Er ruderte mit den Armen und stemmte einen Fuß in den Schnee, rutschte jedoch weg und stieß einen spitzen Schrei aus.

Tanya nutzte die Chance, schlug mit den Beinen aus, bis sich die Fesseln lösten, und hämmerte ihm den rechten Fuß gegen die Brust. Ein jäher Schmerz fuhr ihr durch den Oberschenkel, als die Naht aufplatzte. Der Mann schlug hart auf dem Boden auf und rutschte mit dem Kopf voran nach unten.

Tanya rappelte sich hoch und sah den Kerl mit dem Kopf

gegen einen Pfosten krachen. Sie rannte zu ihm, bevor er aufstehen und eine Waffe ziehen konnte.

Doch er rührte sich nicht mehr. Sein Kopf stand in einem unnatürlichen Winkel ab. Sie tastete unbeholfen nach einem Puls – er war kaum noch fühlbar. Eine Schneeflocke landete in seinem offenen Auge.

Er blinzelte nicht.

Sie beobachtete, wie die Flocke schmolz.

Rasch durchsuchte sie den Toten nach Waffen. Fand zwei Pistolen in seiner Jeans, ihre eigene und seine, und steckte beide ein. Zudem trug er ein Taschenmesser an einem Schlüsselbund bei sich. Tanyas Finger waren so klamm, dass sie einige Sekunden brauchte, um das Messer aufzuklappen.

Noch länger dauerte es, bis sie mit der kleinen, stumpfen Klinge ihre restlichen Fesseln durchschnitten hatte.

Sobald sie frei war, schüttelte sie den Schnee aus ihrer Jacke, der durch das Schleifen auf dem Boden hineingerutscht und teilweise an ihrem Rücken geschmolzen war. Sie zitterte vor Kälte.

Oder ist das Angst? Angst um Adrijana. Und Jaap.

Tanya folgte der Schleifspur hinauf an Deck und weiter Richtung Heck. Der Schnee dämpfte ihre Schritte, und sie hielt kurz inne und spähte um die Ecke auf das offene Deck hinaus.

Da war ein Mann, etwa zehn Meter entfernt.

Jaap. Ihr Herz begann zu hämmern.

Er kniete, das Gesicht von ihr abgewandt. Sie schaute sich um, konnte jedoch sonst niemanden entdecken. Ohne zu zögern, eilte sie über das rutschige Metalldeck zu ihm hinüber.

Jaap zuckte zusammen.

»Sie wollen die drei umbringen … wir müssen uns beeilen«, sagte sie, während sie ihm den Knebel abnahm. Doch bevor

Jaap antworten konnte, spürte sie einen stechenden Schmerz im Bein.

Erst als sie auf das Blut hinunterschaute, das aus ihrem Oberschenkel strömte und den Schnee wie Lava schmelzen ließ, dröhnte der Knall in ihren Ohren.

Jaap hörte den Schuss.

Er sah das Blut hervorschießen und drehte den Oberkörper herum, als de Waart auf der Treppe des Deckshauses erschien, die Pistole auf Jaap gerichtet.

Tanya stöhnte neben ihm und drückte beide Hände auf das Bein, um die Blutung zu stoppen. Er hoffte, dass die Kugel keine Arterie getroffen hatte, doch das viele Blut ließ ihn das Schlimmste befürchten. Plötzlich war sie still, und Jaap wusste, dass sie das Bewusstsein verloren hatte.

De Waart stieg langsam die Treppe zum Deck herunter, bis Jaap in die dunkle Mündung des Pistolenlaufs blickte – und in die kalten Augen dahinter.

»Ich muss dir etwas gestehen«, begann de Waart mit ruhiger Stimme, ein unheimliches Lächeln auf den Lippen. »Ich werde dich töten, so wie ich Andreas getötet habe. Und deine Schwester. Aber sie wollte ich nicht umbringen … es hat dir gegolten.«

»Und du glaubst, niemand wird die Morde untersuchen?«

»Daran habe ich schon gedacht. Ich habe einen Bericht verfasst, aus dem eindeutig hervorgeht, dass Grimberg Andreas und deine Schwester getötet hat. Diese Missbrauchsfälle … traurig, aber so was passiert nun mal.«

»Und wie willst du meinen Tod erklären?«

»Oh, das ist kein Problem. Ich werde sagen, dass ich dich erschießen musste«, antwortete de Waart lächelnd. »Weil du deine Freundin hier angegriffen hast. Wahrscheinlich hast du einfach zu viel durchgemacht und bist wieder mal ausgerastet. Leider konnte ich nicht mehr verhindern, dass du sie umbringst. Wäre ich bloß ein paar Sekunden früher gekommen. Wirklich tragisch. Aber irgendwie auch logisch, wenn man an deine früheren Ausraster denkt …«

Jaaps Herz hämmerte verzweifelt. De Waart würde wahrscheinlich sogar damit durchkommen, ohne sich eine unbequeme Untersuchung gefallen lassen zu müssen.

Seine Gedanken arbeiteten fieberhaft. Er wollte etwas sagen, doch de Waarts Blick verdeutlichte ihm, dass es zwecklos war. Es würde keinen Unterschied mehr machen.

Von dem Mann war nichts anderes zu erwarten. Jaap erwiderte schweigend seinen Blick.

Plötzlich sah er alles klar vor sich. Wie damals in Kyoto, als er nur dagesessen und seinen Kopf von quälenden Gedanken freigemacht hatte.

Er wollte leben. Für sich selbst, für Tanya.

Doch er wusste, er würde sterben. Er dachte an die Frau, die er umgebracht hatte, an die Schuld, mit der er all die Jahre hatte leben müssen.

Er schloss die Augen.

Ich werde sterben, dachte er. *Ich muss mir vergeben.*

De Waart trat näher heran und hob die Pistole. »Was gibt's da noch zu lächeln?«

Kees hatte den Schuss gehört, kurz nachdem er das Schiff betreten hatte.

Er war den Landungssteg hinaufgerannt, hatte sich dann aber nach rechts zum Bug gewandt und das Deck auf dieser Seite umrundet – ein Umweg, der mehrere Minuten in Anspruch nahm. Er hoffte, der Schuss bedeutete nicht, dass er sich falsch entschieden hatte und zu spät kam.

Kees ging an der Ecke in die Hocke und lauschte. Der dichte Schneefall verschlechterte nicht nur die Sicht, sondern dämpfte auch Geräusche und Stimmen. Das hatte ihm geholfen, sich unbemerkt zu nähern, aber jetzt erwies es sich als Nachteil.

Er hörte einen Mann sprechen, verstand jedoch nicht, was er sagte. Dann eine andere Stimme, sie klang nach Jaap.

Kees blickte auf seine Hand mit der Pistole hinunter. Seine Knöchel traten weiß hervor, und das nicht wegen der Kälte.

Scheiß drauf, sagte er sich.

Langsam streckte er den Kopf um die Ecke, die Wand des Deckshauses eiskalt an seiner Wange. Dicke Schneeflocken trübten seine Sicht, doch er war sich ziemlich sicher, drei Personen zu erkennen. Tanya lag auf dem Boden, ein Bein blutete stark, und Jaap kniete neben ihr, die Hände hinter dem Rücken. Vor ihm stand ein anderer Mann, den Kees aus seiner Position nicht richtig erkennen konnte. Er überlegte kurz, ob er sich zurückziehen und von der anderen Seite nähern sollte.

Das dauert zu lange, entschied er.

Der Mann trat zwei Schritte vor und richtete die Pistole auf Jaaps Gesicht.

Bevor ihm bewusst wurde, was er tat, riss Kees seine Waffe hoch und nahm den Mann ins Visier.

Er drückte den Abzug durch, der Schuss löste sich.

Er spürte den Rückstoß.

Der Kopf des Mannes explodierte in einer roten Wolke.

Tanya lag im Krankenwagen und verfolgte, wie der Sanitäter vorsichtig den blutdurchtränkten Stoff ihres Hosenbeins anhob und durchschnitt.

Draußen stapften Uniformierte durch den Schnee. Blaulicht blinkte.

Sie hatte das Bewusstsein verloren, kurz nachdem der Schuss sie getroffen hatte. Als sie wieder zu sich gekommen war, hatte sie Jaap vor sich gesehen, und auch Kees war da. Sie hatten ihr zu erklären versucht, was geschehen war und wer auf sie geschossen hatte, doch sie hatte es kaum mitbekommen. Ihre Gedanken waren bei Adrijana und den beiden anderen Mädchen.

Sie hatte versucht aufzustehen und ihnen klarzumachen, was zu tun war, hatte jedoch kein Wort herausgebracht, während Jaap ihr zuredete, ruhig liegen zu bleiben. Sie erinnerte sich, frustriert um sich geschlagen zu haben, ehe sie erneut das Bewusstsein verlor.

»Wo sind sie?«, fragte sie. Wenigstens hatte sie ihre Stimme wieder.

Der Sanitäter konzentrierte sich ganz auf seine Arbeit. Seine nackten Arme waren behaart wie die eines Schimpansen, die Gummihandschuhe voller Blut.

Ihrem Blut.

»Sie haben noch eine andere Verletzung an diesem Bein?«, sagte er, als er das Hosenbein auftrennte und die aufgeplatzte Naht sah.

»Die Mädchen … haben sie sie gefunden?«, fragte sie erneut und versuchte sich aufzusetzen.

»Vorsichtig«, mahnte der Sanitäter. »Sie dürfen sich jetzt nicht bewegen.«

Er tastete nach der Eintrittswunde, griff sich ein Tuch aus einer Box an der Wand und begann, das Blut um die Wunde wegzuwischen. Tanya zuckte zusammen, als er die Stelle fand.

Sie sah seinen Kopf mit dem militärischen Kurzhaarschnitt vor sich, als er sich über sie beugte.

»Hübsch«, sagte er. »Obwohl jetzt einer der zwei Köpfe fehlt.«

Tanya hob den Kopf und schaute nach unten. Die Kugel hatte einen Teil ihrer Tätowierung ausradiert.

»Nicht weglaufen«, sagte er durchaus ernst gemeint und stieg aus dem Wagen.

Tanya versuchte ihr Bein zu bewegen, was die Schmerzen sofort verschlimmerte. Sie wusste nicht, wie lange sie bewusstlos gewesen war, doch sie befürchtete, dass für die Mädchen jede Hilfe zu spät kam. Draußen sprach der Sanitäter mit jemandem. Tanya glaubte zu hören, dass sie dringend ins Krankenhaus müsse.

Alles um sie herum begann sich zu verzerren, und sie legte sich wieder zurück.

Draußen knirschten Schritte im Schnee.

Tanya öffnete die Augen – ihr war nicht einmal bewusst gewesen, dass sie sie geschlossen hatte – und hob den Kopf.

Vor der offenen Hecktür stand Adrijana.

Sie sahen einander einige Augenblicke an, dann kletterte Adrijana in den Wagen und kam zu ihr.

Sie legte den Kopf auf Tanyas Schulter und ihren kleinen Arm um ihren Hals.

Jaap hatte beobachtet, wie das rothaarige Mädchen in den Krankenwagen gestiegen war, als Kees zu ihm trat, die Pistole noch in der Hand.

»Vielleicht könntest du mir jetzt erklären, was zum Teufel eigentlich passiert ist?«

Jaap starrte Kees an; er wirkte geschockt, hatte einen Ausdruck in den Augen, wie Jaap ihn selbst jahrelang im Spiegel gesehen hatte. Plötzlich spürte er die ganze Last des Tages auf seinen Schultern, als wären die Schneeflocken bleischwer.

Er wollte Kees alles erzählen, aber nicht jetzt. Erst musste er für sich selbst Klarheit gewinnen.

»Sie werden Fragen stellen«, drängte Kees. »Ich habe gehört, Smit kommt mit einem Untersuchungsteam her. Sie werden wissen wollen, warum ich einen Kollegen erschossen habe.«

Jaaps Beine fühlten sich wacklig an, doch Kees hatte ihm gerade das Leben gerettet, deshalb schuldete er ihm eine vollständige Erklärung.

»Okay, aber kannst du die zuerst wegstecken?« Jaap deutete auf die Pistole.

Kees hob die Hand und starrte die Waffe an, als hätte er sie noch gar nicht bemerkt. Er steckte sie zurück ins Holster.

»Du weißt doch, dass ich mit Andreas an diesem Fall mit den Schwarzen Tulpen gearbeitet habe?«, fragte Jaap.

Kees nickte.

»Wir wussten, was da läuft, kamen aber einfach nicht vom Fleck. Doch Andreas ließ nicht locker, und in der Nacht, als er starb, schickte er mir eine Nachricht. Er hatte jemanden gefunden, über den wir an die Bande herankommen konnten: Friedman.«

Wäre ich nur bei ihm gewesen, schoss es ihm zum millionsten Mal durch den Kopf. Jaap spürte, wie seine Hände in den Jackentaschen zitterten. Seine Zehen klammerten sich an die Schuhsohlen, um Halt zu gewinnen.

»Jedenfalls bekam irgendjemand in der Bande Wind davon.«

»De Waart?«, fragte Kees, ohne Jaap anzusehen.

»Ja. Andreas rief in der Wache an, um mit mir zu sprechen. Er erreichte mich nicht und geriet vermutlich an de Waart. Andreas muss ihm von Friedman erzählt haben. Sie kamen zwar nicht gut miteinander aus, aber sie waren immerhin Polizisten, deshalb dachte sich Andreas wahrscheinlich nichts dabei. De Waart reagierte sofort und setzte alles daran, ihn zu beseitigen.«

»Aber wenn de Waart wusste, dass Andreas die Verbindung zwischen Friedman und diesen Schwarzen Tulpen kannte, hätte er dir doch den Friedman-Fall wegnehmen und in seine eigenen Mordermittlungen integrieren können«, sagte Kees, immer noch ohne Jaap anzusehen.

»Ja, aber das wäre riskant gewesen. Er hätte erklären müssen, woher er davon wusste und dass er mit Andreas gesprochen hatte. Es hätte wahrscheinlich funktioniert, aber vielleicht hat er in seiner Angst aufzufliegen nicht so weit gedacht und wollte einfach nur die Bedrohung so schnell wie möglich beseitigen.« Jaap hielt inne und betrachtete die blauen Lichter, die die Schneeflocken für Sekundenbruchteile in der Luft erstarren ließen. »Er ist auch in mein Hausboot eingedrungen, weil er wusste, dass Andreas mich zu erreichen versuchte. Und deshalb war er auch so begierig darauf, irgendwas aus mir herauszukriegen, weil er wissen wollte …«

Eine Stimme hinter ihm rief seinen Namen. Jaap drehte sich um und sah einen Polizisten mühsam durch den Schnee laufen, ein Handy in der Hand haltend.

»Sie werden im Krankenhaus gebraucht«, meldete der Uniformierte atemlos. »Saskia Hansen liegt in den Wehen.«

Einen Monat zu früh, dachte Jaap.

Plötzlich schoss ihm ein anderer Gedanke durch den Kopf.

Nein, das kann nicht sein …

Jaap sah, dass der Sanitäter sich anschickte, die Türen des Krankenwagens zu schließen, und das kleine Mädchen von einer Polizistin aus dem Wagen gehoben wurde.

Er musste dringend zu Saskia ins Krankenhaus. Sein Blick fiel auf Tanya im Krankenwagen.

»Hey«, rief er. »Ich möchte mit ihr fahren.«

Der Sanitäter schüttelte den Kopf. »Nehmen Sie doch Ihren Wagen, das ist sicher bequemer.«

»Ich fahre mit ihr«, beharrte Jaap und stieg in den Krankenwagen. Es roch nach Blut und Desinfektionsmittel.

Der Sanitäter zuckte mit den Schultern. »Na schön. Aber fassen Sie nichts an.«

Er wollte die Tür schließen, doch jemand zog sie von außen auf. Kees stand inmitten der tanzenden Flocken.

»Ich fahre auch mit.«

»Also wirklich«, protestierte der Sanitäter. »Wie sollen wir alle hier drin Platz haben?«

»Ganz einfach«, erwiderte Kees. »Sie setzen sich vorne auf den Beifahrersitz.«

»Ich muss mich um die Patientin kümmern, und Sie verzögern Ihre Behandlung, also …«

»Ist schon okay«, sagte Tanya.

Sie drehten sich alle zu ihr.

»Lassen Sie Kees mitkommen, wenn er will. Es ist ja nicht weit, oder?«

Der Sanitäter sah alle drei an, zuckte die Achseln und stieg aus. »Dann hören wir auf zu quatschen und fahren endlich«, murrte er und stieg vorne wieder ein.

Kees sprang in den Wagen, schloss die Tür und klopfte zweimal auf die Metallwand.

Der Krankenwagen startete, die Räder drehten einige Male durch, bis sie Halt fanden und der Wagen mit einem Ruck losfuhr.

»Du wartest nicht auf Smit?«

»Er kann mich ja holen«, antwortete Kees. »Außerdem weiß ich immer noch nicht genau, was passiert ist. Wir drei sollten uns absprechen und auf eine Version einigen. Es wird ein verdammtes Chaos ausbrechen, und für mich kann es ziemlich eng werden.«

Jaap hoffte, dass Kees seine Nerven im Zaum halten würde, und vor allem, dass er nicht gerade high war.

»Okay«, begann Jaap. »Ihr wisst das mit meiner Schwester?«

Kees nickte. Tanya schüttelte den Kopf.

»De Waart hat in meinem Hausboot auf mich gewartet.« Jaap hatte ein Gefühl, als würde er gar nicht selbst sprechen, sondern einem anderen zuhören. »Karin betrat das Boot … und er hat sie umgebracht. Aus Versehen, hat er gesagt, aber ich bin mir da nicht so sicher.«

Sie schwiegen, und Tanya griff nach Jaaps Hand. Er spürte, wie ihm erneut die Tränen kamen.

»Und was ist mit dem Vorwurf, dass du Andreas erschossen haben sollst?«, fragte Kees. »Es heißt, die Tatwaffe wurde in deinem Boot gefunden, mit deinen Fingerabdrücken darauf?«

»Du glaubst, ich habe ihn umgebracht?«, stieß Jaap mit zornerstickter Stimme hervor.

»Hey, das habe ich nicht gesagt.«

Jaap spürte, wie Tanya seine Hand drückte, und sah, dass Kees' Blick auf ihre Hände fiel.

»Als ich mich einmal mit ihm in der Kantine traf, ließ er seine Pistole auf dem Tisch liegen. Ich hab sie dummerweise genommen und sie ihm gegeben, als er ohne sie wegging.«

Kees atmete langsam aus, wie um Dampf abzulassen. »Wisst ihr was? Ich bin froh, dass der Scheißkerl tot ist.«

Tanyas Hand lag immer noch auf Jaaps, doch er hatte plötzlich ein komisches Gefühl dabei.

Er hatte gehofft, es zur Abwechslung einmal etwas leichter zu haben, hatte gedacht, dass er und Tanya vielleicht … Aber wenn er sich mit dem Timing von Saskias Schwangerschaft nicht irrte, konnte die Sache kompliziert werden …

»Ich habe vorhin seine Taschen durchsucht«, sagte er zu Kees, um sich von seinen verwirrenden Gedanken abzulenken. »Er hatte zwei Handys, und eines war das letzte auf unserer Liste. De Waart hat Friedman und den anderen die Anweisungen gegeben. Er schnappte sich den Fall und setzte einen falschen Journalisten in die Pressekonferenz, um Andreas anzuschwärzen. Es gibt sicher noch jemanden über ihm, aber ich vermute, dass er hier in Amsterdam der Boss war.«

Der Krankenwagen bog rasant um eine Ecke, und Tanya zuckte zusammen und drückte seine Hand etwas fester.

»Wie lange hat er das schon gemacht?«, fragte sie.

»Ich weiß es nicht, aber sicher eine ganze Weile, sonst hätte er nicht so reagiert. Er hatte viel zu verlieren.«

»Haben wir genug in der Hand, um auch den Rest der Bande zu schnappen … die Leute, die die Mädchen ins Land schmuggeln?«, fragte Tanya.

»Dass wir die Reederei kennen, sollte es zumindest leichter machen.«

Jaap schaute aus dem Heckfenster, konnte jedoch nicht viel erkennen.

Sind wir bald da?

»Warum bist du eigentlich nachgekommen?«, wandte sich Jaap an Kees.

»Ich habe etwas Interessantes herausgefunden. Erinnerst du dich an die Frau, die nach dem Friedman-Mord vom Haus weggerannt ist?«

»Die deiner Freundin so ähnlich sieht?«

Kees zuckte zusammen. »Exfreundin trifft es eher. Woher weißt du davon?«

»Man hört so einigen Klatsch, wenn man im Gefängnis sitzt.«

»Kann ich mir vorstellen. Jedenfalls war sie es, die mich in dieser Wohnung k. o. geschlagen hat. Ich dachte mir, dass sie irgendwie verwickelt sein muss, also suchte ich sie auf, nachdem du losgefahren warst. Es stellte sich heraus, dass sie doch nichts damit zu tun hat, jedenfalls nicht so, wie ich dachte.« Er griff sich mit der Hand an den Hinterkopf. »Sie ist Privatdetektivin. Jemand hat sie engagiert, um diese Leute zu beschatten, und dabei ist sie auf das Zeug gestoßen, das sie produziert haben.«

»Grimberg hat sie engagiert«, sagte Jaap.

»Das dachte ich mir, obwohl sie behauptet, den Auftraggeber nicht zu kennen. Jedenfalls hat sie rausgekriegt, dass Friedman und Zwartberg in eine üble Sache verwickelt waren. Sie fand die Wohnung und schlug mich k. o., weil sie dachte, ich gehöre zur Bande.«

»Warum ist sie nicht zur Polizei gegangen?«

»Das wollte sie, aber dann hat sie dort jemanden wiedererkannt.«

»De Waart.«

»Wahrscheinlich. Sie hatte ihn zusammen mit Zwartberg gesehen. Also bekam sie es mit der Angst zu tun.«

Der Krankenwagen stoppte, Tanyas Liege ruckte vor und zurück.

»Ich glaube, wir sind da.«

»… Hansen. H-A-N-S-E-N.«

Die Frau am Empfangstisch ließ sich von Jaaps dringlichem Ton nicht beeindrucken. Quälend langsam suchte sie den Namen, bis sie ihm endlich die Stationsnummer im vierten Stock nennen konnte.

Er rannte zum Aufzug und drückte mehrmals die Ruftaste. Schließlich setzte sich der Fahrstuhl im achten Stock in Bewegung, blieb im fünften stehen, stieg jedoch wieder in den sechsten Stock hoch. Jaap drückte verzweifelt die Taste, doch dann gab er es auf und suchte die Treppe.

Als er den vierten Stock erreichte, brannte seine Lunge, als hätte er Senfgas eingeatmet. Er rannte den Korridor entlang und hörte plötzlich eine Frau schreien.

War das Saskia? Er konnte es nicht sagen. Die menschliche Stimme verlor ihre Charakteristik, wenn sie aufs Äußerste beansprucht wurde. Vielleicht, so dachte er, sorgte die Natur auf diese Weise dafür, dass ein Hilferuf nicht ignoriert wurde. Wer auf den Ruf reagierte und einem anderen in der Not beistand, trug somit dazu bei, das Überleben der Spezies zu sichern. Jaap war überrascht, mit welcher Klarheit ihm solche Gedanken in dieser Situation kamen.

Die Schreie wurden lauter, und als er die gesuchte Tür aufstieß, schlugen sie ihm in voller Lautstärke entgegen. Der Arzt fuhr hoch, als die Tür aufflog, wandte sich aber gleich wieder dem Bett zu, als er Jaaps besorgtes Gesicht sah.

Tanya legte den Kopf auf das steife Kissen.

Es war still ringsum; hin und wieder wurde ein Arzt ausgerufen, ansonsten war nur das leise Schnarchen der alten Frau zu hören, die mit ihr im Zimmer lag. In regelmäßigen Abständen schaute eine Schwester herein, um gleich wieder zu verschwinden.

Sie hatten sie genäht – ihr Bein sah nun ziemlich verunstaltet aus – und ihr versichert, dass sie noch einmal Glück gehabt habe und sich keine Sorgen zu machen brauche.

Doch das stimmte nicht ganz. Ein Kollege hatte sie besucht, um ihr mitzuteilen, dass sie sich wegen des tätlichen Angriffs auf Bloem zu verantworten habe; es sei noch nicht entschieden, wie die Anklage laute, doch ihre Vorgesetzten drängten auf strenge Konsequenzen.

Und dann war da Adrijana. Viele hatten Tanya dazu gratuliert, das Mädchen gerettet zu haben, doch schon im Krankenwagen war ihr klar geworden, dass die Gefahr für die Kleine damit längst nicht gebannt war.

Sie würde in demselben System landen, das Tanya zu ihren Pflegeeltern geführt hatte.

Natürlich konnte man Pflegeeltern nicht generell des Kindesmissbrauchs bezichtigen, aber ihr eigenes Schicksal hatte sie pessimistisch gemacht. Ihre Gefühle bewegten sich wie auf einer Achterbahn.

Sie hatte das Richtige getan.

Hätte sie nicht gehandelt, wäre es vermutlich schlimm ausgegangen, doch in ihren Gedanken tauchten immer wieder Szenen aus ihrer Vergangenheit auf und vermischten sich mit Bildern von Adrijana.

Die Tür öffnete sich, und Jaap trat ein und setzte sich zu ihr ans Bett.

Sie schauten einander an.

»Jaap, kann ich dich etwas fragen?«

»Sicher.«

»Da draußen, als de Waart uns erschießen wollte, da hast du gelächelt.« Jaap nickte. »Woran hast du gedacht?«

»Warst du nicht bewusstlos?« Er blickte zur Seite.

»Doch, aber ich muss für einen Moment zu mir gekommen sein. Und ich bin mir sicher, du hast gelächelt.«

EINHUNDERTFÜNFZEHN

FREITAG, 6. JANUAR, 21.05 UHR

Und was ist dann passiert … warst du der Retter in letzter Sekunde?«

Kees lehnte sich auf Carices Sofa zurück und nahm das kalte Bier entgegen, das sie ihm reichte, ehe sie sich zu ihm setzte. Kerzen schmückten das Zimmer, und leise Musik schwebte durch den Raum.

»Ja, kann man so sagen.« Er nahm einen Schluck und wandte sich wieder Carice zu.

»Und du hast auf diesen Inspector geschossen?«

Kees zuckte mit den Schultern, als mache er das jeden Tag. Die Bierflasche zitterte in seiner Hand. Er hoffte, dass Carice es nicht sah.

»Er wollte Jaap erschießen.«

»Hast du ihn getötet?«

Einmal mehr sah er den Moment vor sich, als er abgedrückt hatte und de Waarts Kopf in einer Blutfontäne explodiert war.

Er hatte sich schon immer gefragt, wie es wohl sein würde.

Jetzt wusste er es.

»Ja.« Er trank das Bier aus. »Vielleicht kriegst du die Obduktion.«

»Na toll, jetzt machst du mir auch noch Arbeit.« Sie lehnte sich zurück, streckte ihr Bein aus und legte den Fuß in seinen Schoß. »Wir könnten gemeinsame Sache machen, wie in einer Fernsehserie. Du bringst jede Woche jemanden um, und ich sorge mit der Obduktion dafür, dass kein Verdacht auf dich fällt.«

Kees dachte an Jaaps Rat, sich helfen zu lassen, vom Koks wegzukommen. Jaap hatte wahrscheinlich recht. Es gab Leute, an die man sich wenden könnte, Leute, die das gleiche Problem bereits bewältigt hatten und einem Tipps gaben, wie man von dem Zeug loskam.

Erneut sah er in seinen Gedanken de Waarts Kopf zeitlupenartig platzen wie eine reife Wassermelone.

Verdammt, er hätte sich jetzt zu gern eine Linie reingezogen.

»Soll ich bei der Leiche auf irgendwas Bestimmtes achten?« Carice neigte den Kopf zurück und trank einen Schluck Bier. Ihr langer weißer Hals schimmerte im Kerzenlicht.

Ja, eine Linie hätte jetzt wirklich gutgetan. Eine Linie? Eine ganze Autobahn.

»Nicht wirklich. Höchstens, dass vom Kopf nicht mehr viel übrig ist.«

Am Horizont zog bereits die Morgendämmerung den Schleier der Nacht beiseite.

Jaap war wach und blickte aus dem Krankenhausfenster, während Saskia neben ihm in ihrem Bett schlief, körperlich und emotional völlig ausgepumpt. Um etwa drei Uhr nachts hatte es aufgehört zu schneien. Davor hatte er stundenlang die Schneeflocken beobachtet, die wie Federn aus einem zerrissenen Kissen herabgeschwebt waren.

Er war höchstens minutenweise eingenickt, zumal man auf dem Stuhl nicht einmal bequem sitzen, geschweige denn schlafen konnte. Es lag aber auch daran, dass er zu aufgedreht war und all das, was sich in so kurzer Zeit ereignet hatte, verarbeiten musste.

Er hatte Andreas' und Karins Mörder gefunden, konnte jedoch keine wirkliche Genugtuung empfinden.

Andreas war immer noch tot.

Karin ebenso.

Zudem beschäftigte ihn das Foto von Andreas, das er gefunden hatte. All die Jahre hatte sein Freund mit diesem belastenden Geheimnis leben müssen.

Aber vielleicht hatte er es ja irgendwie geschafft, es hinter sich zu lassen und nur noch nach vorne zu schauen.

Sie waren tot, so wie viele andere Verbrechensopfer vor ihnen, und Jaap hatte zum ersten Mal das Gefühl, dass seine ganze Arbeit vergeblich war.

Er hörte Schritte draußen auf dem Gang, blickte hoch und sah die Tür langsam aufgehen. Smits Gesicht erschien im offenen Spalt. Er forderte ihn mit einer Kopfbewegung auf, nach draußen zu kommen. Jaap folgte ihm auf den Korridor und schloss leise die Tür.

»Alles okay?« Smit deutete auf die Tür.

Jaap nickte, obwohl ihn Smits Frage nicht wirklich interessierte.

»Gut.« Smit hüstelte und blickte zum anderen Ende des Ganges, wo eine Schwester mit einem mobilen Tropf hantierte. »Ich habe mit Kees gesprochen und weiß, was geschehen ist. Ich gebe heute Vormittag eine Pressekonferenz.«

Jaap konnte sich gut vorstellen, wie Smit die jüngsten Erfolge präsentieren würde: Sein Team hatte die Morde an Friedman, Zwartberg und Haak im Rekordtempo aufgeklärt, einen Kinderpornoring zerschlagen und ein entführtes Mädchen gerettet. Zudem war Andreas vom Vorwurf der Kinderpornografie entlastet. Genau die Bilanz, die er brauchte, um den nächsten Karriereschritt in Angriff zu nehmen.

Wäre da nicht die Sache mit de Waart gewesen. Dass einer seiner Inspectoren mit einer Verbrecherbande zusammengearbeitet und noch dazu einen Kollegen ermordet hatte, machte ihm einen dicken Strich durch die Rechnung.

»Allerdings müssen wir de Waarts Tod näher untersuchen«, fuhr Smit fort. »Die Frage ist, ob er wirklich in die Sache verwickelt war.«

»Er hat es mir gegenüber zugegeben und gesagt, dass er mich töten würde, wie er Andreas und Karin umgebracht hat.« Jaap versuchte sich zu beherrschen und seine Stimme zu dämpfen, doch die Schwester schaute trotzdem zu ihnen herüber.

Smit trat einen Schritt näher. »Nicht so laut.« Er blickte sich kurz um. »Die Sache ist die, wir …«

»Die Sache ist die, dass Sie es vertuschen wollen, weil nicht herauskommen darf, dass ein Inspector, dem Sie vertraut haben, im organisierten Verbrechen mitgemischt hat.«

»Inspector Rykel, ich trage die Verantwortung für die Abteilung. Eine solche Geschichte hilft niemandem weiter, das wissen Sie genau. Die Medien würden uns zerreißen, und das kann ich nicht zulassen. Ich habe die Anklage gegen Sie fallen lassen …«

»Das würde vor Gericht nie standhalten.«

»Wenn diese Sache herauskommt, weiß ich jedenfalls, wer dahintersteckt. Es kann immer noch Anklage erhoben werden. Also überlegen Sie sich gut, was Sie tun.« Smit drehte sich um und schritt den Korridor hinunter.

»Sie werden sagen, er sei in Erfüllung seiner Pflicht getötet worden, stimmt's?«, rief Jaap ihm nach. »Sie machen ihn zum Helden.«

Smit ging weiter.

»Und was ist mit meiner Schwester? Und Andreas? Wollen Sie sie als ungelöste Fälle zu den Akten legen?«

Smit drehte sich um. »Es deutet alles auf Grimberg hin …«

»Es war de Waart … weil wir ihm auf der Spur waren!«

»Haben Sie Beweise?«

»Er hat es mir gestanden.«

»Zeugen?«

Jaap kochte innerlich.

Smit verschwand um die Ecke.

Jaap stand einen Moment lang da und zog das Foto des jungen Andreas hervor. Betrachtete es einige Augenblicke, zerriss es schließlich mit zitternden Händen in winzige Schnipsel und warf sie in einen Abfalleimer.

Er kehrte in Saskias Zimmer zurück und setzte sich auf den Stuhl.

Vielleicht hatte Smit sogar recht. Vielleicht würde es ihnen allen wirklich die Arbeit erschweren, wenn die Wahrheit über de Waart ans Licht käme.

Zudem würde es wahrscheinlich das Ende seiner Laufbahn bei der Polizei bedeuten, obwohl ihm das irgendwie gar nicht mehr so wichtig war.

Er konnte sofort Niels anrufen – der würde die Geschichte dankend annehmen. Jaap zog das Handy hervor.

Doch es ging nicht mehr nur um ihn allein.

Saskia hatte es ihm nach der Geburt erzählt. Die eine Nacht im vergangenen Frühling. Sie hatte geschwindelt, was das Timing der Schwangerschaft betraf. Es war keine Frühgeburt.

Er blickte aus dem Fenster in den beginnenden Tag hinaus. Im Park gegenüber sah er die einsame Spur eines Hundes oder Fuchses im Schnee. Alles wirkte so unberührt und rein, eine Welt wie geschaffen für ein neugeborenes Kind, und er verspürte den Wunsch, sie für alle Zeit so zu bewahren, so still, klar und friedlich.

Für seine Tochter, die gerade leise gluckste, in Saskias Armen geborgen.

Er suchte in seiner Hosentasche nach Kleingeld. Nahm sein I Ging heraus, atmete tief durch und warf die Münzen.

Jake Woodhouse

hat als Oboist, Winzer und Weinhändler gearbeitet, bevor er sich dem Schreiben widmete. Er lebt mit seiner Frau in London. »Der fünfte Tag« ist sein erster Roman und der Beginn einer Reihe um Inspector Jaap Rykel von der Amsterdamer Polizei. Weitere Thriller des Autors sind bei Goldmann in Vorbereitung.

GOLDMANN
Lesen erleben

Unsere Leseempfehlung

416 Seiten
Auch als E-Book
erhältlich

In jeder Ehe gibt es dunkle Geheimnisse – das muss auch Adam Price erfahren, seit vielen Jahren glücklich verheiratet mit der scheinbar perfekten Corinne. Bis ihn ein Fremder anspricht. Ein Fremder, der Dinge weiß über Corinne, die Adam in einen Zwiespalt stürzen: Soll er seine Frau mit dem konfrontieren, was er erfahren hat? Oder soll er schweigen? Und warum will dieser geheimnisvolle Fremde Adams Familie zerstören? Dann verschwindet Corinne spurlos. Und während Adam sich auf eine verzweifelte Suche macht, wird aus einer Familienangelegenheit ein düsteres Komplott, bei dem eine einfache Wahrheit Leben kosten kann ...